Ein Innenminister gibt sich Rechenschaft über die Erziehung seines Enkels Bruno Collignon, durch dessen Machenschaften er soeben sein Amt verloren hat. Bruno, Kind einer gescheiterten Ehe, wuchs bei ihm auf, doch führt dessen aggressiver Hochmut unablässig zu Konflikten. Schnell steigern sich die persönlichen Auseinandersetzungen zum politischen Machtkampf. Zwei ethische und politische Grundhaltungen treffen aufeinander, Reform steht gegen Revolte. Bald gelingt es Bruno im Auftrag des sowjetischen Geheimdienstes, die Regierung zu stürzen. Breitbach setzt ein atemberaubendes Drama über die Mechanismen der politischen Machtausübung in Szene. Sein ›Bericht über Bruno‹ ist heute noch so einleuchtend und überzeugend wie bei seinem bejubelten Erscheinen 1962.

Joseph Breitbach, 1903 in Koblenz geboren, lebte seit Ende der zwanziger Jahre überwiegend in Paris. Er starb 1980 in München. Joseph Breitbach schrieb seine Werke in deutscher und französischer Sprache. Er erhielt zahlreiche Auszeichnungen, darunter die Goethe-Medaille des Goethe-Instituts, den Kunst-Preis des Landes Rheinland-Pfalz, Prix Combat und Offizier der Ehrenlegion.

Joseph Breitbach

Bericht über Bruno

Roman

Mit einem Nachwort von
Alexandra Gräfin Plettenberg

Fischer Taschenbuch Verlag

Veröffentlicht im Fischer Taschenbuch Verlag GmbH,
Frankfurt am Main, Januar 1999

Lizenzausgabe mit Genehmigung des
S. Fischer Verlags GmbH, Frankfurt am Main

Druck und Bindung: Clausen & Bosse, Leck
Printed in Germany
ISBN 3-596-14318-7

Meinen beiden Vätern
Jean Breitbach und Jean Schlumberger

Anständige Menschen fragen sich, in welchem Maße sie sich in Situationen engagieren sollen, die nicht ganz anständig sind – und aus solchen besteht ein sehr großer Teil ihres Erdenlebens.

LESZEK KOLAKOWSKI

Sollte es meinem Enkel Bruno Collignon gelingen, die Kammer und die Massen so erfolgreich aufzuwiegeln, daß unser Königshaus zum Verzicht auf den Thron gezwungen und die Republik ausgerufen würde, dann fiele eine gewisse Mitschuld an dem unvermeidbaren Bürgerkrieg auf mich. Das ist mir, zu meiner Qual, in der letzten Sitzung des Parlaments von Bruno selber bestätigt worden.

Als bei seiner zweiten Rede, jener scharfen gegen die monarchische Staatsform, sich die Blicke vieler Abgeordneter immer wieder von ihm fort und auf mich richteten, konnten diese taktlosen Menschen nicht wissen, daß sie in einem bestimmten Maße das Recht hatten, mir Brunos Entwicklung zum Demagogen und Revolutionär vorzuwerfen.

Wer jene Sitzung im Fernsehen verfolgt hat, erinnert sich vielleicht: Bruno hatte anfangs nur zum Ministerpräsidenten hin gesprochen; auch noch, als er, nach einer ausfälligen Kritik, die jüngsten Standeserhebungen ›die hoffentlich letzten‹ nannte. Doch als er hinzufügte, nicht nur das Verleihen, auch das Tragen von Adelstiteln müsse verboten werden, und diesen Antrag mit dem Vorwurf begründete, das Gefühl für Ehre und Würde gehe den Adligen im gleichen Maße ab wie der verfaulten Bourgeoisie ... da, während dieses einen Satzes, wandte er sich nach rechts herüber, zu meiner Fraktion, und sah mich hämisch an.

Wie wurde dieser Blick mißdeutet! Man dachte, Bruno habe auf meine Rolle in der Affäre der Prinzessin J. angespielt. Er erinnerte das Parlament ja bei jeder Gelegenheit daran, daß es ihm, obwohl er damals nur Journalist gewesen und noch nicht

Abgeordneter, gelungen war, zuerst den Rücktritt des Justizministers, dann den meinen und schließlich den der ganzen Regierung zu erzwingen. (Daß ich die königliche Familie davor bewahrte, bloßgestellt zu werden, kann ich mir seit dem Selbstmord des armen Rysselgeert und seines Freundes nicht mehr verzeihen. Gerade weil ich mich im Palais hätte darauf berufen können, daß es für das, was der Innenminister persönlich tun darf, selbst dann Grenzen gibt, wenn der Polizeipräfekt krank ist, wäre es mir so leicht gewesen, das Königshaus der fragwürdigen Diskretion einiger Polizeibeamten auszuliefern. Die widerlichen Gesetze, deren Reform der Justizminister und ich damals schon planten, wären dann der Nation vielleicht endlich als das erschienen, was sie in ihren Auswirkungen sind: eine unappetitliche Einmischung in das Intimste des Menschen, hervorgegangen aus kritiklos übernommenen Begriffen von Laster und Sünde. Nun ... zu spät!) Man glaubte also, Bruno habe nur aus einer wieder aufgeflackerten Schadenfreude meinen Blick so auffällig gesucht.
Niemand konnte erraten, daß Bruno auf etwas ganz anderes, auf etwas viel Persönlicheres anspielte, auf eine Enttäuschung, die er an mir erlebt hatte, als er sechzehneinhalb Jahre alt war und ich siebenundfünfzig!
Daß er, der mich nicht grüßt und wegsieht, wenn er mir auf den Gängen des Parlaments begegnet, ausgerechnet in dieser Rede gegen Monarchie und Adel einen so hämischen Blick auf mich richtete, sollte mir ein bestimmtes Ereignis ins Gedächtnis rufen. Als hätte ich es vergessen! Vor elf Jahren, bei einer Treibjagd, die auf Wunsch der Königin-Mutter und des Außenministers für den Botschafter der Sowjetunion improvisiert worden war, hatte ich Bruno unter ebenso dummen wie verhängnisvollen Umständen belügen müssen. Nicht ahnend, daß dies aus politischer Vorsicht geschehen war, und aus einem besonderen, sehr berechtigten Mißtrauen gegen ihn, hatte er sich damals nur allzu schnell damit abgefunden, mich auch in anderen, ihn treffenden Angelegenheiten für unaufrichtig und ehrlos halten zu dürfen.

Meine Polizei hatte einige Stunden vor dem Beginn jener Jagd entdeckt, daß Bruno politisch gefährlich und dabei sehr listig war. Mit sechzehneinhalb Jahren war er bereits so verschlagen wie der Volksverführer, der er heute ist. Zwei Jahre zuvor hatte ich schon einen anderen abstoßenden Zug an ihm entdecken müssen: Grausamkeit! Und da es für mich Grund gab, gerade darüber mehr erschreckt zu sein, als ich es bei jedem anderen Jungen seines Alters gewesen wäre, fand ich es damals besonders schlimm, daß er die Quälerei eines Hundes obendrein listig benutzt hatte, um die Entlassung seines Hauslehrers herbeizuführen.

Er hatte das arme Tier, einen Zwergteckel, mein Geschenk zu seinem vierzehnten Geburtstag, bei kaltem Märzwetter, trotz der Vorhaltungen unseres Dieners, ein gutes dutzendmal hintereinander in einen Wassergraben geworfen. »Damit das Tier die vielen Flöhe loswird!«

Ich erfuhr davon durch den alten Victor, als ich einige Stunden später zum Wochenende nach Belvedere kam.

Auf meinen Vorwurf, er hätte Bruno das Hündchen wegnehmen müssen, erwiderte der Diener, das habe ja nicht einmal der Erzieher gewagt. Ich wisse doch, wie jähzornig der junge Herr sei.

Ich wußte es nur zu gut. Auch wem er darin nachschlug. Darin und also auch in Schlimmerem. Mit dem Hund fängt das an, dachte ich. Der Vater meines Vaters, in jeder Beziehung das Verhängnis der Familie, war, weil er seine Pferde mißhandelte, aus einem Reiterverein ausgeschlossen und öffentlich angeprangert worden.

Am nächsten Morgen ließ ich den Erzieher kommen. Er war noch in Stiefeln, soeben zurück von dem vorgeschriebenen Frühritt mit Bruno.

Es sei keine schöne Handlung gewesen, räumte er ein, doch habe Bruno das Tier nicht quälen, sondern wirklich nur von den Flöhen befreien wollen. Mit kindlicher Ungeduld.

Ich glaubte es nicht. Welche Strafe er vorschlage?

Keine. Natürlich! Darauf schickte ich nach Bruno und überflog rasch den Bericht, in dem der Erzieher mir jeden Abend melden mußte, wie Bruno den Tag verbracht hatte. Kein Wort über die Mißhandlung des Hundes. Das machte mich stutzig, und als Bruno hereintrat, beobachtete ich scharf, ob und wie er den Erzieher anblicken würde. Aber Brunos Augen waren nur auf mich gerichtet und kühl wie immer.

Eine Besprechung der Einzelheiten erübrige sich, sagte ich ihm. Welche Strafe er selber für angemessen halte?

»Die, welche Sie bestimmen, Großvater.«

»Du fühlst dich also schuldig?«

»Nein.«

Vierzehn Jahre war der Bursche alt! Und verstand es schon, zuerst den fleischgewordenen Gehorsam zu spielen, mir aber gleich darauf mit seinem festen ›Nein‹ zu sagen: »Sie sind ein Tyrann.« Ich blieb ruhig. Wenn er sich nicht schuldig fühle, könne ich ihn nicht bestrafen.

»Großvater, nicht wahr, Sie wünschen, daß ich mich schuldig fühle?«

»Nur wenn du es wirklich bist.«

»Warum sind Sie davon so überzeugt?« fragte er zurück. »Ja, ich habe den Hund so oft ins Wasser geworfen, bis ich keine Flöhe mehr auf ihm fand.«

Warum er das aber so heimlich, vor dem unbewohnten Ostflügel des Hauses, und nicht von der neuen Brücke aus getan habe?

Wegen der Dienerschaft. Er erinnere mich daran, daß er Zuschauer, wobei auch immer, nicht vertrage.

Das war ein Argument. Dem Springunterricht, den ihm ein pensionierter Oberst, der beste Lehrer der Hauptstadt, in unserer Reitbahn gab, durfte ich nie beiwohnen. Auch der Erzieher nicht, obwohl der täglich mit ihm ritt.

Hatte ich zu lange mit meiner Antwort gezögert? Er trat dicht vor den Schreibtisch: »Großvater, da ich Sie nicht überzeugen kann, daß ich kein Tierquäler bin, werde ich, gekleidet wie ich hier stehe, dreizehnmal hintereinander von der alten Brücke ins Wasser springen.«

Eine abgefeimte Bestrafung. Für mich! Aber ich spielte den Dickfelligen: in seinem Vorschlag, so oft ins Wasser zu sprin-

gen, wie der Hund hineingemußt hatte, wolle ich nicht das Geständnis seines Schuldgefühls sehen, sondern die Einsicht, daß man eine unschöne Handlung nur durch eine freiwillige Buße vor sich selbst aus der Welt schafft. Ich sei also einverstanden, unter der Bedingung, daß er seine Buße an einem Tag ableiste, den ich bestimmen würde.
»Heute haben Sie keine Zeit?«
Mit anderen Worten, er halte mich für so klein, die Ausführung überwachen zu wollen. Das war eine Unverschämtheit! Ich hatte daran gedacht, wie kalt das Wasser war. Aber das sagte ich ihm nicht und schickte ihn fort. Wir würden noch darüber sprechen.
Den Erzieher hielt ich zurück. Ich reichte ihm seinen Bericht. Warum mir Brunos Grausamkeit mit dem Hund darin unterschlagen werde?
Die Sache sei ihm nicht bemerkenswert erschienen, auch schon vorbei gewesen, als Victor ihn geholt habe.
Ich wurde mißtrauisch. Tierquälerei bei einem für seine Jahre so reifen Jungen finde er nicht bemerkenswert? Er wisse doch, warum alles, was Brunos Charakter beleuchte, mir berichtet werden müsse.
»Ich vergesse nicht, warum Bruno seiner Mutter weggenommen wurde, aber Sie sind zu streng mit ihm...«
Ich beherrschte mich und hieß ihn Platz nehmen. Also zu streng! Woher er denn seine Maßstäbe nehme? Meine Kindheit im Waisenhaus, mein selbstverdientes Studium, mein harter Aufstieg, bis zum Chef der größten Chemischen Werke des Landes, was damit verglichen denn Brunos Prinzenleben sei?!
Schließlich habe ich das Recht, stolz darauf zu sein, daß ich, um meinen Weg zu machen, niemals das Geld anderer, irgendein privates oder staatliches Stipendium, in Anspruch genommen habe.
Doch der Erzieher, obwohl schon ein Vierteljahr im Hause, wußte nur, daß ich oft Minister gewesen und noch immer Abgeordneter war und, wie er sagte, ›etwas Wichtiges in der Industrie‹.
Da ich auf eine Frage zusteuerte, die ihm nur unangenehm sein konnte, gab ich mich vertraulich und warf ihm in Stich-

worten das hin, was bis dahin noch jedesmal in den Zeitungen gestanden hatte, wenn ich in die Regierung berufen oder sonstwie ausgezeichnet worden war. Ich bin ja der nationale Paradefall für die viel mißbrauchte Maxime, nach der, mit genügend Willen, jeder Laufjunge die höchsten Gipfel des Erfolgs erreichen könne. »Mit dem Willen allein«, sagte ich ihm, »schafft es freilich niemand.« Gesundheit, wache Sinne müsse man mit auf die Welt gebracht haben, und ein Schuß Glück sei ebenso notwendig; dennoch sei mein Weg kein Spaziergang gewesen.
Mein Lebenslauf machte ihm keinen Eindruck. »Ich dachte, Sie seien reich geboren, hier auf Belvedere,« sagte er, »Ihre Familie ist doch schon seit drei Jahrhunderten geadelt. Dem Wappen nach.«
Mir lag daran, die Wahrheit über Bruno zu erfahren; so blieb ich geduldig und erklärte ihm, daß Belvedere bereits von meinem Großvater bis zum letzten Halm und Ziegel vertrunken und verspielt worden war und daß mein Vater, schon in einer Mietskaserne der Hauptstadt geboren, jung als Trambahnschaffner gestorben war. Es schien den traurigen Menschen sehr zu enttäuschen, daß Belvedere nicht von mir persönlich ›zurückerobert‹ worden war, sondern von den Chemischen Werken, als Ferien- und Wochenendsitz für den jeweiligen Generaldirektor. »Also wird Bruno es nicht erben,« sagte er, »wegen der Leichtfertigkeit seines Urgroßvaters. Da sieht mans.«
Eben! Wo Leichtsinn und schlimmere Eigenschaften in der Familie lägen, könne Bruno also gar nicht sorgfältig genug, das heißt streng genug, erzogen werden.
Nicht Leichtsinn, Jähzorn sei Brunos Hauptfehler.
Wohin der Jähzorn führe, ob er das nie beobachtet habe?
»An Bruno?«
Da erzählte ich ihm, daß mein Großvater, wenn er sich geärgert hatte, in die Ställe gegangen war und die wehrlos in den Boxen eingesperrten Pferde gepeitscht hatte.
»Oh!« entfuhr es ihm, »das gibt der Sache ein anderes Gesicht!«
Ich war am Ende der Geduld und fuhr ihn an: »Also heraus mit der Sprache, wie war das mit dem Hund?«

Endlich erfuhr ich die Wahrheit: Von Victor alarmiert, hatte der Erzieher Bruno nicht mehr an der Zugbrücke gefunden, sondern im Park, wo Bruno, außer sich vor Wut, den nach so vielen Zwangsbädern schließlich durchgebrannten Teckel derart mit der Leine traktierte, daß dieser seinen Quäler plötzlich ins Bein biß. Auf die Vorhaltungen des Erziehers hatte Bruno erwidert, das Tier müsse gehorchen lernen, so wie er es habe lernen müssen, dem Großvater zu gehorchen. »Verstehen Sie, daß ich Ihnen das nicht berichten wollte?«
Nun, ich hatte verstanden, daß ich seinen Tagesberichten nie wieder trauen konnte.
Ich mußte nicht mehr viele Worte mit dem Menschen wechseln. Er hatte schnell eingesehen, daß er sich seine Stellung verscherzt hatte und sich sofort und in meiner Gegenwart von Bruno verabschieden mußte.
Als er Bruno eröffnete, schlechte Nachrichten zwängen ihn, mit dem nächsten Zug nach Hause zurückzukehren, blieb Bruno unbewegt. Er erbot sich nicht einmal, ihn zur Bahnstation zu begleiten. Beim Abschied gab er ihm so gelassen die Hand, daß ich, sobald wir allein waren, fragte, ob er denn gar nicht wissen wolle, was für Nachrichten seinen Erzieher getroffen hatten.
»Die Ihren, Großvater! Sie haben ihn entlassen. Ich weiß es.«
Dann wisse er auch warum.
»Es geschieht ihm kein Unrecht. Er hat die Sache mit dem Hund im Tagesbericht verschwiegen.« Und dann fügte er hinzu, eine Abstandssumme über das zustehende Gehalt brauche man dem ›Menschen‹ nicht zu zahlen.
Ob es ihm denn nicht leid tue, einen Erzieher zu verlieren, der ihm, statt mir, ergeben gewesen sei?
»Mir ergeben! Man muß wissen warum! Weil er nicht viel kann. In Mathematik ist er eine reine Null. Und wie er sich auf dem Pferd hält, das sieht doch selbst einer, der nie geritten hat.«
Mit diesem einen war ich gemeint. »Du bist also froh, daß er weg ist?«
Ja, der Erzieher habe, wenn er bei den Schulaufgaben neben ihm gesessen, unerträglich nach Tabak gerochen; widerlich sei es

gewesen, und wenn er dem Menschen Pfefferminzbonbons angeboten habe, sei der Wink nicht verstanden worden. Ich möge doch dem neuen, der komme, das Rauchen verbieten und keinen zu einfältigen nehmen.
Wie er das meine: einfältig!
Einige Minuten später hatte er mir mit einer mich herausfordernden Offenheit gestanden, daß er den Erzieher absichtlich habe gewähren lassen, als dieser ihm tags zuvor gesagt hatte, die Sache mit dem Hund bliebe besser verschwiegen. Der einfältige Mensch habe nicht damit gerechnet, daß der alte Victor klatschen würde, und – noch dümmer – nicht gewußt, daß Unehrlichkeit für mich ein Grund sei, jeden, auch den höchsten Angestellten, zu entlassen.
Im Waisenhaus waren wir ähnlich ausgekochte Taktiker gewesen, wenn es galt, einen unbeliebten Kameraden dem Direktor zur Bestrafung auszuliefern.
Warum er seinen Erzieher derart hereingelegt habe, fragte ich. Daß er nach Tabak gerochen habe, könne doch nicht der wahre Grund sein.
Doch! Und dann sei er fade gewesen, tranig, überhaupt, es sei nichts los mit dem Menschen.
Was war dagegen vorzubringen! Wer hat nicht aus ähnlichem Anlaß Menschen schon gemieden oder verabscheut!
Warum er sich nie bei mir beklagt habe, fragte ich.
Jedesmal, wenn er seine Mutter sehen dürfe, schärfe sie ihm ein: mißfalle ihm etwas in Belvedere, so solle er sich nie bei mir beklagen ...
Wenn er seine Mutter sehen dürfe! Ich überhörte den kaum versteckten Vorwurf und fragte ihn, ob er einsehe, daß er unmännlich und niederträchtig an dem Erzieher gehandelt habe. Und an dem Hund! Ich wisse jetzt auch, was er im Park gemacht.
Endlich schien er einmal aus dem Sattel geworfen. Er senkte den Kopf und schwieg.
Ich drängte auf Antwort.
Mit dem Hund sei er hart gewesen, er gebe es zu, er habe ihn bestraft, ... aber gequält! ... Niemals!
»Und mit dem Erzieher, war das etwa loyal?«

»War er es mit Ihnen?«
Das sei eine ausweichende Antwort. Doch nicht meinetwegen, um ihn loszuwerden, habe er den Erzieher in die Falle gehen lassen.
»Die hat er sich selber gestellt. Aber Sie haben recht, Großvater, ich sehe es ein, ich bin sehr falsch mit ihm gewesen. Doch hatte er es nicht verdient?«
Eckhoud, der zum Diktat hereinkam, machte dem Gespräch ein Ende.
»Großvater, erlauben Sie mir, Eckhoud trotz des Sonntags etwas zu diktieren«, fragte Bruno plötzlich heiter. Er zeigte auf den Stenogrammblock des Sekretärs, und als ich meine Zustimmung gab, diktierte er Eckhoud den Text einer Annonce, die er sogar im ›Hufeisen‹, seiner Reiterzeitschrift, veröffentlichen wollte: »Erzieher, guter Mathematiker – Nichtraucher Bedingung – für vierzehnjährigen, sehr lernwilligen Jungen auf schön gelegenes Wasserschloß gesucht. Fortgeschrittene Reiter und Crawl-Schwimmer bevorzugt. Alter gleichgültig, aber rüstiger Sportsmann...«
Eckhoud und ich mußten den Text ziemlich kürzen.

Der Erzieher

Daß Bruno sich selber als lernwilligen Jungen bezeichnet hatte, ging mir in den folgenden Wochen nicht aus dem Kopf. Ich machte mir Vorwürfe. Noch nie hatte ich ihn für seinen in der Tat außergewöhnlichen Eifer im Lernen gelobt. Ich war ein kläglicher Erzieher. Bruno war dem Schulpensum immer weit voraus, zu schweigen von seinem Vorsprung in Mathematik. Seltsamerweise hatte er eine Leidenschaft für zeitgenössische Geschichte. Immer wieder nahm ich mir vor, ihn bei Tisch ins Gespräch zu ziehen, aber wann aß ich denn mit ihm! Ich bin ja fünf Tage der Woche in der Stadt, aufgefressen von meinem Doppelleben als Industrieller und Abgeordneter, und zum Wochenende in Belvedere habe ich fast immer Gäste, mit denen etwas zu besprechen ist; so sah ich Bruno auch dort so gut wie nie bei den Mahlzeiten.

Mein sehr geschickter Sekretär hatte sich erboten, einen Erzieher zu finden. Aber wenn ich – bald ungeduldig – nach dem Wunderkandidaten fragte, bat er mich, ihm Zeit zu gönnen. Brunos nächster Erzieher müsse der endgültige sein. Der von mir gewünschte alljährliche Wechsel der Hauslehrer sei nicht gut für den Jungen. Und nicht noch einmal einen wie den letzten! Der sei zu sehr hinter den Frauen her gewesen, viel zu oft erst des Morgens von seinen Liebschaften zurückgekehrt, kein Beispiel für Bruno, auch sei der Junge ihm zu gleichgültig gewesen.
Solange Eckhoud suchte, kam ein pensionierter Gymnasialprofessor alle zwei Tage nach Belvedere. Er beschränkte sich aber auf die Lehrstunden, und nicht einmal der herrliche Park voll zahmer Rehe konnte ihn bewegen, mit Bruno wenigstens spazierenzugehen.
Endlich meldete Eckhoud mir einen Kandidaten, Stijn Rysselgeert. Es war ein kräftig gebauter, stark gebräunter Blonder, dem ich 25 oder 26 Jahre gab. Etwas zu salopp, zu sportlich gekleidet für einen solchen Besuch, aber seine klaren Augen, die mich auf dem Weg von der Tür bis zu meinem Tisch etwas keck, doch nicht frech musterten, nahmen mich sofort für ihn ein.
Ehe wir von den beiderseitigen Bedingungen sprächen, müsse ich eine bestimmte Frage an ihn stellen. Ich bot ihm dabei eine Zigarette an.
Er rauche nie, sagte er mit einem etwas zu verschmitzten Lächeln.
Es sei keine Falle gewesen. Also ich müsse wissen, was vor allem ihn bewege, die Erzieherstelle übernehmen zu wollen.
Er hoffe, in meinem Hause seinen Horizont zu erweitern. Wer wie er aus kleinen Verhältnissen stamme und nach dem Studium zu früh in den staatlichen Schuldienst trete, bleibe in einer abstrakten Anschauung der Welt befangen und lerne die wahren Mächte der Welt nie aus der Nähe kennen.
Ob er in die Politik strebe? Etwa mit meiner Hilfe?
Ja. Mit diesem Hintergedanken habe er sich um die Stelle beworben.
Die freimütige Antwort gefiel mir. Seine Rechnung sei richtig.

In meinem Hause träfe er Männer der Wirtschaft und Politik. Wie es aber um sein Interesse für meinen Enkel stehe? Ob er sich zur Erziehung eines Vierzehnjährigen berufen fühle? Mit dem Unterricht allein, also mit dem Schulpensum, sei es nicht getan.

Seinem Bewerbungsschreiben habe er neben dem Lebenslauf auch Zeugnisse über seine Tätigkeit als Erzieher beigegeben.

Ich mußte ihm sagen, daß ich diese Papiere aus Mangel an Zeit nicht gelesen hatte.

Mit einer Knappheit, die mich vollends für ihn einnahm, schilderte er mir darauf, wie er sich während seiner ganzen Studentenjahre, teils als Erzieher, teils als Nachhilfelehrer und Übersetzer, seinen Unterhalt verdient hatte.

Wo er reiten gelernt habe?

Beim Militär. Aber er nehme noch immer Unterricht. Er helfe den siebzehn- und achtzehnjährigen Söhnen eines Reitlehrers bei Mathematik und Physik und lasse sich statt des Honorars dafür vom Vater Unterricht im Springen geben, zur Verbesserung seines Stils.

Sein Lehrer sei wohl der Oberst Jans, der auch meinen Enkel unterrichte, sagte ich.

So war es. Wenn dieser Mann seine Jungen dem Kandidaten anvertraute, war mir das die beste Empfehlung.

Ich sagte ihm, bevor man die Bedingungen bespreche, müsse sein Schüler ihn kennenlernen. Mein Enkel habe seinen letzten Erzieher weder geachtet noch gern gehabt. Ich wolle deshalb sicher sein, daß Bruno von Anfang an Sympathie empfinde. Bei einer Begegnung, die der Junge jedoch für zufällig halten müsse, könne man dies erproben. Wahrscheinlich würde ich den Oberst Jans in dieser Sache vorspannen, Bruno bewundere und verehre den.

»Der Herr Oberst weiß, daß ich mich heute hier vorstelle.«

Das kam mir sehr gelegen. Als Rysselgeert gegangen war, ließ ich mich gleich mit Oberst Jans verbinden.

»Ich hoffe, Sie haben sich für ihn entschieden«, sagte Jans sofort. Einen Besseren könne ich nicht finden. Seine Söhne hingen geradezu fanatisch an Rysselgeert, weil er ihnen die Mathematik – jahrelang der Alb seiner beiden Teufel! – von der ersten Nachhilfestunde an zu einem Vergnügen gemacht habe. Seine Frau und auch er selber bedauerten nur, daß sie diesen so wertvollen und lieben Menschen erst seit zwei Jahren kannten... und jetzt an mich verlieren würden. Nach Belvedere seien es immerhin zwei Stunden mit dem Wagen.

Eines Tages sollte ich an diese Worte zurückdenken müssen!

An jenem Morgen machten wir gleich aus, zu Brunos nächster Reitstunde sollte Rysselgeert den Oberst begleiten, unter dem Vorwand, das zweite Pferd, seit Wochen nur dann und wann vom Stallknecht ausgeführt, müsse endlich wieder geritten werden.

Der Oberst meinte, Bruno würde von Stijn Rysselgeert sofort begeistert sein und ihn sogar als Zuschauer bei der Springstunde dulden.

Dessen war ich nicht so sicher. Zwei Tage später rief Bruno mich jedoch an; ohne mein Einverständnis abzuwarten, habe er einen sehr netten und ausgezeichneten Reiter, den der Oberst mitgebracht, eingeladen, von Zeit zu Zeit herauszukommen und das zweite Pferd zu reiten. Ob ich einverstanden sei, fragte er etwas ängstlich. Seit einem Monat reite er immer allein und dürfe obendrein nicht aus dem Park hinaus, das sei gar zu fade.

Ich stimmte zu, verriet ihm aber noch nicht, was ich vorhatte.

Rysselgeert kam ohne den Oberst in mein Büro. Es war ihm anzusehen, daß er von der Begegnung nicht im gleichen Maß begeistert war wie Bruno. Er habe nicht gewußt, daß Bruno nie in einer Klasse mit anderen Jungen gesessen habe. Nichts sei schlimmer für ein Kind, als von Anfang an der einzige Zögling eines Erziehers zu sein. Es werde später nur schwer mit den Widerständen fertig, die jede Umwelt bereite. Mein Enkel gehöre schleunigst in eine öffentliche Schule. Er könne deshalb den Posten, der alles biete, was ihm gefalle, nicht annehmen, so leid es ihm tue.

Ob das sein einziger Grund sei?

Er habe keinen anderen.

Ich bat ihn, sich die Sache noch zu überlegen und abends in meiner Stadtwohnung mit mir zu essen.

Nachmittags rief Frau Jans im Büro an. Sie hatte bei der Telefonzentrale und dann bei Eckhoud darauf bestanden, mich selber zu sprechen. Es sei dem Oberst schon gelungen, Rysselgeert umzustimmen. Aber Rysselgeerts Hauptbedingung würde mir vielleicht nicht passen. Er lehne es ab, auch sonntags an Bruno gebunden zu sein. Sie wisse, daß Rysselgeert dann eine immer gleiche, geheimnisvolle Verabredung habe. Noch nie sei es ihren Söhnen gelungen, ihn sonntags am Mittagstisch zu haben. Dahinter stecke sicher ein Mädchen, das er nicht zeigen wolle, das ihn offenbar aber sehr glücklich mache. Sein ausgeglichenes, heiteres Wesen könne sie sich nicht anders erklären. Aber wie töricht er doch sei, die Person vor ihr zu verstecken, auch wenn sie unter ›seinem Niveau‹ stehen sollte. Sie sagte wahrhaftig: obwohl sie Frau eines Offiziers sei, über ›Standesunterschiede‹ könne sie sich hinwegsetzen. »Jede, auch die unbegreiflichste Leidenschaft, wenn nur echte und tiefe Liebe dabei ist, verdient Respekt.«
Auch an dieses Wort sollte ich und mit ungeheurem Zorn zurückdenken. Damals jedoch lächelte ich noch über Frau Jans. Daß diese durch und durch geschmacklose Person einen so distinguierten Mann wie den Oberst hatte gewinnen können, schien mir ein Wunder, zumal sie auch noch häßlich war.
Ich ließ Eckhoud kommen, ›mit den Akten Rysselgeert‹.
Was ich mit einem Erzieher anfangen könne, der sonntags meinen Enkel sich selber überlassen wolle!
Nun sah ich meinen pfiffigen Sekretär verlegen. Er habe so etwas geahnt, doch gehofft, es sei keine absolute Bedingung des Kandidaten. Er gestand mir, daß Rysselgeert sich beim ersten Besuch in auffälliger Weise bei ihm erkundigt hatte, ob er sich auch sonntags um Bruno zu kümmern habe. Dem Erzieher keinen freien Sonntag zuzubilligen, müsse aber merkwürdig erscheinen, sagte Eckhoud, schließlich hätten ausgerechnet meine Betriebe als erste die Fünftagewoche eingeführt.
Ich blieb verstimmt. Und als ich Rysselgeert abends in meiner Stadtwohnung bat, Platz zu nehmen, dachte ich verdrossen: auch der wird nicht der letzte sein, dem ich nun erklären muß, warum Bruno bei seinem Großvater und nicht von seinen Eltern erzogen wird.

Ich wollte es – wie bei seinen Vorgängern – kurz machen, ohne Einleitung. »Bruno ist der Sohn eines Nichtstuers...«
Er brauche keine Erklärungen. Es sei ihm bekannt, daß ich Grund hätte, die Heirat meiner Tochter als ein Unglück anzusehen und meinen Schwiegersohn als ungeeignet für die Erziehung Brunos.
Da Rysselgeert zur Zeit der Entführung meiner Tochter gute dreizehn Jahre jünger gewesen und die Rubrik ›Sport‹ ihn in der Presse mehr gefesselt haben dürfte als die Kolportagen über die Extravaganzen meiner Tochter und Hubert Collignons, war ich überzeugt, daß Frau Jans ihm meine traurigen Verhältnisse entlarvt hatte. Gewiß hatte sie ihm auch beschrieben, wie abgeschnitten von der Außenwelt Bruno in Belvedere gehalten wurde, seitdem er sich, während einer meiner kurzen Reisen in den Kongo, mit seinem Vater heimlich im Park und sogar im Hause getroffen hatte.
Ich fragte ihn darum rundheraus, ob man ihm auch erzählt habe, warum meine Tochter ihren Sohn nur dann sehe, wenn es mir gelinge, sie dazu zu zwingen.
Meine Frage schien ihm unangenehm zu sein. Später sollte ich entdecken, daß er viel weniger wußte, als ich angenommen hatte.
Der Verdruß, mit dem ich Rysselgeerts Kommen entgegengesehen hatte, schwand jedoch bald, und schließlich war ich wiederum genauso angetan von ihm wie bei seinem ersten Besuch... und wie ich es – von kleinen Verärgerungen abgesehen – bleiben sollte bis zu seinem unglücklichen Ende.
Von neuem beeindruckte mich seine Offenherzigkeit. So sagte er mir, er habe sich erst entschieden, die Stellung doch anzunehmen, als Oberst Jans ihm aufgezählt hätte, wer alles nach Belvedere zum Essen, fürs Wochenende oder zur Jagd komme. Das habe er sich gar nicht so vorgestellt. »Ist es wahr, daß der Sowjet-Botschafter manchmal Ihr Gast ist?«
Als ich ihm auf diese naive Frage erklärte, der neue habe seine Karte noch nicht abgegeben, fiel er mir ganz ängstlich ins Wort: »Aber Sie werden ihn doch auch nach Belvedere einladen?«
Ob er fürchte, sich an den Wochenenden mit mir als einziger Gesellschaft zu langweilen?

Da lachte er schallend. »Sehen Sie, Sie müssen den Erzieher Ihres Enkels erziehen«, rief er. »Was ich mit meinen 27 Jahren noch alles lernen muß! Ich hatte nicht bemerkt, wieviel Unhöflichkeit in meiner Frage steckte. Gesellschaftlicher Schliff, das ist es, was ich in Belvedere lernen muß.«

Für jemanden, den ich so wenig kannte und der so viel jünger war als ich und der schließlich noch nicht viel geleistet haben konnte, war das nun wirklich ein wenig zu familiär. Und dann: Schliff! Aber ich sah nur die Frische, das Spontane seines Wesens, und gerade davon erhoffte ich mir das Beste für meinen verschlossenen, kühlen Enkel.

Es gefiel mir, daß er ein ganz hübsches Gehalt verlangte. Bescheidenheit ist mir immer verdächtig. Mit gespieltem Ernst bemerkte ich, er sei teuer.

Ob ich auf seinen freien Sonntag anspiele? Er habe die Empfindung, ich sei enttäuscht, daß er auf dieser Bedingung bestehe.

Da machte ich einen letzten Versuch, ihn davon abzubringen: wenn er sonntags nicht in Belvedere sei, versäume er die Mahlzeiten, zu denen die Gäste kämen, die er kennenlernen wolle.

Wenn ich ihm den Samstagnachmittag gäbe, könnte er sonntags zum Abendessen zurück sein. Er halte es übrigens für falsch, einen Vierzehnjährigen ununterbrochen beaufsichtigen zu lassen.

Das wußte ich selber. Ich mußte ihm sagen, daß Bruno schon dreimal durchgebrannt war, wenn ich in Belvedere so viel Gäste hatte, daß meine und Victors Aufsicht nicht genügten, um die des abwesenden Erziehers zu ersetzen.

»Es geht also doch nicht! Ich kann den Posten nicht übernehmen«, sagte er.

Er schien ebenso betrübt, wie ich es wirklich war.

Er könne auf diese freien vierundzwanzig Stunden nicht verzichten, wiederholte er, sie auch nicht auf einen anderen Tag der Woche verlegen.

Da gab ich nach. Wir besprachen noch einige Einzelheiten. Dabei erwähnte ich, er bekäme in Belvedere im zweiten Stock, nahe bei Brunos Räumen, eine geschlossene Dreizimmerwohnung mit Bad.

»Eine geschlossene Wohnung!« rief er. In keinem Hause, wo er Erzieher gewesen, habe er das gehabt, in einem sogar das Zimmer mit seinem Zögling teilen müssen.
Als wir endlich zu Tisch gingen, hatte er sich verpflichtet, schon in den nächsten Tagen seinen Posten anzutreten.
Wenn ich mir schon den Luxus leistete, ihn für eine Mahlzeit bei mir zu haben, die ich, wenn ich allein gewesen wäre, in fünf Minuten hinter mich gebracht hätte, sollte die Zeit nicht verloren sein: Ich klopfte bei ihm ein wenig auf den Busch.
Wie ich vermutet hatte, war er ein reiner Idealist, politisch ein Kind. Das, was er seine ›Anschauungen‹ nannte, war einzig durch Lektüre, aber durch keine Anschauung, Erfahrung oder Tätigkeit erworben. Wo auch! Doch er war sich dieses gefährlichen Mangels bewußt. Ehe er vom Schulfach in die Politik wechseln könne, müsse er sich noch gehörig umsehen, meinte er. Ich schonte ihn und sagte ihm nicht, woran ich die Abgeordneten erkenne, die Politiker geworden sind, ohne vorher mit Erfolg einen normalen Beruf ausgeübt zu haben. Aber was ich mit ›normalen‹ Berufen meinte, das sagte ich ihm dann doch. Als ich ihm all die Tätigkeiten aufgezählt hatte, die der Menschheit im besten Falle angenehme, aber kaum nützliche und sicher nicht die wirklich notwendigen Dienste leisten, und auch von denen noch sehr viele als das abtat, was sie sind, als Berufe für Menschen, die, statt zu erschaffen, lieber dem Beschwätzen oder Weitergeben des von anderen Geschaffenen obliegen, da fragte er mich, ob ich auch den Lehrberuf dazuzähle. An einen Chemiker gerichtet, war es eine gute Frage! Denn wer aus unserer Wissenschaft leugnet, daß er zweimal gezeugt wird, von seinem leiblichen und dann von dem kollektiven Vater, den Lehrern, die ihn zum Chemiker machen... Kurz, es war kein verlorener Abend, allein schon deshalb nicht, weil ich, als er aufbrach, mich einer großen Sorge ledig fühlte. So sehr war ich überzeugt, daß es ihm ein leichtes wäre, Bruno aus Trotz und Verschlossenheit herauszulocken. Wie schnell hatte Rysselgeert mein eingegerbtes Mißtrauen überrumpelt! Und ohne seinen Sieg wahrzunehmen! Er wußte ja gar nicht, was ein Mensch, dem ein ganzes Industriewerk, dem sechzigtausend Arbeitnehmer unterstehen und der die Politik vom Ministertisch her so

gut kennt wie aus der Sicht des Abgeordneten, was der in einer einzigen Woche an Infamie erlebt und beobachtet.

Die Briefe

Zu der Zeit, als Rysselgeert in Belvedere anfing, wollte sich Eckhoud, mein erster Sekretär, von seiner Frau trennen. Und da er sich, solange er die Scheidung nicht erlangt hatte, mit keiner anderen Frau sehen lassen durfte und die einsamen Sonntage in der Stadt fürchtete, bot er mir an, Rysselgeert am Wochenende in Belvedere zu vertreten und sich Bruno zu widmen, soweit es galt, diesen unter harmlosen Beschäftigungen zu beaufsichtigen. Eckhoud hatte am ersten Sonntag den guten Einfall gehabt, zu bedauern, daß er noch nie auf einem Pferd gesessen sei. Äußerst geschmeichelt hatte Bruno ihn sofort zum Stall gezogen, angefangen ihn zu unterrichten und noch am gleichen Morgen auch im Freien reiten lassen.
Jedesmal, wenn er sonntags von diesen Ritten zurückkam, versicherte mir Eckhoud, dank Rysselgeerts glücklichem Einfluß verändere Bruno sich ständig zu seinem Vorteil. Sogar der Drachen, der seit dem Tod meiner Frau das Haus führte, eine verarmte und verbitterte Adlige, die selten etwas Gutes über andere sagte, konnte sich nicht genug tun im Lobe Rysselgeerts. Er habe ein wahres Wunder an Bruno bewirkt, man höre den Jungen lachen, er sei nicht mehr ungeduldig und jähzornig mit dem Personal, und zu ihr persönlich sei er überhaupt nicht mehr ›garstig‹.
Nur Rysselgeert selbst war nicht zufrieden. Er war sogar unglücklich. In einem seiner Berichte, der Bilanz des ersten Monats, hieß es: Brunos Wissensdurst und Gründlichkeit im Lernen seien außerordentlich. Aber ein Verhältnis des Vertrauens, wie es zwischen Erzieher und Zögling bestehen müsse, kündige sich nicht einmal im Keim an. Während des ganzen Monats habe der Junge nie etwas über sich selbst gesagt, nur von allgemeinen Dingen gesprochen, mit einer unheimlichen Frühreife. Die Freundlichkeit, ja selbst die Heiterkeit des Jungen erscheine ihm wie die Tarnung eines zweiten, versteckten We-

sens. Mit ihm, der sich wirklich bemühe, das Herz des Jungen zu gewinnen, sei Bruno nicht freundlicher als mit dem Oberst Jans, der schließlich nur zweimal die Woche zur Stunde erscheine und sich sofort wieder in den Wagen setze und in die Stadt zurückkehre.

Ich hielt Rysselgeert zur Geduld an und warnte ihn. Er solle nur ja nicht versuchen, sich Brunos Vertrauen zu erzwingen. Eines stehe fest: Bruno schätze ihn als Lehrer.

Gerade um diese Zeit hatte ich eines Samstagnachmittags Bruno, den man früher nie unbeschäftigt traf, im großen Salon auf einem Sessel in offensichtlich schlechter Stimmung hingerekelt gefunden.

Was ihm fehle?

»Er ist wieder einmal fort«, sagte er.

»Wer?« fragte ich.

»Rysselgeert! Sie erlauben es ihm ja.«

Ob er seinem Erzieher diese armen vierundzwanzig Stunden freie Zeit denn nicht gönne?

Doch, doch, versicherte er, aber es klang so gereizt, daß ich ihn in Ruhe ließ. Was hätte ich darum gegeben, wenn ich es gewesen wäre, den Bruno so vermißte.

Am nächsten Tag, dem Sonntag, war Belvedere voller Gäste. Rysselgeert kam vor dem Abendessen als erster in den Salon. Ich hatte ihn noch nie im Smoking gesehen. Das glatte Schwarz stand ihm gut. Er war sehr ernst und doch strahlend. Mit Bruno, da habe er jetzt Hoffnung. Er hatte, als er bei der Rückkehr sein Motorrad einstellte, Bruno in der Garage gefunden. Der Junge sagte ihm, es sei viel Zeit bis zum Abendessen, sie könnten noch einen Spaziergang im Park machen. Überzeugt, daß Bruno ihm etwas Besonderes sagen wolle, hatte Rysselgeert einen Seitenpfad eingeschlagen, wo er sicher war, keinem meiner Gäste zu begegnen. Als dann aber Bruno nach einer guten halben Stunde noch immer nur von den letzten im Funk gehörten Sportnachrichten sprach, hatte Rysselgeert auf die Uhr gewiesen. Wenn er etwas auf dem Herzen habe, möge er es jetzt sagen. Da hatte Bruno geantwortet: was er denn auf dem Herzen haben solle? Aber er fühle sich so wohl, wenn sie zusammen seien.

Ungeschickterweise hatte Rysselgeert ihm darauf nur gesagt, auch er sei gern mit ihm zusammen, ob draußen oder vor den Schulbüchern, und es gefalle ihm überhaupt in Belvedere.
Rysselgeert hatte offenbar nicht daran gedacht, wie sehr der gesellschaftlich doch schon gewandte Junge gewohnt war, nicht wörtlich zu nehmende Höflichkeiten sowohl zu hören als auch auszusprechen, daß also diese nur wie ein Gegenkompliment klingende Antwort Bruno enttäuscht haben konnte. Erst viel später begriff ich, warum Rysselgeert sich trotz seiner großen Freude so gemessen verhalten hatte.
Ich sagte ihm, was mir nie gelungen sei, das habe er erreicht: den Jungen aus seinem Schneckenhaus hervorzulocken.
Dafür war ich Rysselgeert so dankbar, daß ich in letzter Minute die Tischordnung ändern, ihn von einer älteren Soziologin weg und neben die bildhübsche Tochter des italienischen Botschafters setzen ließ, auf den begehrtesten Platz des Abends.

Zwei Tage später wurde ich zu Verhandlungen nach Brasilien gerufen. Ich mußte mit einer längeren Abwesenheit rechnen. Bevor ich zum Flugplatz fuhr, rief ich Rysselgeert an und beschwor ihn, im Umgang mit Bruno nie zu vergessen, daß der Junge bisher – und mit Recht – jeden seiner Erzieher vor allem als seinen Aufseher empfunden hatte, Belvedere als sein Gefängnis und mich als dessen Direktor. Die Freundschaftserklärung vom Sonntag besage nur, daß er die Sympathie Brunos in starkem Maße gewonnen habe; Vertrauen aber sei noch nicht da, in diesem Punkt dürfe er sich nicht täuschen.
Auch von Bruno verabschiedete ich mich durchs Telefon. Als ich schon einhängen wollte, fragte er mich noch, ob ich wisse, wann Rysselgeert Geburtstag habe. Ich versprach ihm, das Datum durch Eckhoud feststellen zu lassen.
Auf dem Flugplatz wurde ich ausgerufen und ans Telefon gebeten. Es war Bruno: Der Geburtstag sei schon in zehn Tagen. Ich möge ihm durch Eckhoud Geld bringen lassen, er müsse Rysselgeert etwas Schönes schenken, einen so fleißigen Lehrer habe er noch nie gehabt. Auch ich müßte eigentlich Rysselgeert etwas geben. Ich sagte ihm eine beträchtliche Summe zu, für Geschenke von uns beiden.

Daß er mich vor dem Einhängen mit seinem ewigen »Ich danke Ihnen verbindlichst, Großvater« abspeiste, verdroß mich diesmal weniger als sonst. So froh war ich darüber, daß ihm daran lag, Rysselgeert Freude zu machen. Aufgefallen war mir, daß er ihn einen ›fleißigen‹ Lehrer nannte. Das gefiel mir. Ich fragte mich, ob er später fähig, ob es ihm gegeben wäre, zu entdecken, daß Rysselgeert etwas noch Besseres besaß als seinen Lehrfleiß, etwas Seltenes: ein fleißiges Herz. Das, was ich am meisten an ihm schätzte.

Als ich von dieser Reise zurückkehrte, sagte man mir als erstes, der Erzieher meines Enkels wünsche mich so schnell wie möglich unter vier Augen im Büro zu sprechen, nicht erst am Wochenende in Belvedere.
Drei Stunden später saß Rysselgeert mir gegenüber: Bruno führe eine heimliche Korrespondenz mit seinem Vater und habe diesem Geld geschickt! Rysselgeert hatte die Beweisstücke mitgebracht. Er hatte sie in seinem Wohnzimmer auf dem Boden gefunden. Sie mußten Bruno aus der Tasche geglitten sein.
Es waren zwei Briefe Collignons. In dem älteren dankte er Bruno für einen Brief und eine nicht bezifferte Geldsendung. In dem zweiten fragte er, wann er wieder auf eine Anweisung rechnen könne. Die Briefe waren nicht datiert, sie trugen die Nummern 25 und 31, was auf einen regelmäßigen Postverkehr schließen ließ.
Ich fragte Rysselgeert, was Bruno ihm zum Geburtstag geschenkt habe.
»Blumen, in Ihrem Auftrag.«
»Sonst nichts?« Ich sagte ihm, warum ich das wissen müsse.
Er hatte Rysselgeert ein selbstverfertigtes Gedicht auf den Tisch gelegt und gesagt, da er kein Taschengeld bekomme, habe er ihm nichts kaufen können.
Wir waren wenigstens in einem Punkt beruhigt. Das Geld, das er seinem Vater geschickt hatte, mußte das gewesen sein, das ich ihm für die Geschenke hatte geben lassen.
Ich fragte Rysselgeert, ob Bruno je von diesem Vater gesprochen habe.
Nie! Seine Vermutung, der Junge habe aus Scham geschwiegen,

sei jetzt ja bestätigt. Ein Vater, der sich von seinem vierzehnjährigen Sohn Geld erbettle!
»Weil er von seiner Frau keins mehr bekommt.« Rysselgeert wußte nicht, daß meine Tochter sich von Collignon getrennt hatte.
Ich war froh, daß Rysselgeert Bruno nicht zur Rede gestellt hatte, Bruno also nicht ahnte, daß wir ihn nun beobachten würden. Wir mußten herausfinden, wer in Belvedere sein Helfer war, über wen er Briefe empfing und wer für ihn mit dem Geld auf die Post gegangen war. Wir zogen Eckhoud ins Vertrauen. Er riet, Rysselgeert solle morgens den Briefträger abfangen, sich den immer großen Pack Post aushändigen lassen und dann rasch auf den Umschlägen nach der Handschrift Collignons suchen.
Auf diese Weise fanden wir Brunos Helfer schon wenige Tage später. Es war der alte Victor. Dieser Mann hatte keinen Grund, mir ergeben zu sein, die Firma hatte ihn beim Kauf von Belvedere vom Vorbesitzer mitübernehmen müssen.
Es war ein guter Zufall, daß die Entdeckung auf einen Samstag fiel: Ich befand mich in Belvedere. Als Rysselgeert mir den abgefangenen Brief brachte, hatte er Bruno bereits angekündigt, sie würden auf seinem Motorrad in ein ziemlich entferntes Sumpfgebiet fahren und dort Naturkunde im Freien treiben. Victor sollte an diesem Morgen keine Möglichkeit haben, mit Bruno zu sprechen.
Dann rief ich Victor in mein Arbeitszimmer und erklärte ihm, von wem der Brief komme, wisse ich, er solle ihn sofort vor mir öffnen. Einem Minderjährigen als Briefkasten zu dienen sei strafbar.
In dem Umschlag, der in Paris abgestempelt war, lag nur ein Photo Collignons. ›Dem besten und geliebtesten aller Söhne, von seinem unglücklichen, sich nach ihm verzehrenden Vater‹ stand auf der Rückseite. Der ganze Collignon in diesen Worten!
Ich ging in den Nebenraum, um selbst eine Photokopie zu machen. Als ich das Photo in den Apparat gesteckt hatte, begann ich Victor zu verhören. Seit wann und wie oft die Briefe kämen?

Wie ich es erwartet hatte, mußte Collignon diese Korrespondenz verabredet haben, als er, während einer meiner Reisen, heimlich Bruno in Belvedere besucht hatte. Aber Collignon habe nur selten geschrieben, versicherte Victor. Ich glaubte es nicht, weil die Briefe, die ich besaß, die Nummern 25 und 31 trugen. Ob ihm, fuhr ich fort, die Herkunft des Geldes bekannt gewesen sei, das er kürzlich für Bruno an Collignon geschickt habe.

Er sei zuerst erschrocken vor der hohen Summe, er wisse, daß Bruno kein Taschengeld erhalte, aber es sei ja das Geld gewesen, das Bruno für den Kauf von Geburtstagsgeschenken gehabt habe.

Die Photokopie war fertig. Ich steckte das Original in den Umschlag zurück und reichte ihn Victor: In Zukunft müsse er jeden Brief Collignons ungeöffnet Rysselgeert bringen, der würde ihm die Briefe stets zehn Minuten später wiedergeben, damit er sie ohne auffällige Verspätung Bruno aufs Zimmer legen könne, wie diesen.

Mit erbrochenem Umschlag?

Er bekäme sie wieder zugeklebt zurück.

Als er draußen war, rief ich Eckhoud. Auch er hielt es für notwendig, Brunos Zimmer zu durchsuchen.

Zu unserer Überraschung war Brunos Schreibtisch nicht abgeschlossen. Mit ihm fingen wir an, dann durchsuchten wir alle anderen Möbel, schließlich schüttelten wir jedes Buch seiner Bibliothek, aber nirgends ein Brief von Collignon. Plötzlich zeigte Eckhoud auf den Teppich, der über den Boden gespannt war. »Darunter müssen sie liegen. Warum hat er dieses Werkzeug hier!« Er zog aus einem Fach des Schreibtischs eine kleine Zange. »Damit zieht er die Nägel aus dem Teppich, wenn er sein Versteck öffnet.« Er tastete den Teppich nach einer Verdickung ab, und als er auf dem sichtbaren Teil keine fand, schob er das Bett von der Wand, und sofort stieß er auf eine Stelle, wo die Nägel nicht so regelmäßig eingeschlagen waren wie sonst überall.

Wir fanden nicht nur über dreißig, in den Umschlägen verwahrte Briefe Collignons und viele Blätter von der Hand Brunos, numerierte Entwürfe seiner Briefe an Collignon, wir fan-

den auch ein Dutzend Quittungen über Geldanweisungen an ihn.
Woher hat der Junge das Geld? Das war natürlich mein erster Gedanke. Beim flüchtigen Addieren der Zahlen auf diesen Quittungen kam ein Betrag heraus, dessen Höhe mich bestürzte.
Wir schlossen das Zimmer ab, und Eckhoud begann sofort mit dem Photokopieren der Papiere. Er wollte alles vor Brunos Rückkehr wieder unter den Teppich stecken. Wenn Bruno, wegen der ersten Entdeckung von Victor gewarnt, sich beunruhigen würde, sollte er sich in dem Glauben wiegen, die schlimmsten seiner Heimlichkeiten seien mir entgangen.
Victor müsse man noch einmal verhören, meinte Eckhoud. Auch mir schien dessen Rolle nun vollends undurchsichtig.
Daß Collignon in nahezu jedem seiner Briefe seine ›von Feinden verschuldete‹ Armut schilderte und in jedem fünften Bruno um Geld bat, regte mich am wenigsten auf. Auch ich hatte eine Zeitlang solche Briefe von ihm erhalten; dieser Säufer war ein schamloser Schnorrer. Aber daß Bruno ihm in drei Briefen geschrieben hatte, ich hätte ihm sein ›Monatstaschengeld‹ nicht pünktlich ausgezahlt, und so die ›Verspätung‹ einer Geldsendung nach Paris begründete und wegen des Verzugs um Entschuldigung bat und daß er in dem Entwurf zu einem anderen Brief schrieb, er habe in der Lotterie gewonnen und könne ihm eine Extrazuwendung machen, das war es, was mich unglücklich machte. Ich fragte mich nicht mehr, auf welch unredliche Weise hat der Junge sich das Geld verschafft, ich war unglücklich, weil Bruno diesen Schurken offenbar so sehr liebte, daß er ihm sogar vorlog, er bekomme Taschengeld. Für mich nur Kälte, sagte ich mir voll Bitterkeit, und für einen solchen Menschen geht er stehlen.
Ich bat Eckhoud, die Sache allein fertig zu machen.
»Wenn man das liest, kann einem wahrhaftig übel werden«, sagte er. Der Junge tue ihm leid, man spüre ja aus manchen Briefentwürfen die Verzweiflung, wenn er dem Kerl kein Geld habe schicken können.
Daß ich mir diese Verzweiflung Brunos nicht vorgestellt hatte, beschämte mich. Schon war ich entschlossen, die Sache so aus der Welt zu schaffen, daß ich Bruno nicht bestrafen müßte.

Aber dann reichte Eckhoud mir zwei Blätter, die im gleichen Umschlag mit einem der Briefe Collignons gelegen hatten. »Lesen Sie das, jetzt fängt die Sache an, schlimm zu werden.«
Es war eine von Victor unterschriebene und neben seiner Unterschrift mit Victors Daumenabdruck versehene Erklärung, worin er dem mit seiner ganzen Adresse, dem Alter und vollen Namen benannten Bruno bestätigte, von ihm beim Verkauf einer in Belvedere gestohlenen silbernen Fleischplatte erwischt worden zu sein. Dem Datum nach lag dieser Diebstahl mehr als ein Jahr zurück.
Eckhoud sagte: »Damit hat er den Diener erpreßt. Von ihm also kam das Geld.«
Auf dem zweiten Blatt, dem Entwurf zu einem Brief an Collignon, schilderte Bruno, wie er nach einer Behandlung bei meinem Zahnarzt in der Hauptstadt mit dem Erzieher durch die alten Gassen geschlendert war und dort zufällig durch das Schaufenster eines kleinen Ladens Victor dem Trödler eine silberne Platte zeigen sah, und wie er am nächsten Tag in Belvedere Victor zum Geständnis des Diebstahls gebracht und zum Rückkauf der Platte gezwungen hatte. Victor müsse jetzt alles tun, was er verlange.
Der Vater ein Mitgiftjäger und Schnorrer, der Sohn ein Erpresser! Dieser Gedanke schlug mich so nieder, daß ich Victor, als er, von Eckhoud geholt, vor mir stand, nur noch fragte, wieviel Geld Bruno ihm abgepreßt habe; es würde ihm sofort zurückerstattet.
Nachdem Victor endlich das an Erklärungen und Tränen reiche Geständnis des Diebstahls, das ich gar nicht hören wollte, hinter sich gebracht hatte, begriff er überhaupt erst meine zum dritten Mal wiederholte Frage. Geld? Nein, der Junge habe ihn nie zu etwas anderem gezwungen, als die Korrespondenz zu vermitteln, das Geld einzuzahlen und die Sachen in der Stadt zu verkaufen.
»Was für Sachen?« riefen Eckhoud und ich zugleich.
Es sei immer nur Brunos Eigentum gewesen, nichts aus dem Hause, Bruno wisse doch, daß die Möbel und überhaupt das ganze Besitztum der Firma gehöre und nicht mir persönlich. Ich solle nur einmal in Brunos Zimmer nachsehen. Was alles

dort fehle! Und er zählte uns auf: das silberne Papiermesser, der goldene Füllfederhalter, die wertvollen Briefmarkenalben, die Sammlung seiner Pferdestatuetten und sogar die vier Messingknöpfe seines Bettgestells. Bruno hatte ihm versichert, dieses Bett sei ein Geschenk meiner Frau.
Schon an der Tür, verriet Victor uns noch, Bruno habe ihn seinerzeit auch gezwungen, mir die Sache mit dem Hund zu ›verklatschen‹ und später den Hund zu verkaufen.
Ich begleitete Eckhoud, als er die Korrespondenz in Brunos Zimmer zurückbrachte. Er schob die Papiere unter den Teppich und nagelte ihn wieder fest. Dann sahen wir uns im Zimmer um. Victor hatte die Wahrheit gesagt: Die Gruppe der Pferde, Kleinbronzen von Renée Sintenis, die ich in Deutschland bei der Künstlerin für ihn gekauft hatte, war nicht mehr da. Und am Gestell des Bettes fehlten die vier originellen Messingverzierungen, entzückende Pferdestatuetten, derentwegen meine Frau ihm das Bett geschenkt hatte. Das alles, woran er sehr gehangen, hatte er weggegeben für seinen Schuft von Vater.
Eckhoud war ebenso erschüttert wie ich. »Setzen Sie ihm ein gutes Taschengeld aus, damit er etwas hat, das er seinem Vater schicken kann«, sagte er, als wir das Zimmer verließen.
Ich hätte meinen Sekretär umarmen mögen für diesen Gedanken, den ich doch als erster hätte haben müssen.
»Und Victor brauchen Sie als Komplicen,« fuhr er fort, »wenigstens noch eine Zeitlang.«

Als Rysselgeert und Bruno kurz vor dem Mittagessen vom Botanisieren zurückkamen, ging ich zu Bruno hinauf: ich hätte während ihres Ausflugs den Schulinspektor gespielt und in seine Hefte gesehen.
Als Anerkennung für seinen Fleiß solle er nicht erst von seinem sechzehnten Geburtstag an, sondern ab sofort ein monatliches Taschengeld bekommen. Über dessen Verwendung schulde er niemandem Rechenschaft.
Bruno konnte seine Freude nur schwer verbergen. Aber er flog mir nicht an den Hals. Er trat steif vor mich hin, machte eine leichte Verbeugung und sagte sein ewiges: »Ich danke Ihnen verbindlichst, Großvater.«

Wie er es verstand, mich zu verletzen und zu entmutigen! Und das nicht unbewußt.
Als Rysselgeert später von mir erfuhr, was Eckhoud und ich in Brunos Zimmer entdeckt hatten, sagte er: »Sein Vertrauen werde ich also erst dann gewonnen haben, wenn er mir auf meine Frage, was er mit dem Taschengeld macht, die Wahrheit sagt.«
Es sei besser, diese Frage nie zu stellen, antwortete ich, zum ersten Mal froh, daß es Samstag war und Rysselgeert noch vor Tisch wegfuhr und mir, bei meiner Verstimmung gegen ihn, seine Gesellschaft erspart blieb. Bruno, dessen Geheimnis er doch nun kannte, ein Geständnis abpressen zu wollen, während er selber ein Geheimnis um das Ziel seiner Samstagsfahrten machte, das mißfiel mir über alle Maßen.

Die Königin-Mutter

Bruno sandte, wie ich es erwartet hatte, nahezu sein ganzes Taschengeld nach Paris. Und immer schickte er Victor auf die Post. Über ihn ließ er auch, ohne unsere Aufsicht zu ahnen, weiterhin die Korrespondenz gehen. Ich wollte diese nicht mehr sehen, ließ aber alles durch Rysselgeert photokopieren. Es empörte ihn, daß ich Victor für jeden abgegebenen Brief eine Prämie zahlte. Er fand sich nur langsam mit diesem ›Schatten‹ ab, der auf seinem Verhältnis zu Bruno lag.
Bruno hatte schon zum dritten Mal sein Monatsgeld erhalten, da brachte Rysselgeert mir an einem Freitagabend, als ich zum Wochenende in Belvedere eingetroffen war, das Original eines Briefes, das Victor auf die Post hatte schmuggeln sollen. Bruno bat in diesem Brief seinen Vater, ihn nach Paris kommen zu lassen, für immer. Auch wenn er es bei ihm nicht so schön haben würde wie in Belvedere.
»Der arme Junge!« Mehr konnte ich nicht sagen, ich wußte, wie die Antwort ausfallen würde. Rysselgeert, der schon sehr geschickt geworden im Öffnen der Briefe, klebte ihn zu und brachte ihn selber auf das Postamt im Dorf.
Vierzehn Tage mußte Bruno auf Antwort warten. Sie übertraf

meine Befürchtungen. Rysselgeert hatte mir die Photokopie in die Stadt geschickt. Am Kopf des Briefs stand die Adresse einer Pariser Klinik. Er sei sehr krank, schrieb Collignon, die Ärzte ständen vor einem Rätsel. Wegen der Gefahr der Ansteckung sei an ein Zusammenwohnen nicht zu denken, bevor er wieder ganz gesund wäre, in einem Jahr vielleicht, sie müßten sich dann treffen, um alles zu besprechen. Er mache sich große Sorgen, der Aufenthalt im Krankenhaus sei sehr teuer.

Übel wurde es mir von diesem Brief. Ich nahm an, daß der Alkohol Collignon wieder einmal zu Boden geworfen hatte und daß die Wohlfahrtsbehörden ihn zu einer Entziehungskur in das Krankenhaus eingewiesen hatten.

Am nächsten Morgen telefonierte Rysselgeert mir, Bruno habe an die Klinik geschrieben und Auskunft erbeten über die Art der Krankheit Collignons und die Kosten.

Was aber auf diesen Brief erfolgte, schlug selbst bei mir, dem doch wirklich Abgehärteten, wie der Blitz ein: das Krankenhaus schrieb zurück, einen Patienten namens Collignon hätten sie nicht, wohl aber während vierzehn Tagen einen Telefonisten dieses Namens gehabt. Der sei aber nicht mehr bei ihnen beschäftigt.

›Nicht mehr bei ihnen beschäftigt‹, diese Formel für eine Entlassung kannte ich. Wenige Stunden später hatte ich durch das Pariser Büro der Firma eine zuverlässige Auskunft: Collignon war während des Nachtdienstes an das Bett eines schlafenden Patienten geschlichen und hatte ihm die Brieftasche unter dem Kissen weggestohlen. Er saß in der ›Santé‹, dem Hauptgefängnis von Paris. Nun war also eingetreten, wovor die Hilfe meiner Tochter ihn zweimal hatte bewahren können, als er mit ungedeckten Schecks gezahlt hatte.

Ich fuhr abends mit Eckhoud nach Belvedere. Er und Rysselgeert meinten, nun müsse man Bruno die ganze Wahrheit sagen. Ich verbot es. Und wie richtig war das! Bruno mußte verstanden haben, daß sein Vater ihn nur ausgebeutet und hintergangen hatte. Das war hart genug. Zwei Tage blieb er im Bett, er habe unerträgliche, nicht erklärliche Kopfschmerzen. Niemand erfuhr, was er empfand.

Auf Drängen Rysselgeerts schickte ich Eckhoud, versehen mit

einem Schreiben unseres Ministers der Justiz, nach Paris zu den Behörden. Der Fall liege sehr schlecht, sagte man. Collignon sei in Frankreich vorbestraft, mit Bewährungsfrist allerdings, doch wegen eines ähnlichen Diebstahls in einem Hotel. Diesmal werde das Urteil um so härter sein, und die Ausweisung werde folgen, zumal er sich, den Polizeiakten nach, seit seinem siebzehnten Lebensjahr bis zum Ruin seiner Schönheit von Frauen und Männern habe aushalten lassen. Noch sei nicht alles geklärt im Fall Collignon. Er sitze ja auch noch immer nur in Untersuchungshaft.

Bevor Eckhoud zurückreiste, verschaffte er – dies gleichfalls auf Rysselgeerts Drängen – Collignon einen Verteidiger, der sich verpflichtet hatte, dem Häftling zu verschweigen, wer das Honorar bezahlte. Rysselgeert hatte mir gesagt: »Sollte Bruno die ganze Wahrheit über seinen Vater erfahren, dann wird er Ihnen nicht vorwerfen können, man habe den Mann ohne Verteidiger gelassen.«

Briefe von Collignon waren jetzt nicht zu befürchten. Das wußten wir bald. Weil er nicht geschieden war, hatte er angenommen, meine Tochter sei es gewesen, die den Anwalt geschickt hatte. Sie hatte mir den ersten Brief, den er schreiben durfte und an sie gerichtet hatte, zugestellt. Ich bat sie, ihrem Mann, solange es erlaubt wäre, Geld zu schicken, und ließ sie wissen, was er bei Bruno angerichtet hatte. Sie solle Collignon verbieten, dem verstörten Jungen zu schreiben.

Bruno blieb viele Wochen düster in sich gekehrt und äußerst gereizt gegen das Hauspersonal. Nur mit Rysselgeert und Eckhoud lächelte er manchmal; die beiden bemühten sich, ihn zu zerstreuen. Mich mied er, wo er nur konnte.

Aber allmählich tat die Zeit doch ihr Werk. Er schien sich wieder auf die Springstunden mit Oberst Jans zu freuen, die er lange nur mürrisch hatte über sich ergehen lassen.

»Es geht aufwärts mit ihm«, sagte Rysselgeert eines Freitags nach meiner Ankunft in Belvedere. Und dann erklärte er mir: Da von Collignon keine Gefahr mehr drohe für die nächsten drei Jahre – zu so viel war er inzwischen verurteilt worden –, solle man Bruno endlich in eine öffentliche Schule schicken.

Rysselgeert und Bruno zogen zu mir in das Haus, das die Firma mir in der Hauptstadt stellte. Dort war ich einst mit meiner Frau glücklich gewesen. Nun wurden endlich wieder die meisten Zimmer benutzt. Wir hatten Victor mitgenommen. Bruno sollte für jeden Fall seinen ›Briefkasten‹ behalten.
Rysselgeert wollte sich nach einer anderen Erzieherstelle umsehen, sobald alle Formalitäten für Brunos Eintritt ins Gymnasium erledigt waren. Er suchte auch Brunos künftigen Klassenlehrer auf, um dem Jungen die üblichen Fragen nach Beruf und Wohnsitz des Vaters zu ersparen, auch die nach der Religion. Bruno war, wie seine Mutter, nicht getauft. Überzeugt von dem Schweigen des Schöpfers oder der Kraft, die das Weltall hat erstehen lassen, lehnten meine Frau und ich jede sich auf eine Offenbarung berufende Religion ab und hatten folgerichtig unsere Tochter nicht taufen lassen. Damit Bruno das Hauspersonal, das zur Kirche ging, nicht verachte, hatte ich ihm schon früh beigebracht, daß unsere Unkenntnis des Ursprungs und des letzten Sinns der Existenz uns vor jedem Hochmut des Geistes bewahren müsse. Je geringer er die Religionen achte, um so bescheidener müsse er von der kleinen, dem Menschen möglichen Kenntnis denken. Diese Bescheidenheit sei die einzige, die ich ihm überhaupt abverlange, diese jedoch selbst dann, wenn er der größte Mathematiker aller Zeiten werden würde. Er mußte sich das gut gemerkt haben, denn er spöttelte nicht ein einziges Mal über eine von meinen Gästen oft belachte Votivtafel der Kirche unseres Dorfes, worauf ein Student der Physik ausgerechnet dem biederen heiligen Joseph für ein ›gut bestandenes Staatsexamen‹ dankte.

Rysselgeert fürchtete, der Unterricht in dem Gymnasium, das Bruno besuchte, sei gar zu christlich geprägt; er sah Konflikte voraus. Aber der Wechsel – das für ihn doch auch völlig Neue einer öffentlichen Schule, wo er Kameraden aus allen Schichten hatte – schien Bruno nicht zu berühren.
Wir stellten ihm keine Fragen, nicht einmal nach seinen Lehrern und Kameraden. Wir wollten geduldig warten, bis er von sich aus erzählen oder wenigstens den einen oder anderen erwähnen würde. Aber wenn er nach Hause kam, schwieg er sich

aus. Das überraschte und beunruhigte nur Rysselgeert, der es immer noch nicht erfaßt hatte, wie verschlossen der Junge sein konnte. Darin war Bruno seiner Mutter nachgeschlagen, die mich nicht einmal ihre richtige Adresse wissen ließ.

Ich hatte Rysselgeert angeboten, in meiner Firma zu arbeiten und, Brunos wegen, weiter bei mir zu wohnen. Der Vorschlag hatte ihm sofort gefallen. Er besprach täglich mit dem Jungen die Schulaufgaben, morgens beim Frühstück oder abends vor dem Essen.

Rysselgeert war für eine Ausbildung zum Chemiker schon zu alt. Aber das Niveau seiner Kenntnisse in Mathematik bot mir die Gewähr, daß er dort, wo nicht gerade Chemiker verlangt wurden, etwas leisten könne. Er begann in einem der Büros, wo die Unterhaltskosten der verschiedenen Abteilungen des Unternehmens errechnet wurden. Schon nach kurzer Zeit meldete man mir, der Neue habe ›was los‹. Die Arbeit und auch die Atmosphäre eines so verzweigten Betriebs gefielen ihm außerordentlich, und wenn es sich traf, daß ich abends zu Hause mit Bruno und ihm aß, wurde bald nur noch von Angelegenheiten der Firma gesprochen. Ich förderte das; ich hatte Pläne mit Rysselgeert.

Wenn ich dann zuweilen Bruno fragte, ob ihn diese Gespräche auch nicht langweilten, beteuerte er, im Gegenteil, es sei viel interessanter zu erfahren, mit wieviel Unkosten zum Beispiel die Beantwortung eines Kundenbriefs verbunden sei, als die Zahlen der Schlachten des Altertums auswendig zu lernen.

Acht Tage vor Brunos Geburtstag verriet Rysselgeert mir, der Junge habe sich für sein Fest ein seltsames Geschenk von ihm erbeten: eine Kalkulation der Summe, die er seine Eltern und mich seit seiner Geburt gekostet habe; in allem: Essen, Kleider, Wohnung, das Gesamte! »Um mir keine Geldausgabe für ein Geschenk zu verursachen, hat er sich das ausgedacht. Ist es nicht rührend«, schloß der gute Rysselgeert.

Wer mich rührte, das war Rysselgeert! Seine naive Deutung des Wunsches! Ich erklärte mir den ganz anders. Eineinhalb Jahre zuvor, als Bruno mir noch häufig die abstoßendsten, ihm, auf meine Vorstellungen hin, von seiner Mutter schließlich verbotenen Auftritte machte, hatte er mir einmal im Zorn hinge-

worfen: Alles, alles, was für ihn von mir ausgegeben werde, würde er mir mit hohem Aufgeld zurückerstatten, wenn er ›groß‹ wäre.
Nun bezog er also auch seinen Vater in diese Idee der Rückerstattung ein. Ich schloß daraus, daß er diesem nicht verziehen hatte.
»Wollen Sie ihm diese Kalkulation denn machen«, fragte ich Rysselgeert.
»Nicht als Geburtstagsgeschenk. Ich habe ihm vorgeschlagen, diese Kalkulation zusammen mit ihm auszuarbeiten; allein das Errechnen der Ausgaben für sein Essen wird uns viele Stunden beschäftigen. Er war einverstanden.«
»Und was hat er sich dann zum Geburtstag gewünscht?« fragte ich.
»Ein Handbuch der Betriebskostenerrechnung.«
Ich verschwieg Rysselgeert, warum mir dieses Interesse so unbehaglich war.
Der Geburtstag fiel auf einen Samstag.
Wir wollten Bruno beim Mittagessen feiern und beschenken. Deshalb waren keine Gäste zu dieser Mahlzeit nach Belvedere geladen.
Aber da erschien zu unser aller Schrecken gegen 12 Uhr ein Zug schwarzer Limousinen auf dem Platz vor dem Perron. Die Königin-Mutter mit großem Gefolge! Mit ihrem ganzen Hause, also Zofen und Lakaien eingeschlossen. Diese, offensichtlich dienstfrei, trugen helle Sommersachen; die Diener, aber auch der Vorleser der Königin, waren in offenem Hemd ohne Jacke! Und das alles plaudernd, gaffend und lachend aus den Wagen auf den Rasen. Ich staunte nur. Sogar der Oberst de Roy, den jeder verdächtigte, in der Uniform zu schlafen, trug Zivil. Ich riß aber erst recht die Augen auf, als die Königin ihren Chauffeur, der den Schlag geöffnet hatte, mit gespieltem Zorn auf seinen Platz zurückschickte und ihm, als er wieder am Steuer saß, befahl, ›gefälligst als Urlauber‹ auszusteigen und sich zu den anderen zu gesellen. Dann erst verließ sie den Wagen, den ich inzwischen wieder geöffnet hatte. Eine Dame, die mit ihr gekommen war, stellte sie mir als ihre schwedische Freundin, Gräfin Göteborg, vor.

Was sollte das?
Die Königin-Mutter, zweimal Doktor: der Physik und der Biologie, war nirgends so geschätzt wie in den Kreisen der Wissenschaft, doch ihre Überraschungsbesuche hatte niemand gern. Ich denke noch heute mit Ingrimm daran, wie sie einmal unangemeldet in einem unserer Laboratorien auftauchte, gerade als man dort ein äußerst gefährliches Experiment mit Gasen begonnen hatte.
Nun, wir wollten ja nur zu Tisch gehen, als sie diesmal einbrach, um, wie sie erklärte, ihrem Hause und ihrer Freundin Belvedere zu zeigen und was dazu gehöre. »Warum sollen nicht auch wir einmal einen richtigen Betriebsausflug machen«, rief sie laut, mehr zu ihren Leuten gewandt als zu mir. Diese beklatschten und belachten das Wort ›Betriebsausflug‹, und alle, selbst der Oberst de Roy, schienen die Unterschiede des Chargenrangs vergessen zu haben, mit Ausnahme des Maître d'hôtel und des Küchenchefs, des ›hochmütigsten Kochs der Welt‹, wie er nach dem fehlgeschlagenen Versuch eines Interviews einmal von dem enttäuschten Reporter genannt worden war. Diese beiden standen, dunkel gekleidet und mit Respekt für den Rasen, auf dem Kies, die Hände im Rücken verschränkt, ganz Mißbilligung, als wüßten sie bereits, wie sehr man höchsten Ortes über diesen ›Betriebsausflug‹ verschnupft sein würde.
Daß die Königin-Mutter sich diesmal etwas Ausgefallenes geleistet hatte, das so sympathisch war, ließ mich den anfangs empfundenen Ärger über die Störung vergessen, und als sie wohlgelaunt meinen Enkel verlangte, den sie von ihren häufigen Besuchen her kannte, ließ ich auch Rysselgeert kommen und stellte ihn vor.
So mußten wir drei mit ihr und der Fremden in den Park, das Gefolge wie eine undisziplinierte Schulklasse hinter uns. Als die Königin unterwegs von mir erfuhr, daß Rysselgeert der Neffe des gleichnamigen Bildhauers war, forderte sie ihn auf, einige Arbeiten seines Onkels, die er gewiß noch nie gesehen habe, bei ihr zu bewundern. Im Herbst, mit Bruno.
»Wie alt sind Sie jetzt, Bruno?« fragte sie.
»Fünfzehn«, sagte er strikt – wie es sich bei Hofe gehört, nur die Frage beantwortend und die Königin richtig betitelnd. Aber

mein guter Rysselgeert, naiv und, wie er selber gesagt, ›ohne Schliff‹, fügte – ungefragt! – hinzu: »Bruno feiert gerade heute seinen fünfzehnten Geburtstag.«

»Sie haben vollkommen recht, mir das zu verraten«, kam es zurück.

Rysselgeert merkte nicht, daß man ihn mit diesem freundlichen Wort getadelt hatte. Bruno wurde dennoch von der Königin geküßt. Als ihre Begleiterin ihn beglückwünschte, sagte die Königin: »Wie erwachsen er schon wirkt, ich gratuliere zu ihm!« Dabei zog sie ein Notizbüchlein aus ihrer Handtasche, rief eine der Hofdamen heran, schrieb schelmisch vor sich hin lächelnd etwas auf und schickte die Dame mit einem Zettel zum Haus zurück, nachdem sie mich gefragt hatte: »Darf sie Ihr Telefon benutzen?« Mit solchen überraschenden Bitten um die Erlaubnis zu etwas so Geringfügigem hatte sie schon manches republikanisch schlagende Herz für die Monarchie zurückgewonnen. Selbst politisch oder gesellschaftlich abgebrühte Menschen fühlten hinter der Koketterie solcher Bescheidenheit ihr so unvergleichlich artiges Wesen.

Wir schlenderten den nicht immer sanft ansteigenden Park hinauf. Dabei wies sie laut und sich immer wieder nach dem Gefolge umwendend, auf die Schönheit der Anlage. An die erste Wegkrümmung gelangt, von der man bereits das der Firma gehörende Waldgebiet sieht, worin wir für unsere Angestellten eine abgesperrte Oase der Erholung geschaffen haben, setzte sie sich auf eine Bank. Sie winkte das Gefolge heran, zeigte auf die unter uns liegenden Wälder, pries die Fürsorge der Firma und die ›geschmackvolle‹ Architektur der Feriendörfer, die wir dort gebaut haben, die man aber von der Stelle, wo man sich befand, noch nicht entdecken konnte. Auf ihren Wunsch mußte ich einiges über die Organisation des Lebens in diesen Feriendörfern sagen. Dann ging es wieder weiter hügelan.

Als wir den ersten Rehen begegneten, die, obwohl wir so zahlreich waren, ohne Scheu herankamen, erklärte sie, sie sei zu müde, um höher zu steigen. Sie bat Bruno, mit Rysselgeert die Gesellschaft zu dem Aussichtsturm auf der Spitze des Hügels zu führen, damit ihre lieben Gäste sähen, wie hübsch diese Feriendörfer in den Wäldern lägen.

Die Fremde, mit der sie so gut wie nicht gesprochen hatte, forderte sogleich mit einer mich befremdenden Autorität die Gesellschaft auf, nicht bei den Rehen stehenzubleiben. Da begriff ich, daß die Entfernung der Leute mit der Königin-Mutter verabredet war und daß diese mich allein sprechen wollte. Sie sagte auch gleich: »Gehen wir schnell zum Haus zurück.«
Ich müsse ihr helfen, begann sie, sobald die erste Biegung des Wegs hinter uns war. Ich müsse ihr sehr helfen! Bei dem bösen Mann!
Damit konnte sie nur ihren alten Feind, den Minister des Auswärtigen, meinen.
Der käme doch zum Abendessen nach Belvedere, fuhr sie fort.
Daß sie mich wissen ließ, wie gut unterrichtet sie war, mißfiel mir sehr. Das, was sie mir dann endlich sagte, aber noch mehr: sie wolle nach Moskau! Sie wolle Rußland bereisen, um den Marxismus in der Praxis zu sehen. Der böse Mann verbiete es ihr, im Namen der Staatsraison, er behaupte, ein solcher Besuch gehe derzeit gegen die Konzeptionen der Regierung. »Äußern Sie sich«, befahl sie.
Aber ehe ich auch nur ein Wort gesagt, brach sie heftig aus: Ich solle sie jetzt nicht enttäuschen und ihr ja nicht sagen, Moskau würde ihren Besuch propagandistisch mißbrauchen. Das wisse sie, man werde es schamlos tun.
Das war es aber, wovor ich sie hatte warnen wollen.
»Ich erwarte einen Dienst von Ihnen«, sagte sie, und dann gestand sie mir, sie habe ihren Aufenthalt in Moskau bereits festgelegt, heimlich, absolut heimlich. Aber spätestens in vierundzwanzig Stunden würde die Presse hinter ihr herjagen. Sie reise noch heute nachmittag! Mit der Gräfin in deren Heimat; aber Skandinavien sei nur ihre erste Station. Ich möge den Sturm, der sich im Außenministerium erhöbe, glätten.
Daß sie den soeben abgerufenen Botschafter der Sowjetunion so oft zu ihren Hauskonzerten eingeladen und überhaupt bei jeder Gelegenheit ausgezeichnet hatte, war mir früher nie verwunderlich erschienen, doch von diesem Augenblick an empfand ich ein Unbehagen darüber.
Auch ich hatte diesen Mann sehr geschätzt, oft gesehen und einige Male zum Wochenende in Belvedere gehabt. Daran

schien sie gedacht zu haben. »Sie sind der einzige aus der Industrie, der den Botschafter so intim gekannt hat, wie es bei einem Sowjetdiplomaten überhaupt möglich ist. Er hat Sie vor mir seinen Freund genannt. Verteidigen Sie ihn jetzt; denn das Arrangement meines Aufenthalts in Rußland wird man in wenigen Stunden als seinen Abschiedsstreich hinstellen. Unser Minister hält mich für eine törichte Gans.«

Natürlich protestierte ich. Aber sie wiederholte es: »Doch, für eine dumme Gans hält er mich, der böse Mann. Er meint, ich sei dem Botschafter auf den Leim gegangen. Das müßte ja schon ein ganzer Teich aus Leim sein . . . für eine Gans, selbst für eine so magere wie mich!«

Sie schlug mir mit ihrer Handtasche leicht auf den Arm: »Nun geben Sie mir die Absolution! Wenn nicht mit dem Verstand, dann mit dem Herzen! Ich will sicher sein, daß Sie mich verteidigen, wenn ich dort bin. Und auch den Botschafter.«

Ob sie ermesse…? Sie ließ mich nicht ausreden.

»Ich weiß, es ist ein Streich, aber von mir, nicht vom Botschafter.«

Ich sagte ihr, ich sei froh, daß ich derzeit keinen Ministerposten innehätte.

Dann solle ich auch nicht ein Gesicht machen wie ein Minister. Es käme nämlich noch ein zweites Attentat auf mich. Sie sah auf ihre Uhr. Am Hause stehe jetzt der Lieferwagen eines Traiteurs. Alles, auch die Getränke für das Picknick ihrer Gäste, sei bereit. Sie brauche nur einige Helfer aus meinem Personal, um die Eßkörbe zum Aussichtsturm hinaufzubringen. Ihre Gäste müßten dort oben durch eine lange Mahlzeit festgehalten werden. Keiner von ihnen dürfe sehen, wie sie von Belvedere wegfahre. Ihr Sekretär käme sie mit einem Mietwagen holen. Nur er und die Hofdame, die sie soeben zum Telefon geschickt, wüßten von ihrer Abreise mit der Gräfin. Die beiden würden ein anderes Flugzeug als sie und die Gräfin nehmen, aber ab Stockholm mit ihr nach Rußland reisen. Die wenigen Leute ihres Hauses, denen sie Verrat oder Indiskretion zutraue, habe sie mit den anderen zu diesem Ausflug genötigt, um sie unter Aufsicht zu haben. Alle hätten geglaubt, die Spazierfahrt gehe ans Meer, sie seien auch in dieser Richtung aus der Stadt gefahren, dann aber über Querstraßen zurück nach Belvedere. Sie habe die Launenhafte gespielt und diese Änderung des Ziels unterwegs befohlen. So sei sie sicher, daß der böse Mann sie nicht auf dem Weg zum Flugplatz abfangen lassen könne.

Sie wolle damit doch nicht sagen, daß sie von Belvedere aus direkt zum Flugplatz fahren und ohne Zeremoniell abfliegen würde?!

Doch! und inkognito. Unter einem großen Hut und hinter einer dicken Sonnenbrille. Sie reise mit einem schwedischen Paß, von der Gräfin besorgt.

Ich warnte, für das Palais sei das ein unerhörter Affront.

Sie gehöre doch nur noch zum Dekor des Hofs. Die Majestät müsse sich daran gewöhnen, eine Mutter zu haben, die ihre eigenen Wege gehe.

»Aber der Weg nach Moskau! Man wird es nicht verzeihen im Palais ...«

Die Hofdame, die sie zum Telefonieren geschickt hatte, kam uns entgegen. Das Bewußte sei noch nicht verkauft gewesen, meldete sie, in zwei Stunden wäre es in Belvedere.

»Es ist ein Geschenk für Bruno,« sagte die Königin, »übergeben Sie es ihm in meinem Namen. Es ist etwas sehr Hübsches für einen Freund der Pferde.«

Ich bat sie, Rysselgeerts Fauxpas zu entschuldigen.

»Wenn er sehr geknickt ist, wiederholen Sie ihm meine Einladung für den Herbst.«

Wir sahen nun schon den Platz vor dem Perron. Ein kleiner Personenwagen stand dort, ihr Sekretär davor.

Sie schickte die Hofdame zu ihm und sah zurück auf den Weg, den wir heruntergekommen waren. »Da ist die Gräfin,« sagte sie, »es hat also alles geklappt.«

Sie streckte mir die Hand entgegen. »Begleiten Sie mich nicht weiter.«

Ich ging über einen Seitenweg ins Haus.

Fast zwei Stunden später als vorgesehen setzten wir uns zu Tisch. Da das Geschenk der Königin-Mutter noch vor dem Ende der Mahlzeit eintreffen konnte, ließ ich die Päckchen, die man um Brunos Gedeck gelegt hatte, auf die Veranda bringen. Die richtige Gratulation könne erst beim Kaffee stattfinden, ein Paket, ein wichtiges, sei noch nicht eingetroffen.
»Das mit der Zeitbombe, die uns alle in die Luft sprengen soll!« flüsterte er zu Rysselgeert, den Zeigefinger erhoben und die Schultern komisch hochgezogen, als fürchte er sich. Es sei überhaupt ein ganz verhexter Tag, und es gehe bei uns zu wie in einem Kriminalroman: »Die Königin ist mit elf Wagen gekommen, es stehen noch immer elf Wagen draußen. Also war die Gräfin eine Hexe, auf deren Besen beide davongeflogen sind.«
Es war das erste Mal, daß Bruno in meiner Gegenwart alberte. Das war ein Fortschritt.
Was wohl die Hofhaltung der Königin-Mama koste? Sie müßten das einmal errechnen, sagte er zu Rysselgeert. Wieviel Benzin allein dieser Ausflug verschlinge!
Ich hörte das mit Erleichterung. Brunos Interesse für die Kostenerrechnungen schien also doch ein allgemeines zu sein, Spielereien am Rande seiner Leidenschaft für die Mathematik.
Wir waren beim Nachtisch, da wurde ich ›dringend‹ hinausgebeten. Jemand vom Ministerium des Auswärtigen! Das war mein erster Gedanke. War also doch ein Verräter unter den Leuten der Königin?
Es war der Chauffeur eines Kunsthändlers. Er brachte das Geschenk der Königin. Er habe den Auftrag, dieses ausgepackt und in einer bestimmten Ordnung zu präsentieren.
Ich führte den Mann auf die Veranda und zeigte ihm einen Tisch, wo er Platz genug hatte. Ins Speisezimmer zurückgekehrt, sagte ich zu Bruno, das Paket mit der Bombe sei soeben eingetroffen.
Er höre schon die Uhr des Zeitzünders ticken, wie unheimlich! Wie gut tat es mir, daß er endlich auch in meiner Gegenwart aufgeräumt war! Und als man meldete, die Kerzen auf dem

Geburtstagskuchen seien angesteckt, ließ ich Bruno auf die Veranda vorausgehen. Rysselgeert müsse mich noch einmal abhören, die letzten Strophen meines Geburtstagsgedichts säßen noch nicht. Im Jahr zuvor hatte Bruno seine Pakete nämlich unausgepackt auf sein Zimmer mitgenommen. Ich war froh, daß ich mich noch rechtzeitig daran erinnert hatte. Seine Abneigung, andere sehen zu lassen, was er tat und was er fühlte, war ja unberechenbar.

Weil Rysselgeert Brunos Geburtstags wegen auf sein samstägliches Verschwinden verzichtet hatte, sollte er dem Abendessen mit dem Außenminister beiwohnen. Es war eine günstige Gelegenheit, ihm etwas Derartiges in größter Intimität zu bieten. Der Minister wollte bei uns übernachten und sonntags früh zu einer Wanderung durch die Waldungen der Firma aufbrechen und sich das neueste unserer Feriendörfer ansehen, das ausschließlich kinderreichen Arbeitern vorbehalten war.

Weil die Königin-Mutter mich in ihre Eskapade hineingezogen hatte, wollte ich, bis Bruno sich seine Geschenke angesehen oder wenigstens den Brief seiner Mutter gelesen hätte, Rysselgeert darauf vorbereiten, daß der Abend trotz meiner Freundschaft mit dem Minister gewitterig verlaufen könnte, doch da hörten wir von der Veranda her ein merkwürdiges Geräusch, wie wenn jemand auf etwas Hartes gefallen sei, gefolgt von einem kurzen Aufschrei.

Wir stürzten hinaus, Bruno war nicht auf der Veranda, wir beugten uns über die Brüstung; unten, drei Meter tiefer auf dem Kies, lag er, stöhnend vor Schmerzen, und suchte vergeblich sich zu erheben. Als wir ihn anriefen, schrie er: »Geht weg! Geht weg! Ich will euch nicht sehen!«

Rysselgeert hatte sich schon hinuntergeschwungen, aber als er sich zu ihm hinkniete, schlug der Junge nach ihm. »Sie sind an allem schuld! Laßt mich fort, laßt mich fort!« Er warf sich mit dem Gesicht auf den Kies und hieb wütend mit den Fäusten auf die spitzen, kleinen Steine und stieß immer wieder jammernd aus: »Ich will fort, ich will fort!«

»Er hat den Fuß gebrochen, ich trage ihn auf sein Zimmer«, rief Rysselgeert.

Ich lief zum Telefon. Der einzige Arzt, den ich erreichte, war der neue, noch sehr junge in Belvedere-Dorf. Er versprach, in einer Viertelstunde da zu sein.

Daß Bruno hatte durchbrennen wollen und daß ich den Schlüssel zum Anlaß dieses neuen Fluchtversuches auf dem Geschenktisch finden würde, stand für mich fest. Der Brief seiner Mutter beunruhigte mich.

Auf der Veranda entdeckte ich jedoch sofort, daß es etwas ganz anderes war, was Bruno zur Flucht veranlaßt hatte: auf dem Geschenktisch standen die Pferdebronzen, die er verkauft hatte! Es gab sie nur in einem Exemplar, das wußte ich genau.

Ich rief dennoch in der Stadtwohnung an. Victor bestätigte mir, daß er die Bronzen einige Monate zuvor dem gleichen Kunsthändler verkauft hatte, bei dem die Königin sie gesehen hatte.

Sobald der Arzt bei Bruno war, ließ ich Rysselgeert rufen. Er hatte eine böse Schramme im Gesicht. Der Gärtner und er hätten die größte Mühe gehabt, erklärte er, Bruno überhaupt vom Boden zu heben, und das Hinauftragen des großen sich wehrenden Jungen sei keine Kleinigkeit gewesen. Rysselgeert wußte jetzt, daß er es war, der die Königin auf den Gedanken gebracht hatte, ein Geschenk zu schicken. Bruno habe ihn und die Königin in einem Atem unflätig verwünscht, auch oben, auf dem Bett, habe er noch getobt und ihm die Nachttischlampe ins Gesicht geschleudert, darauf aber plötzlich geweint, ihn um Verzeihung gebeten, aber selbst dann nur das gestanden, was nicht mehr zu leugnen war. In allem anderen habe der unverbesserliche Junge wieder gelogen: die Bronzen wolle er seinerzeit dem Händler telefonisch angeboten, das Geld dann aber verloren haben. »Er wird nie ganz offen sein!«

Ganz offen! Das dürfe man von keinem Menschen verlangen, rief ich ziemlich gereizt, er selber, erzähle er denn, zu wem er jeden Samstag verschwinde! Man wisse nicht einmal, wohin er immer gehe; wenn ihm etwas mit dem Motorrad zustoße, wüßten wir nicht einmal, wer benachrichtigt werden müsse.

Rysselgeert errötete; die andere Seite wünsche unbekannt zu bleiben.

Ich bat ihn, sobald der Arzt fertig wäre, die noch immer ungeöffneten Geburtstagspakete zu Bruno hinaufzubringen, auch

die Bronzen. Ich schrieb für den Jungen ein Briefchen: die Bronzen seien sein Eigentum gewesen, er habe das Recht gehabt, sie zu verkaufen und den Erlös nach Lust und Laune zu verwenden. Er solle sich freuen, daß sie auf eine so ›verhexte‹ Weise zu ihm zurückgekehrt seien. Den Text für das Dankschreiben an die Königin wolle ich ihm aufsetzen.
Ich gab Rysselgeert das Briefchen, er solle es lesen und Bruno im gleichen Sinne beruhigend zureden.
»Der Junge«, bemerkte er, »wird von Ihnen einerseits zu sehr verwöhnt, andererseits lassen Sie ihn viel zu selten seine Mutter sehen. Sie fehlt ihm.«
Da sagte ich ihm, daß meine Tochter, nicht ich, wie ich Bruno glauben lassen mußte, die Besuche so hartherzig dosierte. Ich schilderte ihm, wie schwierig es oft für Eckhoud war, sie in ein Hotel der Hauptstadt zu bringen, und wie wir sie dort von einer Krankenschwester überwachen lassen mußten, damit sie sich nicht betrank, bevor Bruno sie besucht hatte. Ich fragte ihn, ob er, an meiner Stelle, Bruno wissen ließe, daß seine Mutter durch Collignon zu Alkohol und schlimmeren Rauschmitteln verführt worden war und nur deshalb in einer Hafenstadt lebte, weil sie dort leichter an Kokain und Heroin kam und weil die hauptstädtische Gesellschaft sie gestrichen hatte.
Rysselgeert war erschüttert. »Also hat er auch keine Mutter mehr.«
Nicht ich, nur er könne, soweit das überhaupt möglich sei, Bruno den Vater und die Mutter ersetzen. Sein Umgang mit Bruno sei gewiß sehr herzlich, doch zu herb. Seine Zuneigung müsse auch ein bißchen Zärtlichkeit haben.
Und wenn Bruno das als unmännlich empfinden würde?
Ich lachte. Die Einsamkeit von Belvedere und die individuelle Erziehung hätten wenigstens einen Vorteil gehabt: solch verlogene Vorstellungen von dem, was als unmännlich zu gelten habe, wie sie in Internaten und Kasernen gezüchtet würden, habe niemand Bruno in den Kopf setzen können. Das hätte ich jedem ausdrücklich verboten, dem Oberst Jans sogar sehr deutlich verbieten müssen.
Ich hatte Rysselgeert noch nie so starrköpfig erlebt. Nicht nur intellektuell sei der Junge seinem Alter voraus, auch sonst sei

Bruno kein Kind mehr. Er sehe ihn doch beim Schwimmen! Nein, einen schon so reifen Jungen würde es beleidigen, wenn man ihm mit Zärtlichkeiten käme.
Der Arzt unterbrach uns. In einem Monat würde Bruno wieder laufen, versicherte er. Es sei zwar ein hübscher Bruch, doch ein glatter. Aber was sonst mit dem Jungen sei? Er habe ihn gefragt, ob es Medikamente gebe gegen den Jähzorn.
Da wurde ich ans Telefon gebeten. Der Außenminister selber war am Apparat. Ich solle die Picknickgesellschaft, die noch immer oben im Park sei, nach Hause schicken. Die Erlauchte fliege bereits über die Ostsee. Es folgten saftige Beschimpfungen, ich hätte die Freundschaft verraten und sei ein Weiberknecht, ich hätte ihn nicht gewarnt, andererseits sei mein Schweigen auch wieder edel gewesen... in diesem Ton.
Schließlich erzählte er: als die Königin-Mutter vor dem Flughafen eintraf, stand dort eine Ehrenkompanie ihres Regiments, dessen Kommandant sie und die andere Dame in den königlichen Salon des Empfangsgebäudes führte. Dort erwartete sie das ganze Palais, der Erzieher und die Erzieherin der jungen Hoheiten einbegriffen, er, der Minister des Äußeren, sein Kollege des Innern und die Chefs der Polizei und der Abwehr. Alle, außer ihm, von jenem höchstvertraulich in eigener Person eine Stunde zuvor benachrichtigt. Nur eine Persönlichkeit, die hätte dabeisein müssen, war nicht dagewesen: der neue Sowjetbotschafter! »Ja, ja,« sagte er, seinen Trumpf genießend, »er hat schlecht debütiert, der neue Moskauer.« Die Königin-Mutter, die anerkannt fortschrittlichste Fürstlichkeit Europas, zum Kreml reisen zu lassen und ihr nicht beim Abflug seine Aufwartung zu machen! Wissen Sie, wer die schwedische Gräfin war? Eine Botschaftsrätin der Stockholmer Sowjet-Vertretung. Unsere Einstige gehöre für ihren Leichtsinn unter Kuratel gestellt. Sich vom Kreml einen falschen Paß geben zu lassen! Zu welchen Greuelmärchen dieser böse Umstand den Sowjets Stoff geliefert hätte, wenn . . ! Aber der Chef der Polizei habe einen guten Paß aus der Tasche gezogen, auf ihren Prinzessinnenmädchennamen ausgestellt, und er selbst habe der Russin diskret einen Geleitbrief seines Ministeriums ausgehändigt, worauf deren richtiger Name und Di-

plomatenrang in roter Tinte prangten. Ein Spaß sei es gewesen, das Gesicht der Botschaftsrätin zu sehen. Er habe die ganze Affäre von Anfang an mit ebensoviel Wut wie sportlichem Vergnügen beschattet und der reisegierigen Exmajestät ihren Spaß und ihre Illusion bis zum vorletzten Augenblick gelassen und damit dem geschiedenen Sowjetbotschafter die Quittung für seinen Abschiedsstreich gegeben und dem neuen eine schöne Presse fürs Debüt besorgt. In den Montagsblättern würde man fragen, ob den Moskauern die Neugier einer studierten Fürstlichkeit so viel Angst einflöße, daß es der Sowjetbotschaft verboten worden sei, die Journalisten zu benachrichtigen. Er habe den schlauen Moskauern den Spieß in der Hand umgedreht. Jetzt sehe die Sache so aus, als habe die Königin sich den Weg dorthin mehr oder weniger bei den Sowjets erkämpfen müssen. Er habe sogar Lust, nun das Gerücht auszustreuen, die Königin-Mutter sei in einer besonders heiklen Mission gereist. Kurz, er wolle etwas nicht Existierendes mit dem Nimbus eines Staatsgeheimnisses umgeben, und die Öffentlichkeit dürfe jetzt meinen, die Majestät und die Regierung seien mit der Reise immer einverstanden gewesen. Dann und wann gebe es doch noch immer was zum Lachen im Feuilleton der Politik.
Wie sein erlauchtes Opfer die Überrumpelung auf dem Flugplatz denn aufgenommen habe, wollte ich wissen.
»Fabelhaft! Sie hatte sich gleich gefaßt und hat das Fehlen des russischen Botschafters laut und rügend festgestellt. Sie müsse dem neuen eine Uhr aus Moskau mitbringen, die pummeligen russischen seien am Ende vielleicht doch besser als die superflache elegante Schweizer Uhr, die er bei seinem Antrittsbesuch am Arm gehabt habe. Alles in allem ist sie ja ein prächtiges Weibsstück«, schloß er.
Ich war an diese Ausdrucksweise meines Freundes gewöhnt. Die zimperlichen Konservativen haßten seine Derbheit vielleicht mehr als seine sozialistische Überzeugung. Keiner im Parlament war mir lieber als dieser mit allen Wassern gewaschene und doch grundehrliche Mann. Ich beglückwünschte ihn; wie er diese Angelegenheit zu Ende geführt habe, das sei wirklich guter Sport gewesen, es werde die Chemischen Werke eine Flasche Champagner kosten.

Er fragte, ob er seinen Ältesten abends mitbringen könne. Der Junge sei in der gleichen Klasse wie mein Enkel. Seine Frau backe mit den anderen Kindern Sandkuchen an der See.

Ich bat Rysselgeert zu mir. Er mußte unterrichtet sein, bevor der Gast eintraf.

»Der neue Sowjetbotschafter wird denken, Sie hätten die Königin-Mutter an den Minister verraten«, meinte er.

Er solle abends bei Tisch sagen, eine derartige, böse Legende dürfe nicht aufkommen. Mir lag daran, daß Rysselgeert die Aufmerksamkeit des Ministers auf sich zöge. Ich erklärte ihm, ein Mann in solcher Stellung kenne Tausende Menschen, man müsse sich ihm einprägen und ihn intellektuell fesseln oder erheitern.

Als ich Rysselgeert ein wenig später sagte, der Älteste des Ministers sei ein Klassenkamerad Brunos, wieder einmal etwas, was der Junge uns verheimlicht habe, erlebte ich es zum ersten Mal, daß er sich nicht in Klagen über Brunos Verschlossenheit erging. Ich nahm diesen kleinen Fortschritt als gutes Vorzeichen für seine erste Begegnung mit einem Politiker von Rang.

Ich ließ Bruno durch Rysselgeert fragen, ob er mit seinem Klassenkameraden zu Abend essen wolle, man könne den Tisch vor sein Bett schieben.

Bruno bat mich durch das Zimmermädchen zu sich hinauf. Wie ich erst am nächsten Tag erfuhr, hatte Rysselgeert ihn, bevor das Mädchen zu mir kam, im Zorn verlassen. Bruno dankte mir zuerst sehr steif für die Biographien von Mathematikern, die ich ihm geschenkt hatte, dann erklärte er mir, er habe keine Lust, mit dem Sohn des Ministers zu essen, er wolle den Jungen überhaupt nicht sehen. Ob ich darauf bestehe, seine Gründe zu kennen?

Natürlich verzichtete ich. Daß ich gerade dafür einen Blick der Dankbarkeit erntete, verstimmte mich. Ich stand auf und entfernte mich von seinem Bett.

»Müssen Sie schon gehen«, sagte er. Er habe einen Geburtstagswunsch. Ob er ihn vorbringen dürfe?

Er bat mich, ihn sofort vom Gymnasium abzumelden und sein Schulprogramm wieder mit Rysselgeert in Belvedere absolvie-

ren zu lassen. Er wünsche meine Zusage sofort, auf der Stelle, damit er gut schlafe.
Er könne mich vielleicht etwas weniger herrisch um die Erfüllung eines so folgenschweren Wunsches bitten, sagte ich.
»Folgenschwer? Wieso?«
»Rysselgeert ist nicht mehr dein Hauslehrer und Erzieher, er arbeitet in den Chemischen Werken...«
»Das ist es ja,« rief er, »Sie hätten mich nie von ihm trennen sollen. Das haben Sie getan, ohne mich zu fragen.«
»Ich werde dich jetzt sogar verlassen, ohne dich zu fragen«, warf ich hin und ging zur Tür.
»Ich hasse Sie! Ich habe Sie immer gehaßt!« schrie er mir nach.
Ich fragte mich, ob die allzu häufige Nachsicht für seine Heftigkeiten nicht ein Fehler war, der Brunos Neigung, seine Umwelt zu tyrannisieren, nur förderte, statt sie einzudämmen. Mir im gleichen Atemzug die Erfüllung von Wünschen abzufordern, die er obendrein nicht einmal geruhte zu begründen, und mir seinen Haß nachzuschreien, durfte ich ihm das durchgehen lassen?
Daß Bruno sich so viel herausnahm, erinnerte mich plötzlich an das unverfrorene Auftreten der Führer und Delegierten jüngst unabhängig gewordener Völker. War es nicht die gleiche Haltung? Auch diese Herren, die seit 1945 immer häufiger, den Fes auf dem Kopf oder goldbestickte Togen über der Schulter, die Hauptstädte Europas besuchten und finanzielle und wirtschaftliche Hilfe verlangten, von der ein großer Teil zunächst in ihre privaten Taschen verschwand oder zum Bau von Prunkpalästen und Luxuszügen für die neuen Machthaber verschwendet wurde, diese merkwürdigen Unterhändler ließen uns, während sie von unseren Regierungen Geschenke forderten, gleichzeitig im Rundfunk ihrer Länder pausenlos beschimpfen und traten auf internationalen Treffen vor Moral triefend als Richter unserer Vergangenheit gegen uns auf, obwohl sie selber den ganzen weiblichen und den mit den Händen arbeitenden männlichen Teil ihrer Völker, also die Mehrzahl ihrer Landsleute, schamloser verachteten und brutaler ausbeuteten, als der schlimmste weiße Kolonialherr es je getan hatte. Mir

konnten diese Besucher nichts vormachen. Ich war zu oft in ihren Ländern gewesen, vor und nach ihrer ›Befreiung‹, und hatte gesehen, wie es ihren jetzt freien Bürgern erging. Jedes westeuropäische Land, diesseits der Pyrenäen, war, verglichen mit jenen, ein Paradies der sozialen Gerechtigkeit, der Toleranz und der Humanität. Aber wir ließen uns von den neuen Ausbeutern Asiens und Afrikas bespucken, als seien wir schwarz vor Schuld und jene weiß vor Unschuld.

Von dem Augenblick an, da sich mir bei dem Gedanken an Brunos Verhalten der Vergleich mit der Unverschämtheit jener Delegationen aufgedrängt hatte, empörten mich auch alle seine früheren Anklagen, deren Ungerechtigkeit ich aus Rücksicht auf seine Jugend nie richtiggestellt hatte. Ich sah ihn plötzlich in neuem Zusammenhang, er war mir zugleich vertrauter und fremder.

Ich hatte den Minister noch erreichen können und ihm abgeraten, seinen Sohn mitzubringen. Brunos Unfall war eine genügende Begründung.

Mit Rysselgeert über Bruno zu sprechen, hatte ich verschoben, um ihm nicht die Stimmung zu verderben, er hatte sich so naiv auf das Essen mit dem Minister gefreut. Es war dann auch ein sehr gelungener Abend geworden. Er hatte seine mageren Kenntnisse der marxistischen Fachliteratur recht geschickt dann und wann an den Mann gebracht und dabei auch keinen Augenblick vergessen, daß der Minister ein Sozialist und in der Regierung einer Monarchie der bedeutendste Kopf des Kabinetts war. Ich hatte Rysselgeerts taktisches Geschick offenbar unterschätzt.

Am Sonntag bat ich ihn, mit mir zu frühstücken. Zuerst sagte ich ihm, daß er gefallen habe, daß der Minister sich eingehend nach ihm erkundigt hatte und ihn fragen lasse, ob er die Waldwanderung mitmachen und sein Picknick teilen wolle. Der Minister werde nachmittags an einem bestimmten Ort abgeholt und würde ihn auf der Rückfahrt in Belvedere-Dorf absetzen.

Er war so glücklich über diese Aufforderung, daß ich es noch einmal aufschob, ihm von dem neuen Ärger zu sprechen, den ich mit Bruno am Vorabend gehabt hatte.

Noch nie war ich so verbittert gegen Bruno gewesen. Ich gab der Hausdame strenge Anordnungen. Niemand dürfe zu Bruno außer ihr, Rysselgeert und dem Arzt. Auch keine Post. Dann verließ ich Belvedere.

Rysselgeert traf einige Stunden später in der Stadtwohnung ein. Nach der Rückkehr von der Wanderung sei er nicht mehr zu Bruno gegangen. Er habe mir des Morgens, um den Minister nicht warten zu lassen, nicht erzählt, was Bruno am Abend zuvor von ihm verlangt hatte: die Stelle bei den Chemischen Werken zu kündigen und wieder sein Hauslehrer in Belvedere zu werden! Warum er vom Gymnasium fort wolle, habe er sich hartnäckig geweigert zu sagen.

Nun, wir ließen ihn die ganze Woche ohne Nachricht. Am Samstag morgen verschwand Rysselgeert schon früh mit dem Motorrad, ich wußte nicht wohin. Ich fuhr, ohne Eckhoud, nach Belvedere, hatte dort zu allen Mahlzeiten bis Sonntag abend Gäste, ging aber nicht zu Bruno hinauf. Montag morgen machte ich auf dem Rückweg zur Stadt halt bei dem Arzt in Belvedere-Dorf. Ich erklärte ihm, er dürfe Bruno keine Krücken geben, ohne mich vorher zu verständigen.

Der Junge sei bedenklich frühreif, sagte der Arzt, und ziehe ihn in sonderbare Gespräche. So habe er doch wahrhaftig gefragt, wie es komme, daß die Wollust unabhängig sei vom ›Vorhandensein‹ einer Partnerin. Auf seine Gegenfrage, woher er das wisse, habe Bruno geantwortet, er schließe das aus der Beobachtung, daß man den körperlichen Schmerz eines anderen doch nie in seinem eigenen Körper mitfühlen könne; dann könne man doch auch wohl nie die Wollust eines anderen Menschen fühlen, sondern immer nur die eigene, und das Zuzweitsein sei also überflüssig. Was dann aber das sei, wonach er sich dennoch sehne, Tag und Nacht? Er verzehre sich, wisse aber nicht wonach, etwas Körperliches könne es doch nicht sein; denn was sein Körper hergeben könne an Wollust, das kenne er.

»Das bespricht er also mit Ihnen,« entfuhr es mir, »sein Erzieher und ich wären froh, wenn er uns nur ein Zehntel des Vertrauens entgegenbrächte, das er Ihnen schenkt.«

Nun glaubte ich, was die Hausdame mir gesagt hatte: Bruno

vermisse offenbar niemanden und nichts. Er hatte diesen Arzt; die Unterhaltungen mit ihm beschäftigten ihn.
Bei meiner Rückkehr fand ich die Mitteilung, daß Bruno von der Schule gejagt war.
Ich schickte Rysselgeert zu Brunos Klassenlehrer.

»Was habe ich Ihnen gesagt? Er ist sogar schon bei einer Frau gewesen!« Mit diesen Worten kam Rysselgeert am nächsten Morgen in mein Badezimmer. Nur dort hatte ich an diesem Tag ein paar Minuten Zeit. In der Handtasche einer aufgegriffenen und ins Spital gelieferten ›lyrischen Künstlerin‹, die auf den Terrassen teurer Cafés sich diskret die Kundschaft anblinzelte, hatte die Gesundheitspolizei Brunos Schülerausweis, den er für die Fahrt im Trolleybus brauchte, gefunden. Nach den Angaben dieser Person war Bruno zweimal jeweils eine Stunde bei ihr im ›Atelier‹ gewesen. Er habe sich als Siebzehnjähriger ausgegeben und sie beim ersten Mal bezahlt wie ein ›Alter‹, beim zweiten Besuch habe er jedoch den Schülerausweis als Pfand dagelassen, weil sein Geld nicht gereicht hatte.
Ich wunderte mich nun nicht mehr über seine Gespräche mit dem Arzt. Aber wie vorsichtig hatte er selbst auch diesem nur die halbe Wahrheit gesagt und verschwiegen, daß er den fremden Körper schon aus Erfahrung kannte.
Der Klassenlehrer hatte Rysselgeert erklärt, auch ohne diesen Skandal hätte man Bruno nicht in der Schule behalten. Einen derart unkameradschaftlichen, hochmütigen Jungen habe man noch nicht erlebt. Der Mathematikprofessor sei einem Nervenzusammenbruch nahe gewesen. Zwar habe Bruno dessen Unterricht nicht mit Zwischenbemerkungen gestört, aber jedes Wort so ironisch vor der ganzen Klasse belächelt, daß diese sogar die Partei des Lehrers ergriffen und Bruno verprügelt habe.
Rysselgeert schickte den Krankenwagen einer Privatklinik nach Belvedere. Der begleitende Pfleger hatte den Auftrag, beim Eintritt ins Zimmer Bruno zu sagen, es müsse untersucht werden, ob eine geschlechtskranke Person ihn angesteckt habe.
Er sollte wissen, daß uns diese Episode seines ersten Monats Freiheit in der Hauptstadt bekannt war.

Die Untersuchung ergab glücklicherweise ein Resultat, das mir alle Unruhe nahm.
Ich bat, daß man auch Bruno sofort beruhige, aber wegen seines Fußes in der Klinik behalte, und ließ ihn dort ohne jeden Besuch, bis man uns nach drei Wochen meldete, der Gips könne abgenommen werden. Während dieser drei Wochen hatte er keinen Versuch gemacht, mit Rysselgeert, Victor oder mir in Verbindung zu kommen.
Ich hatte mit der Leitung der Klinik verabredet, daß man Bruno die Rechnung zeige und ihm erkläre, der Gips würde erst dann abgenommen, wenn Aufenthalt und Pflege bezahlt wären.
Vier Tage ließ er uns warten. Dann rief er zu einer Zeit, wo er Rysselgeert und mich außer Hause wußte, an und verlangte von Victor gebieterisch Geld und bedrohte ihn wie ein geübter Erpresser. Victor war angewiesen, sich dies nur einmal anzuhören und bei jedem späteren Anruf sofort einzuhängen. Bruno versuchte es einige Tage. Endlich verlangte er Rysselgeert im Büro. Dort wurde ihm während einer Woche immer wieder gesagt, Rysselgeert arbeite nicht mehr auf seiner Abteilung, man wisse auch nicht, wo er jetzt sei. Sie wußten es wirklich nicht. Rysselgeert hatte sich von mir den Platz eines Handarbeiters in einem unserer Zweigbetriebe geben lassen. Er wohnte möbliert in einem der äußeren Vororte bei der Witwe eines Arbeiters, ohne Telefon, und es war ausgemacht, daß er mindestens einen ganzen Monat nicht in die Stadt käme. Er wollte das Leben eines ungelernten Industriearbeiters leben. Der Minister hatte ihn dazu angeregt, ich wußte, mit welchen Hintergedanken. Wir hatten noch einmal lange über Rysselgeert gesprochen.
Den letzten Versuch machte Bruno bei der Hausdame. Sie sagte ihm, sie habe nicht so viel Geld, wie er brauche, und leihe ihm auch keine kleinere Summe.
Endlich schrieb er mir. Mich anzurufen hatte er nicht gewagt. Eckhoud konnte sich nicht genug darüber wundern, daß Bruno offenbar an ihn als möglichen Geldleiher nicht gedacht hatte.
Er schrieb: ›Großvater, ich ergebe mich Ihrer Übermacht. Sie werden mich in Zukunft korrekt, gehorsam und niemals unfreundlich finden. Bruno.‹

Eine Stunde später ließ ich ihn durch Eckhoud abholen.
Ich kam abends ziemlich spät nach Hause. Felix, der neue Diener, meldete mir, Bruno warte in der Bibliothek.
Er legte zuerst langsam ein Buch auf die Lehne seines Sessels, erhob sich, wieder sehr langsam, kam gemessenen Schrittes auf mich zu und verbeugte sich steif. »Ich weiß, Sie haben mir verziehen. Ich danke Ihnen. Befehlen Sie mir jetzt, was ich tun soll.«
Er würde in Zukunft so liegen, wie er sich bette, sagte ich. Solange er in mir nur jemanden sehe, von dem er abhänge und den er glaube mit Recht verabscheuen zu dürfen, würde er von mir Befehle hören und sonst nichts. Er habe vierundzwanzig Stunden Bedenkzeit, ich würde ihm am nächsten Abend eine Stunde einräumen. Ich wolle mir dann anhören, was er mir zu sagen habe. Essen müsse er in seinem Zimmer. Und jeder Ausgang ohne Begleitung sei ihm zunächst untersagt.
Nun erst schien er zu merken, daß es mit meiner Nachgiebigkeit vorbei war. »Sie wollen mich doch nicht wie einen Gefangenen hier halten . . .«
Ich ging schon hinaus und rief Felix. Er möge meinem Enkel sein neues Zimmer zeigen.
Ich hatte ihn in eine sehr knapp möblierte Mansarde umquartieren und auf den kahlen Tisch in einem geschlossenen Umschlag einen an mich gerichteten Brief Victors legen lassen, worin Victor mir gekündigt hatte, weil er den ›Erpresser Bruno‹ nicht mehr bedienen wolle. Ich hatte Victor, der Bruno wirklich zu fürchten schien, als Pförtner in einem unserer Materiallager untergebracht. Der neue Diener kannte weder Victor noch Rysselgeert. Er kam, als ich dabei war mich auszukleiden, an mein Zimmer. Der junge Herr lasse fragen, wo er Herrn Rysselgeert erreichen könne.
Ich ließ Bruno antworten, das würde ich ihm am Morgen sagen. Wenige Minuten später erschien Bruno. Er werde doch wohl noch nach Rysselgeert fragen dürfen.
»Morgen. Und dann hängt es von dir ab, ob ich dir sage, wo er derzeit arbeitet.«
»Und da nennt man mich einen Erpresser, mich!« schrie er. »Sie, Sie, ja Sie, Herr Exminister, Sie sind der Erpresser!«

Ich packte ihn und gab ihm mit der freien Hand eine kräftige Ohrfeige, und da er auf mich losgehen wollte, packte ich ihn noch einmal und schlug ihn immer wieder rechts und links ins Gesicht. Noch war ich stärker als er. Endlich gab er den letzten Widerstand auf. »Das ist das erste Mal, daß ich dich geschlagen habe«, sagte ich, es werde aber nicht das letzte Mal gewesen sein, wenn er nicht einsehe, daß niemand ein Verhalten, wie seines zu mir, annehmen könne. Seit Jahren sei er mir gegenüber entweder ein Flegel oder ein Lügner.
»Lassen Sie mich zu meiner Mutter. Es ist das beste«, stieß er dumpf aus.
Da packte ich ihn am Arm, schob ihn in mein Arbeitszimmer und legte ihm wortlos den Bescheid der Behörden auf den Tisch, die bereits vor Jahren, ohne mein Zutun, seiner Mutter das Erziehungsrecht über Bruno entzogen und ihn mir als dem nächsten Verwandten übergeben hatten. Ich ließ ihn allein und kehrte in mein Schlafzimmer zurück.
Ich lag schon zu Bett, da kam er. Ob ich ihm noch verzeihen könne. Ich rückte zur Wand, lud ihn ein, sich auf die Bettkante zu setzen, und nahm seine Hand. »Umarmen Sie mich, Großvater,« sagte er, »damit ich sicher sein kann, daß Sie mir verzeihen.«
Ich zog ihn an mich und küßte ihn, das erste Mal seit Jahren. Dann schickte ich ihn mit einem sanften Wort weg. Ich würde mich für den nächsten Abend frei machen und zusehen, daß auch Rysselgeert kommen könne. Bis dahin aber solle er mit Herz und Verstand eine Bilanz der letzten Jahre machen, eine Bilanz seines Verhältnisses zu mir. Dieses Verhältnis sei für die nächste Zukunft sehr wichtig, für uns beide!

Die Begegnungen

Auf meine Bitte kam Rysselgeert am nächsten Tag in mein Büro. Als ich ihm alles erzählt hatte, fragte ich, ob er – wenigstens für eine gewisse Zeit – wieder bei mir wohnen und sich abends ein bißchen um Bruno kümmern wolle.
Er erbat sich Bedenkzeit. Er sei entschlossen, auf Politik umzu-

satteln. Seine Leidenschaft für das Pädagogische führe ihn immer wieder vor das Problem der Volkserziehung. Wo anders als in einem politischen Rahmen könne er die Verwirklichung seiner Ideen versuchen. Daß er Mathematik studiert habe, sei ein großer Irrtum gewesen. Er versprach, in einigen Tagen wiederzukommen. Er wollte nicht mit Bruno und mir zu Abend essen, schrieb aber in Eckhouds Büro für Bruno einen Brief, den ich mitnahm.

Bruno gab sich die größte Mühe, seine Enttäuschung über Rysselgeerts Ausbleiben zu verbergen; offenbar hatte auch der Brief seinen Erwartungen nicht entsprochen.

Nach dem Essen ließ ich mir einen Kognak in die Bibliothek bringen. Als ich mit der Hand auf das Kanapee schlug, um Bruno einzuladen, sich neben mich zu setzen, zeigte er auf den Kognak, er sitze lieber mir gegenüber. Er habe nachgedacht, begann er ohne Umschweife, er müsse mir gestehen, in den letzten fünf Jahren habe er nur zwei große Gefühle gehabt: die Liebe zu seinem Vater und den Haß gegen mich. Seine Mutter werde ihm immer gleichgültiger. Jedesmal, wenn er sie besuche, rieche sie so entsetzlich nach Alkohol, daß ihm ihre Nähe widerlich sei. Zu dieser Gleichgültigkeit habe freilich auch seine ständig gewachsene Neigung zu Rysselgeert beigetragen. Sein Haß gegen mich? Er habe immer geglaubt, ich hätte seine Mutter verstoßen wegen ihrer Heirat mit einem Mann, der kein Geld verdiente!

Wer ihm denn das gesagt habe?

Früher seine Mutter, später auch sein Vater. Bei dem heimlichen Besuch.

Als ich ihn aufklären wollte, wie es in Wirklichkeit gewesen war, unterbrach er mich: von seinem Vater sollten wir nicht sprechen, es gehe ja nur um sein Verhältnis zu mir. Er sei immer sehr häßlich zu mir gewesen, das bereue er, aber Rysselgeert habe er dennoch lieber als mich. Er wisse, wie schlimm das sei.

Ich sagte ihm, ich könne das, was er sage, nur zur Kenntnis nehmen, aber nicht diskutieren.

Ob er mich etwas überaus Peinliches fragen dürfe?

Er fragte mich: »Warum lieben Sie mich so sehr? Ich bin ja

nicht einmal Ihr Erbe, die Chemischen Werke gehören Ihnen nicht.«

Ohne zu antworten, fragte ich zurück: »Und du? Warum liebst du denn deinen Vater?«

Ja, den liebe er vor allen anderen, obwohl er ein sehr schwacher Mensch sei. »Wir wollen aber von Ihrem Verhältnis zu mir sprechen,« sagte er, »ich möchte auch von meiner Mutter nicht sprechen.«

Da erzählte ich ihm, daß ich ihn schon, als er ein noch ganz kleines Bübchen gewesen war, geradezu abgöttisch geliebt und daß ich ihm nur meine Frau vorgezogen hatte und daß es lange so geblieben war, wohl weil ich immer gewußt hatte, daß ich von meiner Frau keine Kinder mehr erhoffen durfte, also nie einen Sohn haben würde; und daß mein Gefühl noch zugenommen hatte, als man seine Begabung für die Mathematik entdeckte.

Da stand er auf, setzte sich neben mich, nahm meine Hände und küßte sie, eine nach der anderen: »Großvater, es ist traurig, ich kann diese Neigung nicht erwidern, ich fühle mich in Ihrer Gegenwart immer bedrückt und gehemmt. Auch jetzt möchte ich zehn Meilen entfernt von Ihnen sein, und ich weiß, daß ich das nicht empfinden sollte. Ich habe heute nacht alles überdacht, was zu Ihren Gunsten spricht, und alles spricht zu Ihren Gunsten, und doch . . .«

Er warf sich an meine Brust und schluchzte.

Als er sich beruhigt hatte, sagte ich ihm, die vielen Geheimnisse seien es, die ihn hinderten, mich gern zu haben.

Er schüttelte den Kopf, nein, daran liege es nicht, er habe auch vor Rysselgeert Geheimnisse, schwerere, als wir beide uns denken könnten; aber zu Rysselgeert fühle er sich ›unendlich‹ hingezogen.

»Ja,« sagte ich, »hingezogen, aber mit einem rücksichtslosen Egoismus. Er sollte sogar deinetwegen seine Lebensbahn ändern, das verlangst du.«

»Es ist wahr«, sagte er ruhig. Aber was mit uns beiden werden solle? Wenn er mich nicht so gern habe wie ich ihn, würde ich immer an ihm leiden.

Ich würde mich damit abfinden müssen.

Das könne man nicht, er leide an seinem Vater wie ich an ihm; er wisse, wie das sei.

Ich klopfte ihm auf die Schulter. Fürs erste möge er einmal versuchen, etwas gerechter mir gegenüber zu sein. In das, was er vor mir geheimhalten wolle, würde ich nicht eindringen. Nur eins müsse ich ihm abverlangen . . .

Er wisse schon, was ich sagen wolle: die Huren! Aber da könne ich ruhig sein, das sei zu enttäuschend gewesen. »Überhaupt, die Wollust ist enttäuschend auf die Dauer.«

Ohne es zu wollen, mußte ich über diese Sentenz lächeln; da fragte er, ob es wahr sei, daß ich mir eine feste Freundin hielte. Er habe das am ersten Tag in der Schule gehört.

Ich sagte ihm, das sei kein Geheimnis; mir feindliche Zeitungen hätten die Dame ja oft genug mit so groben Andeutungen erwähnt, daß sie auch gleich ihren Namen hätten nennen können. Aber ich ›hielte‹ mir diese Dame nicht, sie sei unabhängig von mir.

Wenn ich mit dieser Freundin glücklich wäre, warum ich mir dann seinetwegen so viel Kummer mache?

Die Gefühle für ihn lägen in einer anderen Schublade als die für diese Dame.

»Schublade ist gut«, sagte er. »Aber sind Sie denn nun wirklich ganz glücklich mit ihr?«

Ich zog ihn am Ohr. Solche Fragen stelle man nicht; aber ich sei es.

Dann sei er beruhigt. Jetzt müsse er sich nicht jeden Tag sagen: Großvater ist unglücklich. »Und wenn Sie es wegen mir wieder einmal sind, dann gehen Sie zu Ihrer Freundin und schimpfen auf mich. Wie alt ist sie denn?«

»Vierzig.«

»Dann seid ihr zusammen ja sechsundneunzig Jahre alt! Ich wundere mich. Ist das denn in dem Alter immer noch anziehend, diese Sache?«

Das sei aber nicht gerade liebenswürdig, was er da sage. Er müsse es doch jüngst noch gespürt haben, wie kräftig ich sei.

Oh, so habe er das auch nicht gemeint, aber die Wollust, die müsse jedem doch einmal langweilig werden; ihm erginge es ja jetzt schon so, obwohl er das erst seit eineinhalb Jahren kenne.

Ganze Wochen lang wolle er nichts davon wissen. Bei dieser Frau sei es auch nicht so überwältigend gewesen, nur einmal habe er gelacht bei der. »Die Natur hat es aber gut gemeint mit dir, sagte sie, als ich mich auszog, und ich habe nicht sofort begriffen, was eigentlich damit gemeint war.«

Daß er so natürlich und vollkommen unbefangen war, entzückte mich. Wieviel Jahre hatte ich gebraucht, um mich von den Verkrampfungen zu befreien, die ich aus dem langen Aufenthalt im Waisenhaus mitgebracht hatte, wo man uns täglich von Sünde und Laster sprach und immer nur eine und dieselbe Sünde damit meinte. Dieses dauernde, so unappetitliche, weil nicht freimütige Kreisen um das Geschlechtliche der Zöglinge, diese immer wache und lauernde Neugier für den Grad unserer Unkeuschheit, die unserer bigotten Erzieher Hauptsorge zu sein schien, das war Bruno in Belvedere erspart worden. Jedem Erzieher hatte ich es verboten, mit den Begriffen ›Sünde‹ und ›heimliche Laster‹ dem Jungen Angst vor den natürlichen Trieben zu machen. An diesem Abend bestätigte mir Bruno, ohne es zu wissen, wie richtig das gewesen war.

Ich fragte ihn, ob es ihm denn nicht gefalle, wie wir beide plauderten.

Doch, er sei sogar sicher, daß er mit Rysselgeert über die Wollust und manches andere nicht so sprechen könne wie mit mir.

Seine Freundschaft für ihn liege eben in einer anderen Schublade als die für mich, sagte ich, gespannt, wie er darauf antworten würde.

»Das war aber etwas sehr Nettes, was Sie mir da gesagt haben,« rief er strahlend und legte mir die Hände auf die Schultern, »es ist nämlich wahr: eigentlich habe ich Sie doch recht gern, wenigstens seit einer Stunde.«

Da fielen wir uns in die Arme. An diesem Abend begann eine schöne Zeit. Mehr als ein Jahr sollte es gut gehen zwischen ihm und mir.

Auch zwischen ihm und Rysselgeert ging es zunächst gut. Rysselgeert blieb zwar noch zwei Monate draußen im Vorort unter den Arbeitern wohnen, aber er kam doch häufig auf dem Motorrad in die Stadt herein, aß manchen Abend mit Bruno,

führte ihn auch ins Theater, und vor allem nahm er ihn zuweilen zu Vorträgen mit, die, von einer sozialistischen Volkshochschule ins Leben gerufen, ausschließlich ein Thema hatten: Die Struktur der künftigen Gesellschaft. Ich sah es um so lieber, daß Rysselgeert Bruno Berührungen mit der Welt der Arbeiter verschaffte, als das Leben in Belvedere seinen Blick für die sozialen Wirklichkeiten getrübt haben mußte, auch wenn er noch so viel über Soziologie las. Unterrichtet wurde er wieder zu Hause unter der Aufsicht jenes pensionierten Gymnasialprofessors, den er schon eine Zeitlang in Belvedere gehabt hatte. Dieser Professor war es, der mir abgeraten hatte, Bruno noch einmal auf ein Gymnasium zu schicken. Sein Vorsprung in der Mathematik und in modernen Sprachen, überhaupt seine Frühreife brächten ihn gewiß wieder in Konflikte mit Lehrern und Kameraden, vor allem verliere Bruno Zeit, wenn er dem langsamen Trab des Schulprogramms folgen müsse. In zwei, vielleicht schon in eineinhalb Jahren könne er sich an einer staatlichen Prüfungsstelle zum Bakkalaureat melden und dann endlich ordnungsgemäß an einer Hochschule Mathematik hören.
In Mathematik unterrichtete ihn ein Professor der Universität, in modernen Sprachen ein Dozent. Auch die Springstunden bei Jans hatte er wiederaufgenommen. Die beiden Pferde, von Belvedere in die Stadt geschafft, standen bei denen des Oberst in Pension.
Als Rysselgeert auf seinen Posten in den Chemischen Werken zurückgekehrt und wieder zu uns gezogen war, ging auch er in das Janssche Reitinstitut, wegen seiner Bürostunden aber meist abends; nahm er Springstunden, so mußte er diese, obwohl unser zweites Pferd reitend, jetzt bezahlen; die Söhne des Oberst waren beide, der Einberufung vorauseilend, als Offiziersaspiranten in einer kleinen Garnison.
Eines Abends, als ich mich freute, wieder einmal zu Hause und in Gesellschaft Brunos und Rysselgeerts essen zu können, sagte mir der Diener nach der Meldung, daß angerichtet war, die beiden Herren hätten sich soeben telefonisch abgesagt. Hatte ich mich schon gewundert, daß sie nicht rechtzeitig im Salon gewesen waren, so ärgerte mich jetzt dieser Akt der Unhöflichkeit, und ich fragte, wer telefoniert habe.

Beide hätten kurz hintereinander angerufen. Ich fand das sonderbar, und als zwei Stunden später Bruno, noch im Reitdreß, mit finsterem Gesicht in die Bibliothek trat und sich mit einem geseufzten »Ach, Großvater!« in einen Sessel fallen ließ, fragte ich gegen meinen Grundsatz, mich nie nach wohin und woher zu erkundigen, was es denn gebe, daß er so stöhne.

Nichts! Nichts! Er habe sich geärgert, es sei nicht der Rede wert.

Es kam dennoch bald heraus: Die beiden Janssöhne, auf Urlaub, waren in der Reithalle erschienen und hatten Rysselgeert zum Abendessen beschlagnahmt. »Und er hat angenommen!« schloß Bruno.

»Wenn die Jansjungen dich nicht mit eingeladen haben, konnte Rysselgeert dich ihnen doch nicht aufzwingen«, sagte ich.

Er sei eigens wegen Rysselgeert statt morgens abends reiten gegangen, ich wisse, wie sehr er das verabscheue, und Rysselgeert habe ihm obendrein des Morgens beim Frühstück den Abend versprochen.

»Nicht dir allein,« sagte ich, »uns beiden.«

»Da siehst du es.«

So spielte er meine kleine, ihm, nicht Rysselgeert, geltende Zurechtweisung gegen diesen aus. Ich könne Rysselgeert für sein Fernbleiben kaum tadeln, bemerkte ich, Rysselgeert sehe die Jansjungen nur bei deren seltenen Urlauben, mich aber doch recht oft.

Er hatte dem Diener geläutet und sich etwas zu essen bestellt. Als wir wieder allein waren, sagte er, was ein Intellektueller wie Rysselgeert diesen Jansburschen abgewinnen könne, sei ihm ein Rätsel.

Die Jansjungen, sagte ich, seien nette Kerle, vielleicht keine Lichter, aber gutmütige, anständige Jungen, warum es ihn denn nicht freue, daß sie Rysselgeert eine so große Anhänglichkeit bewahrten.

»Sie duzen ihn sogar«, stieß er hervor.

»Ja, und?«

»Ja und! Eben, das ist es ja, was mich für ihn so kränkt: er läßt es sich gefallen! Die wissen ja gar nicht, wer er ist, übrigens genau wie der Oberst! Gut, der versteht etwas vom Reiten, aber sonst! Ein Fünzelchen von Gehirn, wie die Söhne!«

»Wenn wir beide Christen wären, würde ich dich jetzt daran erinnern, daß geistiger Hochmut eine schwere Sünde ist«, sagte ich. »Sie ist es aber auch so, für jeden.«
»Mit anderen Worten: Sie geben mir unrecht,« versetzte er, »dann war das ein schlimmer Abend.«
Nun war ich sicher, daß etwas vorgefallen war, nachdem er Rysselgeert verlassen hatte. Aber ich wollte ihn nicht drängen; auch konnte jeden Augenblick der Diener wieder erscheinen.
Als ich ihm nicht antwortete, sagte er, ich hätte es ihm sicher schon angesehen, ja, er habe, aus Ärger über Rysselgeert, eine Dummheit gemacht.
»Es wird nicht die letzte gewesen sein«, gab ich wie beiläufig zurück.
Was ich erfuhr, überraschte mich nur zur Hälfte:
Bruno war nach dem Reiten wieder an das ihm bekannte Café gegangen, das Jagdgebiet der eleganteren unserer ›lyrischen Künstlerinnen‹, wie man den Beruf der Damen seit dem Erlaß eines ironischen Polizeichefs ja amtlich nennt. Weil im Reitdreß, hatte er gezögert einzutreten und war draußen auf und ab gegangen, als ihm eine zulächelte und ihn in eine Seitenstraße lockte. Er sei ja ein leckeres Jungchen, ein strammer Reiter, das wäre einmal etwas anderes ... und dergleichen. Mit dieser habe er dann zwei Überraschungen erlebt, erzählte er, die Person habe nicht zuerst seine Brieftasche untersucht und sich Geld herausgeholt, wie jene frühere, es sei überhaupt alles viel netter zugegangen, aber als er aufstehen und sich wieder hatte anziehen wollen, sei sie wie von Sinnen gewesen, habe ihn wieder zu sich aufs Bett gezogen und versucht, ihn mit Gewalt in, nicht auf den Mund zu küssen, und geklammert habe sie sich an ihn wie ein Schröpfglas und ihn angefleht, auch sie wolle etwas von dem Abend haben, er solle sie nicht so liegen lassen ... Kurz, ich entnahm seiner wiederum ganz unbefangenen Schilderung, daß er überhaupt nicht begriffen hatte, warum diese Frau ihn nicht fortlassen wollte, und noch weniger, was dann hinterher geschah. Auf einmal seien vier sehr modern gekleidete, auffallend kräftige Männer in das Zimmer gedrungen, einer habe sich auf die Frau gestürzt und sie festgehalten, ein zweiter ihre Handtasche, die vor dem Bett lag,

untersucht, ihn hätten die beiden anderen brutal gepackt; er solle ruhig bleiben, es geschehe ihm nichts, ihm nicht. Er müsse nur die Wahrheit sagen: wieviel Geld die Frau verlangt und ob er sie bezahlt habe. Dann hätte man, während die Frau weinte, ihn gefragt, ob er nicht der junge Freier sei, den man von der Schule gejagt habe.
Wer sie denn überhaupt seien, habe er zurückgefragt.
Da habe einer den Aufschlag seiner Jacke ein wenig umgedreht und auf ein Abzeichen gewiesen: Sittenpolizei! Er sei ihnen wohlbekannt, ob er nicht wisse, daß es strafbar sei, in seinem Alter zu solchen Weibern zu gehen, ob er denn ein zweites Mal seine Familie mit Schande bedecken wolle? Der Skandal, den es dieses Mal gebe! Das letzte Mal hätten sie die Sache diskret beobachtet und nur seiner Schule gemeldet, ihn aber nicht mitgenommen. Doch was sie das koste! Ein schwerer Geldausfall, denn für jeden auf das Polizeirevier gebrachten Delinquenten erhielten sie eine Prämie und natürlich auch eine für die Festnahme der Frau — Verführung eines Minderjährigen! Ob er erwarte, daß sie ein zweites Mal auf die Prämie verzichteten? Sie wollten aber keine Unmenschen sein. Wenn er sie für den Ausfall der Prämie entschädigen könne, nicht in ihre Tasche, für den Wohlfahrtsfonds der Waisen von Polizeibeamten, wenn er dafür etwas stiften würde, wollten sie es bei der stillen Verwarnung belassen. Wieviel Geld er denn habe?
Sie seien sehr enttäuscht gewesen von der genannten Summe, und einer habe angedeutet, das könne doch nicht sein. Ein Junge wie er mit so wenig Geld zu den Weibern! Da müßten sie doch einen Blick in seine Brieftasche werfen. Als aber beim Zählen wirklich nur so viel herausgekommen sei, wie er genannt, habe die Frau ganz hysterisch aufgelacht und sei sofort mit zwei brutalen Ohrfeigen zum Schweigen gebracht worden. Ihn aber habe einer der Männer die Boxermuskeln fühlen lassen und dann gesagt, wenn er sich je noch einmal in der Gegend und vor dem Café blicken lasse, hätte er nur die Wahl, auf die nächste Polizeiwache geschleppt oder von ihnen in einem stillen Hinterhof durchgebleut zu werden.
Einer habe ihn hinunterbegleitet, um ihm die Tür zu öffnen. Auf der Treppe habe er einen Augenblick lang die Frau schreien

hören, dann sei ein Radio ganz stark auf Jazz eingestellt worden. Diese Polizisten, immer brutal, die seien die richtigen, schloß er.

»Und dein Geld?« fragte ich.

Da es ihnen zu wenig gewesen sei – eine so lächerliche Summe könne der Wohlfahrtsfonds nicht buchen –, habe er gefragt, ob er es der Frau lassen dürfe, das wäre doch normal. Da habe einer es mit den Fingerspitzen angenommen und vor das Bett geworfen. Sein ganzes Monatsgeld! Er würde so schnell nicht wieder zu den Weibern gehen, es sei ja doch nichts, dieses Küssen mit der Zunge habe ihn abgestoßen.

Es berührte mich seltsam, daß er zugleich so frühreif und so naiv war, denn als ich ihm am Ende dann doch sagte, wer die vier Herren gewesen waren, mußte ich ihm zuerst erklären, was ein Zuhälter ist, und dann erst begriff er langsam, daß er der Strafexpedition gegen eine Prostituierte beigewohnt hatte, die ihren Zuhälter mit einem jungen Kerl betrogen und um die Abgaben gebracht hatte, die sie einem dieser Herren schuldete.

»Sogar solche Dinge kennen Sie«, sagte er voll Bewunderung. Früher habe er auch das an mir gehaßt, daß ich immer über alles Bescheid wisse, überhaupt der ganze Erfolg meines Lebens habe ihn geärgert. Jetzt sei er froh darüber.

Ich benutzte aber doch die günstige Gelegenheit und fragte ihn, ob er sich denn nicht gedemütigt fühle durch die Huren. Du gefällst mir nicht, deshalb mußt du zahlen, nichts anderes heiße es doch, wenn er bei denen zuerst in die Brieftasche greifen müsse.

So habe er das nie angesehen, jetzt, wo ich es ihm sage, steche es ihm in die Augen.

Er müsse sich nun zweimal vom Arzt untersuchen lassen, in drei Tagen und dann wieder in zwei oder drei Wochen, sagte ich.

Er meinte, das sei nicht nötig. Auch in der Klinik habe man Untersuchungen gemacht, er verschaffe sich doch schon lange die Wollust und sei nie krank davon geworden.

Das Ausmaß seiner Naivität erschreckte mich. Als ich ihn dann aufklärte, wie gefährlich die Huren für seine Gesundheit seien, wurde er blaß. Ich schickte ihn bald zu Bett, er sollte allein sein mit der Furcht vor den Krankheiten, die ich ihm, nicht ohne Be-

denken, gemacht hatte. Von der Tür kam er noch einmal zurück und gab mir einen Kuß. »Großvater, Sie sind doch mein bestes Stück«, sagte er, und dann brachte er das heraus, woran ihm sehr gelegen war: Es sei nicht nötig, Rysselgeert etwas von diesem so wenig ruhmvollen Abenteuer zu sagen.
Ich wartete Rysselgeerts Heimkehr ab. Er beklagte sich, Bruno sei geradezu widerwärtig mit den Janssöhnen gewesen, so, daß diese ihn nicht eingeladen hätten. Die Jungen hätten in der Reitbahn gesprungen und sprängen besser als er. Bruno ertrage es sehr schlecht, nicht im Mittelpunkt zu stehen, das habe er schon ein paarmal bemerkt, wenn er ihn zu den Vorträgen der Volkshochschule mitgenommen hatte und nachher zu einem Glas mit den Hörern. Habe er sich dort jemandem bei der Diskussion in der Kantine etwas eingehender gewidmet, dann sei Bruno jedesmal verstimmt gewesen.
Neidgefühle müsse man dem Jungen wegerziehen, sagte ich und erzählte ihm, daß Bruno mir soeben gestanden hatte, er habe früher sogar gegen mich eine Art fortwährenden Neides empfunden.

Am Samstag darauf brach ich morgens, nicht lange nachdem Rysselgeert, wie alle Samstage, auf dem Motorrad verschwunden war, mit Bruno zum Wochenende nach Belvedere auf. Weil ich mir unterwegs den Neubau einer Zweigfabrik angesehen hatte, fuhren wir nicht auf der gewohnten Straße. Hinter einer Kurve überholten wir ein Motorrad; es war Rysselgeert, auf dem Rücksitz ein junger Mann. Bruno ließ halten, er müsse Rysselgeert etwas fragen.
Rysselgeert fuhr trotz Brunos Winken an uns vorbei, stieg aber gut zweihundert Meter weiter ab, ließ den jungen Mann allein auf dem Motorrad weiterfahren und kam uns so langsam entgegen, daß Bruno, der ausgestiegen war, sich wieder neben mich setzte und vorwärts fahren ließ, Rysselgeert entgegen. »Er will nicht, daß wir sehen, wer bei ihm ist«, sagte er mir, auf englisch, wegen des Chauffeurs. Seine Stimme bebte so stark, daß mir plötzlich ein Verdacht durch den Kopf fuhr. Und daß er Rysselgeert nach einem verlegten Buch fragte, klang wie ein Vorwand.

Rysselgeert ließ sich im nächsten Dorf vor einem Gasthof absetzen. Kein Wort über seinen Begleiter, auch war das Motorrad nicht vor dem Hause zu erblicken. »Also bis morgen abend«, sagte er beim Aussteigen.
»Das Sonntagabenddiner in Belvedere versäumt er nie«, sagte Bruno, wieder auf englisch, mit einer mich so erschreckenden Verbitterung, daß ich ihm den Arm um die Schulter legte. »Er ist eben ehrgeizig, und das soll er auch sein«, antwortete ich.
»Er will Abgeordneter, Minister werden«, sagte Bruno geradezu giftig. Ob mir der Mensch bekannt sei, den Rysselgeert auf dem Motorrad gehabt?
Ich hätte ihn zu flüchtig gesehen.
»Der war nicht aus unseren Kreisen«, sagte Bruno.
Wieso er das denn bei der Schnelligkeit habe feststellen können?
»An allem.«
Die ungenaue Auskunft sei eines künftigen Mathematikers unwürdig, gab ich zurück, und den Ausdruck ›aus unseren Kreisen‹ wolle ich nicht noch einmal hören.
Dann schwieg er eine Zeitlang.
»Wo mag er nur immer samstags hinfahren«, sagte er auf einmal.
Ich bat ihn, aufzuhören, mich zu dieser Unterhaltung auf englisch zu zwingen, es sei dem Chauffeur gegenüber zu ungehörig.
Dann sagte er nichts mehr, bis wir in Belvedere ausstiegen. Wir trennten uns in der Halle; ich hatte sehr viele Akten aufzuarbeiten, wollte das Abendessen überspringen und schlug Bruno vor, am nächsten Morgen mit mir zu frühstücken; seitdem die Pferde in der Stadt standen, konnte er sonntags in Belvedere nicht mehr reiten.
Am nächsten Morgen fragte Bruno beim Frühstück, ob er derzeit in hoher, mittlerer oder in gar keiner Gunst bei mir stehe.
Das würde ich ihm sagen, sobald ich wüßte, was für einen Angriff er vorhabe.
Ich solle ihn abends bei Tisch zulassen.
Es sei ein fast intimes Essen, wandte ich ein. Unser Botschafter in Moskau mit Frau.
Das wisse er. Wie ich und Rysselgeert möchte auch er gern Ein-

zelheiten hören über die Rußlandreise der Königin-Mutter. Nur deswegen hätte ich den Botschafter doch eingeladen.
Es habe alles in den Zeitungen gestanden.
Ich solle ihm ernsthafter antworten.
Im Grunde hatte ich es gern, wenn er mit einer etwas frechen Grazie vorlaut war, dann war ich sicher, daß ich meinerseits bei ihm in hoher Gunst stand, und daran lag mir, ich war so schwach.
Als ich die Erlaubnis aussprach, sprang er auf, kam um den Tisch und küßte mich auf die Schulter, auf den Stoff meiner Jacke. Ich nahm seinen Kopf mit der Hand und drückte ihn an meinen. »Ja, wir zwei,« sagte er da, »im Grunde sind wir doch sehr gute Freunde geworden.«
»Hätten wir schon früher sein können.«
Er stieß einen der Seufzer aus, die mich immer wieder entzückten, weil sie so beredt seine Reue und sein Bedauern über die böse Vergangenheit ausdrückten.
Er schmuse um seinen Großvater herum, was denn Weiteres auf seinem Wunschzettel stehe, fragte ich.
»Ist von vorneherein abgelehnt. Soweit kenne ich Sie.« Es sei nichts, was er für heute wünsche, auch nicht für morgen, aber doch für bald: er möchte die Dame einmal sehen, meine ›Freundin‹.
Da sie nie die Stadtwohnung betrete und nie in Belvedere eingeladen sei, müßten Logik und Takt ihm sagen, daß ich sie nicht gern zeigte oder daß die Dame selber wünsche, im Hintergrund zu bleiben.
»Türke, Pascha, Sultan!« Er hatte es so prompt gerufen, daß ich lachen mußte.
Ich sei also wie Rysselgeert; der zeige auch nie seine geheimnisvolle Liebe, die Samstagsliebe!
Woher er denn wissen wolle, daß Rysselgeert samstags zu einer Liebe fahre, wir hätten ihn doch vor vierundzwanzig Stunden gerade mit einem jungen Mann gesehen.
Aber er liebt, das müsse ich doch zugeben oder könne es wenigstens nicht bestreiten.
Ich sagte ihm, es gefalle mir gar nicht, daß er so indiskret sei. Darin stecke eine Mißachtung des anderen Menschen.

Wenn ich es so auffaßte, dann schweige er.
»Ich hoffe: nicht aus Trotz«, sagte ich. Ob er es, auf ihn angewandt, denn nicht schätze, daß seine Umgebung ihm so wenig hinter den Zaun schaue.
»Doch«, sagte er kleinlaut. Während der paar Wochen im Gymnasium seien ihm erst die Augen aufgegangen. Er wisse jetzt, daß Rysselgeert und ich seine Empfindlichkeit immer schonten.
Beim Mittagessen fing er aber wieder an: ob es mir nicht auffalle, Rysselgeert sei nicht mehr der alte, er löse sich los von uns.
Das meine er, weil Rysselgeert jetzt nicht mehr sein Erzieher und nicht mehr den ganzen Tag um ihn sei, sagte ich, Rysselgeert hänge sogar sehr an ihm. Aber er dürfe nicht erwarten, immer der Mittelpunkt von Rysselgeerts Existenz zu sein. Auch habe Rysselgeert andere Menschen lange vor ihm gekannt, zum Beispiel den Oberst Jans. Solche Leute hätten gewissermaßen den Vortritt in seinem Herzen. Er müsse das respektieren.
»Mit anderen Worten: jeder bleibe in seiner Schublade.«
Das war in einem traurigen Ton herausgekommen. Ich hatte seine Eifersucht gegen die Jungen des Obersten wieder geweckt.
Er habe seit dem Frühstück über meinen Vorwurf, er sei indiskret, nachgedacht, sagte er. Es sei etwas daran, er wolle immer alles wissen, aber ich, ob ich denn, zum Beispiel, nicht manchmal wissen wolle, was die Dame, meine Freundin, an den Abenden tue, wenn ich besetzt sei. Hätte ich dafür keine Neugier, dann könne er sich das nur mit einer gewissen Gleichgültigkeit erklären. Und wenn er gern wüßte, wohin Rysselgeert samstags immer verschwinde und zu wem, so doch nur, weil alles, was Rysselgeert betreffe, ihm nicht gleichgültig sei. Ob es da denn wirklich ein solches Verbrechen sei, daß er habe wissen wollen, wer auf dem Rücksitz des Motorrads gesessen habe.
Er solle sich vorstellen, Rysselgeert wäre mit uns am Tisch, ob er dann fragen würde: wer war denn gestern der junge Mann, den Sie uns vorenthalten haben?
Nein, gewiß nicht, nicht er könne es Rysselgeert fragen, aber ich.

»Ich würde eine derartige Frage niemals stellen,« sagte ich, nun sehr scharf, »weil ich meinerseits jeden, der mir mit solcher Neugier käme, als zudringlich, also unerzogen empfinden würde!« Und da er mich ratlos anblickte, fügte ich hinzu: »Hättest du es gern, wenn ich dich über deinen Vater ausfragte?« Nicht einmal, als er ihn heimlich getroffen habe, hätte ich das getan.

»Das ist wahr, Großvater,« sagte er fast flüsternd, »ich kann es nicht leiden, wenn man mir gegenüber neugierig ist.«

»Und wieviel jünger bist du als Rysselgeert und als ich. Wenn wir dich der Zahl deiner Jahre entsprechend beaufsichtigen würden! Aber wie schonen wir deine Empfindlichkeit ...«

Der Junge tat mir leid. Ich war entschlossen, mit Rysselgeert zu sprechen.

Er traf glücklicherweise früh ein. Ich hätte Anlaß zu glauben, sagte ich ihm, daß Brunos Gefühl für ihn eine leidenschaftliche Färbung habe, nur ob der Junge sich dessen bewußt sei, das wisse ich nicht, wohl aber, daß er leide.

»Eifersucht, die Begegnung gestern, nicht wahr?« Er habe es seit Brunos Verhalten den Jansjungen gegenüber befürchtet und, um eine Wiederholung dieses Verhaltens zu vermeiden, seinen Begleiter auf dem Motorrad weitergeschickt. Ich hätte nun gesehen, mit wem er sein Wochenende immer verbringe.

Ich war ihm dankbar, daß er keine peinlichen Erklärungen gab und mir das Schauspiel eines sich erwischt Fühlenden ersparte. Bei jemandem von kleinbürgerlicher Herkunft und christlicher Erziehung schien mir das gar nicht selbstverständlich.

Er sagte mir nur, der junge Mann sei der Sohn eines älteren Bruders des Oberst Jans, mit dem dieser aber entzweit sei. Bei dem Oberst dürfe ja niemand Sozialist sein, der Bruder sei der Generalsekretär des Verbandes der Textilarbeiter.

Abends, als ich auf die Gäste wartete, kam Bruno allein in den Salon herunter. Auf meine Frage, ob er Rysselgeert noch nicht gesehen habe, antwortete er: »Wir haben sogar schon ein Glas Tomatensaft zusammen getrunken, er hat mir das ›Du‹ angeboten. Ich sage also jetzt ›Stijn‹ zu ihm.«

Als Rysselgeert erschien, war er ohne Krawatte. Bruno zeigte auf das leere Hemd und bot sich an, ihm die Schleife zu holen.

»War Absicht von mir,« sagte Rysselgeert, sobald Bruno draußen war, »ich befürchte, Sie haben richtig vermutet. Ich habe Bruno erklärt, wenn die Jansjungen mich duzen dürfen, hast du das gleiche Recht.« Bruno sei darauf erblaßt und habe ihn angestarrt, dann erst sei die Freude ausgebrochen, und viel zu heftig.

Beim Essen beobachtete ich Bruno. Seine Augen gingen immer wieder zu Rysselgeert. Dabei war der Botschafter ein brillanter Erzähler und seine Frau eine köstliche Nachahmerin der Personen, von denen ihr Mann sprach; mit ihrer Mimik setzte sie alle höchst plastisch vor uns hin. Da ich den Außenminister seit der Rückkehr der Königin-Mutter noch nicht hatte sehen können, wußte ich über den Verlauf des Besuchs in Rußland nur das, was die Zeitungen gebracht hatten. Der Botschafter bestätigte uns, daß die Königin sich in Moskau nichts hatte vormachen lassen, schlagfertige, recht scharfe Antworten gegeben und, entgegen allen Befürchtungen unseres Außenministers, nicht einen einzigen Fehler gemacht hatte.

Als wir schließlich beim Dessert unsere Gläser auf ihr Wohl erhoben, reichte Bruno seines Rysselgeert. »Stijn, trinke du für mich«, sagte er so unnötig laut, daß der Botschafter einen Augenblick stutzte und ich Brunos Abscheu vor Wein und Alkohol erklären mußte.

Es war üblich, daß Bruno, wenn er mit den Erwachsenen hatte essen dürfen, beim Aufbruch in den Salon unauffällig verschwand. Er kam aber zu mir, als ich hinter dem Botschafterpaar und Rysselgeert das Speisezimmer verließ: Ob er noch ein wenig bleiben und dem Botschafter einige Fragen stellen dürfe über russische Dinge. Später bereute ich die zu schnell gegebene Erlaubnis. Bruno brachte den Botschafter von einer Verlegenheit in die andere. Er wollte wissen, was auf einer Botschaft im besten Fall der Wirtschaftsattaché weiß, vom Preis des Brotes und der Schulhefte in Moskau bis zu den Löhnen der Gärtner und der Trolleybusschaffner. Die Botschafterin fragte er, wo sie die Tischwäsche der Botschaft, deren Verbrauch doch groß sein müsse, waschen lasse; nach einer Photographie sei das Haus unserer Botschaft nicht allzu geräumig, eine Waschküche sei gewiß nicht dort, und ob die Damen der hohen russischen Beamtenschaft mit den Diplomatenfrauen zum Tee zu-

sammen kämen? Es hörte nicht auf; ich griff schließlich ein. Da sagte er, Stijn und er fänden es interessant zu erfahren, wie diese kleinen Probleme des täglichen Lebens in einem sozialistischen Lande gelöst werden. Aber schon winkte Rysselgeert ihn mit den Augen zu sich heran und sagte ihm leise etwas. Von dem Augenblick an blieb er still in seinem Sessel und hörte nur noch zu. Ich fragte mich, was Rysselgeert ihm gesagt haben mochte, so beleidigt schien er zu sein.
Als man die Kaffeetassen abräumte und Erfrischungen brachte, machte er sich still hinaus.

Zwei Wochen später erklärte mir Rysselgeert, Bruno habe sich, wie befürchtet, verraten: Rysselgeert war mit dem Neffen des Oberst Jans im Theater gewesen. Während der Pause war Bruno im Foyer vor ihnen aufgetaucht, hatte verlangt, vorgestellt zu werden, und gefragt, ob auch sie, durch das Plakat angezogen, sich auf der Straße entschlossen hätten, das Schauspiel zu besuchen; ihm sei es auf dem Heimweg von der Mathematikstunde so gegangen. Und wen treffe er hier, was das für ein Zufall sei und daß er dabei einen Neffen seines Reitlehrers kennenlerne.
Rysselgeert erzählte, Brunos bleiches, unbeherrschtes Gesicht, verzerrt vom Haß gegen den endlich vor ihm stehenden Max Jans, habe diesem ein solches Mitgefühl für den zehn Jahre Jüngeren eingeflößt, daß sie nach der Vorstellung draußen auf Bruno gewartet hätten, mit der Absicht, ihn auf ein Glas in ein Café mitzunehmen. Bruno habe aber die Einladung so schroff abgelehnt, daß Max Jans nach Hause gegangen sei.
Auf dem Heimweg hatte Bruno dann Rysselgeert drohend erklärt, wenn sie ihn allein gelassen hätten, wäre er wieder zu einer Hure gegangen, worauf Rysselgeert ihm geantwortet hatte, er bedauere, jüngst einem Erpresser das ›Du‹ angeboten zu haben. In welchem Sinn das Wort ›Erpresser‹ gegolten hatte, sagte Rysselgeert, habe Bruno gut verstanden und wohl deshalb trotzig bis zur Haustür geschwiegen und ihm oben vor ihren Zimmern nur mit Widerstreben gute Nacht gewünscht. Seitdem gehe Bruno ihm aus dem Wege.
An dem Tag, als Rysselgeert mir das berichtete, hatte Bruno

sich zu meiner Überraschung die Erlaubnis erbeten, die beiden Janssöhne, also die Vettern des anderen, bei deren nächstem Urlaub zu uns einzuladen. Die schon gegebene Zustimmung wollte ich nicht zurücknehmen. Daß er mit dieser Einladung beabsichtigte, Rysselgeert und Max zu strafen, war nur zu klar.

Ich bat Rysselgeert, nicht mehr regelmäßig mit Bruno zu essen und abends häufiger als bisher ohne ihn auszugehen, ich wollte sehen, ob der Junge ruhiger werden würde.

Aber wenn ich Bruno sagte, ich hätte den Eindruck, Rysselgeert wolle lieber in einer unabhängigen Wohnung leben, erklärte er mit Heftigkeit, ich solle das verhindern. Rysselgeert brauche ein geordnetes Heim wie unseres; die Bude in dem Vorort, in der er gehaust habe, wenn ich die gesehen hätte! Und wozu Rysselgeert eine unabhängige Wohnung brauche! Für bestimmte Zwecke gebe es Hotels.

Der Junge dauerte mich. Rysselgeert war für ihn nur noch ein Gegenstand des Zorns und der Eifersucht, den er aber bis zur letzten Möglichkeit unter seiner Aufsicht halten wollte. Ich bewunderte die Härte seines Charakters: Seit meinem Vorwurf, er sei Rysselgeert gegenüber indiskret, fiel dessen Namen seltener, wenn wir allein waren, obwohl er doch gewiß darauf brannte, von ihm zu sprechen. Dagegen suchte er immer mehr mit mir zusammen zu sein, er holte mich sogar manchmal im Büro ab. Er wünschte auch immer häufiger dabeizusein, wenn ich unter der Woche Politiker zum Mittagessen hatte; nur einen wollte er nie treffen: den Außenminister. Als ich dies einmal bei Rysselgeert bemerkte, seufzte er: auch das sei Eifersucht. Ich hatte vergessen, daß Rysselgeert der bevorzugte Protegé des Außenministers geworden war. Aber eines Tages verriet Bruno sich dann doch. Man sehe ja nur noch soziologische Literatur im Hause herumliegen, hatte ich ihm scherzend gesagt. Da zeigte er mir ein Werk von Raymond Aron; jede Gedankenentwicklung darin habe er bei der ersten Lektüre verstanden, er wette, Rysselgeert könne solche Sachen nicht so flott lesen wie er. Als ich milde bemerkte, es sei ja nicht die Soziologie, die Rysselgeert interessiere, sondern die Volkserziehung im sozialistischen Sinn, da sagte er wegwerfend, die Soziologie sei, wenn auch keine reine Wissenschaft, nach der Mathematik doch das Fesselndste und Wichtigste; Geschichte dürfe in Zukunft in den Lehrplänen der Schule nur noch eine Unterabteilung der Soziologie sein. Volkserziehung sei für den intellektuellen Kindergarten.

Ich verstand. Er wollte Rysselgeert überflügeln. Wenn dieser unter dem Einfluß des sozialistischen Ministers auf einem so lächerlichen Nachbargebiet der Soziologie arbeitete, wie die Volkserziehung es in Brunos Augen war, dann sollte Rysselgeert eines Tages erkennen, daß der Zögling über den Erzieher hinausgewachsen war. Mir schien dieser Ehrgeiz nichts anderes als eine Flucht aus der alten Eifersucht in eine neue, deren wahren, noch immer gleichen Namen er sich vielleicht nicht eingestand. Vielleicht!

Daß ich fast jeden zweiten Tag mit Rysselgeert, den ich von seiner Abteilung in mein Büro kommen ließ, über ihn sprach, ahnte er nicht. Rysselgeert sah es gern, daß Bruno ihn intellektuell ausstechen wollte. So würden die Kräfte des Jungen von der sterilen Eifersucht gegen Max Jans weggelenkt auf etwas Fruchtbares. Dennoch fürchtete er, Brunos offensichtliche Erbitterung gegen ihn könne sich immer fester kristallisieren, der Junge sei außergewöhnlich nachtragend; er habe einen Erzieher, nur weil der nach Tabak, seine Mutter, nur weil sie nach Alkohol roch, abgeschrieben, und er grolle ihnen auch noch hinterher.

Der Botschafter der Sowjetunion

Wie nachtragend Bruno war und wie kalt überlegend dabei, das sollten wir sehen, als die Königin-Mutter Rysselgeert und Bruno einlud, die Skulpturen Theo van Rysselgeerts bei ihr anzusehen.

Es war einige Wochen nach ihrer Rückkehr aus Moskau. Ich erhielt durch den gleichen Ordonnanzoffizier die Einladung zu einem Diner überbracht, ›um die Bekanntschaft des neuen Sowjetbotschafters zu machen‹. Die Einladung für Rysselgeert und Bruno lautete auf einen Samstagnachmittag, eine artige Rücksicht auf die Arbeitszeiten Rysselgeerts.

Freitag morgen rief Bruno mich im Büro an, ich müsseRysselgeert ›unbedingt‹ einige Winke geben bezüglich der Etikette, ihm selber sei es zu peinlich, seinen einstigen Erzieher an eine folgenreiche Unkenntnis der Sitten bei Hofe zu erinnern. Er hatte also nichts vergessen und mußte ja auch noch immer annehmen, daß erst durch Rysselgeerts Fauxpas der Verkauf der Pferdebronzen herausgekommen war.

Daß er diese Entdeckung aber auch der daran doch ganz unschuldigen Königin, die ihm nur eine Freude hatte bereiten wollen, nachtragen würde, hätte ich nicht für möglich gehalten. Am Samstagmorgen blieb er im Bett, erklärte, ›unerträgliche‹ Kopfschmerzen zu haben, und war mittags weder durch Rysselgeert noch durch mich zum Aufstehen zu bewegen.

Er grollt der Königin, hatte Rysselgeert mir versichert. Ich stand in Brunos Zimmer, eben im Begriff, ihm unverblümt zu sagen, was ich von diesem Kopfweh dachte, da brachte Felix einen frisch gebügelten dunklen Anzug herein.

»Hängen Sie ihn in den Schrank, ich brauche ihn ja leider nicht,« sagte Bruno, »und räumen Sie die anderen Sachen weg.«

»Welche bitte?« fragte Felix.

Bruno zeigte auf Unterwäsche und schwarze Schuhe, die nebenan in dem kleinen Schrank- und Ankleideraum auffällig vor und über einem Stuhl zu sehen waren.

Daß ich vor dieser Inszenierung, die er zum Teil ohne Wissen des Dieners getroffen haben mußte, mit meinem Verdacht den kürzeren ziehen würde, wußte ich. Der zum Bügeln weggegebene Anzug, die herausgelegte Wäsche wären mir entgegengehalten worden. Ich wollte gehen. Ich war böse.

Er streckte mir die Hand entgegen. »Wenn ich nicht in Ungnade bin, bleiben Sie doch ein bißchen«, sagte er und bat mich, ihm zu sagen, was ich von dem neuen Sowjetbotschafter schon wisse, wie der sei.

Ich hatte aber keine Zeit. Unten wartete der Direktor unserer brasilianischen Zweigbetriebe. Wir wollten bei dem schönen Herbstwetter in Belvedere zu Mittag essen.

Ob er, wenn es ihm am Sonntagmorgen besser gehe, nicht herauskommen wolle, fragte ich. Da zog Bruno mich auf die Bettkante, nahm mich um die Schultern und sagte: »Mit wem wäre ich lieber zusammen als mit Ihnen, Großvater!«

Ich war also auf Kosten Rysselgeerts in die beste seiner Schubladen befördert worden. Das, was Rysselgeert gewiß wieder die ›Falschheit‹ des Jungen genannt hätte, nahm mir nicht die Freude an Brunos Beteuerungen seiner Zuneigung für mich. Diese schienen mir durchaus vereinbar mit dem Vorschwindeln von Kopfweh. Ja, ich fragte mich sogar, ob Bruno die vor seinem Bett aufgestapelten Bücher und die Schreibhefte auf der Decke nicht absichtlich wegzuräumen unterlassen hatte, um mich zu zwingen, den Vorwand seines Kopfwehs zu durchschauen, aber schweigend, mit der ihm stets gepredigten Diskretion, hinzunehmen.

Daß Bruno in der Tat einer so subtilen Berechnung fähig war, bestätigte er mir am nächsten Tag. Als ich anrief, ob er bei dem prachtvollen Wetter denn nicht zum Mittagessen nach Belvedere kommen wolle, sagte er, sein Kopfweh habe am vergangenen Nachmittag Punkt fünf Uhr, als Rysselgeert sich an den Teetisch der Königin gesetzt habe, nachgelassen. Ich war so entzückt von diesem Augurenwink, daß ich ihm bei einem Spaziergang vor Tisch im Park einen Pakt vorschlug. Er habe so viel Zeit damit versäumt, seine Unlust vor dem Tee im Kleinen Schloß zu bemänteln: die Wäsche und die Schuhe, die er selber herausgelegt habe, den zum Bügeln weggegebenen Anzug und vor allem das ihm doch so verhaßte Liegen im Bett, und mich habe er gezwungen, den unnötigen Gang auf sein Zimmer zu machen. In Zukunft solle er doch, wenn er in Vorwänden spreche oder sonst etwas nicht ganz Wahres mir sagen zu müssen glaube, sich dabei an die Krawatte fassen; dann wüßte ich immer, daß ich meine Zeit nicht auf ein Suchen nach der Wahrheit zu verschwenden brauche. Er klatschte vor Vergnügen in die Hände und rief: »Sie sind ein ganz Schlauer!« Ich hätte aber Pakt gesagt, wo die Gegenseitigkeit bleibe? Was ich denn meinerseits böte?

Ich würde ihn in Zukunft mehr als bisher, sehr viel mehr, an meinen wirklichen Gedanken über Menschen, Dinge und Ereignisse teilnehmen lassen.

»Und die Ausnahmen, die Sie machen werden?« sagte er, »Sie brauchen doch nur wieder einmal Minister zu werden, dann verschanzen Sie sich sofort hinter dem Staatsgeheimnis!«

Geheimnisse wahren, das müsse ich doch auch jetzt, in bestimmten Angelegenheiten der Chemischen Werke und auch als Abgeordneter.
»Also ein sehr einseitiger Pakt.«
Bei unserem Altersunterschied sei er dennoch nicht unannehmbar für ihn.
»Pfui, so reden nur Schulmeister!« rief er, aber dann packte er mich um die Hüften und drückte mich an sich. »Muß Ihre Freundin in Sie verliebt sein,« sagte er, »Sie sind ein Schatz, Großvater, wissen Sie das!«
Einen so schönen Augenblick wie diesen sollte ich nie mehr mit Bruno erleben.
Ich fragte ihn, was Rysselgeert von dem Besuch bei der Königin-Mutter erzählt habe.
»Wann sollte er etwas erzählt haben! Samstags übernachtet er doch immer außer Haus!« Und im gleichen Ton der Verbitterung sagte er, Rysselgeerts politischer Ehrgeiz werde unangenehm. Rysselgeert sei gewiß mehr als froh gewesen, daß er allein ins Kleine Schloß habe gehen können.
Das sei eine Unterstellung!
Ob Rysselgeert sich denn nicht über mich an den Außenminister herangemacht habe, das Haupt der zweitmächtigsten Partei? Was für Aussichten auf eine Karriere!
Ich sagte ihm, ich selber sei es gewesen, der Rysselgeert dem Außenminister und damit dessen Partei sozusagen abgetreten hatte, und daß ich der erste gewesen war, der Rysselgeert geraten hatte, sich in die Partei des Ministers aufnehmen zu lassen. Gerade weil es nicht meine, sondern eine gegnerische Partei sei, liege mir daran, daß dort anständige Charaktere eine Rolle im Nachwuchs spielten.
»Das hat man mir verheimlicht, mit Erfolg übrigens«, kam es gekränkt zurück. Aber manches habe er doch gewußt, zum Beispiel, daß Rysselgeerts große, vom Geheimnis behütete Liebe ausgerechnet der Sohn eines der einflußreichsten Gewerkschaftsführer sei. Das wisse er nun genau. Rysselgeert sei einmal in die Verlegenheit gekommen, ihn dem jungen Mann vorstellen zu müssen, und da sei es zu seiner Überraschung derselbe gewesen, den wir auf dem Motorrad mit ihm gesehen hätten.

Diese Freundschaft habe nichts mit Rysselgeerts politischem Streben zu tun, erwiderte ich. »Rysselgeert hat mir längst von Max Jans erzählt, sie kennen sich schon seit Jahren.«
Daß ich das von Rysselgeert selber erfahren hatte, schien ihn sehr zu treffen. Er starrte vor sich hin.
Warum er schon wieder Anspielungen auf diese Beziehung mache, fragte ich. Ob er selber die Liebe zu seinem Vater denn nicht gleichfalls wie ein kostbares Gut vor fremden Augen behüte. Wenn nun jemand darauf anspiele – und abschätzig obendrein –, ja wenn jemand sich überhaupt darum kümmere, wie er das denn aufnähme?
Er schwieg.
»Siehst du,« sagte ich, »was auch immer Max Jans für Rysselgeert bedeutet, du hast in jedem Fall sein Gefühl für diesen jungen Mann zu respektieren und nicht in einem so abfällig-gehässigen Ton darüber zu sprechen. Wer das tut, setzt sich obendrein dem Verdacht aus, eifersüchtig zu sein.«
Er ging schweigend neben mir her. Schließlich sagte ich, ich erwartete keine Antwort, aber er solle nachdenken, wo seine Abwendung von Rysselgeert ihren wahren Grund habe. Wie ungerecht er sein könne, habe er mir vor vierundzwanzig Stunden vorgeführt: er verübele es der Königin-Mutter noch immer, daß sie ihm die Bronzen zum Geburtstag geschickt hatte. Ob das denn nicht empörend ungerecht sei?
Die Königin habe ihm damals das ganze Fest verdorben.
Da blieb ich stehen. Er solle den Spaziergang ohne mich fortsetzen und darüber nachdenken, was und wer in Wirklichkeit ihm den Geburtstag verdorben habe.
Er sah mich mit großen Augen an. »Vernichten Sie mich nicht, Großvater.«
»Vernichte du selber dich nicht«, gab ich ihm zurück und ließ ihn allein.

Rysselgeert meinte, ich sei zu streng gewesen. Man müsse bei dem Jungen auf allerlei gefaßt sein.
Er berichtete mir, die Königin-Mutter habe ihn zu dem Essen, das sie dem neuen Sowjetbotschafter gebe, eingeladen. Er sei aber nicht so naiv, zu glauben, diese überraschende Auszeich-

nung gelte seiner Person. Die Königin habe sich dafür zu sehr nach seiner Förderung durch den Außenminister erkundigt.
Ich konnte ihm nur gratulieren, daß er scharfsinnig genug war, die feinen Netze der Königin zu spüren. Er müsse seinen Protektor aber sofort davon unterrichten.
Daß es schon geschehen war, freute mich.
So fuhren Rysselgeert und ich denn im gleichen Wagen zum Kleinen Schloß. Vor der Abfahrt hatte ich ihm gesagt: »Die Königin-Mutter nimmt an, daß Sie alles, was Sie bei ihr hören werden, sofort dem Außenminister berichten. Also wird sie manches sagen, womit sie ihn ärgern will.«
Der Minister habe ihn darauf vorbereitet.
Als wir in den Hof der Witwenresidenz einschwenkten, war ich überrascht: Nur zwei Lakaien standen zum Öffnen der Wagen an der Auffahrt. Auf der großen Treppe keine brennenden Kandelaber, keine Blumenarrangements, sonst selbst bei mittelgroßen Empfängen üblich. Sie wird doch nicht auf die Idee verfallen sein, dem neuen Sowjetbotschafter durch Verzicht auf Pracht und Luxus Eindruck machen zu wollen, wenn das Essen obendrein ihm zu Ehren gegeben wird? Das ging mir noch durch den Kopf, als man uns die Garderobe abnahm. Gleich darauf sah ich dann aber, daß sie sich etwas ganz anderes ausgedacht hatte: ein intimes Essen! Die Hofdame, jene Komplicin, mit der sie in Rußland gewesen war, und ihr ewig stummer Sekretär — er machte seinem Namen Leisemund wirklich Ehre — empfingen uns im kleinen Salon der Privatgemächer. Der Botschafter sei für eine Viertelstunde später geladen. Sie behielten Rysselgeert dort und führten mich in die ›Kleine Bibliothek‹ zur Königin.
Ohne Umschweife — einer ihrer Vorteile! — empfing sie mich mit klagend erhobenen Armen. Was Moskau uns dieses Mal geschickt habe! Einen ausgemachten Lausbuben, grob, fanatisch, voll hartnäckiger Vorurteile gegen den Westen — und gefährlich schön!
Ich wußte das alles längst aus dem Munde des Außenministers.
Als sie dann endlich entdeckte, daß ich noch immer stand, befahl sie, nach dem Wink auf einen Sessel, wie üblich: »Äußern Sie sich!«

Ich könne mich nur beglückwünschen, in diesem Fall nicht die Sorgen des Außenministers zu haben.
Ich solle nicht auch auf sie schießen, mein Freund, ihr Todfeind, tue das gerade genug. Ja, sie kümmere sich um Dinge, die sie – in der Sprache des Ministers! – ›nichts angingen‹, sie sei aber mehr denn je entschlossen, ihr Teil zu einer Besserung der Beziehungen zwischen Westen und Osten beizutragen; die offizielle Außenpolitik sei verknöchert, das Herz des Ministers werde zu Stein, sobald er dem Moskauer gegenüberstehe, wohin das führen solle, und dieser Mann wolle Marxist und Sozialist und Fortschrittler sein! Ein Reaktionär sei er, schlimmer als die dümmsten unter den Monarchisten!
Erquickten mich häufig die Ansichten der Königin-Mutter durch ihre Unbekümmertheit um geheiligte Meinungen, so flößten mir diese ungerechten Behauptungen großes Mißbehagen ein. Ich wußte, wann das Herz des Ministers Moskau gegenüber zu Stein wurde, und die Königin hätte es gleichfalls wissen sollen. Denn was sagte sie selber! In Moskau sei man krankhaft mißtrauisch, den Ausländern wie den eigenen Leuten gegenüber. Man habe sogar unserem Freund, dem ehemaligen Botschafter, nicht erlaubt, sie bei ihrem Besuch zu sehen. Aber dieses Mißtrauen der Russen, so schmachvoll und lächerlich es sei, habe doch Gründe. Weil dort die Verwirklichung des Marxismus begonnen habe, werde Rußland mehr angefeindet als jedes andere Land. Das sei zu bedenken, dozierte sie.
Ich erwiderte ihr, jedes Land auf der Welt, das nicht kommunistisch ist, werde von Rußland als ein zu erobernder Feind behandelt. Wühlereien und Spionage der Kommunistischen Parteien, ob das denn etwas anderes sei als die Vorbereitung zu einem Endangriff.
»Oh, ich sehe schwarz für den Abend,« klagte sie, »Sie haben heute wieder einmal Ihren antirussischen Tag!« Der neue Botschafter sei nämlich ohnehin eine Kalamität. Deswegen wolle sie mich ja unter vier Augen auf ihn vorbereiten. Geduld, Nachsicht müsse ich üben und mich nicht in Zorn bringen lassen. Daß Moskau einen richtigen Schnösel geschickt habe, sei die Strafe für den Außenminister.
»Strafe wofür?«

»Weil er mir die Reise nach Moskau verboten hat!«
Ich verbiß mir das Lachen. Daß der neue Botschafter unser kleines Land, das er kaum kenne, vorlaut kritisiere, wisse man bereits, sagte ich. Schließlich sei er nicht als einziger so unerzogen. Uns über politische und soziale Moral zu belehren, erlaubten sich ja sogar die Diplomaten gewisser ibero-amerikanischer Länder, die, gedeckt durch ihren Status, Geschäfte machten und für deren Diktatoren Regieren meistens nichts anderes heiße, als sich persönlich zu bereichern und ihre analphabetischen Untertanen auszusaugen. Die Russen hätten doch wenigstens eine Vorstellung vom Staat und die überzeugten Kommunisten meistens eine hohe persönliche Moral. Da vergebe man es einem jungen Sowjetbotschafter leichter als manchem anderen, wenn er selbstgerecht und vorlaut sei. Sie möge sich also nicht beunruhigen.
Der Abend verlief dann aber doch nicht so harmonisch, wie die Königin-Mutter es sich erhofft haben mochte.
Der Botschafter, gut aussehend und vorzüglich gekleidet, wirkte neben der für ihren Leibesumfang recht ungeschickt angezogenen Botschafterin wie ein kultivierter Städter neben einer derben Bäuerin.
Bald nach Beginn der Mahlzeit wandte er sich zu Rysselgeert, den die Königin als künftigen Parlamentsabgeordneten und Spezialisten der Volkserziehung vorgestellt hatte, und fragte ihn, ob er die sowjetischen Pädagogen kenne. Da wies Rysselgeert auf mich. Ich hätte aus dem Kulturfonds der Firma neben anderen Übersetzungen auch die der Schriften Makarenkos finanzieren lassen.
»Und die Kalinins und der Krupskaja«, ergänzte ich.
»Bravo«, kam es etwas gar zu gönnerhaft zurück. Was mich denn dazu bewogen habe, das seien doch rein kommunistische Autoren.
Ich sagte, was mir an den kommunistischen Pädagogen gefalle, sei ihr den bürgerlichen Pädagogen überlegenes Geschick, den jungen Staatsbürger zu der Einsicht zu bringen, daß das Individuum niemals das Recht auf absolute Freiheit beanspruchen dürfe.
Diese Gedanken fänden sich bei einem der größten Denker

Rußlands besser formuliert, versetzte der Botschafter: »Freiheit ist Einsicht in die Notwendigkeit.« Jeder marxistisch Gebildete kenne diesen Satz auswendig.
»Er ist von Plechanow!« rief Rysselgeert.
Der Botschafter war begeistert und führte mit Rysselgeert einen Dialog über die Vernunft der ›Geschichte‹. »Wie kommt es, daß mein Vorgänger mir nichts von Ihnen erzählt hat?« fragte er auf einmal.
»Sie abscheulicher Mann!« Es war die Königin, die diese unmöglichen Worte gegen den Botschafter ausgestoßen hatte.
Er sah sie, über und über rot, mit weit geöffneten Augen an, dann, als habe er endlich begriffen, vereiste sein Gesicht. Mit einer Bewegung des Kopfes befahl er der Botschafterin, sich zu erheben, aber in dem Augenblick, als auch er den Stuhl zurückschob, hatte die Königin ihn am Handgelenk gefaßt. »Bleiben Sie sitzen, Herr Botschafter.« Sie zog ihn auf den Stuhl zurück, der Botschafter bedeutete der Botschafterin, sich wieder zu setzen, und erst als diese saß, ließ die Königin ihn wieder los.

»Hören Sie mich an,« begann sie und ergriff, aber diesmal nicht das Gelenk, sondern die Hand des Botschafters, »ich bin die Landesgroßmutter dieses kleinen Staates, Sie aber, Sie sind der blutjunge Botschafter eines riesigen Reiches, das mit einem Fernbeschuß von weniger als einer Stunde unser ganzes Volk vernichten kann. Die Übermacht Ihres Reichs erlaubt es Ihnen, etwas von mir anzuhören, auch wenn es Sie kränken sollte. Sind Sie dazu bereit?«
Die Stille an der Tafel war unheimlich. Niemand blickte auf den Botschafter oder auf die Königin. Wir starrten auf unsere Teller.
»Das ist gut«, hörte ich die Königin auf einmal sagen. Also hatte der Botschafter sie durch einen Blick oder eine Geste ermutigt zu sprechen.
Wenn sie, fing die Königin an, das Wort ›abscheulich‹ gebraucht habe, so möge er ihr verzeihen, gemeint habe sie es nur rhetorisch. Und nun müsse sie weit ausholen: Bei seinem Antrittsbesuch habe er ihr versichert, ihr alter Freund, sein Vorgänger, sei gleich nach der Rückberufung in ein Sanatorium am Schwar-

zen Meer gereist und noch immer dort in Pflege. Eben, als ihm das Bedauern darüber entfahren sei, von seinem Vorgänger nichts über Rysselgeert gehört zu haben, sei es ihr wie ein Blitz durch den Kopf geschossen, daß er ihr nicht die Wahrheit gesagt haben könne und daß sowohl bei seinem letzten Aufenthalt wie auch zur Zeit des ihren der frühere Botschafter doch in Moskau gewesen sei. Sie habe an das Einfachste nicht gedacht, daran nämlich, daß er seinen Vorgänger in dem Sanatorium am Schwarzen Meer besucht und sich dort bei ihm, wie üblich unter Diplomaten, über unsere Hauptstadt unterrichtet habe.
So sei es auch gewesen, sagte der Botschafter. Dann merkten wir, daß er seinen Stuhl zurückschob, und als wir von unseren Tellern aufsahen, kniete er bereits seitwärts der Königin und küßte ihre Hand. Nicht vor einer Fürstin knie er, er knie vor einer großherzigen Frau, von der jeder in Rußland wisse, daß sie alle verabscheue und bekämpfe, die zum Völkerhaß und Kriege hetzten. Er fordere, obwohl er der eingeladene Gast sei, uns alle auf, unsere Gläser zu nehmen und auf das Wohl dieser großen Freundin der Menschheit zu trinken. Und noch immer kniend, streckte er die Hand über den Tisch nach seinem Glas und trank es, nachdem er uns damit zugewunken hatte, neben der Königin kniend, leer.
Der Abend ist verpfuscht, dachte ich. Der Botschafter läßt sich auf einer Lüge ertappen, und die Königin läßt sich hinreißen und stellt ihn bloß. Ich bewunderte, wie gut beide sich aus der Schlinge gezogen hatten. Die Königin, immer eine gute Komödiantin, führte bei ihren Dankworten sogar das Taschentuch an die Augen. Tränen königlicher Personen verfehlen ja nie ihre Wirkung. Ich war beruhigt. Sie würde sich von dem neuen Botschafter nicht einwickeln lassen; sein Vorgänger, ein Mann von ganz anderem Zuschnitt, hatte das besser verstanden.
Ich war froh, daß der Abend sich nicht lange hinzog.
Auf dem Rückweg sagte Rysselgeert, dem der Botschafter beim Abschied nicht die Hand gereicht hatte: »Wenn dieser Mann glaubt, was er sagt, ist es ebenso schlimm, wie wenn er alles gegen besseres Wissen behauptet hat.«
Die beiden waren hart aneinandergeraten. Der Botschafter hatte

Rysselgeert nicht einräumen wollen, daß in den Ländern des Westens der Wohlstand der Industriearbeiter mit der Entwicklung der Technik gestiegen und nicht, wie die kommunistischen Propheten vorausgesagt hatten, gefallen war.
Der Abend hatte mich sehr niedergeschlagen. Es war kaum zu ertragen gewesen, was der Botschafter an falschen und in ihren groben Formulierungen geradezu kränkenden Ansichten geäußert hatte. Seine Behauptung, die russischen Frauen seien gegenüber den deutschen Soldaten während des Krieges zurückhaltender gewesen als die unseren und die französischen, und was er über die Kollektivschuld der Deutschen gesagt hatte, das alles war so primitiv gewesen wie ein Schulungsvortrag vor niederen Parteifunktionären und in diesem Kreis eine Brüskierung. Es war ihm bekannt, daß ich in unserer Widerstandsbewegung gekämpft hatte und deshalb verurteilt und deportiert worden war. Er hätte wissen müssen, daß keine Militärjustiz Partisanen freisprechen kann und daß ich mir von ihm nicht vorschreiben ließ, was ich von den Deutschen zu denken hätte.

Der Tod der Mutter

Zwei Wochen später war ich zu einem Essen auf die Russische Botschaft geladen. Merkwürdigerweise waren die Gäste ausschließlich Führer der Gewerkschaften und die Chefs unserer exportierenden Industrien. Als man dem Botschafter gemeldet hatte, daß alle Erwarteten da seien, zog er mich aus einer Gruppe Industrieller an ein Fenster. Zu seinem Bedauern sehe er mich dieses Mal nicht allein, man solle sich doch bald einmal in ›kleinem Komitee‹ bei ihm oder bei mir treffen. Daß er das Datum auf der Stelle mit mir ausmachte, wunderte mich ein wenig, doch er fragte mich dann wie beiläufig, ob ich mit dem Außenminister gut stände, und da begriff ich, bevor er noch gesagt hatte, er würde ihn gern einmal zwanglos treffen, warum ihm daran gelegen war, die Zusammenkunft bindend festzulegen.
Nachdem man an der Tafel Platz genommen hatte, entschuldigte ich mich bei meinem rechten Nachbarn, daß ich ihn nicht

kannte. Er reichte mir lächelnd sein Tischkärtchen: »Ich hingegen kenne Sie sehr wohl«, sagte er freundlich. Der Mann war mir schon beim Aperitif in einer Gruppe von Gewerkschaftlern aufgefallen, die er zu so geräuschvollen Ausbrüchen von Heiterkeit hingerissen hatte, wie man sie an solchen Orten im allgemeinen nicht erlebt.

Es war der Vater von Max Jans, der sozialistische Bruder des Obersten. Ja, mein Rysselgeert sei der Intimus seines Sohnes, daher kenne er mich ein bißchen. In den Gewerkschaftskreisen habe es großes Erstaunen hervorgerufen, daß Rysselgeert nicht in meine Partei eingetreten sei, wo er doch die höchste Protektion gehabt hätte, sondern in die des Außenministers. Ich mußte im stillen lächeln, als wir beide dann eine Weile um die Wette das Lob Rysselgeerts sangen. Mein Tischnachbar konnte sich nicht genug darin tun; sein Max sei ein Faulenzer und schlimmer Taugenichts gewesen, Rysselgeert habe ihm den Jungen um und um gekrempelt, innerhalb von drei Jahren! Heute sei er nicht nur ein ordentlicher Kerl, er sei auch der liebevollste Sohn, den man sich denken könne, seine Frau sage manchmal, Rysselgeert hätte ihr dieses schon verlorene Kind und damit das Leben wiedergegeben.

Der Mann war aber nicht kritiklos. Rysselgeert habe den großen Fehler, zu ungeduldig zu sein, schon bei den nächsten Parlamentswahlen kandidieren zu wollen, sei unklug. Mit Vordrängen würde Rysselgeert sich in der Partei und der Gewerkschaft unnötig Feinde machen.

Mein anderer Nachbar war unser Minister für Handel und Export. Er bat mich, Jans leise zu fragen, ob der frühere Botschafter die Führer der sozialistischen und christlichen Gewerkschaften je eingeladen habe.

»Nie«, sagte Jans. Der neue Botschafter suche Kontakte, die der Vorgänger wie die Pest gemieden habe. Er und seine Kollegen seien gespannt, was das bedeute, zumal man sie zusammen mit den ›Kapitalisten‹ eingeladen habe.

Die Tischrede des Botschafters klärte uns auf. Er gab den Industriellen in unzweideutiger Weise zu verstehen, die Exporte nach Sowjetrußland könnten bedeutend gesteigert oder aber erheblich gedrosselt werden. Der Umfang der russischen Ein-

fuhr hinge vom Verhalten unserer Presse ab. Sie sei rußlandfeindlich. Die öffentliche Meinung seines Landes wünsche aber, daß man nur bei Freunden kaufe.
Als ob es bei denen eine öffentliche Meinung gebe, flüsterte mir Jans zu.
Die Stimmung im Saal war auf den Gefrierpunkt gefallen und blieb es auch nachher, als man beim Kaffee herumstand. Niemand wollte sich setzen, niemand sagte dem Botschafter, was er dachte. Auch ich nicht, er hatte mich nicht gefragt.
In einem so übervölkerten, auf die Ausfuhr seiner Industrieprodukte angewiesenen Lande wie dem unseren konnte die Drohung des Botschafters nur als Erpressung empfunden werden, als zweifache obendrein, denn an die Drohung war ja auch der Versuch gekoppelt, die Gewerkschaften, überhaupt die Linke, deren Zeitungen im Ausland kaum gelesen wurden, gegen die Unternehmer aufzuhetzen, denen einflußreiche Blätter gehörten.
Die Presse war so einsichtig, die Rede des Botschafters nicht einmal zu erwähnen. Nur das von Rußland finanziell gestützte Blatt der Moskauer Partei brachte sie mit der Überschrift ›Wer verschuldet die kommende Arbeitslosigkeit?‹
Die Blätter waren freilich am Abend dieses Tages nicht um Schlagzeilen verlegen: die Regierung war über eine Budgetvorlage für die katholischen Schulen gestürzt.

Nachdem die Krise eine Woche gedauert hatte, wurde ich ins Palais befohlen und kam als Minister des Inneren heraus, nicht zum ersten Mal. Mein Freund hatte das Ministerium des Äußeren behalten. Es war die Regierung einer Koalition der Konservativen, der Sozialisten und meiner Partei, der Liberalen. Die Katholische Liga, die meinen Vorgänger gestellt hatte, war im Kabinett nicht mehr vertreten.
Nach der ersten, sehr kurzen Sitzung der neuen Regierung fuhr der Außenminister mit mir zum Abendessen nach Hause, wo Rysselgeert uns erwarten sollte. Er war aber nicht allein; Bruno bat und bettelte, ja verlangte schließlich in der herrischsten Weise von mir, ihn bei Tisch zuzulassen, und verließ mich stumm vor Zorn, als ich ihm gesagt hatte, früher sei er dem

Außenminister aus dem Wege gegangen, warum er ihn gerade an einem Tage sehen wolle, wo besonders Wichtiges besprochen werde.

Ich hatte des Morgens den Außenminister gefragt, wie er es aufnähme, wenn ich Rysselgeert den Posten des Kabinettschefs in meinem Ministerium anböte. Für einen künftigen Parlamentarier sei es eine glänzende Gelegenheit, die Regierungsgeschäfte aus der Nähe kennenzulernen.

Wenn ich mir durchaus einen Spion ins Nest setzen wolle, solle ich Rysselgeert nur nehmen, hatte er gescherzt, der bleibe sein Mann und der seiner Partei.

Am nächsten Morgen läutete er mich aus dem Schlaf und las mir einen giftigen Artikel aus dem Blatt der Katholischen Liga vor, in dem es hieß, der Außenminister habe mir seinen bevorzugten Protegé als Kabinettschef aufgezwungen, auf diese Weise lasse dieser ewige Minister auch das Innenministerium für die Roten kontrollieren. In diesem Blatt hießen die Sozialisten immer nur die Roten.

Wer die Nachricht von Rysselgeerts doch erst bevorstehender Bestellung diesem Blatt verraten haben könne, fragte der Minister aufgebracht. Er müsse es wissen. Rysselgeert habe eine gewisse Ungeduld; wenn er schon geschwätzt habe, wäre es schlimm. Vor indiskreten Menschen solle man sich hüten.

Ich konnte ihm versichern, daß ich bis in den Morgen mit Rysselgeert dessen künftige Tätigkeit durchgesprochen und keiner von uns das Haus verlassen oder telefoniert hatte. Ich rief sogleich den Präfekten der Polizei an, dessen Vorgesetzter ich nun seit vierundzwanzig Stunden war. Eine Stunde später berichtete er mir, der Geheimpolizist, den er sofort nach meiner Ernennung zum Minister vor meinem Haus postiert hatte, habe beobachtet, daß mein Enkel gegen 22 Uhr zu einer öffentlichen Telefonzelle gegangen, bald darauf mit einem Taxi weggefahren und eine Stunde später mit einem anderen wiedergekommen war. Bei der Rückkehr habe er Bücher unterm Arm gehabt, beim Öffnen der Haustür sei eins davon zu Boden gefallen.

Ich stellte Rysselgeert dem Präfekten vor und überließ ihm die Klärung; ich hatte meine Vertretung in den Chemischen Werken zu regeln, bevor ich die Arbeit im Ministerium begann.

Dort sah ich nachmittags, als ich meinen Rundgang durch die wichtigsten Büros machte, wie Rysselgeert zwei Männern, die ich für Polizeibeamte hielt, einige Photos zeigte. Er kam mir mit den Bildern nach, Aufnahmen von Bruno. Es sei traurig, aber über Brunos seltsame Fahrten in der vergangenen Nacht Nachforschungen anzuordnen, sei nun seine erste Amtshandlung als mein Kabinettschef geworden!

Abends spät meldete er mir dann, Bruno sei in der Tat bei dem Mathematikprofessor gewesen, das Taxi habe aber nur wenige Minuten vor dem Hause gewartet; er sei gleich mit Büchern heruntergekommen und dann zu dem bewußten Café gefahren; er sei wieder bei einer gewesen, eine Stunde!

Es sei aber gewiß nicht der Professor gewesen, der dem katholischen Blatt die Ernennung gemeldet habe. Er sei der Präsident der ›Gesellschaft der Freunde der Sowjetliteratur‹ und verkehre als ›Kulturvermittler‹ offen in der Sowjetbotschaft. Ein solcher Mann habe gewiß noch weniger Beziehungen zur katholischen Presse als Bruno.

Bruno erwähnte übrigens am nächsten Tag selber, daß er seine Lehrbücher beim Professor vergessen und mit einem Taxi geholt hatte. Rysselgeerts Verdacht war inzwischen schon auf den Diener gefallen. Er nahm an, Felix habe hinter den Türen gelauscht und die Nachricht an das Blatt verkauft. Der Diener konnte von einem zweiten Apparat im Office telefonieren.

Im Trubel der Amtsgeschäfte hatte ich die Angelegenheit schnell vergessen. Erst am Morgen des Tages, an dem ich den Botschafter zum Essen erwartete, wurde ich daran erinnert, weil Bruno, bevor ich ins Ministerium fuhr, mich bat, mittags bei Tisch zugelassen zu werden. »Höchstens zum Aperitif«, sagte ich. Und auch nur dann, wenn er den Botschafter nicht mit Fragen über Rußland löchere. Selbst Rysselgeert nehme an dem Essen nicht teil, einzig der Außenminister.

»Ich bin in Ungnade gefallen«, sagte er. Seitdem ich ihn in Belvedere im Park habe stehenlassen, sei ich kühl mit ihm.

Er trage mir meinen Tadel wegen seiner Abwendung von Rysselgeert nach. Das sei der Grund. Im übrigen sei nicht ich mit ihm, sondern er mit mir kühl. Er habe auch sein Versprechen gebrochen und sei kürzlich wieder bei gewissen Damen gewesen. Ich war schon an der Tür und sah nicht die Wirkung meiner Worte.

Brunos Bitte, dem Essen beizuwohnen, hatte mich daran erinnert, daß Rysselgeert mir noch den Polizeibericht über Felix schuldete. Ich war sicher, daß der sehr mißtrauische Außenminister mich noch vor Mittag fragen würde, ob wir endlich wüßten, wer in meinem Hause die katholische Zeitung von unserer Besprechung mit Rysselgeert unterrichtet hatte.

Rysselgeert sagte mir im Ministerium, das Ergebnis der Untersuchung über den Umgang des verdächtigen Dieners beunruhige ihn. Felix sei äußerst fromm, besuche täglich die Frühmesse und gehe häufig zur Kommunion. Sonntags nachmittags gebe er in einem katholischen Arbeiterheim eingewanderten Ausländern Sprachunterricht. In seinem Zimmer habe man nur Gebets- und Erbauungsbücher gefunden. Er könne also gut in den Händen politischer Priester sein, vielleicht habe man mir sogar, als ich einen neuen Diener suchte, ihn von dieser Seite ins Haus gespielt. Der mit der Angelegenheit betraute Polizeibeamte besitze seit mehreren Tagen ein gutes Band mit Aufnahmen der Stimmen des Dieners, des Zimmermädchens und des Chauffeurs, und auch Brunos. Das Mikrophon habe man in der Küche versteckt gehabt. Man werde das Band einem der Polizei willfährigen Telefonisten des katholischen Blattes vorspielen, der damals, als der Redakteur schon beim Umbruch gewesen, die Nachricht aufgenommen hatte. Vielleicht erkenne er die Stimme des Anrufers wieder. Dummerweise sei der Telefonist im Urlaub. Rysselgeert sagte zum Schluß, beim Abhören des Bandes sei er betroffen gewesen, in welch herrischem Ton Bruno in der Küche mit dem Personal rede. Bei der geradezu feindlich gewordenen Einstellung des Jungen zu ihm möchte er Bruno aber keine Vorhaltungen machen.

Als ich mittags nach Hause kam, fand ich Bruno bereits im Salon in Erwartung des Botschafters. Ich sagte ihm, er möge mir den Dienst leisten, während des Essens ein wenig achtzugeben, daß niemand an der Tür des Speisezimmers und später an denen des Salons und der Bibliothek lausche.

Das könne er leider nicht, er habe, da er ja nicht würdig sei, mit den Ministern und dem Botschafter am Tische zu sitzen,

sich bei seinem Mathematikprofessor zum Essen eingeladen und ginge nach dem Aperitif fort. Warum man denn auf einmal so mißtrauisch gegen das arme Personal sei und gegen wen überhaupt? Doch wohl nicht gegen den frommen Felix, weil damals das katholische Blatt als erstes die Rolle, die Rysselgeert in meinem Ministerium spiele, ›beleuchtet‹ habe.
Etwas mich Kränkenderes und auf Rysselgeerts Rolle Unzutreffenderes konnte er gar nicht sagen. Ich fragte ihn aber nur, welches andere Blatt denn die Sache auch so infam falsch dargestellt habe.
Ob Rysselgeert mir die Pressestimmen vorenthalte, fragte er.
Ich war außer mir, aber da trat der Botschafter ein, und ich konnte nichts mehr sagen.
Der Botschafter streckte, als ich ihm meinen Enkel vorstellen wollte, Bruno beide Hände entgegen. Das sei er also, der bis nach Rußland schon bekannte Bruno Collignon. Sein Vorgänger habe von ihm höchst lobend gesprochen. »Wenn ich mich recht erinnere, Sie studieren Mathematik und neue Sprachen. Auch Russisch?«
»Noch nicht«, sagte Bruno gelassen und offenbar wenig geschmeichelt. Aber Russisch würde er beginnen, sobald er sein Bakkalaureat abgelegt habe.
»Lernen Sie es, Sie werden es brauchen. Ganz Europa, die Welt, wird bald kommunistisch sein,« sagte der Botschafter, »Sie werden es noch erleben, bevor Sie Großvater sind.«
Bruno ging nicht darauf ein. Wie es dem Botschafter bei uns im Westen gefalle, fragte er.
»Bei uns!?« kam es ziemlich scharf zurück. »Gehört Rußland nicht zum Westen?«
»Nur ideologisch, der Marxismus ist westlich. Sonst aber nichts bei Ihnen.«
Nach einem Blick voll Staunen zu mir forderte der Botschafter ihn auf, das zu begründen.
Bruno sah auf die Uhr. Dazu habe er keine Zeit mehr, er werde zum Essen erwartet.
Bruno wußte, daß man einen Raum, in dem sich ein Botschafter befindet, nicht vor diesem verlassen darf oder nur mit ausdrücklich erbetener Erlaubnis, daß er also bis zu unserem Auf-

bruch ins Eßzimmer hätte warten müssen. Er wußte auch, daß sein Blick auf die Uhr die Krönung seiner Ungezogenheit war.
So wurde sein Verhalten von dem Botschafter aber nicht empfunden. »Ich werde vielleicht ein anderes Mal, wenn Herr Collignon Zeit hat, der Ehre teilhaftig werden, ihn länger zu sehen«, sagte er offensichtlich belustigt. Und als Bruno draußen war, lachte er. Das sei ja eine vielversprechende Jugend bei uns. Sein Vorgänger habe ihm schon erzählt, wie frühreif der Bengel sei und was er sich manchmal Erwachsenen gegenüber herausnehme. Ein russischer Junge würde sich derartiges nie erlauben.
Wenn er nur nicht in gleich plumper Weise Rußland beim Außenminister herausstreicht, dachte ich mit Schrecken.
Der Minister fragte gleich zu Anfang den Botschafter, wie er sich bei uns einlebe? Wer aus weiträumigen Ländern komme, tue sich oft schwer in dem parzellierten Europa. So habe ein ausländischer Diplomat in sonst wohlwollenden Memoiren unser Land einen Puppengarten genannt, was uns doch sehr kränken müsse. Es sei kaum schlimmer, als einen kleingewachsenen Mann Zwerg zu nennen.
»Sehr richtig!« Die Augen des Botschafters blitzten geradezu. Eine ebenso schmähliche Mißachtung unseres Landes, nur weil es nicht den Umfang der Sowjetunion habe, drückten gewisse Staaten auch durch die Bescheidenheit ihrer diplomatischen Vertretungen aus. Er finde, daß selbst die sowjetische der maritimen und industriellen Bedeutung unseres Landes nicht gerecht werde, und er könne bereits verraten, daß er um eine Vergrößerung des Stabes seiner Mitarbeiter in Moskau gebeten, die Zusage auch schon erhalten und gerade die Absicht gehabt habe, uns davon zu unterrichten, denn man bewillige ihm diese Verstärkung der Botschaft nur dann, wenn allen neuen Mitgliedern die vollen diplomatischen Vorrechte zugebilligt würden.
Ich sah, daß der Minister außer sich war, auf sich selber so böse wie auf den Botschafter. Diesem hatte er zu verstehen geben wollen, wie genau ihm seine mehrfach gemachten Äußerungen über das ›Zwergenland‹ bekannt waren, aber der Botschafter hatte ihm daraus eine Schlinge gedreht und den ohnedies geplanten Antrag auf eine Erhöhung des privilegierten Botschafts-

personals, den er wahrscheinlich beim Essen hatte vortragen wollen, nun als ein schmeichelhaftes Zugeständnis der Sowjetregierung dargestellt.

Die Sowjetische Botschaft wies über hundert Personen mehr auf als die amerikanische, und jeder wußte, daß sie, in einem Maße wie die Vertretung keines anderen Landes, vor allem das Büro und die Herberge der Spionage war, der klassischen militärischen, der schon weniger klassischen wirtschaftlichen und einer einzigartigen politischen Bespitzelung aller wichtigen Persönlichkeiten unseres Landes, zu schweigen von der Überwachung unserer Moskauer Partei.

Der Botschafter war der Sohn eines sowjetischen Generals und hatte zuerst Offizier werden wollen, aber nach einem Unfall schon als Leutnant wegen eines unheilbaren Schadens an den Beckenknochen aus der Armee scheiden müssen.

Ich fragte mich, ob er nicht ein Vorurteil gegen Zivilisten habe und sich das Gelingen seines Versuchs, den Außenminister und mich zu überrumpeln, ein wenig zu leicht dachte.

Es war mir bekannt, wie überrascht, ja verständnislos er gewesen war, als ihm vor der Abreise auf seinen Posten unser Moskauer Botschafter in einem Gespräch über unsere Verfassung erklärt hatte, daß bei uns nicht nur die politischen, sondern auch alle militärischen Sicherheitsdienste dem Innenminister, also einem Zivilisten, unterstehen, der im Regierungskabinett einen höheren Rang hat als der Heeresminister.

Dieser Ausdruck des Mißtrauens unseres Volkes gegen die ›Militärs‹ sei ihm vollkommen unverständlich erschienen.

Nun, ich war nicht besorgt, daß der Außenminister ihm die Antwort schuldig bleiben würde. Zu meinem Bedauern gab er sie ihm nur zu kräftig.

»Da Sie mich von dem Plan, den Personalstab der Botschaft zu vergrößern, hier bei meinem Freund privat unterrichten,« begann der Minister, »werde ich Ihnen nicht als der Außenminister antworten, sondern eine Frage stellen als ein Mann, der bemüht ist, ein Mindestmaß von Redlichkeit für diese Welt zu retten: ›Warum beansprucht Rußland, ähnlich wie früher der römische Kirchenstaat, bei jeder Gelegenheit als ein privilegierter Staat behandelt zu werden?‹«

Die Unmutsfalte über dem Ansatz der Nase, die auch an dem Abend im Kleinen Schloß jedesmal, wenn ihn eine Frage ärgerte, auf dem Gesicht des Botschafters erschienen war, zeigte sich wieder. Der Herr Außenminister möge ihm konkrete Beispiele nennen, wann Rußland eine Vorzugsbehandlung bei uns verlangt habe.

»Vor einigen Augenblicken noch«, versetzte der Minister viel zu lebhaft. Ob der Herr Botschafter denn nicht soeben die diplomatische Immunität für einen massiven Import von Nachrichtenagenten verlangt habe? Dabei werde bereits mehr als die Hälfte des Personals der Botschaft anders verwendet, als auf dem Diplomatenpaß angegeben.

»Und Ihr Militärattaché in Moskau, was tut der?« fragte der Botschafter scharf zurück.

Jedes Land habe seinen Nachrichtendienst, antwortete der Minister, darüber herrsche zwischen allen Regierungen ein stilles Einverständnis, und wenn irgendwo ein Agent geschnappt werde, stecke man den ohne viel Geschrei ein oder tausche ihn gegen einen geschnappten eigenen Mann aus, nur die russischen Behörden nicht, die appellierten an die Weltöffentlichkeit, ihr heiliges Reich sei von einem westlichen Spion besudelt und bedroht worden. Dabei schicke keine Regierung auf dem ganzen Erdball so viele Spione aus wie die russische, und sie habe obendrein die Kommunistische Partei in allen Ländern als Trojanisches Pferd.

»Gut, daß sie als Privatmann gesprochen haben,« versetzte der Botschafter unerschütterlich, »sonst hätte ich diesen Tisch verlassen müssen.« Er werde ihm also auch als Privatmann antworten. Ob die beiden Herren Minister bereit seien, etwas außen- wie innenpolitisch sehr Unangenehmes anzuhören?

Der Sinn solcher intimen Zusammenkünfte sei es doch, daß man Wahrheiten sage und erfahre, versetzten wir beide.

»Gut denn.« Das pfiffige Lächeln des Botschafters verriet, daß er ein Argument, von dem er sich viel versprach, im Köcher hatte. Seine Regierung, begann er, habe es überhaupt nicht nötig, Agenten zu schicken. Die Nachrichten, die sie übrigens auch meistens nicht brauche, weil die Sowjetunion ja ein eigenes, ganz auf sich selbst gestelltes Universum sei, diese Nach-

richten müßten sie nie suchen, die würden den Sowjetbotschaften spontan ins Haus gebracht.
Kopf- und Handarbeiter der Völker des Westens, auch des unseren, seien so unzufrieden über ihre Ausbeutung durch das kapitalistische Unternehmertum, daß sie sich zu freiwilligen Agenten für das Vaterland der Proletarier machten, wie es ihm noch kürzlich ein Ingenieur wörtlich gesagt habe, der mit den Plänen einer neuen Turbine erschienen sei, die er dem Sowjetvolk aus freien Stücken und natürlich nicht gegen Bezahlung habe anbieten wollen.
Er sah uns mit kaum beherrschter Ironie an, dann fragte er zu mir gewendet, ob es den Chemischen Werken nicht gerade vergangene Woche nach vielen vergeblichen Versuchen endlich gelungen sei, ein wirksames Spritzmittel gegen die langbeinige Reiswanze herzustellen, von dem wir uns das größte Geschäft in den asiatischen Ländern versprächen.
Mein Gesicht mußte mich verraten haben. Wir hatten sehr viel Geld für diese Versuche ausgegeben.
Der Botschafter zog einen Umschlag aus der Jacke und reichte ihn mir. »Lesen Sie nur, was mir so täglich in die Botschaft flattert.«
Ich konnte nicht widerstehen und las. Es waren alle chemischen Formeln dieses Vernichtungsmittels in der Reihenfolge unserer nicht befriedigenden Versuche bis zu dem letzten gültigen. Die Formeln stimmten.
Wie man in Rußland einen ähnlichen Verrat der Werkgeheimnisse bestrafe, fragte ich, benommen vor Wut.
Dafür sei kein Gesetz vorgesehen, weil es undenkbar sei, daß ein Sowjetbürger einen solchen Verrat begehe, denn er würde ja gegen seine eigenen Interessen damit handeln. Bei ihnen gehöre alles dem Volk.
Der Minister ließ sich hinreißen und fragte: wenn das Sowjetvolk sich als Besitzer Rußlands fühle, warum es sich dann wie kein anderes der weißen Rasse von seinen eigenen Verwaltern bevormunden und bespitzeln, ja sich sogar das Reisen verbieten lasse.
Die Lippen fest aufeinandergekniffen, hörte der Botschafter ihm kalt zu. Und mein hitziger Freund ließ sich immer mehr

gehen und führte mit Leidenschaft alles auf, was schon zehntausendemal gesagt und geschrieben worden ist über die Unfreiheit und Rechtlosigkeit in Rußland.
Ich nahm es ihm sehr übel, daß er das Gespräch auf dieses Niveau und zu einem polemischen Monolog hatte absinken lassen, statt sich darauf zu beschränken, dem Botschafter vorzuwerfen, daß Rußland die Spielregeln nicht einhält, die zwischen allen Regierungen bestehen, denen an der Wohltat des guten Lacks der Zivilisation liegt.
Angesichts der Tatsache, daß jedes Volk und jede Regierung – wenn auch mit Gradunterschieden – Verbrechen begehen und die Sowjetregierung, wie jede andere, keine wichtigere innenpolitische Sorge hat, als die immer stärker zum Güterverbrauch und sonstigem Genuß des Lebens drängende Masse an der Leine zu halten, angesichts dieser Sorge, die überall die erste ist, hätte er doch einen besseren Gesprächsstoff gehabt als dieses fruchtlose Jammern über die unliberale Denkart der Russen und ihren Verrat am wahren Geist des Marxismus. Dessen Bloßstellung durch Rußland war es ja vor allem, was diesen ehrlichen Sozialisten so heftig gegen Moskau aufbrachte.
So verlief denn auch diese zweite Zusammenkunft mit dem Botschafter so schlecht wie die erste im Kleinen Schloß.
Mein Unbehagen darüber aber wich der Bestürzung, als das Blatt der Katholischen Liga am nächsten Morgen einen Angriff auf den Außenminister brachte, voll von Einzelheiten über unser Gespräch mit dem russischen Botschafter. Daß der Minister den Anspruch Rußlands auf Privilegien mit dem des römischen Kirchenstaats verglichen hatte, kreidete man ihm ganz besonders an, und man versäumte auch nicht, ihn, wie früher schon oft, mit einem blindwütigen Stier zu vergleichen, der dieses Mal unsere Beziehungen zu Rußland und damit unseren Export dorthin durch seine Neigung zum Jähzorn gefährde.
Ich mußte endlich herausfinden, wer mich in meinem Hause bespitzelte.
Bruno erklärte, er bedauere es hinterher, daß er sich aus Trotz an dem Mittag bei seinem Professor zum Essen eingeladen und das Personal nicht überwacht habe.
Unter dem Vorwand einer Telefonstörung ließ ich von Spezia-

listen der Polizei das ganze Haus nach Mikrophonen absuchen, man fand nichts, es blieb ein Rätsel und sollte es lange bleiben, auch dann noch, als Rysselgeert mir eines Tages meldete, der Telefonist des katholischen Blattes, endlich aus dem Urlaub zurück, habe auf dem Band keine der Stimmen wiedererkannt. Es sei eine auffallend tiefe Männerstimme gewesen, die damals telefoniert habe. Eine solche habe zwar Brunos Mathematikprofessor. Aber ein Verdacht auf den sei einfach lächerlich, schon deshalb, weil Bruno ja an jenem Mittag bei dem Professor gegessen und keiner der beiden ein Wort der Unterhaltung gehört haben konnte, über die das Blatt berichtet hatte.

Dennoch ließ der Präfekt den Professor beschatten. Dieser begab sich recht häufig und meistens sogar zu Fuß, also ganz offen, in die Sowjetbotschaft, kam immer mit Zeitschriften heraus oder mit Paketen, von denen der Beschatter einmal eines stahl, als der Professor in einem Café halt machte. Es enthielt schöngeistige russische Literatur.

Die gleichzeitig begonnene Überwachung des Personals der Chemischen Werke, unter dem sich der Verräter unseres Fabrikationsgeheimnisses befinden mußte, hatte ebenso wenig ergeben. Nur mein Stellvertreter und Eckhoud wußten davon. Als unsere Chemiker das Mittel gegen die Reiswanze dem burmanischen Landwirtschaftsminister vorführten, erhielten sie in der Tat zur Antwort, man habe etwas ganz Ähnliches aus einem anderen Lande erhalten. Allerdings nur zur Probe, das Mittel werde dort noch nicht in großen Mengen hergestellt. Da wir aber sofort ganze Schiffsladungen liefern konnten, fiel der Auftrag uns doch zu. Den Namen des Landes, das uns Konkurrenz zu machen versuchte, brauchte der asiatische Minister uns nicht zu nennen.

Durch die Überwachung des Professors war Bruno zahlreichen Beamten und Spitzeln der Polizei bekannt. Viele wußten, daß er mein Enkel, und die meisten, daß er ein Schüler des Mathematikers war. Eines Morgens – es war im dritten Monat der Beschattung des Professors – bemerkte der Präfekt nach seinem Vortrag über die laufenden Angelegenheiten, mein Enkel treibe schöne Sachen. Er reichte mir den Nachtbericht

eines seiner besten Spitzel, der eine mit Verbrecherkreisen verbundene Person überwachte, die als ›lyrische Künstlerin‹ mit roter Karte ihrem Gewerbe so lässig nachging, daß es der Sittenpolizei nur eine Deckung zu sein schien. Man ließ die Person darum belauschen, wenn sie Kundschaft hatte. Diese Frau hatte – dem Bericht nach – Bruno am vergangenen Abend, als er bei ihr lag, gehänselt, es sei schade, daß ein Bursche wie er so gar nichts vom Küssen verstehe, worauf Bruno ihr gesagt hatte, er wolle nichts davon verstehen, es ekle ihn. Aber wenn ihr am Küssen so viel liege, käme er am nächsten Abend mit zwei Kavallerieaspiranten, strammen Reitern. Er wolle aber dabeisein. Er zahle alles und gut.
Die zwei Aspiranten konnten nur die Söhne des Oberst Jans sein; Bruno hatte sie für den Abend eingeladen.
Rysselgeert, den ich gleich rief, machte sich Vorwürfe, die aber auch ich mir hätte machen können. Seitdem er mein Kabinett leitete, kam er wenig nach Hause. Wie ich, übernachtete er häufig in den Privaträumen des Ministeriums. Wir hatten Bruno zu sehr sich selber überlassen.
Gerade an diesem Abend mußte Rysselgeert mich noch spät zum Ministerpräsidenten begleiten, und wir vergaßen beide, was Bruno um dieselbe Zeit mit den Jansjungen vorhatte.
Vorgehabt hatte! Denn was ihm widerfahren war, las ich am nächsten Morgen im Polizeibericht. Die Jansjungen hatten Bruno, als sie begriffen, zu was für einer Frau er sie nach dem Essen hatte führen wollen, auf der Straße stehenlassen; er hatte das schlecht aufgenommen, sie beschimpft, und schließlich hatten sie sich schwer geprügelt, nachdem er ihnen gesagt hatte, er wisse schon, was mit ihnen los sei und wie der Mann heiße, in den sie vernarrt seien.
»Man muß sich um Bruno kümmern«, sagte Rysselgeert. Aber wann hätte ich das gekonnt! Es war ein Verhängnis, daß ich gerade um diese Zeit täglich ins Palais befohlen und ins Kleine Schloß gebeten wurde.
Der um den Hofprediger entstandene Zwist in der königlichen Familie, der damals das Land in zwei Parteien spaltete, wurde von einer gewissen Presse ganz Europas aufs indiskreteste, mehr oder weniger entstellt, dem Publikum als Sensation ge-

boten, und ich hatte täglich im Palais die Vorwürfe der vollkommen verständnislosen Majestät anzuhören und im Kleinen Schloß die der Königin-Mutter, die es beide nicht begreifen wollten, daß gerade die Reporter der Boulevardpresse Leute sind, die man nicht mit Geld zum Schweigen bewegen kann. Zu allem Unglück war der Ministerpräsident höchsten Ortes unbeliebt, man empfing ihn nur, wenn es nicht zu umgehen war, mich aber, obwohl gleichfalls unbeliebt, wenn auch weniger als er, befahl man an manchen Tagen fünf- bis sechsmal ins Palais, um bei dem heillos entzweiten fürstlichen Paar zu vermitteln. Dazu kam die Beanspruchung meiner Zeit durch die dem Hause anverwandten Prinzen und Prinzessinnen, die nur auf die Abdankung der regierenden Linie warteten, um die ihre auf den Thron zu bringen.

Vor der Übernahme des Ministeriums hatte ich mir beim Ministerpräsidenten ausgebeten, täglich zwei Stunden in den Chemischen Werken mit meinem Stellvertreter die laufenden Angelegenheiten der Firma besprechen zu können. Diese Zeit war schon bald auf eine Stunde zusammengeschmolzen, und schließlich fand ich sie überhaupt nicht mehr. Ich ließ meinen Stellvertreter und Eckhoud ins Ministerium oder nach Hause kommen und mußte die beiden manchmal lange warten lassen. Ich konnte sie auch immer nur rasch abfertigen.

Und als die Krise im Königshaus durch einen Kompromiß der Gatten endlich beigelegt war, bescherten mir die Seeleute und Dockarbeiter einen fanatisch durchgeführten Streik, der einen ganzen Monat dauerte. Durch die täglichen Ausschreitungen gegen Arbeitswillige und gegen die Gendarmen war man in meinem Ministerium sehr nervös, ich konnte nicht einmal mehr samstags nach Belvedere fahren.

So hatte ich während mehr als vier Monaten Bruno immer nur flüchtig gesehen, da läutete er mich eines Morgens im Ministerium aus dem Schlaf. Er müsse mir ein Telegramm vorlesen. Ob ich ganz wach sei und zuhöre? Dann gab er mir den Text ohne ein einleitendes oder folgendes Wort durch: ›Frau Jenny Collignon heute nacht an einer Vergiftung bei uns verschieden.‹ Das Telegramm kam aus einem Krankenhaus der Hafenstadt, wo der Streik besonders böse war.

Bruno hatte sofort eingehängt, und als ich die Verbindung wiederhatte, sagte mir der Diener, der junge Herr sei ausgegangen und bitte mich, zum Mittagessen nach Hause zu kommen.
Ich beauftragte Rysselgeert, alles Notwendige mit dem Krankenhaus, den Behörden und dem Bestattungsinstitut zu regeln. Das war schon geschehen, als wir mittags nach Hause fuhren. Unterwegs berichtete mir Rysselgeert, meine Tochter sei den Wirkungen einer zu starken Menge Heroin erlegen.
Felix sagte, Bruno erwarte mich und Rysselgeert in der Bibliothek, er sei dort mit einem Herrn und habe ausdrücklich gebeten, daß Rysselgeert und ich zusammen dorthin kämen.
»Wenn das nur nicht sein Vater ist,« meinte Rysselgeert, »wer weiß, vielleicht hat man den vorzeitig entlassen.«
Es war der Mathematiker. Rysselgeert und ich kannten ihn nur flüchtig. Ohne auch nur mit einem Wort den Tod seiner Mutter zu erwähnen, sagte Bruno, dem Professor zugewandt: »Nun erklären Sie bitte den Herren, warum ich mein Studium auch nicht einen einzigen Tag unterbrechen kann.«
Sichtlich verlegen erklärte der Professor, Bruno habe den Ehrgeiz, an seinem sechzehnten Geburtstag, also in wenigen Monaten, das Bakkalaureat gemacht zu haben und sich als richtiger Student an der Universität einzuschreiben.
Niemand hindere ihn daran, sagte ich.
»Doch,« erwiderte Bruno, »dieser Todesfall wird mich alles in allem drei Tage kosten!« Er zeigte auf den Professor. Dort stehe sein Zeuge, daß sein Lernprogramm, auch das für neue Sprachen, ihm nicht erlaube, zu der Leiche zu reisen, dann an deren Überführung nach Belvedere und schließlich an der Einäscherung teilzunehmen.
Der Professor verneigte sich zu mir. Was Bruno sage, stimme, es sei ja auch vor allem die mit dem traurigen Ereignis zusammenhängende innere Ablenkung, die seinen Schüler so stark beunruhige. Er bitte, Bruno von der Fahrt zu dispensieren und auch von der Teilnahme an den Trauerzeremonien.
Das sei eine Angelegenheit der Familie, sagte ich kurz.
Der Professor verstand, daß er zu verschwinden hatte.
Als er sich zur Tür bewegte, läutete Bruno dem Diener und

sagte ihm, er solle erst in einer halben Stunde servieren, und dann zu uns: »Länger wird die Szene, die Sie beide mir machen werden, hoffentlich nicht dauern!«

Darauf antwortete ich nur: »Du wirst sofort hinaufgehen, dich dunkel anziehen und nach Tisch mit uns fahren.«

»Das werde ich nicht, ich weigere mich«, erwiderte er fest.

Die Tote sei seine Mutter, ob er ihr wirklich nicht die letzte Ehre erweisen wolle.

»Dauernd führen Sie das Wort ›Niveau‹ im Munde,« sagte er zu mir, »von welch kläglichem Niveau ist denn Ihr Wortschatz auf einmal!«

»Bruno«, rief Rysselgeert beschwörend.

»Ach, du, Stijn,« sagte er bitter, »du gehörst nun auch zu denen, die sich aus den Toten mehr machen als aus den Lebenden, wie mein Großvater! Jetzt hat er Zeit, auf einmal kann er sein Ministerium verlassen, aber mich, und ich lebe doch, wie oft hat er mich denn gesehen, seitdem er wieder eine Exzellenz ist und dauernd im Palais vor der Majestät sitzt!«

Da trat ich auf ihn zu, ich wollte ihn um die Schulter nehmen, seine Verbitterung war ja allzu berechtigt. Aber er wich vor mir aus. »Großvater, bitte, setzen Sie beide sich doch, ich habe Ihnen etwas zu sagen.«

»Ich habe sie nie geliebt, diese Frau,« fing er an, »sie hat meinen Vater verstoßen, weil er Marxist ist und weil er wenig Geld verdiente . . .«

Ich unterbrach ihn, das sei nicht wahr. Sie habe sich von seinem Vater getrennt, weil er sie betrogen hatte.

Er wisse es besser; sein Vater selber habe es ihm doch erzählt. Aber wie dem auch sei, er habe beim Lesen des Telegramms nichts empfunden und empfinde immer noch nichts. Und was er denn vor dem Leichnam tun solle, da er an ein Fortleben nach dem Tode doch nicht glaube! Und ihm seien seine Mathematik und sein Bakkalaureat genauso wichtig wie mir und Rysselgeert unsere Politik, unser Ehrgeiz. Er müsse uns ja nicht alles aufzählen, wovon wir uns mit so viel Wonne auffressen ließen im berühmten Dienste des öffentlichen Wohls. Er denke an sein eigenes Wohl und werde seine Arbeit nicht unterbrechen.

Rysselgeert sagte ihm, ob er denn nicht sehe, daß es mir wirklich nicht möglich sei, mich ihm so zu widmen, wie ich es selber doch wünschte.

»Wie mein Großvater es wünscht!« rief er ironisch. Er zog seinen Taschenkalender heraus und blätterte fieberhaft darin. »Hier,« rief er, »manchmal hat mein Großvater sogar zweimal die Woche abends die Zeit gefunden, bei einer bestimmten Dame zu essen und stundenlang Konversation zu machen. Ich habe es selber festgestellt!«

Wiederum wollte ich ihn beschwichtigen, doch als ich aufstand, rief er mir entgegen: »Als ich Sie noch mit gutem Gewissen haßte, war ich glücklicher als heute, Großvater, und der da ...!« er zeigte auf Rysselgeert, »den haben Sie mir zum Schluß auch noch gestohlen!« Er barg seinen Kopf im Polster des Sessels und schluchzte.

Rysselgeert machte mir ein Zeichen, ich solle ihn allein lassen mit Bruno, aber als ich hinausging, rief Bruno mich zurück, er biete mir einen Kompromiß an: er wisse, was die öffentliche Meinung in unserer Stellung bedeute. Damit es kein Geschwätz gebe, wolle er sich krank stellen und das Zimmer hüten bis zu dem Tage der Einäscherung und der Beisetzung der Urne in Belvedere. Wir sollten dafür sorgen, daß niemand erfahre, wo sein Vater sei.

»Du weißt es also?« entfuhr es mir.

Er wisse auch, warum Rysselgeert und ich ihm die Wahrheit verheimlicht hätten. Er danke uns dafür, wolle aber über diese Angelegenheit kein Gespräch haben, nie!

Aus welchem Holz ist der, dachte ich, zugleich abgestoßen und voll Bewunderung.

Der Besuch im Gefängnis

An seinem sechzehnten Geburtstag war Bruno, wie er es sich vorgenommen hatte, Student. Seit achtundvierzig Stunden! Er hatte sein Bakkalaureat vor einer strengen, ihm, weil er ungetauft war, nicht wohlgesinnten Kommission glänzend bestanden und konnte sich nun endlich an der Universität einschrei-

ben. Neben Mathematik belegte er Soziologie und neuere Geschichte. Er hatte dreieinhalb Gymnasialjahre gespart.
Wegen der unangenehmen Erinnerungen, die sich an das letzte Geburtstagsfest knüpften, war ich froh, daß es diesmal mitten in die Woche fiel und daß Bruno selber mich gebeten hatte, nichts in Belvedere zu veranstalten und es bei einem intimen Mittagessen in der Stadtwohnung zu belassen.
Seit dem Auftritt, den er mir am Todestage seiner Mutter gemacht hatte, führte ich ihn einmal die Woche ins Restaurant. Nur so war es möglich, mit ihm allein zu essen, ohne Rysselgeert zu kränken. Manchmal ließ ich Bruno auch abends ins Ministerium kommen und aß dort mit ihm. Kam Rysselgeert zu diesen meist hastig absolvierten Mahlzeiten aus seinem Büro herüber, dann war Bruno entweder überschwenglich freundlich mit ihm oder finster und bitter. Rysselgeert und ich wußten natürlich, was der Grund, aber nie, was jeweils der Anlaß zu diesen wechselnden Stimmungen war.
Am Morgen seines Geburtstags kam er in mein Schlafzimmer. Wenn ich ein Geschenk für ihn hätte, möge ich ihm das nicht in Rysselgeerts Beisein, sondern vor Tisch geben. Daß er Rysselgeert vom Geburtstagsessen nicht ausschließen dürfe, wisse er.
Darauf ließ ich Rysselgeert, der, wie ich, nicht im Ministerium übernachtet hatte und schon unten war, um mit mir und Bruno zu frühstücken, sagen, er solle nicht auf uns warten, und bestellte für Bruno und mich den Tee in mein Schlafzimmer herauf.
Ich wolle auf seine Ungerechtigkeit gegen Rysselgeert nicht wieder zurückkommen, fing ich an, aber er möge an diesem Tage freundlich zu ihm sein. Rysselgeert habe ein Geschenk für ihn, wie es nur einem gütigen und großherzigen Menschen habe einfallen können, ich jedenfalls wäre nicht auf den Gedanken gekommen, ihm eine Überraschung wie die von Rysselgeert vorbereitete zu bieten. Was ich ihm schenke, sei nur ein Anhängsel zu Rysselgeerts gutem Einfall.
Da ich ihn ja besser kennte, als ich es merken ließe, sagte Bruno, wisse ich wohl, warum er Rysselgeerts Gegenwart oft so schlecht ertrage, aber inkonsequenterweise gleichzeitig Rysselgeerts Wegzug aus dem Hause immer zu verhindern suche.

Ich fragte mich, ob er mir ein Geständnis machen wollte. Ich reichte ihm die Hand über den Tisch, er hielt sie fest. Ich sah, daß er im Begriff war, noch mehr zu sagen, sich aber besann. Schließlich drückte er nur einen Kuß auf meine Hand, stand auf und kam um den Tisch zu mir: »Großvater, ohrfeigen Sie mich zu meinem Geburtstag.« Er meinte es unmißverständlich ernst.

Wenn ich ihn richtig verstanden hätte, verdiene er die Ohrfeige, sagte ich, er solle sie als erhalten betrachten.

»Nicht wahr,« rief er, »es ist doch niederträchtig, daß ich Stijn oft so hasse! Was kann er denn dafür, daß ich ihn viel lieber habe als er mich! Ich bin ja auch oft wirklich abscheulich mit ihm!« Immer wieder nehme er sich vor, gerechter zu sein, aber die Eifersucht ersticke ihn; wenn er sich zurückgesetzt, verschmäht fühle, komme der Haß über ihn. Er habe sich schon manchmal vorgestellt, wessen er fähig wäre, wenn er die Macht eines Hitler oder Stalin besäße, er könne nicht dafür bürgen, daß er Rysselgeert dann nicht etwas Schreckliches antun würde.

Er liebe ihn nicht, sagte ich, er wolle Rysselgeert nur wie einen Gegenstand besitzen und gönne ihm keinen eigenen Atem. Solange er das nicht einsehe und ändere, bleibe er unglücklich und verdiene es auch nicht besser.

Er hatte, ohne zu merken, was er tat, eine Scheibe Brot genommen und zerkrümelt. »Wenn Sie mir nicht manchmal den Spiegel vors Gesicht hielten, Großvater, es könnte schlimm mit mir werden.« Böse auf sich selbst, so habe er sein neues Lebensjahr begonnen, er wisse, daß er kein guter Mensch sei.

Dann solle er schleunigst versuchen, einer zu werden, und zu Rysselgeert hinuntergehen. Der würde ihm wahrscheinlich auch gleich die Überraschung geben.

Bruno war schon an der Tür, da rief ich ihn zurück. Das, was Rysselgeert ihm schenke, dürfe er nur von der besten Seite ansehen und keinen Augenblick Rysselgeerts gute Absicht verkennen. Ich selber hätte die Sache gebilligt und gefördert, sei also mitverantwortlich.

Mir waren auf einmal Bedenken gekommen. Rysselgeert hatte beim französischen Justizminister für Bruno die Erlaubnis erwirkt, in den großen Ferien seinen Vater während einer Woche jeden Tag im Gefängnis besuchen zu können, und zwar in einem normal möblierten Raum und ohne die Anwesenheit einer Wache.

Ich war plötzlich nicht mehr sicher, ob Bruno dieses Geschenk gut aufnehmen, ob er es nicht als zudringlich empfinden würde, lehnte er es doch noch immer ab, über seinen Vater zu sprechen, obwohl er uns unterrichtet wußte.

Als ich ihn schon wenige Minuten später zurückkommen hörte, war ich auf nichts Gutes gefaßt; doch er kam auf mich zu, ich sah, daß seine Augen feucht waren, dann warf er sich in meine Arme. Wir seien so gut mit ihm, und er, er müsse mich gleich etwas so Unangenehmes fragen. Ob Rysselgeert das auch nicht gemacht habe, um sich loszukaufen?

Obwohl seine Abhängigkeit von Rysselgeert, durch diese Frage verraten, gar nicht zum Lachen war, lachte ich ihn aus. Wie ein sonst so kluger Junge so dumm sein könne, sagte ich, wie er denn nur auf so absurde Ideen komme!

Weil Rysselgeert ihm gesagt habe, er könne beim Mittagessen nicht dabeisein.

Ich schimpfte. Noch vor einer halben Stunde habe er gestöhnt, daß er Rysselgeert vom Geburtstagsessen nicht ausschließen könne, aber wenn derselbe Rysselgeert, aus einem gewiß wichtigen Grund, absage, sei man beleidigt.

Ich ließ es nicht zu Einwänden kommen, zog ihn an meinen Schreibtisch und übergab ihm den Umschlag, worin das Geld für die Reise nach Paris vorbereitet war, und einen an den Obersten Jans gerichteten Brief, in dem ich Jans mitteilte, daß die beiden Pferde von nun an Brunos Eigentum seien, die Pension aber weiter von mir getragen werde. Und zuletzt kündigte ich ihm eine Erhöhung seines Taschengeldes an.

Im Ministerium erfuhr ich von Rysselgeert, er habe abgesagt, weil Bruno beim Lesen des Briefes aus Paris derart erblaßt sei und ihm nachher mit einem so welken Händedruck gedankt habe, daß er überzeugt gewesen sei, Bruno habe den Schritt bei dem französischen Justizminister als Zudringlichkeit empfunden oder aus irgendeiner anderen Überempfindlichkeit verübelt. Er ließ es bei der Absage.

Brunos Verhalten zu ihm blieb aber dann bis zu den Ferien von kleinen gelegentlichen Gereiztheiten abgesehen, freundlich, manchmal zu bemüht freundlich. Da er dank der Vermittlung des Mathematikprofessors ausnahmsweise mitten im Semester als Student zugelassen worden war, fehlte er, um sich der Vergünstigung würdig zu erzeigen, bei keiner Vorlesung. Bei einem unserer Mittagessen im Restaurant erklärte er mir, er habe sich selber, seiner Arbeit wegen, das Gelübde abgelegt, ein ganzes Jahr lang vollkommen keusch zu bleiben. Als ich darauf ein wenig lächelte, sagte er, das sei wenig nett; wenn ich es gewesen wäre, der eine solche Versicherung gegeben hätte, würde er ohne Vorbehalt der Kraft meines Willens vertrauen. Ich sei überhaupt der einzige Mensch, dessen Aussagen er nie anzweifle. Bei dem Gedanken, einen solchen Menschen zu besitzen, werde ihm zuweilen heiß vor Glück.

»Du kannst auch Rysselgeert unbedingt vertrauen,« sagte ich, »aber besitzen wollen sollst du niemanden.«

Auf mich bezogen, dürfe er das doch sagen, versetzte er, seit Monaten sei er nicht mehr böse, wenn ich meine Abende bei der Dame verbrächte. Er sei auch nie mehr an ihr Haus gegangen, um zu sehen, ob mein Wagen in der Nähe stehe.

Meine häufigen Vorwürfe mußten ihm zum Bewußtsein gebracht haben, daß er eine eifersüchtige Natur war und was das überhaupt ist, die Eifersucht. Als er sich am Tag seiner Abreise nach Paris von mir verabschiedete, fragte er mich, ob ich nun Eifersucht gegen seinen Vater empfände.

Ich sagte: »Nur, wenn du bei deiner Rückkehr mit mir nicht mehr derselbe wärst wie jetzt.«

Diese Antwort schien ihn sehr zu freuen. »Sie sind doch mein Felsen, mein fester Punkt, Großvater,« sagte er, »jetzt für immer!« Aber der, zu dem er reise, der sei für ihn dasselbe, was er so lange für mich gewesen sei: eine Sorge! Dann legte er den Finger auf die Lippen. Es müsse dabei bleiben, über seinen Vater wolle er nicht sprechen.

Ich ließ Bruno ohne Unruhe reisen. Der Leiter unseres Pariser Büros, der mir seinerzeit die Auskünfte über Collignon verschafft hatte, vor dem also kein Geheimnis zu machen war, wollte ihn am Nordbahnhof abholen und bei sich wohnen lassen. Dieser Mann telefonierte schon nach Brunos erstem Ausgang: Wie er sich verhalten solle? Bruno sei verstört zurückgekommen und habe sich in sein Zimmer eingeschlossen. Da er und seine Frau ihn im Glauben ließen, den Grund des Aufenthaltes in Paris nicht zu kennen, seien sie in Verlegenheit, sie könnten ihm ja nichts Tröstendes sagen.

Das sollten sie auch gar nicht versuchen, erklärte ich, sondern Bruno nur seiner Wege gehen lassen.

Als man mir am vierten Tage meldete, daß Bruno nicht die geringste Neugier für die Stadt zeige, nur morgens ausgehe, also zum Gefängnis, und schon vor Mittag zurückkehre und mit ihnen bei Tisch nur das Notwendigste spreche, fing ich an mich zu beunruhigen und bat, gegen mein ursprüngliches Vorhaben, ihn in Paris nicht anzurufen, Bruno ans Telefon.

Zu meiner Verwunderung sprach er mit einer fröhlich klingenden Stimme und erzählte, er habe den Louvre zwar nur durchlaufen, aber ›Arts et Métiers‹, das Museum der Technik, schon gründlich besucht. Es seien dort längst überholte, aber interessante Maschinen ausgestellt. Nur die berühmten Pariserinnen habe er noch nicht besichtigt und würde es auch nicht tun, ich wisse ja: sein Gelübde!

Ich fragte ihn schließlich, ob er, was den Hauptzweck seiner Reise betreffe, zufrieden sei.

Er sei es, aber mit dieser Auskunft müsse nun auch ich zufrieden sein. So sei es doch zwischen uns ausgemacht. ›Jeder in die ihm bestimmte Schublade.‹

Ich hängte vollkommen entmutigt ein und verwünschte es, daß wir ihm zu dieser Reise verholfen hatten.

Etwas später rief unser Vertreter mich aus dem Büro an. Seine Frau könne es nicht fassen, daß der Junge mich derart am Telefon belogen habe, ohne auch nur zu versuchen, dies vor ihr zu verbergen. Das Telefon befinde sich auf dem Flur ihrer Wohnung, von jedem Zimmer höre man, was gesprochen werde.

Am Abend dieses Tages brachte Rysselgeert den Präfekten zu mir. Den Mathematikprofessor zu überwachen, habe sich gelohnt, begann der Chef der Polizei, »allerdings in einer anderen als der erwarteten Richtung«. Ich möge selbst hören. Er ließ ein

Band ablaufen. Es war ein Anruf aus Paris. Eine Frau sagte dem Professor, man sei sehr ungehalten, daß er die Reise seines Schülers nach Paris nicht gemeldet habe. Darauf der Professor: Er verstehe nicht, er wisse nichts davon, es seien ja Ferien. Darauf die Frau: Es wäre schlimm, wenn der junge Mann sich melde und Krach schlüge. Dreimal schon sei er bei seinem Vater gewesen. Es sei rätselhaft, wieso er das außerhalb der Besuchszeiten tun dürfe. Was dahinterstecke? Und wer? Darauf der Professor: Er wisse nichts und rate von jedem Kontakt ab. Daß der junge Mann außerhalb der Besuchszeiten Zutritt habe, sei bei der Stellung des Großvaters nicht so verwunderlich. Er habe den jungen Mann nie wissen lassen, daß er Collignon kenne. Es sei also das beste, die Rückkehr des Jungen abzuwarten und ihn dann zum Erzählen zu bringen.

Eine Viertelstunde später telefonierte ich mit Paris, mit dem Ministerium des Inneren. Mein französischer Kollege war nicht in der Stadt, sein Kabinettschef verband mich aber mit einer Stelle, wo man mir bald den Beamten an die Leitung brachte, der über Fälle, wie den von mir geschilderten, ›unterrichtet sein müsse‹. Als erstes solle ich sicher sein, erklärte dieser, daß Bruno in keiner Weise gefährdet sei, man habe ihn übrigens seit seiner Ankunft auf dem Nordbahnhof nie aus dem Auge verloren, und wenn der Junge zurückreise, steige ein Beamter der französischen Sicherheitsdienste in den gleichen Zug und suche nach der Ankunft sofort den Präfekten der Polizei und den Chef unserer Abwehr auf. Man könne sich gegenseitig einen Dienst erweisen, der Fall Collignon beschäftige nämlich eine ihrer Abwehrstellen seit langem.

Ich war außer mir, ließ mir sofort das Pariser Justizministerium geben und fragte den Minister, ob es mit Hintergedanken geschehen sei, als er meinem Enkel die Erlaubnis zum Besuch Collignons erteilt hatte? Der Minister gab dies unumwunden zu. Sie interessierten sich für den Fall Collignon. Da ich ihnen nun aber zuvorgekommen sei, schicke er mir sofort einen Beamten, der mich über alles aufklären und unsere Sicherheitsdienste um einige Auskünfte über den Mathematiker bitten würde.

Der Präfekt war natürlich sehr zufrieden, daß er, ohne von mir dazu angespornt worden zu sein, den nun wieder höchst verdächtig gewordenen Professor so lange hatte überwachen lassen. Er bestellte den Telefonisten des katholischen Blattes zu mir ins Ministerium. Diesem erklärte ich, wie peinlich es mir sei, in meinem eigenen Hause bespitzelt zu werden, dank seiner so freundlichen Einstellung gegenüber der Polizei, ... kurz, ich schmeichelte ihm, und dann ließ der Präfekt einige auf ein anderes Band reproduzierte Bruchstücke der Unterhaltung ablaufen, die jene unbekannte Frau von Paris mit dem Professor geführt hatte.

Ja, das sei die gleiche Stimme, rief der Telefonist schon nach den ersten Worten.

Die Hauptprobe sollte aber erst kommen: Rysselgeert hatte inzwischen von seinem Büro den Professor angerufen und ihn hingehalten, bis ich auf den Leitungsknopf eines Signallämpchens drückte, das bei ihm aufleuchten mußte. Dann gab er mir die Verbindung herüber. Ich tat vor dem Chef der Polizei sehr ungehalten über die Störung, ließ mir den ›immer zur Unzeit telefonierenden Freund‹ aber doch geben. Ich fragte den Professor, ob er mir das Vergnügen machen könne, in zwei Wochen zu einem Fest nach Belvedere herauszukommen. (Wir wußten, daß er vom nächsten Tag an ein Zimmer an der See reserviert hatte für die Dauer der großen Ferien.) Wie gewünscht und erwartet, erging er sich in bedauernden Erklärungen, er sei im Begriff abzureisen und so weiter. Ich hielt den Hörer vom Ohr entfernt, so, daß die Stimme des Professors im Raum deutlich zu hören war. Auf dem Gesicht des Telefonisten konnte ich lesen, wie gut er sie erkannt hatte. Er machte auch Zeichen zu mir herüber: das sei er. Ich zuckte mit den Achseln, als verstünde ich nicht, was er meine.

Alles war, wie mit dem Präfekten abgesprochen, verlaufen. Der Telefonist hatte außer Rysselgeerts niemandes Namen gehört, konnte also nicht erraten, mit wem ich telefoniert hatte. Als der Hörer wieder auflag, sagte ich zu dem armen Telefonisten: »Sehen Sie, wie vorsichtig man sein muß.« Er habe also geglaubt, die Stimme auf dem Band und die des Mannes, der zufällig eben angerufen hatte, sei ein und dieselbe. Das seien aber zwei im Alter und überhaupt sonst ganz verschiedene Menschen. Wie ausgemacht, wandte ich mich dann auch zum

Präfekten und sagte ihm, als sei ich sehr verärgert, er solle dem Telefonisten die versprochene Belohnung anweisen lassen, ihn auch für die nächste freie Stelle in der Telefonzentrale eines Ministeriums vormerken, aber im übrigen möge man mich nun mit verdächtigen tiefen Männerstimmen verschonen, die Spur führe ja doch zu nichts.

Als Rysselgeert, der Präfekt und ich abends auf den Beamten aus Paris warteten, war das Haus des Professors seit einigen Stunden überwacht, ein Wagen der Funkstreife hielt in der Nebenstraße, und in meinem Büro standen die Geräte, die den Bericht des Herrn aus Paris aufnehmen sollten.

Der Franzose bereitete dem Präfekten eine große Enttäuschung, mir aber eine enorme, weil zweifache Erleichterung:

Durch die Enthüllungen eines Mannes, der die ausländischen, in Paris lebenden Kommunisten für die französische Polizei bespitzelte, war diese überzeugt worden, daß Collignon seine beiden Diebstähle im Auftrag der Kommunistischen Partei begangen hatte, denn beide Male waren die Opfer ehemalige von der Partei abgefallene Persönlichkeiten, die bei vielen kommunistischen Intellektuellen einen großen Anhang hatten und deren nun öffentliche Opposition der Partei äußerst unangenehm war.

Collignon dagegen war, nachdem er ihr kaum zwei Jahre in Frankreich angehört hatte, aus der Partei geworfen worden. Durch anonyme Briefe war man dahintergekommen, daß er sich viele Jahre hatte aushalten lassen, auch mißfiel seine Trunksucht.

Der Ausschluß sei, so berichtete der Franzose, Collignon derart zu Herzen gegangen, daß er, in der Hoffnung, wieder aufgenommen zu werden, das Trinken gelassen und schließlich, von der Partei auf die Probe gestellt, so heikle Aufträge ausgeführt habe wie die Diebstähle bei den Exkommunisten, in deren Brieftaschen man Dokumente vermutete.

Ich sagte dem französischen Beamten, das überzeuge mich wenig. Alle politischen Parteien hätten, wie die Regierungen, ihre Unterwelt von Handlangern und Groschenjungen für ungestehbare Aufträge, aber keine Partei fordere von ihren Mitgliedern, soweit sie unbedeutend seien, so viel Tugendstrenge wie die kommunistische. Für heikle Aufträge habe diese jederzeit die anständigsten Leute zur Verfügung und brauche keine Collignons.

Dasselbe habe man sich in den Pariser Büros gesagt, aber man wisse auch, daß Collignons Geliebte, die mit dem Professor telefoniert hatte, eine höhere Funktionärin der Partei sei und Collignons Wiederaufnahme betreibe. Bei Brunos Besuch müsse sie davor gezittert haben, Collignon könne, bewegt durch Fragen oder Vorwürfe, erklären, daß er nicht ein gewöhnlicher Dieb sei, der es auf Geld abgesehen hätte. Daß eine solche Enthüllung gegenüber Bruno eine Wiederaufnahme in die Partei endgültig unmöglich mache, das habe Collignon wohl gewußt und seine Geliebte auch. Deshalb habe sie wohl so gezittert, als sie, gut unterrichtet wie Kommunisten es ja immer seien, erfahren hatte, daß Bruno seinen Vater im Gefängnis auf so außergewöhnliche Weise besuchen durfte.

Ich sagte dem Franzosen, ich sei im deutschen Konzentrationslager mit vielen Funktionären der Kommunistischen Partei gut bekannt geworden, einem Collignon sähe ich nicht einen Auftrag anvertraut, bei dessen Mißlingen die Partei sich auf die Charakterfestigkeit und das Stillschweigen des Ausführenden verlassen können müsse. Moralisch sei Collignon unter dem Federgewicht. Rysselgeert und ich könnten ihm allerlei erzählen, auch über Collignons Geschick im Sichaushaltenlassen, seitdem die reichen Frauen und Männer ihn zu verbraucht fänden. Noch bis vor einem Jahr habe er sich Geld erlogen, von seinem eigenen Sohn.

»Victors Sendungen«, sagte der Beamte, stolz darauf, daß er es wußte. Ja, da sei ein Rätsel. Collignon habe das Geld aus Belvedere-Dorf nie an die Adresse kommen lassen, wo er zusammen mit der Kommunistin gelebt hatte. Diese sei bis zum Wahn in ihn verliebt. Wahrscheinlich habe er das Geld heimlich für sich verbraucht; sie seien überzeugt, daß Collignon mit seinen paar Zeitungsartikeln nicht viel verdiene und daß die Frau den Haushalt zahle. Er betrüge sie oft.

Aber die Vermutung der Pariser Stellen, daß Collignon an der Wiederaufnahme in die Partei viel liege, nicht zuletzt vielleicht nur, weil die Kommunistin ihn praktisch ja ernähre, diese Ver-

mutung habe jetzt bei Brunos Besuchen eine neue Stütze gefunden. Beweise? Die Bandaufnahmen von jeder der vier Unterhaltungen, die Bruno bis zu diesem Morgen mit seinem Vater gehabt habe!
Er zog vier flache Schachteln aus der Aktenmappe.
Rysselgeert schlug den Herren vor, mich diese Gespräche allein abhören zu lassen, und führte die beiden in sein Büro.

Als erstes hörte ich auf dem mit Eins numerierten Band eine Tür sich öffnen und die Stimme eines Mannes, wohl eines Gefängnisbeamten, sagen: »Warten Sie hier.« Dann sich entfernende Schritte und bald darauf näher kommende mehrerer Personen und wieder das Öffnen und Schließen der Tür. Ein Schrei, gefolgt von dem Ausruf: »Du, mein Bruno!« Das konnte nur Collignon sein, aber schon sagte Bruno: »Collignon, bleiben Sie dort an der Tür! Ehe Sie mich nur berühren, rechtfertigen Sie sich vor mir!« Es folgte etwas Pathetisches von Collignon: ihn so zu empfangen, und das müsse er vom eigenen Sohn, dem einzigen, was er überhaupt auf Erden besitze, erleben... Bruno hatte ihm bald das Wort abgeschnitten: »Collignon, Sie haben mich zum Sohn eines Diebes gemacht. Das wird mir nachhängen, mein Leben lang. Selbst wenn ich der erste Mathematiker der Welt sein werde, in meiner Biographie wird es diesen Flecken geben.«
Dann kamen die Stellen, auf welche sich die Vermutungen der Pariser Behörden stützten. Collignon sagte: »Ich bin kein Dieb, es liegt eine Intrige gegen mich vor, du mußt es mir glauben, und wenn du es nicht glauben kannst, dann gehe.« Darauf Bruno: »Ich komme morgen wieder, Sie haben mich früher belogen und betrogen, wie kann ich Ihnen jetzt glauben. Also überlegen Sie bis morgen, wenn Sie mich dann wieder so belügen wie heute, verzeihe ich Ihnen nie.« Dann hörte man Bruno an die Tür klopfen und dem wohl draußen wartenden Beamten sagen, man möge ihn hinauslassen.
Auf Band Nummer zwei sagte Bruno zu der Wache: »Bringen Sie mir den Gefangenen nur dann her, wenn er bereit ist; er weiß schon wozu.« Nach kurzer Zeit meldete der Beamte Bruno, der Gefangene bitte ihn, morgen wiederzukommen.

Dem Band Nummer drei war zu entnehmen, daß Collignon, entgegen allen Gefängnisbräuchen, schon vor dem Besucher in den Sprechraum gebracht worden war, denn er fragte den Wachbeamten, wie oft sein Sohn ihn besuchen dürfe, der Direktor habe ihm gesagt, sechsmal, ob das wahr sei? Dann hörte man Klopfen von draußen, Stimmen und Öffnen und Schließen der Tür, hereinkommende und sich entfernende Schritte und plötzlich Brunos Stimme ganz hart: »Nun?« Eine Weile war nichts zu hören, auf einmal dann Collignons Stimme: »Ich habe früher viel auf dem Kerbholz gehabt. Diesmal ist nur der Schein gegen mich. Aber da ich überzeugt bin, daß hier Mikrophone untergebracht sind, kann ich mich nicht rechtfertigen, ich bin kein Dieb, ich schwöre es dir.« Darauf kam es kalt von Bruno zurück: »Ja, das stimmt! Sie sind kein Dieb, Sie sind etwas Schlimmeres! Sie sind ein Betrüger und auch kein gewöhnlicher Betrüger, Sie sind ein Betrüger an Ihrem eigenen Sohn, der Sie über alles liebte, dessen einziges Sie gewesen sind ...«, und dann hörte man das Trommeln einer Faust auf die Tür und Bruno heiser rufen: »Lassen Sie mich hinaus«, der Rest war wie auf den anderen Bändern, Geräusche von Türen und Schritten.

Mir kamen die Tränen bei dem Gedanken, daß der Junge dann allein in der fremden Stadt zur Wohnung unseres Vertreters zurückgefahren war. Ich verlangte dessen Nummer. Während ich auf die Verbindung wartete, ließ ich das vierte Band abspulen. Darauf war wieder nur Bruno zu hören. Er schickte die Wache zu Collignon mit fast den gleichen Worten wie beim zweiten Besuch, und die Wache meldete ihm wieder, der Gefangene sei nicht wohl und könne nicht kommen.

Es war die Frau unseres Vertreters, die sich am Telefon meldete.

Bruno war bereits zu Bett; man holte ihn, ich sagte ihm, er solle entweder die Besuche einstellen oder seinen Vater anders behandeln, der könne gewiß nicht so reden, wie er wolle.

»Meinen Sie, es ist wahr?« Mikrophone seien eingebaut? fragte er.

Ich sagte ihm, die Zustände und Sitten in den Gefängnissen aller Länder, also auch in denen Frankreichs, seien die gleichen. Er sehe doch, daß ich schon unterrichtet sei, er habe seinem Vater

ein Ultimatum gestellt und wolle ihm ein Geständnis abpressen, das dieser in seiner Angst vor Mikrophonen, aus vielleicht wichtigen Rücksichten, nicht machen wolle.
Ich hörte ihn seufzen. »Großvater,« sagte er mit gepreßter Stimme, »ich komme lieber zurück, ich will nicht mehr zu ihm gehen.«
»Hoffentlich bereust du es nicht eines Tages.«
Ob ich denn glaube, daß Collignon zu Unrecht angeklagt sei?
Ich antwortete, das wisse ich nicht, ich wisse aber, daß sein Vater ihm dort im Gefängnis niemals die Wahrheit sagen würde. Im Sprechraum seien Mikrophone versteckt, ich hätte bereits die Bänder hier.
»Ich komme morgen mit dem Mittagszug«, sagte er und hing ein.
Ich hoffte, daß die Pariser Abhörstellen tüchtig waren und daß man dem französischen Justizminister melden würde, was ich gesagt hatte.
Dann bat ich die drei Herren wieder zu mir herüber und erklärte dem französischen Beamten, die gesuchten Auskünfte über den Mathematikprofessor würde der Präfekt ihm geben, aber ich verziehe es den französischen Behörden nicht, daß man die von Rysselgeert erbetene Gefälligkeit für meinen Enkel nur gegeben habe, um hinter Collignons Geheimnis zu kommen. Wenn man anständig gewesen wäre, hätte man Collignon mit seinem Sohn unter freiem Himmel im Gefängnishof sprechen lassen, wo er sich vor Mikrophonen sicher gefühlt hätte.
Ich lehnte jede Diskussion ab und entließ den Franzosen in der Gesellschaft des über mich empörten Präfekten.
Am nächsten Abend hatte ich mich für Bruno freigehalten. Er fragte mich voll Mißtrauen, warum ich es plötzlich für möglich hielte, daß sein Vater in einem gewissen Sinne unschuldig im Gefängnis sitze.
Zunächst erzählte ich ihm, was ich von dem französischen Beamten über Collignon und dessen kommunistische Geliebte erfahren hatte.
»Sehen Sie,« warf er ein, »es war also doch wahr, daß er Marxist ist!«

Ich erklärte ihm, wenn es gleichfalls wahr sei, daß sein Vater gestohlen und vor Gericht geschwiegen habe, nur um sich damit die Wiederaufnahme in die Partei zu verdienen, dann könnte man, nach dessen Entlassung aus dem Gefängnis, der Öffentlichkeit nicht mitteilen, daß jene Diebstähle keine gewöhnlichen gewesen seien. Die Partei würde verlangen, daß weiter geschwiegen werde. Für seine, Brunos, Karriere wäre eine öffentliche Erklärung aber sehr wichtig. Der Sohn eines politisch vorbestraften Kommunisten zu sein, das würde ihm bei keinem redlich denkenden Menschen schaden, aber als der eines gemeinen Diebes zu gelten, das würde ihm immer anhängen.
»Mein Vater wird schon eine Lösung finden,« sagte er, »vielleicht wird er bald entlassen.« Frankreich wähle in wenigen Wochen einen neuen Staatspräsidenten. Dann gebe es gewiß eine Amnestie. »Wenn man dann hier bei uns nur nichts anderes aus seiner Vergangenheit ausgräbt«, schloß er.
Ich versicherte ihm, über alles andere gebe es keine Gerichtsakten, nur Polizeiberichte.
Ob ich diese nicht anfordern und vernichten könne, fragte er.
Das sei unvereinbar mit dem Gewissen eines Ministers, sagte ich, entschlossen, schon in den nächsten Tagen genau das zu tun, was ich vor ihm verwarf.
»Wo werden die Polizeiberichte denn aufgehoben?« fragte er.
Es sei vergeblich, sie zu suchen, sagte ich scherzend, an diese in den Archiven der Polizei verwahrten Papiere könne er höchstens dann gelangen, wenn die Monarchie gestürzt wäre und die Kommunistische Partei an der Macht.
»Sie haben mir dennoch einen Stein vom Herzen genommen,« sagte er, »ich kann jetzt meinem Vater schreiben, daß ich ihn, wenn ich ihm unrecht getan habe, um Verzeihung bitte und daß ich auf seine Entlassung warte.« Er umarmte mich. »Sie sind doch mein bestes Stück«, sagte er und beschwor mich, ihn nie zu enttäuschen. Er würde es nicht verwinden.
Womit ich ihn denn enttäuschen solle, fragte ich befremdet, daß er das in diesem Augenblick sagte.
Er würde es zum Beispiel nicht vertragen, wenn er mich auf einer Lüge ertappte.
»Du verlangst also von mir ein Verhalten, zu dem du deiner-

seits mir gegenüber nicht bereit bist. Noch vor wenigen Stunden hast du mich von Paris aus belogen.«

Ob ich denn den Grund nicht verstünde?

Lügen hätten meistens einen Grund, versetzte ich.

Darauf habe er keine Antwort, sagte er verlegen.

Am nächsten Tag hielt der Präfekt mir einen Vortrag über den Professor. Der französische Beamte habe ihm erklärt, ›Telefonspuren‹ französischer Kommunisten führten häufig zu der Nummer des Professors. Was man tun solle, wenn der nun versuche, Bruno ›auszuquetschen‹?

Es sei nichts auszuquetschen; Bruno wisse durch mich, daß sein Vater Kommunist sei, und daß der Professor es gleichfalls sei, wisse doch die ganze Stadt. Es sei kindisch, sich vorzustellen, daß die Partei für wirklich Wichtiges überhaupt das Telefon benutze, aber selbst wenn sie es täte, dann doch gewiß nur verschlüsselt. Der Anruf der in Collignon verliebten Funktionärin habe keine Umwälzung des Staates vorbereitet, er solle mir schleunigst die Überwachung des Professors abblasen.

Man war sehr beleidigt und fragte anzüglich, auf welche Weise er denn herausbekommen solle, warum der Professor seinerzeit die giftigen Indiskretionen über Rysselgeerts Bestellung zu meinem Kabinettschef ausgerechnet der katholischen Zeitung telefoniert hatte und nicht der kommunistischen.

Ich sagte ihm, der Professor habe sich eine bessere Wirkung in dem katholischen Blatt versprochen, die kommunistischen und progressistischen Intellektuellen hätten doch nur Verachtung für das Winkelblatt der Moskauer Partei.

Es wurde eine endlose Unterhaltung, bis ich merkte, daß er nichts anderes wollte als meinen Segen für seine Absicht, das katholische Blatt unter die Lupe zu nehmen.

Als ich ihm dafür Vollmacht gegeben hatte, erhob ich mich, er ging aber nicht. Er habe noch etwas Unangenehmes: mein Enkel! Nur der könne damals den Professor, vielleicht unabsichtlich, von der Ernennung Rysselgeerts unterrichtet haben, denn das katholische Blatt habe später ja auch jene Enthüllung gebracht über den Zusammenstoß des russischen Botschafters mit dem Außenminister beim Mittagessen in meinem Hause.

Diese mysteriöse Angelegenheit habe er mir immer noch nicht aufgeklärt, sagte ich, Bruno sei damals ja bei dem Professor zum Essen gewesen.
»Eben«, sagte er, und dann kam er endlich mit der Sprache heraus: Er bleibe überzeugt, der Professor sei wichtiger, als ich annähme. Ob man Bruno nicht dazu bewegen könne, den Professor ein wenig auszuhorchen.
Ich verbot ihm, daran auch nur zu denken.

Der Empfang im Kleinen Schloß

Bei dem ersten ihrer großen Ballempfänge, mit denen die Königin-Mutter im Herbst für einige hundert Geladene die Saison der Hauptstadt eröffnete, sah ich den Außenminister und den russischen Botschafter nebeneinander auf einem Sofa sitzen, aber ihre Gesichter verrieten alles andere als ein gutes Einverständnis. Ich wunderte mich nicht, daß dies auch den Luchsaugen der Königin-Mutter nicht entgangen war und daß sie mich auffordern ließ, ihr in die Kleine Bibliothek vorauszugehen.
Es müsse etwas Schweres vorgefallen sein, sagte sie mir dort, der Minister sei bleich. Wenn er dauernd das Taschentuch zur Stirn führe, sei es ein Zeichen, daß er mit seinem Jähzorn kämpfe. Bevor er die Gesellschaft verließe, solle ich mit diesem unseligen Mann sprechen und ihr berichten, was es gebe.
Entschlossen, sie später auf jeden Fall mit einer nichtigen Auskunft abzuspeisen, kehrte ich in das Gewühl der Gäste zurück. Ich beauftragte Rysselgeert, den kleinen Salon, wohin der Außenminister und der Botschafter sich zurückgezogen hatten, im Auge zu behalten, und begann meinen Rundgang durch die Räume.
Ich war schon in der Nähe des großen Säulensaals, wo man tanzte, als der Sekretär der Königin-Mutter mich in deren Auftrag mahnen kam, die Frau des russischen Botschafters zu nichts anderem als zu Walzer zu bitten. Es sei der einzige Tanz, der dicken Frauen leichtfalle. Ich hatte den Tod meiner Tochter, da sie seit über zehn Jahren in der Gesellschaft nicht mehr vermißt

worden war, niemandem mitgeteilt, um niemanden in Verlegenheit zu bringen. An sich war es also keine Unschicklichkeit, mich auf diese versteckte Weise aufzufordern, mit der Botschafterin zu tanzen. Aber die Neigung der Königin-Mutter, die Minister zu bevormunden, ärgerte mich.

Auf der Suche nach der Botschafterin begegnete ich in den überfüllten Sälen manchem scheuen und sogar ängstlichen Blick. Selbst bei den Verbrechern, die der Gedanke an die Polizei doch nie verläßt, kann die Furcht vor dem Minister des Inneren nicht so groß sein, wie sie es unter den Frauen und Männern der Gesellschaft ist, die sich, wegen ungestehbarer Süchte oder wegen Liebesaffären, die mit den Konventionen unvereinbar sind, auf den gelben Listen des Spezialdezernats und der Sittenpolizei eingetragen wissen.

Durch die Indiskretion seines Chauffeurs war es einmal herausgekommen, daß mein Vorgänger im Ministerium auf der Rückfahrt von den großen Empfängen der Königin-Mutter jedesmal seiner Frau im Wagen voll Empörung aufzählte, wieviel ›Gelbe‹ wieder einmal das Parkett des Kleinen Schlosses besudelt hätten, »Laster und Sünde«, so hatte er gesagt, »gehen frech dort aus und ein«.

Nun, die Königin-Mutter war die Nachsicht selber, sie duldete alle Schwächen, nur bösartige Menschen schloß sie von ihren Einladungen aus.

Der scheue, aber auch feindliche Blick, mit dem die schon siebzigjährige Frau eines Industriellen, die Messalina der Hauptstadt, meine Begrüßung erlaubte und erwiderte, erinnerte mich daran, daß sie einst Collignon großzügig ausgehalten hatte und daß ich mir immer noch nicht die Polizeiberichte über ihn hatte kommen lassen, und auch daran, daß ich immer wieder vergaß, nachzuprüfen, ob sich in den gelben Kartotheken Berichte über Rysselgeerts Beziehung zu Max Jans befanden.

Nach dem Walzer nahm mir für den nächsten niemand die Botschafterin aus dem Arm. Ich mußte mich ihr widmen. Zu ihrem Mann wollte ich sie nicht führen. Um schnell eine Ablösung zu finden, ging ich mit ihr an das Büfett, wo alle einmal vorbeikamen, die Partnerinnen zu ihrem Vergnügen suchten oder um sich unumgänglicher Tanzverpflichtungen gegen-

über den Frauen und Töchtern der Diplomaten und Minister zu entledigen.
Wie sie und ihr Mann den großen Sommerurlaub verbracht hätten, fragte ich die Botschafterin.
»Prächtig, prächtig!« Gleich nach der Ankunft in Moskau habe das dortige Ministerium des Auswärtigen ihnen die Schlüssel einer neuen, wunderbaren großen Datscha überreicht, nichts fehle dort, vom Schwimmbassin bis zur Kühlanlage. Sie seien aber auch vierzehn Tage an unserer Küste auf dem Wochenendsitz der Botschaft gewesen. Da wir gerade von solchen Dingen sprächen: ihr Mann sei so enttäuscht über die Jagden bei uns, alle seien so winzig. Auch die des Königshauses. Ob es wahr sei, daß die einzige wirklich große Jagd des Landes zu Belvedere gehöre.
Der Vertreter Polens kam, um die Botschafterin um den nächsten Tanz zu bitten, ich benutzte die Gelegenheit, mich von ihr vorsorglich zu beurlauben, es sei möglich, daß ich das Fest verlassen müsse.
Ich wollte sehen, ob der Außenminister noch immer mit dem Sowjetbotschafter zusammen war. Auf dem Wege zum kleinen Salon hielt mich aber unser Minister für Handel und Export fest: Ob ich schon wisse, daß die Sowjetunion den Handelsvertrag nicht erneuere? Eine Katastrophe!
Nun hatte ich verstanden. Ich konnte mich aber nicht länger mit dem Minister unterhalten, Leisemund, der Sekretär der Königin-Mutter, näherte sich mir schon wieder, den Blick starr auf mich gerichtet, die Augenbrauen hochgezogen, das hieß, daß er geschickt worden war. Der Chef der Polizei wünsche mich dringend und unauffällig zu sprechen, die Königin habe ihm erlaubt, in der Kleinen Bibliothek auf mich zu warten.
Obwohl ich nicht wußte, was so dringend sein sollte, bat ich den Sekretär, mich bei der Königin-Mutter zu entschuldigen, ich wisse, was den Präfekten hergeführt habe, und müsse mit diesem sofort das Fest verlassen.
Die Königin-Mutter versuchte schon gerade genug, sich in die Geschäfte der Minister zu mischen, durch eine Besprechung mit dem Präfekten in ihren Privatgemächern fürchtete ich, mich gar zu sehr ihrer Neugier auszusetzen.

Ich hatte gut getan, fortzugehen. Eine Stunde später saß ich mit dem Außenminister beim Ministerpräsidenten und forderte den Chef der Polizei auf, zu wiederholen, was er mir gemeldet hatte:

Gegen dreiundzwanzig Uhr, also um die Zeit, als der Botschafter der Sowjetunion im Kleinen Schloß dem Außenminister faustdick andeutete, wenn kein Wunder geschehe, würde Moskau den ablaufenden Handelsvertrag nicht erneuern, um diese gleiche Stunde war von einem Telefonautomaten das katholische Blatt angerufen und der diensterste Nachtredakteur verlangt worden. Der Anrufer hatte zu Anfang gesagt, die Redaktion könne ihm wohl bestätigen, daß jede Information, die das Blatt als einzige Zeitung von ihm erhalten habe, richtig gewesen sei. Er habe wieder eine kleine Bombe: Diese Nacht sei auf einem Empfang im Kleinen Schloß dem Außenminister von russischer Seite bedeutet worden, wohin er sich mit seiner antisowjetischen Politik verfuhrwerkt habe. Die Verlängerung des Handelsvertrages drohe einzig an der Persönlichkeit des ewig jähzornigen Ministers zu scheitern.

Dann hätte der Anrufer eingehängt. »Und wir wissen, warum,« sagte der Präfekt, »ein Verkehrspolizist, der einen Abschlepper für ein verunglücktes Auto herbeirufen mußte und eilig war, hatte die Tür der Telefonzelle geöffnet und« – das Band der Abhörstelle habe dessen Worte glücklicherweise mit aufgenommen – »den sprechenden Anrufer gebeten, sich kurz zu fassen, er müsse dienstlich telefonieren. Darauf war dieser wortlos und schnell hinausgegangen, hatte aber dabei in der Zelle ein Lehrbuch der russischen Sprache liegenlassen, worin sein Name und seine Adresse ...«

Der Ministerpräsident war ungeduldig. »Also wer war es?«

Der Chef der Polizei schmunzelte: Einer der Redakteure des kommunistischen Blattes, der – was das Bild ja nun abrunde – Tür an Tür auf der gleichen Etage im Hause des Mathematikprofessors wohne, der wiederum des Abends ausgerechnet eine Stunde vor dem Anruf, also zu außergewöhnlicher Zeit, mit dem üblichen Pack Zeitschriften aus der Botschaft herausgekommen und nicht wie sonst im Trolleybus, sondern im Taxi nach Hause gefahren sei.

Für uns vier stand es fest, daß der kommunistische Redakteur direkt oder über den Professor von der Botschaft unterrichtet und beauftragt worden war, Material für die Kampagne gegen den in Moskau und in Rom gleich mißliebigen Außenminister an das fade, aber vielgelesene katholische und nicht an das bedeutungslose kommunistische Blatt zu liefern.
Das war nicht schlecht ausgeheckt. Wir fragten uns, ob wir den Streich sofort parieren oder zunächst nur beobachten wollten, wie weit die Botschaft gehen würde. Daß deren Leiter persönlich hinter diesen Machenschaften stehe, war die Überzeugung des Ministerpräsidenten; er verriet uns, daß der Botschafter ihm in einer Gesellschaft sehr deutlich zu verstehen gegeben hatte, wie wenig Hoffnung er habe, je mit dem Außenminister auf guten Fuß zu kommen.
Der Ministerpräsident begann einen wahren Vortrag: Moskau sehe stockkatholische oder sonstwie reaktionäre Staatsmänner in den Regierungen immer viel lieber als sozialistische.
Der Außenminister unterbrach ihn bald: was man tun solle? Er sei nicht bereit, ohne weiteres zu kapitulieren.
Wenn am Ende des Jahres der Handelsvertrag nicht verlängert werde, stürze die Regierung, meinte der Ministerpräsident. Das ganze Volk wisse, daß fast ein Fünftel unseres Exportes nach dem Osten gehe, man bange immer vor Arbeitslosigkeit.
Es wurde eine langwierige Beratung.
Am Schluß sagte der Außenminister, da der neue Botschafter im Gegensatz zu seinem Vorgänger offenbar in Moskau gehört werde, also die Einstellung Moskaus zu uns jetzt viel mehr von dem hiesigen Vertreter abhänge als früher, solle man versuchen, diesen ja noch sehr jungen und vielleicht nur deshalb so unangenehm scharfen Mann zu zähmen, zu becircen, auf jede Weise. Wenn es sein müsse, mit Weibern.
»Und mit Jagden«, warf der Ministerpräsident ein. Der Botschafter habe bei ihm geklagt, als passionierter Jäger komme er bei uns nicht auf seine Kosten.
Der Außenminister lachte auf einmal. Dann kündigte er an, in vierundzwanzig Stunden werde er mit der Königin-Mutter Frieden geschlossen haben und auch diese in die Kampagne zur Bekehrung des Botschafters einspannen. Nichts mache der

prächtigen Person ja größeren Spaß, sie würde sich dann dem Lande nützlich fühlen.

Schon zwei Tage später legten wir der Königin-Mutter ein Programm vor. Der Botschafter sollte bei uns Vergnügen und intellektuelle und künstlerische Anregungen finden wie in keiner der Hauptstädte, wo er bisher auf Posten gewesen war. Die Königin-Mutter konnte uns dabei helfen wie sonst niemand; auf das Palais durften wir nicht rechnen, dort war man auf eine deftige, gesunde Weise den dynastischen Interessen zu nahe, um so frei von Vorurteilen zu sein wie im Kleinen Schloß.

Aber dann machte der Botschafter uns einen Strich durch unsere schöne Rechnung. Er brach sich bei einem Sturz auf der Treppe der Botschaft, also glücklicherweise auf russischem Boden, das Becken und mußte viele Wochen das Bett hüten. Natürlich versuchten wir, dem Kranken Zerstreuung ins Haus zu bringen; so sandte die Königin-Mutter ihm nacheinander alle ihre herrlichen Naturfilme, die sie selber in Afrika und Indonesien in den Zeiten, als sie noch jagte, gemacht hatte. Ein andermal ›lieh‹ sie ihm einen berühmten Gitarristen, der im Kleinen Schloß ein Konzert gegeben hatte, kurz, nie war der Botschafter irgendeines befreundeten Landes so verhätschelt worden wie gerade dieser, den wir im Verdacht hatten, daß er, tat ihm auch nur ein Zahn weh, die Schuld daran den bösen Kapitalisten zuschrieb.

Bei den drei Besuchen, die ich ihm machte, nahm ich Bruno mit, der ihm einen jedesmal größeren Schatz russischer Wörter vorführte. Bruno ging viermal die Woche zur Stunde. Ich ließ sie ihm, damit man uns für naiv hielte – nach einer Beratung mit dem Außenminister und dem Präfekten –, von dem Redakteur des kommunistischen Blattes geben, der, immer wieder in kleineren oder größeren Zeitabständen, unter unserer ungeahnten Aufsicht, dem katholischen Blatt das telefonierte, was die Russische Botschaft dort gegen den Außenminister veröffentlicht zu sehen wünschte.

Der Redakteur besitze den Witz, sagte Bruno, ihn nie nach mir und nach den Menschen, die bei mir verkehrten, auszufragen und überhaupt jedes politische Gespräch zu vermeiden, genau wie der Professor. Er wundere sich nicht wenig darüber.

Dafür war ich es, der um so mehr mit ihm über alles, was die innere und die äußere Politik berührte, sprach. Manchmal brachte er mich dabei arg in Verlegenheit, so zum Beispiel machte er sich immer über die Sozialisten lustig, die er nur die ›Radieschen‹ nannte. Der Ausdruck, irgendwo aufgelesen, hatte es ihm angetan, und ich erreichte es nicht, daß er wenigstens in Rysselgeerts Gegenwart darauf verzichtete, den Außenminister ›Großradieschen‹ zu nennen; Rysselgeert meinte, diese Abneigung richte sich allein gegen ihn, auch das hänge mit Brunos Eifersucht zusammen. Bruno und ich schlossen schließlich einen Pakt, den zweiten: Seinerseits wollte er nie gegen Rysselgeert bei mir sticheln oder sich über ihn beklagen, und meinerseits sollte ich nie von seinem Vater sprechen. Er erhielt von ihm seit der Reise nach Paris jeden Monat einen Brief aus der Santé, jetzt aber offen ins Haus adressiert.

Einige Wochen vor dem Stichtag, an dem sich entscheiden sollte, ob Rußland den Handelsvertrag erneuern würde oder nicht, bat mich an einem Freitagabend, als ich in Belvedere mit Bruno und Rysselgeert beim Essen saß, der Sekretär der Königin-Mutter ans Telefon. Ob ich zum Wochenende viele Gäste hätte? fragte er. Ich erwartete niemanden. Da ich also frei sei, wolle mich die Königin-Mutter sprechen, sagte Leisemund und verband mich mit ihr.

Sie telefoniere vom Tisch ihres kleinen Speisezimmers, begann sie, sie esse ›in intimstem Komitee‹ mit unseren lieben Freunden, dem russischen Botschafterpaar. Die Ärmsten hätten vorgehabt, noch in der Nacht, unmittelbar nach der Mahlzeit bei ihr, an die Küste zu fahren auf den Wochenendsitz der Botschaft. Aber in dem ohnedies schon zugigen und kalten Haus sei, wie man ihren Gästen erst eben berichtet habe, des Nachmittags die Heizung defekt geworden, und nun müßten unsere Freunde mit ihrem schon im Wagen verstauten Gepäck zur Botschaft zurück und das Wochenende in der Stadt oder in der Gräßlichkeit eines Hotels verbringen ... bei diesem ersten schönen Winterwetter!

Nun, ich wußte, was ich zu antworten hatte, und ließ sofort die Zimmer für das Botschafterpaar richten.

Beim Kaffee kam ein zweiter Anruf der Königin-Mutter. Bruno,

dem ich zu seiner Freude angekündigt hatte, daß er bei den Mahlzeiten mit dem Botschafterpaar zugelassen wäre, saß neben dem Telefon und fragte durch Zeichen, ob er den zweiten Hörer, den er aber schon in der Hand hatte, benutzen dürfe. Ich wollte ihm die gute Stimmung nicht verderben und ließ ihn mithören.
Der Botschafter sei soeben nach Belvedere aufgebrochen, sagte die Königin-Mutter. Daß ich ihn, ohne das geringste Zögern, eingeladen hatte, habe ihn außerordentlich beeindruckt. Zum ersten Mal sei er ihr frei von Mißtrauen erschienen. Sobald er bei Tisch den Defekt der Heizung des Wochenendsitzes beklagt hatte, habe sie Leisemund hereingerufen und mich, auf meine Geistesgegenwart rechnend, vor ihren Gästen vom Speisezimmer aus anrufen lassen und dann selber gesprochen, das Telefon neben dem Teller, so daß die beiden Russen jedes Wort mitgehört hätten, hinter meiner spontanen Einladung also nicht eine abgekartete Intrige suchen könnten. Der Botschafter, der ja noch immer am Stock gehen und sich schonen müsse, sei froh, daß ich keinen anderen Logierbesuch im Hause hätte. Sie habe den beiden geschildert, wie in Belvedere die Gäste sich selber überlassen bleiben, und das gerade sei dem Botschafter verlockend erschienen, auch für seine Frau, die ja immer über das Zuviel an gesellschaftlichem Trubel bei uns klage. Am Schluß sagte sie: »Nun lassen Sie den Botschafter ein erholsames Wochenende genießen, keine Politik bitte, sprechen Sie den Menschen an, nicht den Diplomaten, wie ja auch er endlich in Ihnen etwas anderes als den Minister entdecken soll.«
»Typisch weiblich, diese Naivität«, sagte Bruno, als ich einhing.
Rysselgeert fragte mich, ob er sich dem Botschafter überhaupt zeigen solle. Dieser sei bei dem Essen im Kleinen Schloß am Ende des Abends sehr gereizt gegen ihn gewesen. Und da es offenbar darauf ankomme, dem Besuch einen unpolitischen Charakter zu lassen, wäre es besser, wenn der Botschafter nur Bruno und mich bei den Mahlzeiten sähe.
Darauf erklärte Bruno, er wolle zu Bett gehen. Als er auf Rysselgeert zutrat, um sich zu verabschieden, sagte er mit einem bitteren Lächeln: »Grüße Max Jans von mir.« Seine Stimme

zitterte dabei. Und gleich fragte er mich, mit welchem Wagen Rysselgeert, der doch gewiß sofort aufbrechen wolle, denn fortkäme. Dem Chauffeur, der uns hergebracht, könne man nicht zumuten, jetzt in der Nacht zwei Stunden hin und zwei zurück zu fahren.
Rysselgeert war aufgestanden. Wie er fortkomme, das wolle er ihm in der Garage zeigen, sagte er, nahm ihn am Arm und führte ihn hinaus.

Ich solle nicht denken, er habe den armen Jungen hart angefaßt, sagte Rysselgeert, als er zurückkam. Er habe nur Brunos von der Eifersucht eingegebenen Versuch, ihn vom Aufbruch abzuhalten, zum Anlaß einer schonungsvollen Aussprache nehmen wollen; Bruno habe ihn aber stehenlassen und sei auf sein Zimmer gegangen.
Ich bat Rysselgeert, ›ein für alle Male‹ nicht mehr mit mir über diese unglückliche Sache zu sprechen. Als er fort war, tat es mir leid, es in einem so unwirschen Ton gesagt zu haben.

Gegen Mitternacht trafen meine Gäste ein. Sie waren entzückt, als ich ihnen in ihrem gut geheizten Appartement, wo im Salon obendrein ein Kaminfeuer brannte, die Gewohnheiten des Hauses erklärte. Nur die Mahlzeiten seien festgelegt, sonst tue jeder, was er wolle.
Ihr Mann sei sehr überarbeitet, sagte die Botschafterin, diese zwei Tage Stille würden ihm guttun.
Der Botschafter protestierte ein wenig, es gehe ihm doch schon besser, wenn das schöne kalte Wetter anhalte, wolle er am Morgen versuchen, einen größeren Spaziergang zu machen, er sei eingerostet von dem langen Liegen im Gips.
Am nächsten Tag, dem Samstag, stand ich zur Stunde des Mittagessens im großen Salon und schaute auf den nachts gefallenen, noch dünnen und unzuverlässigen ersten Schnee hinaus. Meine Gäste, die Bruno zum Spaziergang mitgenommen hatten, waren noch nicht zurückgekehrt.
Als ich sie endlich kommen sah, löste sich kurz vor dem Hause die Botschafterin von ihrem Mann und Bruno und lief unter dem Gelächter der beiden zu mir herein. Ich solle, ich müsse

ihrem Mann die Bitte, die er gleich an mich richten würde, abschlagen. Er habe vom Aussichtsturm die Wälder der Firma gesehen und wolle auf die Jagd. Sie würde mir für alle Zeiten zürnen, wenn ich dem Wahnsinnigen eine Flinte gäbe, er sei noch viel zu schwach, der Spaziergang bis zu diesem Turm sei eine schon zu große Strapaze gewesen.

Als der Botschafter mit Bruno eintrat, ereiferte sie sich noch heftiger über die Gebrechlichkeit ihres Mannes. Er nahm sie am Arm, führte sie ans Fenster und zeigte ihr den soeben am Perron vorbeifahrenden Wagen der Botschaft. Der Chauffeur hole ihm seine Jagdsachen.

Ich war in einer nicht angenehmen Lage. Die Jagd war den Arbeitern und Angestellten der Chemischen Werke vorbehalten, jeweils denjenigen, die sich bei den verschiedenen Waldhegern, die zu jedem Feriendorf gehörten, hatten vormerken lassen. Ich wolle aber sofort unseren Förster kommen lassen, sagte ich, vielleicht finde der eine Lösung. Bei Tisch schilderte ich dem Botschafter, nach welchen Grundsätzen die Jagderlaubnis an unser Personal verteilt wurde. Sein Gesicht verdüsterte sich dabei mehr und mehr. Ich war gezwungen, ihm zu erklären, daß die Waldungen der Firma, obwohl die größten des Landes, dennoch nicht groß genug waren für die mehr als zweitausend Jagdlustigen unserer sechzigtausendköpfigen Belegschaft. Da habe man im Kleinen und vergleichsweise Harmlosen das Problem, vor dem heute jede Regierung ohne Unterschied der Ideologie stehe: wie die Wünsche einer zu Ansprüchen erwachten Masse befriedigen? Alle Wälder unseres Landes zusammengenommen, reichten im besten Fall für knapp fünftausend Jäger, und das auch nur dann, wenn die, welche samstags jagten, nicht auch sonntags jagten, so wie wir es bei uns geregelt hätten.

»Und Sie, wann gehen Sie auf die Jagd«, fragte er mich auf einmal.

Schon des guten Beispiels wegen ließe ich mich vormerken wie alle anderen. Nur bei Treibjagden hätten Bruno und ich einen festen Schützenstand, immer denselben, an bester Stelle.

Ich sei wohl nicht gerade ein leidenschaftlicher Jäger?

Ich wolle ihm die Wahrheit gestehen, sagte ich, vormerken

ließe ich mich nur, wenn ich allein gehen wolle, als Chef der Belegschaft hätte ich aber das Recht, den Förster immer zu begleiten, und der dürfe jagen, wann er wolle.
Eine echt kapitalistische Lösung, rief er. Das war so fröhlich scherzhaft, wie aus Freude an dem gelungenen Streich eines anderen herausgekommen, daß ich ihm erwiderte, nein, kapitalistisch wäre die Regelung, wenn die ganze Jagd den Aktionären reserviert wäre.
»Gehen die denn nicht?«
Das sei nicht möglich. Die Firma habe mehr Eigentümer als Arbeiter. Er schien mich nicht verstanden zu haben. Ich erklärte ihm, daß wir fast neunzigtausend mit Namen eingetragene Aktionäre, also Eigentümer hätten, darunter zwanzigtausend unserer Arbeiter, von denen jeder mehr als zehn Aktien besitze.
Es war mir unangenehm, daß unser Gespräch nun doch auf ein Gebiet geraten war, das ich hatte vermeiden wollen, und so war ich froh, daß der Förster eintraf, noch ehe wir beim Dessert waren. Ich bat meine Gäste um die Erlaubnis, den sympathischen Mann an den Tisch zu bitten. Besser als ich könne er dem Botschafter nicht nur die Jagdregelung erklären, sondern auch alle Auskünfte über den Wildbestand unserer Waldungen geben.
Als ich dem Förster sagte, worum es sich handelte, schlug er die Hände zusammen. Das sei ja das reinste Verhängnis. Alle Reviere seien bis aufs letzte für die Abendpürsch vergeben, und er habe mein Begleitrecht, da es von mir nicht reserviert worden sei, ausgerechnet dem Glasbläser des Hauptlaboratoriums zugeteilt; für kein Geld und zu niemandes Gunsten trete der zurück. »Er sitzt draußen in meinem Jeep.«
Ich erklärte dem Botschafter, ein so guter Glasbläser wie unserer, der jedes von den Chemikern gewünschte Versuchsglas, gleich welch komplizierter Form, herstellen könne, sei ein sehr selbstbewußter und schwieriger Herr, dem könne man nichts befehlen.
Bruno fiel mir ins Wort. Ich solle ihn mit dem Mann sprechen lassen, er kenne ihn. Bei einem Besuch im Laboratorium habe er sich mit ihm gut unterhalten. Und zum Botschafter gewandt sagte er, er verbürge sich dafür, daß der Glasbläser zurücktrete.

Er möge also sagen, ob es ihm passe, sofort mit dem Förster ins Revier zu fahren. Es werde früh dunkel.
Er müsse auf seine Waffe warten.
Der Förster würde ihm eine geben, sagte ich.
Bruno ging hinaus.
»Sehr nett von Ihrem Enkel«, sagte der Botschafter, längst wieder gut gestimmt.
»Gar nicht nett«, sagte die Botschafterin und erging sich in Klagen. Die Jagd, das sei eine böse Leidenschaft.
Der Botschafter ließ sich bereits vom Förster über den Wildbestand unterrichten, und als wir uns erhoben, um nebenan den Kaffee zu nehmen, setzten die beiden sich abseits von der Botschafterin und mir.
»Hoffentlich gibt dieser Glasbläser nicht nach«, sagte die Botschafterin, aber da kam Bruno schon zurück. Der Glasbläser mache sich ein Vergnügen daraus, sein Begleitrecht dem Botschafter der Sowjetunion abzutreten, verkündete er.
Zum Leid seiner Frau fuhr der Botschafter kurz darauf, überhaupt nicht für die Jagd angezogen, mit dem Förster ins Revier.

Ich ging im Laufe des Nachmittags zu Bruno hinauf. Vor seiner Tür zögerte ich plötzlich. Der Verdacht gegen ihn, der sich in mir verdichtet hatte, erschien mir auf einmal ungeheuerlich. Aber der Präfekt, den ich, ohne ihm den Grund anzugeben, telefonisch gebeten hatte, sich zur Verfügung zu halten, wartete auf Antwort.
Mir schien, daß Bruno mich sehr kalt anblickte, als ich bei ihm eintrat. So zwanglos, wie ich es fertigbrachte, zog ich meine Brieftasche und sagte, ich sei voll Bewunderung für das Geschick, mit dem er den Glasbläser zum Verzicht auf die Jagd bewogen habe; aber das Abstandsgeld, das er dem Mann doch sicher gegeben, solle auf mein, nicht auf sein Konto gehen.
Der Mann habe kein Geld verlangt.
»Und ich hatte dich schon dafür bewundert, daß du das schmeichelhafte Wort für den Botschafter erfunden hattest«, versetzte ich, bemüht, meine Spannung auf seine Antwort zu verbergen.
»Daß es ihm ein Vergnügen sei, zugunsten des Sowjetbotschafters zu verzichten, meinen Sie das?«

Das sei mir sehr geschickt vorgekommen.
Es sei wahr, der Mann habe das nicht gesagt, doch hätte er es gesagt haben können. Der sei nämlich Kommunist.
Ich fürchtete, meine Erregung zu verraten, und nahm wie zerstreut ein Buch von Brunos Tisch, legte es aber gleich zurück. »Schon wieder Soziologie«, sagte ich so ruhig, wie ich konnte, und: »So, der ist Kommunist, hat er dir das im Laboratorium erzählt?«
»Wo denken Sie hin. Ich habe das erraten, er nimmt Stunden bei meinem Sprachlehrer, Russisch.«
Daraus könne er doch nicht schließen, daß der Mann Kommunist sei.
Daraus allein schließe er es ja auch nicht. Als er den Mann draußen gebeten habe, zugunsten eines Gastes zurückzutreten, sei zuerst ein böses Nein gekommen, dann aber habe er, wie zum Scherz, auf russisch gesagt, der Gast sei der Sowjetbotschafter, da sei ein Leuchten über das Gesicht des Mannes gegangen, und das übrige wisse ich ja.
Das alles ergebe noch lange keinen Kommunisten, sagte ich mit gespielter Strenge. Er selber lerne doch gleichfalls Russisch und sein Vater sei Marxist, das mache ihn so wenig zum Kommunisten, wie mich mein persönlicher Verkehr mit dem Botschafter.
Die Hauptsache sei schließlich, daß der Mann auf sein Jagdvergnügen verzichtet habe, meinte Bruno.
»Ich bin jedenfalls sehr froh, daß dank dir unser Gast bester Stimmung ist«, sagte ich. Ich war aber viel froher über etwas anderes: daß Bruno keinen Augenblick die Sympathie des Glasbläsers für den Kommunismus beschönigt, sondern sie im Gegenteil betont hatte.
Ich rief den Präfekten an. Die Wohnung des Glasbläsers solle sofort durchsucht werden.
Eineinhalb Stunden später rief der Präfekt zurück. Die Haussuchung sei ein Kinderspiel gewesen. Hunderte von chemischen Formeln, eingetragen in Lehrbücher der Chemie und auf Zetteln. Dutzendemal das Wort Reiswanze. Kindische Tarnung. Wahrscheinlich lasse der Mann sich nicht bezahlen. Seine Wohnung, eine Mansarde, sei zu ärmlich. Voll russischer Bücher. Der nehme keine Stunden, der könne schon Russisch. Junggeselle,

keine Zugehfrau, das Bett wohl seit Tagen nicht gemacht. Alles bestätige die Behauptung des Botschafters, die Formel des Mittels gegen die asiatische Reiswanze sei ihm gratis gegeben worden.

Als der Botschafter sich damals bei der Auseinandersetzung mit dem Außenminister in meinem Hause seiner freiwilligen Helfer rühmte, hatte ich noch gehofft, es seien doch bezahlte.

Wieso man den Glasbläser seinerzeit nicht verhört habe, fragte ich den Präfekten.

Im Laboratorium hätte man ihm gesagt, der Glasbläser sei nicht imstande, chemische Formeln auch nur zu lesen.

Der Mann müsse bei der Rückkehr in die Stadt festgenommen, das Haus sofort überwacht werden, sagte ich. »Alles so unauffällig wie möglich, nichts in die Presse.«

Der Glasbläser hatte das Mißgeschick, daß ich zugleich der Chef der Chemischen Werke war und der Minister, dem die Polizei unterstand, und daß der Botschafter vor mir gar zu hämisch mit der Liebe unserer Kommunisten zu Sowjetrußland geprahlt hatte.

Die Entlarvung dieses Spions hatte mich in eine gespannte, aber gute Stimmung versetzt. Ich lächelte im stillen über meinen Gast, der ahnungslos auf der Pürsch war, und als man mich bei Einbruch der Dunkelheit bat, ihm besonders gefällig zu sein, war ich nicht ohne Ironie gleich dazu bereit, obwohl man etwas für ihn wünschte, dessen Erfüllung mehr vom guten Willen anderer als von meinem abhing.

Es war der Außenminister, der anrief. Er sei mit seiner Frau im Kleinen Schloß zum Frühstück gewesen. Die Königin-Mutter lasse mir vorschlagen, für meinen Gast eine große Treibjagd auf Sauen zu veranstalten. Damit würde ich einem geheimen Wunsch des Botschafters entgegenkommen.

Am Wochenende sind unsere Feriendörfer immer voll Urlauber, die zur Pürschjagd kommen, Schützen und Treiber hätte ich also genug gehabt, aber eine große Treibjagd in wenigen Stunden zu improvisieren, ist fast unmöglich. Ich mußte erst die Meinung des Försters hören und dessen Rückkehr abwarten.

Die Hausdame kam und meldete spitz, die Botschafterin stehe im Salon und rühre sich nicht vom Fenster, weil es schon dunkle und der Botschafter noch nicht zurück sei.
Ich ging hinunter, ließ den Tee anrichten und Bruno rufen. Die Botschafterin war sehr ungnädig. Die Verspätung ihres Mannes bedeute, daß er nichts oder nur Kroppzeug vor die Flinte bekommen habe, das vertrage er nie, dann warte er immer die Dunkelheit ab, damit ihn niemand bei der Rückkehr sehe.
Dann sei also kein Grund zur Beunruhigung, sagte Bruno.
Sie fragte ihn, ob er Schach spiele, und bat ihn, obwohl von ihm vor seinem mangelhaften Spiel gewarnt, das Schachbrett auf den Teetisch zu stellen und diesen vor das Fenster zu rücken. Ihr Mann müsse sie beschäftigt finden, wenn er komme; ihre Unruhe dürfe er nicht bemerken. Sie gab auf das Spiel nur oberflächlich acht und schaute immer wieder nach draußen in die Dunkelheit.
Plötzlich glänzte der Schnee unter dem gelben Lichtkegel eines Wagens auf. Da setzte sie sich rasch mit dem Rücken gegen das Fenster.
Es war aber der Wagen der Botschaft, der mit den Jagdsachen aus der Stadt zurückgekommen war. Die Botschafterin weinte, ich wußte nicht, wohin mit meinen Augen, Bruno starrte auf das Schachbrett. Als bald darauf das Telefon läutete, sprang sie mit einem Schrei auf und kam mir in die Halle nach bis vor die Tür des kleinen Telefonzimmers. Um bei einem Anruf aus der Stadt ungehemmt sprechen zu können, hatte ich die Leitung nicht in die Wohnräume umstöpseln lassen.
Es war der Botschafter. Ich möge seine Frau beruhigen. Er komme bald, er habe einen Fuchs geschossen.
Ich bat ihn, den Förster mit hereinzubringen.
Dem mir einleuchtenden Beispiel der Königin-Mutter folgend, wollte ich mit ihm nur in Gegenwart des Botschafters von der Treibjagd sprechen.
Bereits eine Viertelstunde nach der Rückkehr der beiden fuhren zwei Wagen von Belvedere durch den Wald in der Richtung des größten unserer Feriendörfer. In dem meinen saßen hinter

mir das Botschafterpaar, neben mir Bruno. Ich hatte den Förster ausdrücklich gebeten, dicht hinter uns zu fahren.
Unterwegs erklärte ich dem Botschafter, daß wir zuerst in das große, nur den Junggesellen unseres Personals vorbehaltene ›Quartierhaus‹ führen. Mit Erlaubnis der Botschafterin könnten wir dort essen. Es mache ihm doch gewiß Spaß, auf diese Weise schon mit den Jägern und Treibern in Berührung zu kommen? Ich müsse dann eine kleine Ansprache halten. Ich könne die Leute ja nicht zwingen, zugunsten der Treibjagd auf die seit Monaten reservierten Pürschgänge zu verzichten, ich müsse sie darum bitten. Zugleich könne der Förster durch die Heger in den anderen Dörfern dasselbe bei denen versuchen, die für den Sonntag Jagderlaubnis hätten.
»Oh, wenn Sie sprechen, der allmächtige Generaldirektor und jetzt auch Minister des Innern, wird es doch niemand wagen, sich zu weigern«, sagte der Botschafter.
Als hätte ich seine anzüglichen Worte mißdeutet und angenommen, er habe mich aufgefordert, im Quartierhaus ein Machtwort zu sprechen, sagte ich ihm, noch wisse ja keiner etwas von der Treibjagd; wir müßten aber auf sie verzichten, wenn er erwarte, daß ich den geringsten Druck auf die Leute ausübte. Keiner mache gern den Treiber. Nur bitten könne ich sie, wiederholte ich.
Der Botschafter fragte, ob es früher schon vorgekommen sei, daß die Leute auf die Pürsch im zugeteilten Revier zugunsten einer Treibjagd hatten verzichten müssen?
»Oft, aber noch nie für einen Gast«, sagte ich und erklärte ihm, daß unsere Arbeiter jedes Jahr ein paar Treibjagden veranstalten und daß für solche Samstage und Sonntage natürlich keine Erlaubnis zur Pürsch gegeben wird. Der Förster bereite die Treibjagden immer sehr gut vor. Weil man aber die unsere improvisieren müsse, ergebe sich die Schwierigkeit, die Leute, die sich seit so langem auf ihren Pürschgang im individuell zugeteilten Revier freuten, zum Verzicht darauf zu bewegen.
»Mit anderen Worten, die Treibjagd ist noch gar nicht gesichert«, sagte der Botschafter.
Nein, doch ich wolle ja im Quartierhaus mit den Jägern sprechen. Wenn diese aber auf ihr Einzeljagdrecht nicht verzichte-

ten, müsse er morgen wieder in der Gesellschaft des Försters mit einer Pürsch vorliebnehmen.
Sein Schweigen verriet seine Enttäuschung.
Schließlich sagte ich ihm, in Zukunft könne er immer unmittelbar mit dem Förster telefonieren, wenn er Lust habe zu jagen, er sei ein für allemal von Montag bis Freitag eingeladen. Nur eben samstags und sonntags sei die ganze Jagd dem Personal der Chemischen Werke vorbehalten. Die Försterei habe einen Anbau mit fünf sehr hübschen Zimmern für Gäste. So könne er also schon abends eintreffen, im Morgengrauen auf die Pürsch gehen und gegen elf Uhr zurück in der Botschaft sein.
Endlich schien er zufrieden.
Die Botschafterin aber machte mir Vorwürfe, jetzt hätte ich diesen Mann genau zu dem verführt, was sie ihm abgewöhnen wolle, ich dürfe sicher sein, er verschwände nun zweimal in der Woche abends zur Försterei.
»Wie soll ich Sie den Leuten vorstellen?« fragte ich ihn. Wenn ich ihn als den Sowjetbotschafter vorstellte, könne es zu Beifall für ihn kommen, aber auch zu Zwischenrufen gegen ihn! Und wenn ich ihn als persönlichen Jagdfreund ausgäbe, müßte man bedenken, daß ich unter meinem Personal natürlich auch Feinde hätte. Ihn als ›fremden Diplomaten‹ vorzustellen, schiene mir am wenigsten geraten.
»Dann als den, der ich stolz bin, sein zu dürfen«, antwortete er.

Als wir im Quartierhaus eintrafen, waren schon fast alle Tische besetzt. Wie in den Chemischen Werken, wo es von mir geforderte Sitte war, daß niemand darauf achtete, wenn ich durch die Fabrikationsräume, Laboratorien oder Höfe ging, so durfte auch im Quartierhaus, außer den Leuten, zu denen ich mich setzte, niemand mich begrüßen.
Wir nahmen an einem der noch freien Tische Platz. Wir bestellten, und dann stieg ich auf einen Stuhl, klatschte in die Hände und begann meine kleine Ansprache.
Zuerst fragte ich, ob die am nächsten Morgen zur Pürsch Berechtigten verzichten und dafür an einer großen Treibjagd teilnehmen wollten.
Von manchen Tischen kam ein Murmeln, das alles andere als

Begeisterung verriet; schließlich sagte ich, mein Gast, der Herr, den ich mitgebracht, ein großer Jäger, würde eine solche Jagd gern mitmachen; es sei ein Ausländer, ob sie einem Fremden diese Freude nicht bereiten wollten? Da rief ein ganz Junger, wieviel Flaschen der Gast denn spendiere, was ein allgemeines Gelächter auslöste; ich ließ es verebben, dann bat ich den Botschafter aufzustehen und sagte den Leuten: »Der Gast ist der Botschafter der Sowjetunion!« Wenige, aber frenetische Bravorufe, dann wieder Murmeln. Ich bat die Jagdberechtigten, abzustimmen und mir das Resultat an den Tisch zu bringen, ich würde mit dem Botschafter, dessen Frau und meinem Enkel zum Essen bleiben.

Als ich mich setzte, wurde es in dem weiten Saal sofort wieder so unbefangen laut, wie es bei unserem Eintritt gewesen war, man besprach die Sache, ich sah es an den neugierig auf uns gerichteten Blicken.

Zu meiner größten Verlegenheit kam, als wir gerade angefangen hatten zu essen, der Glasbläser an unseren Tisch. Der Botschafter übersah die ausgestreckte Hand des Mannes und erwiderte dessen Begrüßung mit einem knappen Nicken des Kopfes: »Sprechen Sie nicht russisch, der Herr Generaldirektor versteht es nicht,« sagte er scharf, »was führt Sie zu mir?«

Jetzt erst grüßte der Glasbläser mit kleinen Verneigungen die Botschafterin, Bruno und mich, dann sagte er, die zwei Kollegen, mit denen er am Tisch sitze, tauschten selbstverständlich ihre Pürsch gegen die Teilnahme an der Treibjagd, er sei gekommen, um ihm dies schon jetzt zu melden, er werde die Abstimmung gehörig in Bewegung bringen und sei sicher, daß niemand etwas gegen eine Treibjagd einzuwenden hätte.

Der Botschafter antwortete ihm, wiederum mit einer verletzenden Schärfe: »Wollen Sie dies dem Herrn Generaldirektor sagen, nicht mir! Ich bin hier Gast und habe das Resultat Ihrer Abstimmung nicht entgegenzunehmen.«

Der Glasbläser quittierte diese zweite Kränkung mit einem Blick, worin Überraschung und Haß sich blitzschnell folgten.

Im Gedanken an die ihm bevorstehende Verhaftung freute es mich, daß er ausgerechnet vom Sowjetbotschafter gekränkt worden war. Der Mann kann uns noch nützlich sein, ging es mir durch den Kopf. Ich sagte ihm, er habe es gut gemeint, ich sei ihm dankbar, der Herr Botschafter übertreibe die höfliche Rücksicht auf mich; wo er denn sitze, ich käme nach dem Essen auf ein Glas zu ihm.

Der Mann lächelte plötzlich, zeigte mir seinen Tisch und sagte, es würde ihm eine Ehre und Freude sein. Dann zum Botschafter gewandt: »Verzeihen, Exzellenz, die Belästigung.« Die tiefe Verbeugung, die er dabei machte, wirkte noch ironischer als die Betonung des wiederholten Wortes ›Exzellenz‹, mit dem er sich zurückzog.

Es war gewiß nicht das erste Mal, daß ich einem Menschen nachblickte, dessen Verhaftung ich beschlossen hatte oder schon angeordnet wußte, aber eingeladen hatte ich mich bei einem solchen immerhin noch nie. Und voll Unbehagen dachte ich an die groben Mittel, mit denen die Polizei Geständnisse zu beschleunigen weiß. Mittel, die den Glasbläser vergessen machen konnten, daß der Vertreter Moskaus ihn soeben beleidigt hatte.

Daß der Glasbläser so schnell an unseren Tisch gekommen war und daß der Botschafter diese ›Aufdringlichkeit‹ zornig tadelte und sich bei mir wegen der ›Taktlosigkeit des Menschen‹ sogar entschuldigte, bestätigte mir den Gedanken, den ich gleich gehabt, als der Glasbläser sich unserem Tisch genähert hatte. Ich sagte mir: der Botschafter hat ihn höchstwahrscheinlich nie empfangen und seinen ihm von den Agenten der Botschaft möglicherweise genannten Namen gewiß vergessen. Der naive Mann muß aber – so dachte ich – sich dem Botschafter nachmittags im Jeep des Försters auf russisch als der Spion des Laboratoriums der Chemischen Werke vorgestellt haben und vom Botschafter kühl behandelt worden sein – was ich an dessen Stelle jedenfalls getan hätte. Dann hat der von dem Botschafter schon etwas enttäuschte und eingeschüchterte Glasbläser meine Bitte um den Verzicht auf die Pürsch wahrscheinlich als eine unverhoffte Gelegenheit angesehen, um sich auf eine Weise, die meine Gegenwart nicht zu scheuen brauchte, beim Botschafter wieder lieb Kind zu machen. So kombinierte ich...

Bruno wollte ihn in Schutz nehmen. »Der Glasbläser ist Kommunist, Herr Botschafter.« Ich schnitt ihm sofort das Wort ab, die Sache sei erledigt.

Die gute Stimmung des Botschafters war dahin und wurde auch nicht besser, als die Kellnerin uns meldete, der Förster habe telefoniert: wenn man auch im Quartierhaus mit der Treibjagd einverstanden sei, stünde nichts im Wege, in den Feriendörfern hätten alle dafür gestimmt und kämen ins Quartierhaus zur Verlosung der Schützenstände.
Ich war froh, endlich ans Telefon gehen zu können, sprach auch zuerst mit dem Förster und ließ mir dann die Geheimnummer des Präfekten geben. Der Glasbläser müsse Sonntag abend oder Montag morgen bei seiner Rückkehr in die Stadt höflich vor seinem Hause von den Beamten in Empfang und – gegen meine vorangegangene Anordnung – in milden Polizeigewahrsam genommen werden. Er sei bis zu seiner Vorführung gut zu behandeln und in keiner Weise zu verhören.
Als ich auf dem Rückweg vom Telefon, wie ich es versprochen hatte, mit ihm ein Glas trinken wollte, war er nicht mehr da. Die anderen, die noch an seinem Tisch saßen, sagten, er sei plötzlich auf dem Motorrad weggefahren, mit seinen Sachen, bliebe also nicht mehr über Nacht.
Nun war ich doppelt froh, daß die Polizei meine abgemilderten Anweisungen hatte.

Florian Tarlink, der Verwalter des Quartierhauses, kam, kaum daß ich wieder saß, mit sorgenvollem Gesicht an unseren Tisch. Einer wolle nicht auf seine Pürsch verzichten, meldete er. »Der Mann hat morgen Geburtstag und will sicher sein, etwas vor die Büchse zu bekommen.«
»Wo sitzt er?« fragte Bruno. »Wenn er als Treiber ausgelost wird, trete ich ihm meinen Schützenstand ab.«
Tarlink wollte Bruno an den Tisch des Mannes begleiten, ich lud ihn aber ein, bei mir Platz zu nehmen, und stellte ihn dem Botschafterpaar vor. Ich hatte Tarlink, der etwas jünger war als ich, bei der Deportation im Viehwagen kennen- und im Lager, wo der Charakter eines jeden sich verriet, schätzengelernt. Wir duzten uns. Ich sagte dem Botschafter: »Wenn Sie hier Fasanen schießen wollen, müssen Sie sich mit Tarlink gut stellen, er leitet nebenamtlich unsere Fasanerie und ist einer der besten Schützen des Landes . . .«

»Nicht ein so guter wie der Herr Botschafter«, versetzte Tarlink zu meiner Verblüffung. Er zog dabei den ›Schützenalmanach‹ aus der Tasche und zeigte mir darin die Photographie des Botschafters, aus deren Begleittext hervorging, daß er ein international berühmtes Gewehr war. Er habe den Botschafter beim Hereinkommen sofort erkannt. »Und jetzt erwirke mir bei deinem Gast, daß er einmal in unsere Schützenhalle kommt und vor den beweglichen Scheiben unseren kleinen Wichtigtuern zeigt, was feines Schießen ist«, schloß Tarlink.

Die Botschafterin, die bis dahin etwas unglücklich und gelangweilt zwischen uns gesessen hatte, taute auf. Die Veröffentlichung der Photographie ihres Mannes mache ihr so große Freude, sagte sie, weil der Almanach schon vor einem Jahr erschienen sei. Damals habe die Redaktion noch nicht wissen können, daß er als Botschafter zu uns kommen würde.

Ich mußte die Vorstellung, die ich mir von dem Botschafter gemacht hatte, in einem Punkt berichtigen. Sobald er von russischen Dingen sprach, hatte ich den Mann immer ungewöhnlich prahlerisch erlebt und daraus auf einen geltungssüchtigen, unreifen Charakter geschlossen. Nun mußte ich feststellen, wie bescheiden er für seine eigene Person sein konnte. An ideologisch gedrillten Kommunisten, Leidenskameraden der Deportation, war mir schon ähnliches aufgefallen. Aber daß der Botschafter seinen Schützenruhm bisher nicht einmal erwähnt hatte, schien mir an diesem so temperamentvollen Menschen ein geradezu asketischer Zug.

Bruno, der an den Tisch zurückgekommen war, fragte nach einem Blick auf den Text unter der Photographie: »Herr Botschafter, darf ich Ihnen etwas Freches sagen? – Sie sitzen hier ja als Jäger, nicht als Diplomat.«

Ich wollte eingreifen, aber der Botschafter lachte ironisch. »Lassen Sie ihn doch, ich bin viel zu geschmeichelt, daß er heute schon zum zweiten Mal Zeit für mich hat«, sagte er.

Er hatte also Brunos Ungezogenheit, als er und ich in meinem Hause auf den Außenminister gewartet, nicht vergessen.

Bruno überhörte die Anspielung. »Da bei uns noch nicht zehn Prozent der Wähler kommunistisch stimmen, aber jeder zweite einem Schützenverein angehört,« begann er, »ist dieses Bild und der Text im Schützenalmanach für Sie die beste Visitenkarte. Jeden Sonntag findet irgendwo im Lande ein Schützenfest statt. Dort, nicht im Kleinen Schloß, ist für Sie politisch etwas zu gewinnen. Mischen Sie sich an den Schießständen unter die Leute, zeigen Sie denen, was für ein Schütze Sie sind, und Sie werden in einem halben Jahr so beliebt sein, wie es anderswo die Filmstars sind.«

Ich hatte Bruno schon zweimal unterbrechen wollen, aber jedesmal hatte der Botschafter mich mit einer Geste gebremst.

Diesmal jedoch hatte Bruno selber sich unterbrochen: »Es stimmt doch, Großvater,« sagte er, »bei der Königin-Mutter verliert ein Botschafter nur seine Zeit. Wo hat sie denn Einfluß! Und beliebt ist sie auch nicht, höchstens bei den Wissenschaftlern und Künstlern.«

Daß Bruno seine Abneigung gegen die Königin-Mutter bis in diese Unterhaltung nachtrug, nahm ich als Warnung. Es ärgerte mich, daß ich ihn am vergangenen Abend bei dem Anruf aus dem Kleinen Schloß hatte mithören lassen. Ich sagte ihm, Beliebtheit zu suchen, sei die letzte der Aufgaben eines Botschafters. Er habe in erster Linie die Interessen seines Landes zu vertreten, selbst wenn er dabei als unbequem empfunden werde.

Der Botschafter, der während meiner Zurechtweisung Brunos zur Tür geblickt und gelächelt hatte, winkte auf einmal jemanden, den ich nicht sehen konnte, herbei. Es war der Förster.

Er meldete, er habe es vorgezogen, die vierzig Treiber und Jäger aus den Feriendörfern in der Schützenhalle zu versammeln, wo man die noch Essenden nicht störe. Ob der Botschafter der Verlosung der Rollen und der Verteilung der Schützenstände beiwohnen wolle? »Die Leute wissen, daß Sie wie Ihr Gastgeber, wie Bruno und wie Tarlink einen fest hergerichteten Schützenstand beziehen werden und daß Ihrer der beste des Reviers ist.« Es würde eine große, schöne Jagd werden. Zusammen mit denen aus dem Quartierhaus zwanzig Treiber und ungefähr dreißig Schützen. Wieviel Sauen ausgemacht seien, wolle er nicht verraten, jedenfalls dürfe man sich freuen. Er zeigte auf einer Karte, wie günstig unsere Stände lagen.

Mir fiel auf, daß der Botschafter nur zerstreut auf die Karte sah

und keine der Fragen stellte, die man von einem Jäger erwartet. Er blickte immer wieder zu dem Tisch hinüber, an dem der Glasbläser gesessen hatte, als ob er mit Mißbehagen auf dessen Rückkehr lauere.
Der Förster breitete eine zweite Karte aus; er wollte zeigen, wie er unser Waldgebiet in vierzig bis fünfzig Pürschreviere einteilen konnte. Da unterbrach ihn der Botschafter: das alles würde er ja in wenigen Stunden sehen. Er müsse jetzt aufbrechen, seine Frau sei müde und vertrage den Tabakdunst nicht gut.
Die Luft des Saals, in dem hundert Menschen gegessen hatten, war allerdings etwas miefig, aber verraucht war sie nicht.
Es war mir peinlich, daß der Botschafter sich unter den Augen der acht im Quartierhaus wohnenden Jäger vom Tisch erhob, ohne ihnen für den Verzicht auf die Pürsch zu danken. Auch als wir uns zwischen den Stühlen zur Tür durchzwängten, brachte er mich in Verlegenheit. Er grüßte die Leute nicht, die neugierig, aber freundlich von ihren Tellern weg zu ihm hinblickten. Es wunderte mich, daß auch seine Frau niemandem zunickte und sogar das »Auf Wiedersehen« der Kellnerinnen und des Bierzapfers nicht erwiderte.

Die Diskussion mit dem Botschafter

Auf der Rückfahrt fragte ich mich, ob es nur der Ärger über den Glasbläser war, der dem Botschafter den Abend so offensichtlich verdorben hatte, oder ob ihn am Ende nicht dessen Verschwinden beunruhigte. Wie anziehend war ihm vor dem Aufbruch die Aussicht auf ein Zusammensein mit den Jägern und Treibern erschienen! Und dann hatte er im Quartierhaus, vom Glasbläser und Tarlink abgesehen, mit keinem ein Wort gesprochen und das Eintreffen der Jäger aus den Feriendörfern gar nicht erst abgewartet. Und wie wenig höflich war er mit dem Förster gewesen!
Beim Aussteigen in Belvedere sagte er, er habe einiges mitzubringen vergessen und müsse noch einmal zur Stadt schicken. Er bat mich, seinen Fahrer wecken zu lassen. Für russische Gewohnheiten sei es noch sehr früh, ob ich nicht Lust hätte, mit

ihm etwas zu trinken und zu plaudern, bis der Wagen zurück sei. Wir hätten uns ja noch nie unter vier Augen ›berochen‹.
Auch seine Frau wünschte noch etwas zu trinken, sie sterbe vor Durst. Sie ging geradewegs in den Salon, wohin Bruno und ich ihr folgen mußten. Obwohl ich keinerlei Ungeduld zeigte, erklärte sie mir dort, ihr Mann würde den Fahrer schnell abgefertigt haben und dann kommen.
Zu meinem Mißbehagen erklärte Bruno der Botschafterin, den Treibern und Jägern im Quartierhaus kein Bier gestiftet zu haben, sei ein großer Fehler gewesen, der Botschafter müsse das Versäumnis ›unbedingt‹, wenn nicht vor, dann sofort nach der Treibjagd gutmachen. »Oder darf ich so etwas nicht sagen?« fragte er und blickte dabei auf mich.
Natürlich versicherte die Botschafterin: »Im Gegenteil!« Man erweise ihrem Mann einen Dienst mit solchen Winken! Die Königin-Mutter habe ihnen auch schon einige gegeben.
Obwohl der Diener soeben mit dem Tablett hereinkam, sagte Bruno darauf: die Königin-Mutter kenne das Volk überhaupt nicht. Im Kleinen Schloß erfahre der Botschafter über Land und Leute so wenig wie im Ministerium des Äußeren. Da wie dort sei man gleich ›kontaktlos‹! Es war damals das Modewort.
Politisches verstehe sie nicht, erklärte die Botschafterin. Es war offensichtlich, daß sie durch eine Kritik an der Königin-Mutter nicht in Verlegenheit gebracht werden wollte.
Bruno gab aber keine Ruhe. Die Königin-Mutter könne man politisch nicht ernst nehmen. Sie sei eine apostelhafte Amateurin ...
Um diesen Reden ein Ende zu machen, bat ich Bruno, ins Office zu gehen und den Diener schlafen zu schicken.
Als er draußen war, sagte die Botschafterin: »Mein Mann hat viel Freude an Ihrem Enkel.« Aber er ziehe Bruno gern auf und sei dabei manchmal zu bissig.
Da fragte ich sie, ob der Vorgänger des Botschafters wirklich lobend von Bruno gesprochen habe.
Sie versicherte es mir. »Aber mein Mann hätte es dem Jungen nicht verraten sollen«, sagte sie. Bruno sei ohnedies schon ein wenig zu stolz auf sein Wissen.
Ob auch der Botschafter das finde?

»Mein Mann? Im Gegenteil! Heute morgen auf dem Spaziergang zum Turm haben die beiden über Soziologie debattiert. Wie ein Professor hat der Junge ihm widersprochen – und frech! Doch das hat mein Mann gerade gern. Aber Sie . . .,« sie hielt ein und streckte den Finger gegen mich aus, »Sie haben meinen Mann nicht gern. Wenigstens heute abend nicht. Sie sind verstimmt gegen ihn, weil er aus dem Quartierhaus fortging. Er hat es bemerkt. Deshalb will er mit Ihnen noch ein wenig zusammensitzen.«

Der Diener kam herein. Der Botschafter ließ durch ihn fragen, ob er das Telefon für ein Ferngespräch benützen könne.

Ich stöpselte die Leitung um und fragte den Diener, ob man ihm nicht gesagt habe, er könne zu Bett gehen.

Bruno war nicht bei ihm gewesen, konnte also nur auf sein Zimmer gegangen sein, beleidigt, daß ich unter einem so durchsichtigen Vorwand seinen Ausfällen gegen die Königin-Mutter ein Ende gesetzt hatte. Ihn gekränkt allein oben in seinem Zimmer zu wissen, bedrückte mich um so mehr, als er es war, dem wir, wenn er es auch nicht wußte, die Entlarvung des Glasbläsers zu verdanken hatten. Ich schickte zu ihm hinauf. Man vermisse ihn.

Wieder allein mit mir, erklärte die Botschafterin umschweifig, wie sein Vorgänger, wolle auch ihr Mann meine Freundschaft gewinnen. Was sie sagte, war mit plumpen Schmeicheleien gespickt: ähnlich der Königin-Mutter hätte ich nicht die Vorurteile des Adels, und von allen ›Industriekapitänen‹ sei ich den ›Weltproblemen‹ am meisten aufgeschlossen. Während dieser Reden starrte sie fortwährend auf den Sockel des Telefons. Dort leuchtete das rote Knöpfchen, ein Zeichen, daß der Botschafter das Ferngespräch führte. Ich fragte mich, ob sie nicht, einer immer gültigen Instruktion folgend, mich nur festhalten wollte, solange ihr Mann telefonierte, und als sie auf einmal sogar betonte, ich dürfe nie Mißtrauen gegen den Botschafter haben, hätte es aber, da überfiel mich dieses erst recht, zumal ich nun auch entdeckte, daß sie, die bei der Rückkehr vom Quartierhaus vor Durst hatte sterben wollen, ihr Glas nicht einmal berührt hatte.

Ich verwünschte es, daß Bruno nicht herunterkam und daß der

Diener, den ich noch einmal zu ihm schicken wollte, nun offenbar wirklich zu Bett gegangen, mein Schellen nicht mehr hörte. Ich müsse einen Augenblick zur Küche, sagte ich.
Da sprang sie auf: »Nicht doch, nicht doch! Das ist Frauensache!« Sie würde mir tragen helfen, wenn ich etwas zu trinken oder zu essen holen wolle. Aber da erlosch das rote Licht auf dem Sockel des Telefons. »Der Botschafter hat eingehängt«, sagte ich.
Als müsse sie sich dessen vergewissern, blickte sie auf das Telefon. »Dann wird er bald herunterkommen«, erwiderte sie und ließ mich hinausgehen, ohne noch einmal zu versuchen, mir ihre Begleitung aufzudrängen.
Auf dem Weg zur Küche verriegelte ich hinter mir die zwei Türen, die als Schutz gegen die Gerüche den langen Gang unterbrechen, der von der Halle zur Küche führt.
Glücklicherweise waren die Hausleute bereits alle in ihren Mansarden. Die Küche lag im Dunkeln, auch der Aufenthaltsraum des Personals. Dort befand sich für die Köchin ein zweiter, an das lokale Netz und nicht wie der andere an das der Hauptstadt angeschlossener Fernsprecher. Von ihm rief ich den Chef der Polizei an. Man solle mein Haupttelefon sofort überwachen, mit automatischer Bandaufnahme.
Wenn es unauffällig geschehen müsse, könne man es nicht sofort einrichten, sagte er mir, erst am Montag sei es möglich, ohne bei den Postbeamten Aufsehen zu erregen.
Darauf ordnete ich an, daß man den Wagen, den der Botschafter zur Stadt geschickt, beschatte; wenn er in den Hof der Botschaft einfahre, werde er nicht dort bleiben. Ich belud mich mit Früchten und Mineralwasser und kehrte entschieden ruhiger, als ich ihn verlassen hatte, in den Salon zurück.
Der Botschafter war inzwischen heruntergekommen. »Wo ist Bruno?« fragte er in einem fröhlichen Ton. Er wolle ihn sehen, er müsse mit ihm diskutieren.
Als ich hinausgehen wollte, um Bruno zu holen, schob der Botschafter den Arm seiner Frau in den meinen: »Setzen Sie die Gute an unserem Zimmer ab, es liegt ja auf dem Weg.«
Nun ärgerte es mich doppelt, daß sein Telefongespräch, das ihn so offensichtlich in gute Stimmung gebracht hatte, nicht abgehört worden war.

Ich sei froh, meinen Gast wieder besser gelaunt zu sehen, sagte ich der Botschafterin auf der Treppe.
Er fühle sich so wohl in meinem Hause, versetzte sie; oben auf dem Vorplatz des ersten Stockwerks nahm sie meine beiden Hände und sah mir in die Augen: ich solle ihrem Mann ein aufrichtiger Freund sein, er brauche immer einen Vertrauten zum Diskutieren von Ideen, es gefalle ihm so sehr bei uns, wir seien moderne Menschen; wir wüßten, wieviel Uhr es sei im Weltgeschehen, auch Bruno! Es war eine neue Flut von Komplimenten, und aus ihren anfangs nur feuchten Augen liefen bald zwei Bächlein Tränen. Ob ich mir vorstellte, von welchem Mißtrauen die Sowjetdiplomaten in den Hauptstädten des Westens umgeben seien, nie sehe man den Menschen in ihnen, immer nur den Vertreter einer gefürchteten Ideologie.
Ich wollte mich nicht damit aufhalten, ihr zu erklären, warum dies nicht anders sein könne, und beurlaubte mich mit ein paar nichtssagenden Worten.
Während ich zu Bruno in den nächsten Stock hinaufging, fragte ich mich, ob diese Frau mir allen Ernstes zumutete, die Sowjetdiplomaten als harmlose Lämmer zu nehmen.

Ich war darauf gefaßt, einen gekränkten Bruno zu finden, nicht aber einen betrübten. Vorwürfe, die ich einzig seiner Sucht zu gelten hätte zuschreiben können, wären mir lieber gewesen als das, was er mir sagte: ihm liege viel mehr an meiner Gegenwart als mir an seiner. Der Besuch des Botschafterpaars ärgere ihn nicht, langweile ihn auch nicht, obwohl man die Frau mitschlucken müsse, dieses geistige Trampel. Wie sie aussehe, so dickfellig, so denke sie auch, das sei es nicht, aber es habe ihm weh getan, daß ich es nicht vorgezogen hätte, mit ihm und Rysselgeert über das Wochenende allein zu bleiben.
Ich war nicht sicher, wer bei diesem Kummer mehr wog: Rysselgeert oder ich. Aber er ging mit Vergnügen wieder hinunter. Wäre er doch oben geblieben!
Von dem Verlangen unseres Gastes immerhin etwas geschmeichelt, fragte Bruno sofort: »Sie wollten mich sehen?«
»Sehen! Diskutieren will ich mit Ihnen! Meine Frau sagte mir, Sie fänden es falsch, daß ich den Jägern im Quartierhaus kein

Bier gestiftet habe. Diese Kritik zeigt, daß Ihnen trotz aller Soziologie nicht einmal das kleine Abc der marxistischen Moral selbstverständlich ist . . .«
Bruno wollte ihn unterbrechen, wurde aber schroff zurückgewiesen: »Warten Sie, bis ich fertig bin. Ich habe gesagt: ›Moral‹ und ›selbstverständlich‹! Das ist etwas anderes als den Marxismus nur studiert haben. Man kann ja auch ein großer Theologe und dabei atheistisch sein . . .«
Ohne ein einziges Mal die Augen von Bruno abzuwenden, hielt der Botschafter einen Vortrag über das ›Verwerfliche‹ jeder ›wie auch immer getarnten‹ Art von Wohlfahrt. Diese demütige den Empfangenden nur und habe ihren Beweggrund einzig in dem schlechten Gewissen des Gebers.
Daß ich es war, den er mit seinen Reden meinte, obwohl er nur zu Bruno sprach, dessen war ich sicher. Bald war ich es leid, so viel Schulmeisterei anzuhören.
Keiner unserer Leute würde sich durch ein von ihm gestiftetes Glas Bier gedemütigt gefühlt haben, sagte ich, wenn sie unter sich seien, zahle ein Arbeiter ja auch zuweilen seinen Kameraden eine Runde: zum Beispiel nach einer glücklichen Jagd; ein erlegter Hirsch koste den Schützen sogar ein Fäßchen Bier.
Das sei nicht dasselbe! Ein Proletarier könne einen anderen Proletarier nie demütigen, sie lebten unter den gleichen Bedingungen.
»Sind Sie nicht der Botschafter des Vaterlandes der Proletarier aller Länder!« rief Bruno.
Offenbar froh über das ihm zugeflogene Stichwort, sagte der Botschafter: »Sehr richtig, das bin ich, aber der Genosse Botschafter hat dort oben im Saal des Quartierhauses an einem der Tische essen müssen, wo die Genossen Arbeiter der Chemischen Werke gedemütigt werden!«
»Gedemütigt, wieso?« fragte ich.
»Jawohl! Gedemütigt, Herr Baron«, rief er laut. Bei einem Hof beglaubigt, wo es zahlreiche Adlige gab, mußte er wissen, daß einzig den Herzögen vor dem Titel das Wort ›Herr‹ zusteht; es war nur zu klar, warum er wie ein Diener ›Herr Baron‹ gesagt hatte statt ›Baron‹.
Wieso wir jemanden im Quartierhaus gedemütigt haben könn-

ten, versetzte ich, wir hätten das gleiche Menü wie die Arbeiter gegessen und Bier dazu getrunken.
»Hier! Und was ist das?« Er zog eine Speisekarte des Quartierhauses aus der Jacke, warf sie auf das Tischchen, um das wir saßen, nahm sie aber gleich wieder in die Hand und las vor, was auf den Karten der Kantinen unserer Feriendörfer und Fabriken am Fuß der Speisefolge eingedruckt ist: ein Vermerk, der den wahren Gestehungspreis des Essens nennt, das die Firma weit darunter abgibt.
»Diese Vermerke sind eine Erfindung des Außenministers, nicht meines Großvaters,« rief Bruno, »in den Kantinen des Ministeriums hat man damit angefangen!«
Was Bruno sagte, entsprach der Wahrheit, verriet mir aber, wie wenig er es dem Außenminister vergaß, daß auch er ihm Rysselgeert ›gestohlen‹ hatte. Ich sagte, diese Vermerke des echten Preises bedürften keiner Entschuldigung, selbst wenn ich es gewesen wäre, der sie als erster gedruckt hätte.
»Daß solche Preisvermerke eine Demütigung für die Benutzer Ihrer Kantinen darstellen, bestreiten Sie also!« fragte der Botschafter.
Wie die Feststellung einer wirtschaftlichen Tatsache jemanden demütigen könne, fragte ich zurück. Wenn wir unsere Leute wie unmündige Kinder behandeln würden, die nicht wissen dürfen, was die Sachen kosten, das hieße sie demütigen.
»Und um dem Personal seiner Büros diese Demütigung zu ersparen, hat ein Minister die Preisvermerke eingeführt! Und der nennt sich Sozialist!« Er dürfe vor mir doch frei von der Leber weg reden. Daß ein Unternehmen wie die Chemischen Werke so etwas mache, ginge noch an, weil es in der Logik des kapitalistischen Systems bleibe.
Und die Logik einer staatlich geführten Wirtschaft, was die denn sei, fragte ich. Lügen? Preise unter den Gestehungskosten? Dann müsse diese Wirtschaft den Verlust doch auf irgendeine Weise decken, dem Staatsbürger also mit der einen Hand wieder nehmen, was sie ihm zuvor mit der anderen gegeben habe.
»Denken Sie ebenso reaktionär wie Ihr Großvater?« fragte er Bruno. Es sollte scherzhaft klingen. »Würden auch Sie die Gestehungskosten des Kantinenessens anschlagen lassen?«

Bruno sah zu mir herüber: »Soll ich es erzählen?« fragte er. Er sah, daß ich nicht verstand, woran er dachte, und lächelte. Dann wolle er es erzählen: Er sei, begann er, eine Zeitlang ein ganz böser Junge gewesen, dann habe er eines Tages aus besonderen Gründen wissen wollen, wieviel er seit der Geburt seine Eltern und mich gekostet hatte, und habe mit einem Mathematiklehrer seine ›Gestehungskosten‹ ausgerechnet. Da seien ihm die Augen aufgegangen, und seitdem sei er nicht mehr ein so böser Junge, wenigstens hoffe er es. Er streckte mir die Hand über den Tisch entgegen und machte mir damit einen glücklichen Augenblick, obwohl ich wußte, daß sein ungeschicktes Beispiel den Botschafter zu einer Widerlegung herausfordern mußte. Dieser hielt mir auch prompt einen Vortrag, der nicht enden wollte und schließlich so peinlich wurde, daß ich mich fragte, warum der sonderbare Diplomat, dessen geheime Arbeit gegen unser Land mir doch bekannt war, meine Gesellschaft überhaupt suchte. Im Gegensatz zu seiner Frau richtete er keine Schmeicheleien an mich, sondern grobe Belehrungen über die ›Dummheit‹ und das ›Verbrecherische‹ des kapitalistischen Systems. Als er mir aber wie einem Gymnasiasten sogar die Theorie des Mehrwertes der Arbeit zu erklären begann und behauptete, mit diesem unseren Arbeitern gestohlenen Mehrwert zahle meine Firma unter anderem auch das Defizit der Kantinen, verlor ich die Geduld und fragte ihn, was der Sinn dieser Predigt sei. Er wolle offenbar auf etwas hinaus, nur worauf, das wisse ich nicht.

»Ich will Ihre Freundschaft gewinnen,« sagte er, mir fest in die Augen blickend, »deshalb müssen Sie alles wissen, was ich von Ihnen denke und von dem System, das Sie vertreten.« Er könne aus seinem Herzen keine Mördergrube machen, er liebe mich, so wie ein Pope einen sympathischen, klugen Atheisten liebe, den er noch zu bekehren hoffe ... Mich von der Richtigkeit und dem moralischen Wert des Marxismus überzeugen, das wolle er: jetzt habe er es mir gestanden.

Nun wußte ich, wie er mich einwickeln wollte. Mit denen, die sich als ›grob, aber ehrlich‹ ausgeben, hatte ich noch immer schlechte Erfahrungen gemacht.

Setzen wir auf einen Schelm anderthalbe, sagte ich mir. »Und ich meinerseits werde Sie zu einem anderen System bekehren, zu unserem!« erklärte ich und blickte ihm, wie zuvor er mir, fest in die Augen. Wir lachten beide.

Als er gleich darauf gute Nacht wünschte, sagte er zu Bruno: »Sie haben mich enttäuscht während der Debatte mit Ihrem Großvater. Vorher waren Sie so lebhaft und plötzlich kein Wort mehr!«

»Wann hätte ich eins anbringen können?« versetzte Bruno, »das war doch keine Debatte.«

Der Botschafter legte ihm die Hand auf die Schulter: »Oh, so beleidigt?«

Nach einem Blick auf mich sagte Bruno: »Da Sie fragen, antworte ich. Aber werfen Sie mir nicht hinterher vor, ich sei ungezogen! Ja, jeder an meiner Stelle wäre beleidigt. Sie lassen mich von meinem Zimmer herholen, und wozu! Um mich zu tadeln. Ich verstünde nicht das kleine Abc der marxistischen Moral . . .« Und zu mir gewendet: »Habe ich da ein Gesicht gemacht, Großvater? Nein! Ich glaube nicht, daß ich zu empfindlich gewesen bin. Aber nachher! Wie Luft bin ich behandelt worden . . .«

Der Botschafter und ich versuchten ihn zu beschwichtigen. Vergebens.

Er sei erwachsen, auch nicht der Dümmste, sagte Bruno, im ganzen Lande gebe es nur noch einen so jungen Studenten wie ihn, den Sohn des Präsidenten der Eisenbahnergewerkschaft!

Der Botschafter zog sich seinen Sessel wieder herbei. »Wir wollen nicht in dieser Stimmung auseinandergehen, Bruno«, sagte er. Er stützte das Kinn auf die Krümmung seines Stocks, ohne den er auch im Hause nicht ging. »Ich bleibe noch ein Weilchen. Also was kann, was soll geschehen, damit wir wieder Freunde werden?«

Bruno nahm mich am Arm und bat mich, gleichfalls wieder Platz zu nehmen. »Ich darf also unserem Gast sagen, was ich denke?«

Mir zuvorkommend rief der Botschafter: »Ich werde nicht gekränkt sein, versprochen!«

Herablassung und daß er Brunos Geltungssucht nicht ernst nahm, war aus dem Ton zu hören.

Schließlich setzte auch Bruno sich wieder. Er richtete den Blick kalt auf den Botschafter. »Wenn ich Ihr Vorgesetzter im Kreml wäre, würden Sie morgen abberufen . . .«
Ich war aufgesprungen, aber der Botschafter lächelte und bat mich, Bruno sprechen zu lassen: »Er hat ja angekündigt, daß er mir etwas Unangenehmes sagen würde.«
»Warum ich Sie abberufen würde?« fuhr Bruno noch kühler als vorher fort, »weil ich mit Ihnen sehr unzufrieden wäre!« Er zeigte auf mich. Einen solchen Mann mit so schlechten Argumenten von seinen Auffassungen abbringen zu wollen! Er war dabei aufgestanden, hinter meinen Sessel getreten und hatte die Hände auf meine Schultern gelegt. »Herr Botschafter, Sie haben eben in den dicksten Andeutungen gesagt, mein Großvater habe nur deshalb so viele soziale Einrichtungen geschaffen, weil ihn das schlechte Gewissen drücke, das für die Kapitalisten typisch sei! Ausgerechnet *Sie* sagen das, der Sohn eines Sowjetgenerals! Und ihm! Dem Sohn eines Trambahnschaffners. Obwohl Baron, im Waisenhaus ist mein Großvater aufgewachsen, Sie in einer wohlsituierten Sowjetfamilie, in einer Villa mit Dienstboten, mit vielen Vorrechten. Alle Ihre Studien auf Kosten des Staates! Seine — und unter welchen Entbehrungen! — selber verdient, nicht ein einziges Stipendium . . .«
Der Botschafter hatte sich leicht zu uns hin verneigt: »Ich kenne die Biographie Ihres Großvaters. Daher meine Verehrung, schon ehe ich ihn persönlich kannte!«
»Dann muß ich mich um so mehr über Sie wundern,« versetzte Bruno, »Sie wissen also, daß er vor allem ein Wissenschaftler, ein Chemiker ist und nicht der Besitzer oder Großaktionär seiner Firma!«
Er wisse sogar, wie viele Erfindungen, große und kleine, ich gemacht hätte, sagte der Botschafter, und daß dank dieser Erfindungen die Chemischen Werke das Weltunternehmen geworden seien, das man bis Asien, Afrika und Amerika kenne . . .
Bruno fiel ihm ins Wort: »Zweihundertelf große und kleine seiner Erfindungen verwenden die Chemischen Werke, aber er, was hat er davon! Ein riesiges Einkommen, gewiß, aber genau dreiundsiebzig Prozent davon werden ihm weggesteuert, und was bleibt, fällt wieder unter eine zweite, die Vermögens-

steuer! Wenn er stirbt, wird er mir nur etwas Bescheidenes hinterlassen, denn den Enkeln läßt der Staat kaum ein Drittel der Erbschaft. Für wen hat dieser Kapitalist also gearbeitet! Für die Kasse der Allgemeinheit! Und wer hat diese Besteuerung erfunden, die jeden produktiven Menschen entmutigen muß? Unsere Sozialisten! Diese Nicht-Fisch-nicht-Fleischmarxisten! Und Sie, der Sowjetbotschafter, Sie wollen diesen Mann zu Ihren Auffassungen bekehren und setzen den Hebel an so falscher Stelle an ...!«

Ich hatte Bruno zornig zugerufen, er solle schweigen, es sei genug. Schon bei dem Wort ›Sozialisten‹ und dem Ton, in dem es aus seinem Munde gekommen war, hatte ich sofort den tiefen Groll gegen Rysselgeert und den Außenminister gespürt.

Aber der Botschafter wünschte, daß Bruno fortfahre, es sei ja hochinteressant. Es klang wieder sehr ironisch, als er Bruno fragte: »Und wo hätte ich den Hebel ansetzen sollen?«

»Das fragen Sie!« Bruno schlug die Hände zusammen. Er trat neben den Tisch, der zwischen dem Botschafter und mir stand. Ein Wissenschaftler wie ich könne nur in zwei Systemen seine Kräfte wirklich produktiv, also ganz entfalten: im wilden, ungebundenen Kapitalismus oder im Kommunismus! Nur diese beiden gäben einem Forscher die Möglichkeit, frei zu arbeiten, ohne sich an den Fesseln zu zermürben, mit denen unsere ›kleinbürgerlichen menschewikischen Konterrevolutionäre‹ das Gedeihen sowohl eines kräftigen Kapitalismus verhinderten wie das eines echten Sozialismus ...

Welche Richtung der Wortstrom nehmen wollte, war mir klar, auch woher die angelesene Weisheit stammte. ›Menschewikische Konterrevolutionäre‹, mit diesem Schmähwort wurden die Sozialisten nur von Moskau bedacht. Es gab Berge von Broschüren und Büchern in dieser Tonart gegen sie.

Aber daß der Botschafter, der mit der Literatur gegen den ideologischen Erbfeind doch übersättigt sein mußte, dennoch offenbar gebannt zuhörte, das konnte ich mir nur damit erklären, daß es ihn überraschen und entzücken mußte, eine so heftige Abschlachtung der Sozialisten, meiner politischen Verbündeten, ausgerechnet bei mir und aus dem Munde meines Enkels zu erleben.

Noch nie hatte ich Bruno etwas so Minderwertiges sagen hören. Mein Vorsatz, ihn reden zu lassen, schwankte, als er behauptete: wenn man einmal in diesem ›rosaweißen Mief‹, in diesem ›Radieschenhaufen‹, einen gut aussehenden Menschen entdecke, müsse man jedesmal feststellen, daß er nicht aus politischer Überzeugung dieser traurigen Partei angehöre, sondern dort nur ein Sprungbrett in die Politik gesucht habe. Persönlichkeiten seien bei den Sozialisten eine solche Mangelware, daß sie ihre Parlamentskandidaten anderen Parteien abbettelten.

Deutlicher und falscher auf Rysselgeert hinzuweisen, war nicht möglich.

Zuletzt verstieg er sich zu der Behauptung, der westliche Sozialismus, diese ›Inkarnation der kleinbürgerlichen Angst vor einer radikalen Revolution‹, bringe einen äußerlich erkennbaren Menschenschlag hervor. Er wolle den Mann nicht nennen, der bei uns in einer Ministerstellung diesen widerlichen Typus vertrete: dicklich, aber nicht großartig dick wie ein Falstaff, klein, aber ohne das Dämonische der Zwerge in den Legenden, ein träger Waldspaziergänger, aber kein Jäger! Kurz, es war das ganz oberflächlich gesehene Porträt unseres Außenministers.

So ruhig ich es vermochte, sagte ich Bruno, jemanden vom Geschmacklichen her entlarven oder nur herabsetzen zu wollen, wenn es vom Moralischen her nicht möglich sei, das solle er unreifen und frivolen Salonschwätzern überlassen.

»Mit anderen Worten, ich bin unreif und frivol«, warf er mir hin. Er hatte sich schon umgewandt, als wolle er zur Tür gehen, aber da streckte der Botschafter seinen Stock aus und hielt ihn mit dem gekrümmten Griff am Arm fest: »Zuerst will ich hören, was ich Ihrem Großvater Richtigeres hätte sagen sollen. Nach Ihrer Kritik schulden Sie mir das.«

Nun, Bruno zählte es ihm auf: wenn ich dem Sowjetvolk so viele Erfindungen geschenkt hätte wie den Chemischen Werken, hätte ich gleichfalls ein sehr schönes, vielleicht nicht ganz so großes Haus wie Belvedere vom Staat bekommen, aber mein auch dort sehr hohes Einkommen würde mir nicht von der Steuer in so kränkender Weise weggenommen. Um die Verwaltung der Werke, um das Wohlergehen der Arbeiter, um all die tausend großen und kleinen Dinge, die mir in den Chemischen Werken wie Blei am Halse hingen, würde sich der Staat kümmern, kurz, ich hätte als hoher, nur mit meinen Forschungen beschäftigter Staatschemiker ein viel besseres Leben und würde entschieden mehr geehrt werden als hier bei uns . . .

Das Läuten des Telefons unterbrach Brunos Vortrag. Ich stellte auf den Hauptapparat im Telefonzimmer um und ging dorthin. Es war der Glasbläser. Zuerst: daß er zu so ungewöhnlicher Stunde noch störe, und so weiter, aber dann: ob ich in dem Zimmer, wo mein Telefon stehe, allein sei?
Die vielen Stimmen durcheinandersprechender Männer, die zu hören waren, ließen mich, zumal es gerade die Zeit der immer sehr geräuschvollen Patrouillenablösung war, annehmen, er sitze bereits in dem Drahtkäfig, in dem in jedem großen Polizeirevier der Hauptstadt die nächtlich Festgenommenen den Morgen abwarten müssen. Ich dachte, er habe es bei dem Revierchef erreicht, mit mir telefonieren zu dürfen.
Er war aber in Belvedere-Dorf, in einer Wirtschaft, die bald schließe. Er müsse mich sprechen, in einer hochwichtigen Angelegenheit. Er sei schon mehrere Male mit dem Motorrad bis vor das Schloß gekommen, wegen der im Erdgeschoß noch beleuchteten Fenster aber immer umgekehrt. Wer ihn nicht sehen dürfe, sei nämlich gerade mein Gast.
Natürlich spielte ich den Nichtsahnenden. Und als er mich fragte, ob ich ihn, wenn der Gast zu Bett gegangen wäre, noch empfangen könne, schlug ich ihm absichtlich vor, mich erst des Morgens im Quartierhaus zu treffen; auf dem Weg zur Jagd müsse ich ohnedies dort vorbei.
Weil er mich so schnell wie möglich sprechen müsse, habe er ein Zimmer in Belvedere-Dorf genommen, in dem Gasthaus, wo samstags bis zum Morgen getanzt werde. Er könne also leicht noch in der Nacht heraufkommen oder aber in der Gaststätte auf mich warten. Seine Sache sei sehr dringend.
Dann solle er doch endlich reden, versetzte ich.
Er sei deshalb eigens in das andere Gasthaus gegangen, woher er jetzt spreche, aber auch da sei das Telefon nur ein Zweig-

apparat. Vom Büfett, wo sich das Haupttelefon befinde, könne man mithören.

Ich hatte den haßvollen Blick, mit dem der Glasbläser im Quartierhaus die Kälte des Botschafters quittiert hatte, nicht vergessen und mutmaßte, daß er, um sich zu rächen, mir vorschwindeln wolle, der Botschafter hätte ihn am Nachmittag zur Werkspionage aufgefordert. Da er sich dieser ja wirklich schuldig gemacht hatte, mußte ihm in erster Linie etwas auf diesem Gebiet Liegendes gegen den Botschafter einfallen, etwas, das auch den Vorteil hatte, daß ich dafür keine handgreiflichen Beweise erwarten konnte. Ich erinnerte mich, daß in meiner vorangegangenen Amtszeit als Innenminister ähnlich dumme Märchen überraschend oft der Abwehr aufgetischt worden waren. »Ist es denn wirklich etwas so Wichtiges?« fragte ich.

»Und ob!« gab er zurück. Was er mir über meinen Gast zu berichten hätte, sei unerhört.

Darauf bat ich ihn, in dem Tanzlokal, nahe dem Telefon, zu warten. Ich würde ihn anrufen, es könne aber zwei Stunden dauern.

Ich ging leise in die Küche an den anderen Apparat und befahl der Abwehr, sofort einen Beamten in Chauffeurlivree nach Belvedere-Dorf zu schicken, den Glasbläser an den Wagen herauszubitten und in mein Ministerium zu bringen, ihm zuerst zu sagen, ich sei dorthin vorausgefahren, und nach der Ankunft, ich würde verspätet eintreffen. Daß er festgenommen sei, dürfe er nicht merken, man solle ihn bewirten und sich ausruhen lassen, bis ich des Morgens anrufen würde.

Da die Polizei außerhalb der Hauptstadt keine Befugnisse hat, war ich zu meinem Verdruß gezwungen, nun auch die Abwehr in diese Angelegenheit einzuspannen.

Als ich einhängen wollte, fragte der Offizier, ob ich bald zur Ruhe ginge. Der Chef und auch der Präfekt würden mich gewiß noch anrufen wollen. Sie hätten einen fruchtbaren Tag gehabt. Der Glasbläser sei nicht der einzige Fang. Es gebe eine hübsche Neuigkeit!

Allerdings! Man hatte auf eine anonyme, aber sehr genaue telefonische Anzeige hin zwei ergebnisreiche Haussuchungen gemacht: bei Brunos Mathematikprofessor und dessen Etagen-

nachbarn, dem kommunistischen Redakteur. In einem Raum, der schalldicht zwischen den beiden Wohnungen angelegt war, hatte man eine gut ausgestattete Sende- und Empfangsstation entdeckt, nebst vielen noch nicht dechiffrierten Mikrofilmen. Ein Oberst der Abwehr, zwei Dolmetscher und der Präfekt befanden sich, als ich mit dem Offizier telefonierte, noch dort. Die Angelegenheit betreffe, den ersten Funden nach zu urteilen, das Armeeministerium, das des Äußeren und meines, sagte der Offizier. Es sei der erste Fall, daß Intellektuelle, die sich öffentlich zum Kommunismus bekannten, bei ernsthafter Spionage erwischt worden seien. Besonders für den Professor sei es eine gar nicht schlechte Tarnung gewesen, unverhohlen in der Sowjetbotschaft aus und ein zu gehen und der ›Gesellschaft der Freunde der Sowjet-Literatur‹ zu präsidieren, also den Kommunisten der harmlosen Art zu spielen. Unbestreitbar war mein Polizeichef mit seinem Mißtrauen gegen den Professor klüger gewesen als ich.
Daß die beiden vor der Unterzeichnung des Handelsvertrags mit der Sowjetunion geschnappt worden waren, beeinträchtigte meine Freude an dem Fang. Moskau schlug in solchen Fällen nie anders als böse zurück. Faires Ausspielen des Kampfes von Abwehr zu Abwehr kannten diese Leute nicht. Sie ließen die Niederlagen ihrer Nachrichtendienste selbst durch ihr Handelsministerium rächen.
Man durfte hoffen, daß die Inhaftierung des unbekannten und ledigen Glasbläsers unbemerkt bliebe und so lange dauern konnte, bis der Mann sich von der Abwehr in deren Dienst pressen ließe und auf diese Weise vor dem Staatsanwalt retten konnte, aber es war nicht möglich, die Festnahme eines Redakteurs und eines bekannten Universitätsprofessors lange geheimzuhalten, die obendrein beide verheiratet waren.
Vorwürfe des Handelsministers, daß die Abwehr mit der Festnahme dieser beiden nicht gewartet hatte, waren mir sicher.
Als ich in den Salon zurückkehrte, fiel es mir auf, daß Bruno und der Botschafter ihr Gespräch unterbrachen und es nicht wieder aufnahmen und daß einer so verlegen war wie der andere. Ob sie Zucker auf meinem Rücken klein gemacht hätten, fragte ich scherzend.

Ich solle mich setzen, sagte Bruno; er trat wieder hinter den Sessel und legte auch wieder die Hände auf meine Schultern. Ja, er und der Botschafter, sie hätten schlimm gelästert, aber nicht auf meinem persönlichen Rücken.

Wenn ich neben dem persönlichen noch einen unpersönlichen hätte, müsse er mir das sonderbare Ding zeigen.

Der Botschafter lachte. Die Wendung, Zucker auf dem Rücken eines Menschen klein schlagen, sei eine der reizendsten unserer Sprache, um so grobe Ausdrücke wie Schmähen, Übelnachreden und Verleumden zu umschreiben.

»Sie sind feige, Herr Botschafter«, rief Bruno. Er drückte mir dabei fest auf die Schultern. »Großvater, ich will Ihnen verraten, wovon wir gesprochen haben«, sagte er. Aber ich würde sehr böse gegen ihn werden.

Dann wolle ich es lieber vom Botschafter hören, versetzte ich, einem Gast dürfe man ja nichts verübeln.

Auf diese Weise alberten wir noch ein Weilchen hin und her, aber als der Botschafter, wie im Scherz, Bruno zurief: »Sie drücken sich, der Feige sind Sie! Nicht ich!« sah ich in dem Spiegel, unter dem der Botschafter saß, daß Bruno nicht mehr lächelte.

»Nun, lieber Großvater,« hörte ich ihn hinter mir sagen, »dann will ich Ihnen verraten, was für ein Zucker das gewesen ist und wessen Rücken.« Er sei es aber allein gewesen, der ihn klein gemacht habe. Der Herr Botschafter sei ein vorsichtiger Mann.

Ich spürte dabei seinen Atem über meinem schon gelichteten Haar und gleich darauf einen Kuß auf dem Kopf. »Also kurz,« begann er, »ich habe auf Ihre besten Freunde geschimpft! Ihre politischen.«

»Also auf die Sozialisten.« Mehr sagte ich nicht.

Der Botschafter beobachtete Bruno mit einer Spannung, die mir in keinem Verhältnis zu dem zu stehen schien, was der Junge gesagt hatte.

Bruno hatte sich wieder über meinen Kopf geneigt und gab mir einen zweiten Kuß aufs Haar. »Und jetzt kommt es schlimm mit dem Zucker,« sagte er, »ich habe nämlich dem Herrn Botschafter erklärt, daß ich die Sozialisten vor allem deshalb verachte, weil sie nach den vorletzten Wahlen, als sie die absolute

Mehrheit an Stimmen und an Sitzen im Parlament hatten, nicht den Mut gehabt haben, die Monarchie und den Adel abzuschaffen. Was sie logischerweise doch hätten tun müssen.« Dann zeigte er sehr ungezogen mit der ausgestreckten Hand auf den Botschafter. »Sehen Sie, unser Gast hat nämlich gewettet, ich würde es nicht wagen, eine solche Meinung in Ihrer Gegenwart zu wiederholen.«

»Gewettet, gewettet!« rief der Botschafter, »das ist übertrieben!«

»Zugegeben, es ist nicht formell gewettet worden,« sagte Bruno, »aber Sie haben den Ausdruck ›ich wette‹ gebraucht. Doch will ich auch das Weitere gern verraten: Ausgerechnet Sie, der Sowjetbotschafter, haben vor mir die Monarchie verteidigt.«

Er habe nicht das monarchische Regierungsprinzip verteidigt, versetzte der Botschafter scharf, er habe nur gesagt, die Königin-Mutter sei eine achtungswürdige und bedeutende Persönlichkeit.

Damit begann ein ödes Streitgespräch. Wiederum hatte der Botschafter sich auf sein ›grob, aber ehrlich‹ berufen und mich gefragt, wie ein Mann meines Verstandes solche vorsintflutlichen Zöpfe wie Monarchie und Adel ertragen könne, man dürfe nicht gegen den Sinn der ›Geschichte‹ leben, kurz, er bot mir schon wieder einen Auszug aus dem marxistischen Lehrbuch für Gymnasiasten.

Als ich fand, daß ich lange genug höflich gewesen war, unterbrach ich ihn: ich wolle kein Wort über seine Angriffe auf den Adel sagen, aber was er gegen die Form unseres Staates vorgebracht habe, könne ich nicht unwidersprochen lassen. So ohne Bedeutung, wie er glaube, sei das Amt unserer Monarchen nicht, obwohl sie durch die Verfassung stark gefesselt seien, erklärte ich ihm; bei uns müsse ein neuer Regierungschef sich vor der Bildung seines Kabinetts dreimal überlegen, wen er dem Palais als Minister vorstellen könne, die bloße Existenz des Throns bewirke, daß ein anständiges Niveau gehalten werde. Nicht zuletzt gebe auch gerade die Erblichkeit der Königswürde der Monarchie ihren Hauptsinn; die Gewähr für etwas Festes, Dauerndes im Staate.

Als er mir das abgedroschenste der Argumente entgegenhielt,

ein Hof wie der unsere verschlinge jährlich ein Vermögen, das man besser für soziale Ausgaben verwende, verlor ich die Geduld. Auch ich, erwiderte ich ihm, müsse nun einmal ›grob, aber ehrlich‹ ihm etwas Unangenehmes sagen: unser Hof und selbst die hohen Apanagen des jungen Erbprinzen und der sechs Prinzessinnen seien immer noch billiger als der Riesenapparat einer geheimen Staatspolizei, dem die Überwachung der Gedanken jedes Bürgers obliege.

Mir wäre das Gähnen gekommen, wenn ich derart simple und augenfällige Dinge hätte anhören müssen. Der Botschafter aber hatte seltsamerweise Geschmack an solchen Themen. »Als ob Sie keine geheime Staatspolizei hätten!« sagte er schließlich.

Ich erklärte ihm, daß wir neben unserer gräßlichen Sittenpolizei und dem harmlosen politischen Dezernat nur die überall üblichen Abwehrdienste hätten, vor allem zum Schutz gegen die Spionage in unserer Industrie. Wenn er sich erinnere, müsse er ja wissen, wie sehr wir uns gegen den Verrat unserer Industriegeheimnisse schützen müßten, mehr noch als gegen die politischen Wühlereien unserer Kommunisten.

Sein Gesicht blieb bei dieser Anspielung auf den Verrat des Glasbläsers unbeweglich. Wie gern hätte ich ihm gesagt, daß er auf diesen Spion nicht mehr rechnen konnte. Er solle sich umsehen bei uns und umhören, fuhr ich fort, wenn man mit der Regierung unzufrieden sei, werde nicht geschwiegen oder geflüstert, sondern laut geschimpft, und niemand müsse dafür ins Gefängnis, wie in manchen anderen Ländern.

»Über diese bösen Länder wollen wir uns dann morgen abend unterhalten«, sagte er. Er hatte auf die Uhr gesehen und war aufgestanden. Für Leute, die früh zur Jagd wollten, sei es Zeit, zu Bett zu gehen.

Als er Bruno, nun zum zweiten Mal, gute Nacht wünschte, sagte er: »Morgen müssen Sie aber fleißiger mitdiskutieren als heute!«

Sobald wir allein waren, warf Bruno mir vor, ich hätte es dem Botschafter gegenüber an Selbstachtung fehlen lassen. »Warum haben Sie nur die Monarchie, aber nicht den Adel verteidigt?«

»Und warum hast du gesagt, die Sozialisten hätten ihn abschaffen müssen?« fragte ich zurück.

Das sei seine objektive und am Gang der Geschichte gemessen auch richtig liegende Meinung. Für das Weiterbestehen des Adels plädiere kein einziger Soziologe mehr.

Keiner von denen, die er lese, sagte ich. Und ob er derart abhängig von den Ansichten anderer sei? Er habe schließlich Gelegenheit genug, sich seine Meinung selber zu bilden. Ich erinnerte ihn daran, daß ein großer Teil meiner ständigen Freunde und Gäste Titel trügen. Ob diese Menschen denn so verächtlich oder gar noch minderwertiger seien als der in seinen Augen doch schon so vollkommen minderwertige Außenminister und die anderen Sozialisten und Gewerkschaftsführer, mit denen ich verkehrte?

Nicht gewöhnt, von mir mit Ironie abgefertigt zu werden, stutzte er und blickte auf den Teppich. Ich goß mir einen Kognak ein und setzte mich, das Glas in der Hand, auf das große Sofa und schwieg wie er.

Ohne den Kopf zu heben, sagte er auf einmal: »Ich weiß, wie Sie mich sehen, und ich weiß auch, daß Ihre Meinung über mich wieder einmal ganz schwarz ist.«

Nicht mehr, wenn er sich sofort neben mich setze, rief ich. Er kam, zog aber gleich eine Rolle Pfefferminz aus der Jacke und bot mir eine Pastille an. Ich möge verzeihen, aber er könne sonst nicht neben mir sitzen. Er zeigte dabei auf den Kognak. Nie! Nie in seinem Leben würde er etwas trinken, das die Sinne benebeln könne. Ich nahm an, daß er mit diesen Worten nur seine Verlegenheit überbrücken wollte, aber dann fragte er vorwurfsvoll, warum ich überhaupt so etwas tränke, ich hätte doch ebensoviel Grund wie er, den Alkohol, überhaupt jedes Rauschmittel zu verabscheuen; meine Vorfahren und meine Tochter seien daran zugrunde gegangen.

Daß er nicht ›meine Mutter‹, sondern ›Ihre Tochter‹ gesagt hatte, war schon kein gutes Zeichen. Als er dann aber hinzufügte: »Und die waren adlig«, mußte ich meinen Zorn beherrschen. »Dein Ururgroßvater, dein Urgroßvater und deine Mutter«, sagte ich, »waren nicht Trinker, weil sie adlig waren, sondern waren Adlige, die zufällig Trinker waren, so wie es Proletarier gibt, die Trinker sind, und andere, die den Alkohol so verabscheuen wie du.« Aber was es solle, dies törichte Gerede, worauf er hinauswolle?

Da warf er sich mit dem Kopf auf die Kissen des Sofas. Er sei so unglücklich.

»Hoffentlich über dich selbst«, sagte ich, bemüht, es nur ja recht kühl klingen zu lassen, doch als ich ihn gleich darauf schluchzen hörte, wurde ich doch wieder weich. Was ihn denn so unglücklich mache?

Den Kopf immer noch auf den Kissen, sagte er, außer seinem Studium gehe ihm alles schief. Schon zwei Tage hintereinander! Rysselgeert sei unter dem erstbesten Vorwand fortgelaufen, und der Botschafter habe ihn im Grunde keinen Augenblick ernst genommen.

»Und ich, was habe ich dir gegenüber auf dem Kerbholz?«

Es habe Tage gegeben, da sei ich netter gewesen als während dieses Wochenendes.

Ich weiß nicht mehr, was ich ihm alles in meinem Zorn sagte, aber den Spiegel seiner Geltungssucht, den ich ihm schonungslos vorhielt, nahm er an, ohne sich zu rühren, ohne mich zu unterbrechen. Als er endlich den Kopf hob, sich aufrichtete und wieder neben mich setzte, griff er nach meiner Hand. »Sie haben recht, ich will immer und überall der erste, die Hauptperson sein. Nur deshalb bin ich so fleißig. Sie haben mir die Wahrheit gesagt. Aber Sie kennen nicht die ganze.«

Vor seinem letzten Geburtstag habe er nicht den Mut gehabt, mir seinen geheimsten und größten, aber auch niederträchtigsten Wunsch zu entdecken. Und dann gestand er mir, wochenlang habe ihn der Gedanke verfolgt, es sei für seine spätere Karriere von Vorteil, wenn er geadelt werde, und daß ich diese Standeserhebung im Palais erreichen müsse. Es habe ihn immer beeindruckt, daß ich zugleich ein Baron und doch ein Indu-

striekapitän sei, der alles sich selber verdanke. Die Vorteile des Titels sprängen in die Augen. Daß man mich im Palais und im Kleinen Schloß mit so großer Intimität empfange, liege zu einem großen Teil doch daran, daß ich zum Adel gehöre und zu schon verhältnismäßig altem und daß ich als Chemiker und Industrieller auch wieder eine großartige Rechtfertigung für die Erblichkeit der Standeserhebungen darstelle. Ein vor dreihundert Jahren auf dem Schlachtfeld zum Baron gemachter Vorfahre und ein berühmter Chemiker als dessen Nachkomme, das liebe man im Palais gewiß ganz besonders!
Ich sagte ihm, mir dieses Geständnis zu machen, habe ihn sicher etwas gekostet. Ich könne seine Offenheit nur schätzen, aber nicht begreifen, was an seinem Wunsch denn niederträchtig sei. Als moderner, soziologisch gebildeter Mensch die Vererbbarkeit der Adelstitel als etwas Unberechtigtes anzusehen und dennoch selber zu wünschen, einen Titel zu tragen, sei eine Schwäche, aber doch keine Niedertracht.
Da zog er seine Hand aus der meinen. »Damit Sie die Ihre nicht zurückziehen müssen«, erklärte er. Ich wisse noch nicht alles. Da er noch nichts geleistet habe, also noch kein Grund gegeben sei, schon ausgezeichnet zu werden, habe er in Gedanken oft seinen unglücklichen Vater verraten. Weil es in Frankreich nach der bald stattfindenden Wahl des neuen Staatspräsidenten wie immer gewiß weitherzige Begnadigungen geben werde, habe er sich manches Mal mit Schrecken ausgemalt, sein Vater tauche plötzlich bei uns auf und mache Rechte auf ihn geltend. Er habe nämlich den Wunsch gehabt, von mir adoptiert zu werden, damit er meinen Namen und Titel schon jetzt tragen könne. Er habe sich etwas geschworen: Mit dreißig Jahren würde er der Erste Mann des Landes sein, der, der es regiere! So sei er daraufgekommen, mein Titel könne ihm helfen, seinen Aufstieg zu beschleunigen. Als junger Mensch, nicht als alter müsse man berühmt sein! Das Studium der Mathematik sei nur ein intellektuelles Training für ihn. Und um sich auch das Letzte von der Seele zu sprechen, müsse er mir gestehen, es habe Augenblicke gegeben, da habe er gewünscht, daß sein Vater im Gefängnis und im Ausland sterbe und vergessen werde, damit der Adoption und Namensänderung nichts im Wege stehe.

Wer kann mir sagen, was auf ein solches Geständnis zu antworten gewesen wäre?
Ich nahm seine Hand wieder in die meine. Nachdem er mit soviel Einsicht jene Wünsche selber charakterisiert habe, wolle ich nichts Weiteres dazu sagen; ein so gefährlicher Ehrgeiz wie der seine bereite mir gewiß kein Behagen, aber es sei mir noch wichtiger, nun zu wissen, daß er nicht nur sich selber, sondern auch mir gegenüber der äußersten Aufrichtigkeit fähig gewesen und es nun immer wäre. Etwas Schöneres könne es zwischen uns beiden nicht geben.
»Und die Abgründe in mir?« fragte er. »Können Sie in Zukunft über die hinwegsehen, oder werde ich für Sie nun immer derjenige sein, der aus Ehrgeiz den Tod seines Vaters herbeigewünscht hat!«
»Hat!« Das genüge mir. Vergangenheit!
Sonst hätte er mir die Sache doch nicht gestanden. Das sei vorbei, natürlich. Man solle ihm später nicht sagen können, er verdanke seine Karriere meinem Namen und Titel. »Besonders Rysselgeert soll keinen Vorwand finden, meine Leistungen herabzusetzen!« rief er plötzlich voll Zorn, »ich bin zehn Jahre jünger als er, aber ich werde Minister sein, und durch eigene Kraft, wenn er noch als Abgeordneter in den Vorzimmern hockt!«
Nun hatte ich wirklich in einen Abgrund geblickt, einen Abgrund von kalter Frühreife. Hinter dieser abstoßenden Prophezeiung fühlte ich nichts jungenhaft Unbedachtes mehr, nicht den Vorsatz eines Träumers, den der äußere Glanz eines Ministeramts verführt, nur ein ungeduldiges Warten auf Macht, auf die Macht, zu strafen. Und wen!
Um so mehr beeindruckte es mich, daß er, offenbar aus einem Bedürfnis nach Vertraulichkeit, so seltsam aufrichtig zu mir war.
Auf die Gefahr hin, sein Vertrauen wieder zu verlieren, wollte ich es wagen, ihm auf der Stelle die Augen zu öffnen. Er sollte einsehen, daß er seinen Ehrgeiz zum wenigsten höher stecken müsse.
Sein Ehrgeiz, den er mir so offenherzig entdeckt habe, fragte ich ihn, worauf der denn eigentlich ziele.

Wie ich das meine?
Rysselgeert, zum Beispiel, sagte ich, werde Parlamentarier, um mit Hilfe einer politischen Karriere sein Ideal, sein Programm der staatsbürgerlichen Volkserziehung zu verwirklichen. Der Anteil Macht, den er dabei gewinne, sei aber nicht das Ziel, sondern nur ein Mittel, mit dem er seine Ideen durchzusetzen suche.
Bei meinen ersten Worten schon war er aufgesprungen und hatte sich Wasser eingeschenkt. Daß seine Hand dabei zitterte, sagte mir genug. Er kam auch nicht zurück neben mich, er blieb an dem Tisch stehen, auf dem das Tablett lag. Wenn der Ehrgeiz nach Macht, den er im Gegensatz zu den Heuchlern offen bekenne, etwas so Schlechtes sei im Vergleich mit den Idealen Rysselgeerts, rief er, was dann mich seinerzeit getrieben habe, bei den Parlamentswahlen zu kandidieren. Vor Jahren, beim ersten Mal! Ob ich mir einen Heiligenschein habe gewinnen wollen. Oder was? Das möge ich ihm einmal verraten, aber ohne die Antwort erst lange zu überlegen.
Er solle nicht schreien und nicht mit der Hand wie ein Staatsanwalt auf mich zeigen, sagte ich – und ich blieb beherrscht dabei –, oder er solle das Zimmer verlassen.
Das werde er tun, zuerst aber müsse ich ihn anhören. Er hatte sich hinter den runden Tisch, auf dem die Getränke standen, gestellt, mit den Händen den Rand der Platte erfaßt und sprach über den Tisch vorgebeugt, ganz so, wie er sich, nur wenige Jahre später, im Parlament hinter seinem Pult halten sollte, wenn er den anklagenden Tribun spielte. Er, so fing er wieder an, habe sich eben vor mir entblößt wie nie zuvor, mir seine Schlechtigkeit nackt gezeigt, seine letzten Geheimnisse preisgegeben. Und freiwillig! Ob er es verdiene, dafür so viel Scheinheiligkeit zurückzuerhalten.
»Ich habe dir auf deine Frage noch gar nicht geantwortet,« sagte ich, »kann dir also auch keine Scheinheiligkeit zurückgegeben haben.«
Es war, als hätte ich zur Luft geredet. »Wenn Sie,« rief er, »wenn Sie mir gesagt hätten: ja, ich habe mich immer wieder wählen und immer wieder zum Minister machen lassen, aus purer Geltungssucht, aus Eitelkeit, oder wenn Sie gesagt hätten:

weil ich die Gewerkschaften hereinlegen und die Sozialisten an der Nase herumführen wollte, oder wenn Sie gesagt hätten: weil ich die Staatskasse bestehlen oder die Königin zu meiner Geliebten machen wollte, dann, dann wäre ich Ihnen vor Freude um den Hals gefallen. Der schlechteste Mensch hätten Sie sein dürfen! Wenn Sie es mir zugegeben hätten, wäre Ihnen mein Herz dafür zugeflogen, für Ihre Aufrichtigkeit.« Er hatte sich mit der Hand das Gesicht bedeckt und sagte wie im äußersten Ekel: »Der Vortrag, den Sie mir jetzt halten werden! Der Katechismus des würdevollen Staatsmanns! Ersparen Sie ihn mir, ersparen Sie mir das! Ich springe Ihnen an die Kehle, wenn Sie mir mit dem Gerede vom Gemeinwohl und Staatsinteresse kommen. Ein Schuft von Vatermörder wie ich kann solche Worte nicht hören ...«

»Bruno, komm zu dir ...!« Ich hatte es leise gerufen. Er nahm die Hand vom Gesicht: »Geben Sie als erstes zu, daß Sie aus demselben Grund Politiker sind, aus dem ich es werden möchte. Sie macht Spaß, die Macht, ich sehe es doch, wieviel Spaß sie Ihnen macht, mehr als der Welterfolg der Chemischen Werke!« Er beugte sich wieder über den Tisch vor, dann hob er die Hände und bog sie auseinander, als hielten sie einen ovalen Spiegel. »Auf der Rückseite sieht man mich,« rief er, »schauen Sie nur, die Vorderseite, bester Großvater, da stehen Sie im Palais und schlichten mit skeptischer Überlegenheit den Zwist des hohen Paars, Unterschrift: Königliche Angst vor dem Innenminister! Und ein bißchen weiter. Hier! Schauplatz das Kleine Schloß. Die Königin-Mutter, Ihre intime Freundin. Ja, so sieht es aus. Sie sind aber der einzige Mensch, den sie im ganzen Lande fürchtet, und Sie wissen es, denn nur vor Ihnen rechtfertigt sie sich für ihre politischen Streiche. Unterschrift: Hochgenuß der Macht, ohne Hilfe der Polizei ...«

Er hatte die Arme fallen lassen und trank Wasser. Ich brachte es nicht fertig, aufzustehen und ein Ende zu machen. So falsch und kindisch mir alles erschienen war, was er im Anfang gesagt hatte, jetzt spürte ich immer stärker und mit einem noch nie empfundenen Entsetzen, daß es ja stimmte, was er mir vorwarf, ich hatte den Ehezwist im Palais, den ich vor den Ministern im Kabinett mit den gewähltesten Worten beklagte, in

der Tat sich ein wenig hinziehen lassen, die Angst und den Kummer der verzweifelten Königin mit einem gewissen Genuß beobachtet, sie war hochfahrend, ich hatte ihr die tägliche Demütigung gegönnt, wenn sie die Schwierigkeiten, die sie mit ihrem Gatten hatte, vor mir ausbreiten mußte, ehe ich zu ihm hinüberging, um zu vermitteln. Und die Königin-Mutter, es stimmte ja, Bruno hatte es gut beobachtet, ich terrorisierte sie, mit Samthandschuhen, wohlverstanden; ich war der einzige Minister, von dem sie nie ein Staatsgeheimnis erfahren hatte.
Bruno mußte meine Blicke auf die Karaffe mißverstanden haben, er fragte, ob ich ein Glas Wasser haben wolle, ich dachte schon, die Frage leite zu einem versöhnlichen Abgang über, aber da hob er wieder die Hände und mimte von neuem den Spiegel. »Mit diesem Herrn müssen Sie sich noch zusammen sehen, aber der ist ja so dick, Sie beide haben kaum Platz in dem Spiegelchen, Sie und Ihr geliebter, Ihr geschätzter Außenminister.« Seine Stimme wurde von Wort zu Wort ironischer. »Wieviel Predigten haben Sie mir gehalten: Ich müsse dieses außenpolitische Genie, diesen integren Charakter schätzen. Haben Sie denn nie bemerkt, mit wieviel Herablassung Ihr ewiges Loblied auf ihn durchsetzt ist. Der ist Ihr Pudel! Und Sie sind seine Monstranz der ewigen Anbetung. Weil Sie all das haben, was ihm fehlt: Manieren, Bildung, wissenschaftliche Befähigungen, Erfahrungen in der Industrie, und nicht zuletzt sind Sie der bessere Redner, und dieser Mann ist nicht einmal neidisch auf Sie. Was für ein Wunder! Aber nie werden Sie zugeben, daß Sie diesen ›wackeren‹ Mann im geheimen ein bißchen belächeln, eher,« er trat auf einmal vom Tisch weg näher zu mir, »eher werden Sie zugeben, daß Sie Ihr einziges Kind, daß Sie Ihre Tochter nie geliebt haben . . .!«
»Das gebe ich zu,« sagte ich, »ich habe deine Mutter nie geliebt.«
Bruno starrte mich einen Augenblick ungläubig an. Ich dachte bereits, er würde mir einen neuen Auftritt mit Vorwürfen ganz anderer Art machen, da ging auf einmal ein Leuchten über sein Gesicht, er stürzte sich auf das Sofa, packte und umarmte mich. »Jetzt ist unsere Freundschaft gerettet,« sagte er, »in letzter Minute!« Aber ich müsse ihm nun ebenso aufrichtig wie das

erste auch das zweite sagen, das er wissen müsse: warum ich seine Mutter nicht geliebt hatte, die Gründe!
Ich machte es kurz, ich sagte ihm die volle Wahrheit, daß sie dumm, hochmütig, vollkommen ungeistig, immer zänkisch und in allen Dingen geschmacklos gewesen war.
»Mit anderen Worten: sie war Ihnen ein Greuel«, fragte er.
»Sie war mein einziges Kind und hat meiner Frau bei der Geburt um ein Haar das Leben gekostet und ihr dann das Leben zu einem Martyrium gemacht. Deshalb verabscheute ich sie.«
»Und als sie starb?« fragte er.
»War es eine Erlösung für mich.«
Bruno fiel mir von neuem um den Hals, in seinen Augen standen Tränen. »Für mich war es auch eine Erlösung, aber ich war ehrlicher als Sie, ich habe mich geweigert, jemanden zu beweinen, von dem ich mich so abgestoßen fühlte. Und da haben Sie mich behandelt, als sei ich ein Ungeheuer. Das bin ich bei anderer Gelegenheit gewesen, aber damals nicht.«
Ich sah auf die Uhr. Ich mußte die Abwehr anrufen.
Ich hätte noch zu telefonieren, Amtliches, sagte ich. Er möge zu Bett gehen. Es sei ohnedies spät.
Ich nähme doch nicht ernsthaft an, daß er jetzt schlafen könne. Nein, nein, er warte. Wir müßten uns doch noch aussprechen, er habe mir Schlimmes gesagt.

Ich rechnete damit, daß Bruno argloser sei als die Botschafterin und nicht auf den Lichtknopf am Sockel des Telefons achten würde, der an allen Apparaten des Hauses aufleuchtete, sobald von irgendeinem Raum aus die große Leitung besetzt wurde.
Dennoch ging ich aus Vorsicht zuerst an das Telefonzimmer, öffnete und schloß dort recht laut die Tür und schlich erst dann an den Apparat in der Küche. Den Flur hatte ich wiederum hinter mir abgeriegelt.
Ich meldete mich zu früh. Ein Leutnant der Abwehr sagte mir, sein Oberst und der Präfekt könnten nicht vor einer Stunde frei sein. Die Entdeckungen bei dem Professor hätten, seit meinem ersten Anruf, bereits zu fünf anderen Festnahmen und Haussuchungen geführt. Ein ganzes Netz fliege auf. Der beste Fang seit Jahren. Darunter eine fabelhaft eingerichtete geheime

Druckerei. »Und wie immer in solchen Fällen weicht der Chef der Polizei nicht von der Seite unserer Herren,« sagte der Leutnant, »die Anzeige ist aber an uns, nicht an die Präfektur telefoniert worden.« Doch die Polizei wolle, wie schon so oft, den Fall an sich reißen. Man mache geltend, sie habe den Professor und den Redakteur seit langem überwacht, man behaupte: gegen meine Anordnungen sogar.
Niemand hört derartiges gern. Hinter den letzten Worten des Leutnants spürte ich aber nicht Schadenfreude über meinen Irrtum, sondern die Angst, ich könnte der Abwehr die Behandlung des Falles wegnehmen und der Polizei übergeben. Die gegenseitige Eifersucht dieser beiden Sicherheitsdienste ist bei uns der ständige Kummer jedes Ministers des Innern.
Zu meiner Verblüffung sagte der Leutnant, auch der Denunziant des Professors ›wünsche‹, daß einzig die Abwehr sich mit dem Fall befasse; der Unbekannte habe ausdrücklich gesagt, er telefoniere nicht zur Polizei, die fände die wirklich gefährlichen Spione nicht. Mit Denunzianten hätten sie schon allerhand erlebt, so etwas aber noch nicht. Der Leutnant schien am anderen Ende der Leitung zu lachen. Vor einer halben Stunde habe der Denunziant sich sogar erkundigt, ob der Professor schon geschnappt sei und ob man bei ihm interessante Adressen gefunden habe. Der Unbekannte scheine aus persönlichem, nicht aus politischem Haß zu handeln.
»Woher kam der Anruf?« fragte ich.
Man hatte nicht einmal versucht, dies festzustellen. Der Leutnant, der die beiden Anrufe so tölpelhaft behandelt hatte, war der, mit dem ich telefonierte. Mir obendrein diesen kläglichen Kommentar über die Beweggründe des Denunzianten zu servieren, das überforderte meine Selbstbeherrschung. Dem Leutnant war es nicht einmal aufgefallen, daß der Denunziant die geheimen auch nachts und sonntags antwortenden Nummern der Abwehr kannte, daß es darum nur jemand sein konnte, der sich mit der Existenz unserer Gegenspionage befaßt hatte, also gefährlich war. Auf was nicht alles mußte ich den Leutnant mit der Nase stoßen, ehe er endlich begriff, daß auch dieser Denunziant gefaßt, daß zumindest festgestellt werden sollte, wer er war. Das Versäumnis war eines von denen, die

immer sonntags bei dem schläfrigen, unbeaufsichtigten Dienst unterliefen.
Hätte ich gewußt, daß auch ich bei diesem Telefongespräch nicht gerade durch eine feine Witterung glänzte und daß die Abwehr und die Polizei dies erfahren würden, dann wäre es dem armen Leutnant vielleicht besser ergangen. Aber ich wußte es eben nicht, daß ich den Denunzianten kannte, und so war ich noch immer mit dem besten Gewissen empört über die Untauglichkeit so vieler Leute der Abwehr, als ich zu Bruno zurückkam.

Das Angebot des Pakts

»Großvater, wer hat Sie geärgert?« so empfing er mich.
Er vergesse, daß man über Amtliches keine Fragen an mich stellen dürfe. Niemand!
Er starrte mich an. Ob ich denn schon telefoniert hätte?
Er wisse doch, daß ich hinausgegangen sei, um dies zu tun. Was das Gefrage solle. Es war mir ärgerlich entfahren.
Bruno ergriff meine Hand. Ich möge nicht so sprechen, nicht in diesem Ton. Und bevor ich etwas sage, dessen Folgen nicht wieder einzurenken wären, solle ich wissen, daß er in Zukunft mir gegenüber immer absolut aufrichtig sein werde, in allen Dingen, den großen und kleinen, so wie er es heute schon gewesen sei. Deshalb gestehe er mir, daß er das Telefon beobachtet und die Absicht gehabt habe, beim Aufflammen des Lichtknopfs zu lauschen.
Seine so fühlbare Angst, daß ich ihm versichern würde, telefoniert zu haben, ihn also, wie er ja annehmen mußte, belügen würde, ging mir nahe.
So ungern ich es tat, ich verriet ihm, wo ich telefoniert hatte.
Da küßte er mir die Hand. »Sie nehmen mir einen Stein vom Herzen«, sagte er. Er hätte sonst etwas Schlimmes gedacht und mich nicht mehr gern gehabt.
Ich liebte es an ihm, daß er genauso unbefangen, wie er von Körperlichem sprach, auch von seinen Gefühlen sprechen und sie zeigen konnte, was doch viel schwerer ist. In einem Restaurant hatte er einmal, als er wegen eines Wortes, das ihn ent-

zückt hatte, mir über den Tisch weg die Hand küßte, die mißbilligenden Blicke eines älteren Offiziers auf uns gelenkt. Der denke gewiß etwas Falsches von uns, hatte er damals gesagt, und als ich nur lachte über diese Möglichkeit, hatte er noch einmal meine Hand herübergezogen, sie ein zweites Mal geküßt und gesagt, wenn er das Bedürfnis habe, mir die Hand zu küssen, sei es das Zeichen, daß er vor Verehrung glühe, und dann noch etwas, woran ich nun zurückdenken mußte: wenn Karl Marx noch lebte, würde er nach London reisen, nur um ihm einmal die Hand zu küssen. Wie überholt und mißbraucht dessen Gedankengut heute auch sei, gewisse Formen der Scheinheiligkeit habe Marx für ewig unmöglich gemacht. Scheinheiligkeit!

Er sei froh, wiederholte er. Er war es so sehr, daß er mir sogar den verhaßten Kognak brachte und eingoß. Er zog sich einen Sessel herbei und setzte sich mir gegenüber. Da ich wegen einer amtlichen Sache telefoniert, hätte ich recht gehabt, so vorsichtig zu sein. Er müsse es zugeben, er sei nicht nur im Intellektuellen neugierig. Auch was sonst um ihn vorgehe, wolle er immer wissen, besonders das Politische und da natürlich vor allem die geheimen Sachen, also gerade das, worin ich ihn ja nicht einweihen dürfe. Deshalb könne ich ja auch nie so absolut aufrichtig mit ihm sein, wie er es mit mir nun immer sein werde. Ob ich es denn wenigstens in allen anderen Dingen und Beziehungen sein wolle, ganz, vollkommen aufrichtig?

Ich sagte ihm, er möge sich — aber ohne in meinem Vorschlag einen feigen Hintergedanken zu suchen — so manches Vergangenen erinnern. Geheimnisse über Geheimnisse habe er gehabt. Ohne daß er es ahnte, hätte ich von vielem gewußt, ihn aber doch in den letzten zwei Jahren nie zu mir zitiert und Rechenschaft verlangt oder Geständnisse erzwungen, wie zum Beispiel er es vor einer halben Stunde versucht habe. Wie einer, dem das zustehe, habe er sich vor mir aufgepflanzt und mein ganzes politisches Leben, die Beweggründe all meiner Handlungen als scheinheilig verdächtigt und erwartet, daß ich mich selber schlechter mache, als ich sei, nur weil er seinerseits das, was er, wie jeder Mensch, an Schmutz in sich trage, vor mir herausgekehrt hatte. Ich hätte ihm aber schon bei der ersten präzisen Anschuldigung mit voller Aufrichtigkeit geantwortet.

»Das war etwas Großes, dafür werde ich Sie immer gern haben,« sagte er, »welcher andere Vater würde so unumwunden zugeben, daß der Tod seiner Tochter ihm nicht nahegegangen ist.«
Er hätte aber gern gehört, daß ich noch ganz andere Dinge zugebe, versetzte ich. Der gönnerhafte Ton, mit dem er mir Lob spende, lasse mich fürchten, daß er sich noch immer berechtigt fühle, über mich zu Gericht zu sitzen, wenn ich nicht bereit wäre, ihm gegenüber im gleichen Maße ›aufrichtig‹ zu sein wie er mir gegenüber. Und dazu sei ich nicht bereit. Das müsse er wissen.
Warum?
Seine ganz naiv herausgeplatzte Frage zeigte mir, daß die alte Kluft zwischen der Reife seines Intellekts und der seines Charakters immer noch tief war. Um so unmöglicher schien es mir, ihn mit Ausflüchten abzuspeisen.
Selbst unter Ehegatten müsse es Grenzen der Intimität geben, fing ich an. Und wir beide seien Großvater und Enkel! Ich sagte ihm, daß seine Großmutter und ich ein wirklich sehr einiges Paar gewesen waren, daß aber jeder dem anderen immer einen Schonbezirk ließ und daß wir vor allem niemals einander nach den Beweggründen unserer Handlungen fragten, sobald diese einmal als beschlossen angekündigt oder schon ausgeführt waren, weil der Wunsch oder Zwang, dem die Handlung entsprechen mußte, zu respektieren waren.
Wie das im Praktischen ausgesehen habe, fragte er.
Da sagte ich, daß seine Großmutter zum Beispiel nicht nach den Gründen fragte, als ich ihr bei unserer Verlobung den Paschawunsch ankündigte, sie müsse unser Bett täglich frisch beziehen und es dürfe nur das allerfeinste Linnen sein, daß dies bei unserem damals noch sehr bescheidenen Budget eine geradezu hochstaplerische Ausgabe war und viel Arbeit bedeutete für die Ärmste, die alles selber waschen mußte, daß aber mein Wunsch ihr genügt und sie nicht nach dem Warum gefragt hatte.
Sie hätte den Grund von Anfang an erraten, sagte Bruno. Sie habe ihm nämlich einmal auf seine Beschwerde, warum nur mir und nicht auch ihm täglich alles frisch gemacht werde, erklärt, es sei eine Art Wiedergutmachung, ich hätte im Waisen-

haus und noch bis in die Studentenzeit hinein immer unter der schlechten und selten gewechselten Wäsche unsäglich gelitten. Ob das stimme?

Bis auf ›unsäglich‹ stimme es. Er wisse doch. Die Gute!

Bruno wurde über und über rot. Der Vorfall mit seiner Großmutter, den ich ihm durch mein ›er wisse doch‹ absichtlich ins Gedächtnis gerufen hatte, lag sieben Jahre zurück. Einige Monate vor ihrem Tod war Bruno bei einem Besuch im Krankenhaus von ihr mit dem scherzhaften Vorwurf empfangen worden, sie habe ihn ein Jahrhundert nicht mehr gesehen, worauf der noch nicht Zehnjährige ihr entgegengehalten hatte, ein Jahrhundert, das seien hundert Jahre! Wie er in anderen Dingen jemandem glauben könne, der derart gedankenlos übertreibe und aus den acht seit seinem letzten Besuch verflossenen Tagen sechsunddreißigtausendfünfhundert mache! Meine Frau hatte ihn wochenlang nicht mehr sehen wollen, so abgestoßen war sie, weil er auf seiner genauen Rechnung bestanden und zuletzt vor Zorn weinend die Krankenschwester als Schiedsrichter in seinen immer wieder von ihm angefachten Streit hineingezogen und dann auch diese beschimpft hatte, bis er schließlich vor die Tür gesetzt worden war.

»Als ich Sie heute abend angriff, war es doch nicht etwas so Schlimmes wie damals im Krankenhaus?« fragte er kleinlaut.

Den seiner Großmutter gemachten Vorwurf habe schon seinerzeit er selber verdient, und heute verdiene er ihn noch mehr! In meiner Umgebung übertreibe keiner so unleidlich wie er!

Er! Er, der die Genauigkeit in Person sei oder wenigstens sich bestrebe, es zu sein, erwiderte er, gerade seine Vorwürfe gegen mich hätten ihren Ursprung in seinem Bedürfnis, die Dinge genau und illusionslos zu sehen.

»Die Dinge?« sagte ich, »mich! Du bist ein ungerechter und ganz blinder Übertreiber gewesen und hast mich von einem Sockel herunterziehen wollen, auf den ich mich nie gestellt habe!« Alles, was er bei der Kritik an mir über meine politische Scheinheiligkeit vorgebracht habe, woher er das nehme? Ob ich mich je als einen idealistischen Menschenfreund, als Sozialreformer aufgespielt, von Selbstlosigkeit geredet oder sonstwie mit Moralischem geprotzt hätte?

So formuliert werde alles, was er gesagt, entstellt. Er sei doch nur deshalb so heftig geworden gegen mich, weil ich nicht hätte zugeben wollen, daß hinter meiner eigenen Machtsucht ebensowenig idealistische Beweggründe stünden wie hinter der seinen. Er habe sich vor mir entblößt und sogar gebeichtet, aus welch niedrigem Grund er den Tod seines Vaters eine Zeitlang gewünscht hatte, aber ich, ich sei dabei im großen Ornat all meiner äußeren Würde dagesessen und hätte ihn sich klein machen lassen; kein Mensch sei aber innerlich so würdig, wie er von außen auf die anderen wirke. Ihn, wer ihn zum Beispiel sehe, ob Rysselgeert oder die Hausdame oder seine Professoren, sähen die, daß er der Mörder seines Vaters gewesen sei? Nicht zu reden von all den anderen Abgründen in ihm.
Er solle mir doch endlich sagen, was er von mir erwartet habe und womit er von mir enttäuscht worden sei, warf ich ein.
Daß ich das überhaupt noch fragen könne! Gegenseitigkeit habe er gesucht! Früher hätten wir doch schon kleinere Pakte geschlossen, er wolle aber einen großen, endgültigen! Wegen seines Vaters, aber auch durch seine frühere Abneigung gegen mich, habe er zu lange in einem passiven, fortwährenden Lügen gelebt und dadurch in einer entsetzlichen Einsamkeit; ein so glücklicher Mensch wie ich könne sich wohl gar nicht vorstellen, wie entkräftend eine solche Einsamkeit sei. Er brauche aber all seine Kraft für die Verwirklichung der Laufbahn, die er sich vorgeschrieben habe. An seinem dreißigsten Geburtstag müsse er der Erste Mann des Landes sein! Er wisse, ich sei vielleicht der einzige, der über einen solchen Ehrgeiz nicht lache, weil ich selber ja nie ein Träumer, sondern ein Handelnder gewesen. Unter seinen Kommilitonen seien Hunderte, die im geheimen den gleichen Ehrgeiz hätten wie er – alle Männer, die keine Trottel seien, träumten von Macht –, aber wie wenige von denen wüßten, daß sie dann auch keine Sekunde verlieren dürften und arbeiten müßten wie er. Sein Wille sei ihm fast vollkommen untertan. So habe er sich, wie ich wisse, gelobt, ein Jahr lang keusch zu bleiben. Bisher sei er noch nicht schwach geworden in diesem Punkt, und was für ein Arbeitsbüffel er sei, brauche er ja nicht zu betonen. Der Oberst Jans, mit seinem ungemein strengen Reitunterricht, halte ihn geschmeidig für

jede Art von Selbstdisziplin. Vor niemandem werde er je sein Licht unter den Scheffel stellen, er wisse, daß er klug sei von Natur, also ohne eigenes Verdienst, aber daß sein Fleiß ein Verdienst sei, dessen sei er sich ebenso bewußt. Doch er sehe auch, wie entkräftet er sich manchmal des Abends fühle, nicht körperlich, es sei etwas anderes: dieses Sichschwachfühlen, weil er einsam sei. Ich solle nur nicht denken, er verwechsle die Dinge, nichts verwechsle er; er habe nicht lange gebraucht, um dahinterzukommen, warum er so maßlos eifersüchtig auf Max Jans sei – den auch, den habe er im Geiste schon getötet – Rysselgeert sei eine Wunde. Daß der ihn wegen eines anderen verschmähe, darüber komme er nicht hinweg. Wegen eines anderen, wegen dieses Max Jans, das sei das Unerträgliche. Auch wenn er die schönste Frau finde – und heiraten würde er so früh wie möglich, allein schon damit seine äußere Existenz von jemandem verwaltet werde –, vergessen, wie das gewesen, dieses Gefühl für Rysselgeert, könne er nie! Es sei vorbei, das Gefühl, nur die Eifersucht gegen Max Jans sei geblieben, wie man ja auch eine Beleidigung nie vergesse. Die ganze Skala des Erlebbaren habe er doch hinter sich; die so schwierige Beziehung zu seinem Vater, die Abneigung gegen seine Mutter, die Leidenschaft für Rysselgeert und die Wollust mit sich selber und mit den Weibern, nur eins fehle ihm: Freundschaft! Die Kommilitonen, nein und nein, die seien zu kindisch, nur ich könne sein Freund sein, und da belagere und bestürme er mich und habe alle Hintertüren seines Wesens, durch die noch Lügen hinaus und hinein könnten, vor meinen Augen und Ohren geschlossen, und ich säße da voll Wohlwollen und Nachsicht, aber mehr, mehr wolle ich ihm nicht geben. Und er, er habe sich zu diesem Punkt durchgerungen, wo er jede Lüge, die er mir gegenüber beginge, wie einen Selbstmord empfinde.

Er hatte sich nach dem Glas umgedreht und goß sich Wasser ein. Ich fragte mich, ob ich weiter schweigen solle. Ich war erschüttert. Freilich auch entsetzt.

Als er sich mir wieder zuwandte, ging sein Blick prüfend über mich. »Ja, Großvater,« sagte er und nickte traurig mit dem Kopf, »alles, was ich Ihnen gesagt habe, ist wahr. Jede Lüge Ihnen gegenüber wäre für mich Selbstmord.«

»Nur die mir gegenüber?« fragte ich.
»Wem denn sonst noch«, erwiderte er heftig. Er könne doch nicht mehreren Menschen zugleich die gegenseitige Vertraulichkeit vorschlagen, die er mir anbiete. Aber ich wolle ja nicht einsehen, daß so etwas wirklich gegenseitig sein müsse, ohne Schonbezirke. Nur meine Verschwiegenheit in politischen Dingen, solange ich Minister wäre, die könne er hinnehmen.
»Hinnehmen, wann?« fragte ich schon beunruhigt.
Wenn ich den Pakt mit ihm schließen würde.
Nun wußte ich, daß ich doch noch auf den Sockel steigen mußte. Das, was er wolle, begann ich, sei ein Pakt zwischen zwei Komplicen.
»Genau das!« rief er freudig überrascht.
Ob ich ihn richtig verstanden hätte, fragte ich. »Zwischen zwei Komplicen, die einander immer die Wahrheit sagen müssen, aber alle anderen belügen dürfen.«
»Genau das«, wiederholte er.
Ich hatte Lust, ihn zu ohrfeigen, tat es natürlich nicht, sondern bemühte mich, besonders ruhig zu scheinen. Der Sockel, auf den er mich zu steigen zwang, sollte nur ja nicht zu hoch sein. Warum er mich eigentlich für einen Lügner, überhaupt für einen verlogenen Menschen halte, fragte ich.
»Ich Sie?«
Ja, er mich! Vor weniger als einer Stunde zum Beispiel sei er noch überzeugt gewesen, ich hätte mich ins Parlament wählen lassen, um die Sozialisten, also die Partei der Arbeitnehmer, hereinzulegen!
Das heiße doch nicht, daß er mich für einen verlogenen Menschen halte; das Politische spiele sich auf einer anderen Ebene ab.
»Auf welcher?«
Dort, wo es um die Macht gehe, sagte er.
Ich fragte ihn nicht, ob dies sich außerhalb der Menschheit abspiele, und ließ ihn seine Ansichten vortragen. Über das Wesen der Macht gibt es ja nichts und über die Varianten ihrer Erscheinungsform nur wenig Neues zu sagen. Es überraschte mich nur, daß er die Theoretiker der Macht, die er offenbar mit Leidenschaft gelesen hatte, alle verachtete. So dumm wie Machia-

velli wolle er nie sein, erklärte er stolz. Eine Theorie, die das Wesen der Macht entlarve, für die Öffentlichkeit drucken zu lassen! Ob es etwas Törichteres überhaupt geben könne! Wenn Machiavelli an die Macht gekommen wäre, hätte er seine Theorie als Fessel an Arm und Bein gehabt. Nur das Wie, die Art, wie Macht ausgeübt werde, einzig das dürfe man angreifen, also nur bei einem genau bezeichneten Gegner, nie aber die Macht an sich, als Begriff, denn die wolle man ja immer selber.
»Und wozu?« fragte ich.
»Um sie auszuüben.«
»Mit welchem Ziel, in welchem Sinn?« Der scharfe Ton meiner Frage, der mich selber hinterher ärgerte, machte ihn stutzig. Ich solle nicht denken, daß er zu klein sehe. All diese Arbeitnehmer, Arbeitgeber, Bauern und Freiberuflichen, die ins Parlament zögen oder sich hineinschicken ließen, um Lohntarife, Stahl- oder Butterpreise zu verteidigen, nichts als Verachtung habe er für sie. Die stecke er alle in den gleichen Sack. Kuhhandel sei es, was die trieben.
Interessen müßten ausgefochten werden, damit sie ausgeglichen würden, sagte ich. Es sei dies nicht gerade etwas Glanzvolles, aber etwas Notwendiges.
Politiker seien alle ehrgeizig, aber meist auf halbem Wege steckengeblieben; keiner habe je sein wahres Ziel, seine Person und seine Interessen gegen die aller anderen durchzusetzen, erreicht, und den halben Mißerfolg verkleide man dann scheinheilig als das Opfer, das man auf dem Altar des Gemeinwohls bringe. Wenn auch jedes Wort, das er gegen den Außenminister sage, von mir mißdeutet werde, so müsse ich doch zugeben, daß dieser Führer der Sozialisten, selbst dann, als seine Partei größer war als die anderen zusammengenommen, den Sozialismus nicht eingeführt, also seine eigene Ideologie verleugnet und seine Wähler angeführt habe. Aber Minister sei ein solcher Mensch auf Ewigkeit, seit mehr als zehn Jahren; wie das möglich sei! Auch auf die Gefahr hin, mich wieder sehr zu erzürnen, könne er nichts von dem zurücknehmen, was er gegen diesen Mann gesagt habe und im gleichen Zusammenhang gegen mich. Denn wer diesen Sozialisten gehindert habe, endlich seinen Sozialismus zu verwirklichen, das sei doch ich; in der Tasche

hätte ich den ja. Ganz scharf ausgedrückt sei aber auch ich ein Verräter. Ob ich denn nicht das Programm, das Ideal des liberalen Kapitalismus verraten hätte? Im ganzen Lande gebe es kein Unternehmen, das so weitgehend durchsozialisiert sei wie die Chemischen Werke. Ob ich denn nicht den ursprünglichen Stamm der Aktionäre im Lauf der Jahre immer mehr entrechtet und in hohem Maße zugunsten der Belegschaft enteignet hätte! Und das sei abgeredet gewesen mit dem Chef der Sozialisten, damit der auf die Chemischen Werke zeigen und sagen könne, man brauche keine Revolution zu machen, es genüge, die anderen Unternehmer zu zwingen, meinem Beispiel zu folgen. Welcher Ausweis meiner Eignung zum Innenminister! Auch wenn ich ihm jetzt an die Kehle spränge, sagen müsse er es: der Außenminister und ich, wir seien Komplicen, jeder lege seine Wähler, diese Dummköpfe, herein, indem einer dem anderen Kompromisse mache; Feuer und Öl könnten nicht zusammen existieren, aber mein Liberalismus und des Außenministers Sozialismus, die brächten dieses Kunststück fertig, und so gelänge es uns beiden, seit zehn Jahren die zwei wichtigsten Ministerien so gut wie dauernd innezuhaben. Denn wenn wir zwischendurch die Katholischen und die Stockreaktionären für kurze Perioden an die Macht ließen, sei das Gelände vorher von mir so gründlich unterminiert worden, daß deren Herrlichkeit nie lange dauere.

Das Wasserglas war ihm aus der Hand gefallen und vor meine Füße gerollt. Er war aufgesprungen, aber bei der geringen Höhe des Sofas hatte ich mich schneller gebückt als er und reichte es ihm. Da erst bemerkte ich, wie unser Gespräch ihn mitgenommen haben mußte. Nie hatte ich ihn so bleich gesehen.

Er war vor mir stehen geblieben. Ob es mir denn unmöglich sei, zuzugeben, daß er recht habe, sagte er. Seit mehr als zehn Jahren hätte ich ja auch keine Erfindung mehr gemacht, selbst meinen Ruf und Ruhm als Chemiker hätte ich dem Trieb zur Macht geopfert, aber an ihm, der diesen gleichen Trieb freimütig bekenne, sei der in meinen Augen ein Makel. Er gehe nicht auf sein Zimmer, bevor nicht die Sache zwischen uns geklärt sei. Er müsse sich aber zuerst eine Weste holen. Die Heizung sei längst nur noch auf Nachtstärke.

Als Bruno zur Tür ging, sah ich ihm nach und staunte, wie vorzeitig erwachsen er auch von der Gestalt her schon wirkte. Ich fürchtete die Fortsetzung des Gesprächs, ich fürchtete den Sokkel, aber es war unvermeidlich. Was er gegen meinen Freund vorgebracht hatte, war zu ungerecht! Ich dachte an die zahllosen Szenen, die ich mit diesem Mann selbst dann noch gehabt hatte, als wir schon längst Komplicen waren, ich dachte an unser erstes, jenes entscheidende Gespräch! Er war nach einem zweijährigen Aufenthalt in Rußland, wo er lange nur beobachtet, dann aber auch gearbeitet hatte, zurückgekommen, hatte mir mit einer Ehrlichkeit, die mich erschütterte, seine ganze Enttäuschung geschildert. Sklaverei und Palastmorde von wem der Menschheit in neuer Form wiederbeschert, von Karl Marx!
So hatte er zusammengefaßt, was er die größte Demütigung des menschlichen Geistes nannte. Das blutbefleckte Fiasko des Marxismus. Ich triumphierte damals nicht, hätte es nicht gekonnt. Mit dem märchenhaften Aufschwung der Chemischen Werke waren in mir Zweifel gewachsen, ob die liberale Ordnung nach ihren furchtbaren Sünden am Proletariat nicht gleichfalls einem Fiasko entgegengehe, wenn man sie nicht bremste durch einen kräftigen Schnitt in den Kuchen.
Um die Tiefe dieses Schnittes, nur darum hatten er und ich die unzähligen Szenen. Dutzendemal ist er wie ein Bulle auf mich losgefahren. Jedem müsse die gleiche Lebenschance gesichert sein, die gleiche Startbedingung! Er wollte nicht mit sich reden lassen, wenn ich ihm sagte, ob denn das, was ein Vater erarbeitet habe, bis aufs Letzte dem Sohn genommen werden solle. Wieviel Jahre hatten wir gebraucht, bis wir uns zusammengerauft und sogar über die Erbschaftssteuer verständigt hatten. Wie weit die Freiheit gehen müsse und dürfe, wie weit die Bindung, das war unser Problem, und es so anständig wie möglich zu lösen, das lag uns am Herzen wie nichts anderes.
Die Überzeugung, daß man nur die Lebensbedingungen, nicht aber den Charakter des Menschen ändern könne, hatte ich viel weniger schmerzlich erworben als mein Freund. Dieser war in dem Glauben aufgewachsen, daß der verwirklichte Sozialismus einen besseren Menschen hervorbringen müsse als jede andere Gesellschaftsordnung. Die Einsicht, daß auch der in einem mar-

xistischen Staat geborene Mensch eher zum Bösen als zum Guten neigt, von der er in Rußland schließlich überwältigt worden war, hatte ihn noch mehr erschüttert als der Bankrott des marxistischen Ideals in der Außenpolitik Moskaus. Mir hingegen, vom Katholizismus und der Verruchtheit des Waisenhauses früh geprägt und schon aus Instinkt mißtrauisch gegen die optimistischen Prophezeiungen des Marxismus, bevor ich diesen ernsthaft studierte, war die Enttäuschung erspart geblieben, der zum Trotz er der geworden war, den ich schätzte. Er hatte einen Weg hinter sich, vor dem ich mich gedrückt hatte. Darin war ich für immer unterlegen, wenn ich uns beide verglich. Ich mußte diese Unterlegenheit oft genug fühlen, zum Beispiel wenn ich die Staatsraison gegen das bessere menschliche Empfinden ein wenig zu schnell geltend machte oder wenn ich – was im Anfang unserer Freundschaft noch vorgekommen war – für die schaurigen Handlungen des Kreml zu viel Einfühlung, zu viel staatsmännisches Augurenverständnis zeigte und mich, weil es mir intellektuell unredlich und geschmacklos erschienen wäre, nicht empören konnte wie er, dem die blutbefleckte Diktatur des Kreml Herz und Verstand kränkte. Unter vier Augen forderte er mir immer wieder ab, daß bei uns sauber regiert werde. Bei dem Schmutz, gegen den jeder Minister des Inneren zu kämpfen hat! Mit diesem Fordern hatte er zuerst meine Achtung und schließlich meine Zuneigung in einem Maße gewonnen, daß meine Rückfälle in eine von der Moral losgelöste Politik immer seltener geworden waren. Und dieser Mann war doch alles andere als naiv und immer bereit, sich – wenn sie nur nicht unmoralisch waren – auch solcher Mittel zu bedienen, die er verachtete, wie zum Beispiel dieser Jagd, die für den Sowjetbotschafter vorbereitet wurde.

Das also erzählte ich Bruno, als er in seiner warmen Wollweste mir wieder gegenübersaß. Er biß mit den Zähnen auf die Lippen, immer das Zeichen einer großen Verlegenheit. Als er endlich etwas sagte, war es etwas, das mich sehr enttäuschte: Schlau seien der Außenminister und ich gewesen, wir hätten das ganze Land mehr oder weniger überlistet mit unseren Reformen, die nicht zum Ressort unserer Ministerien gehörten. Ich sagte ihm, das hätten wir dank unserer Macht als Führer starker Parteien

gekonnt. Wir hätten diese Macht gesucht und seien nicht immer Heilige gewesen, wenn es galt, sie zu behaupten, aber auch keine Verbrecher! Besonders mein Freund habe nie vergessen, wozu er die Macht brauchte: Um unseren Arbeitern die Irrwege und das Blutvergießen einer Revolution zu ersparen, die man mit Ehre umgehen konnte. Vollkommen überflüssige Leiden, wie die des russischen Volkes, sollten nicht über das unsere kommen. Deshalb habe er die Macht gesucht. Ich hätte geholfen, sie ihm zuzuspielen und zu erhalten, dafür hätte ich von dem Kuchen der Reichen und Großverdiener, also auch von meinem eigenen, ein dickes Stück abschneiden und mich dafür oft verfluchen lassen müssen.
Als ich glaubte, ihm genug gesagt zu haben, fragte ich ihn: »Und du! Was hast du dir denn eigentlich geschworen? Was ist dein Ziel, wenn du an deinem dreißigsten Geburtstag der Erste Mann des Landes bist?«
Er sah mich groß an, zuckte die Achseln und fragte mißtrauisch: »Das alles ist also genauso gewesen, wie Sie es mir geschildert haben?«
»Genauso.«
Er schüttelte ungläubig den Kopf. In meiner Freundschaft zu dem Minister bemerke er oft eine Art Ironie. Da hätte ich ihm etwas unterschlagen.
Ich konnte nur noch stöhnen über ihn. Ich müsse telefonieren und wünschte dabei allein zu sein, sagte ich.
Beim Gutenacht bemerkte er bitter, eine richtige Aussprache sei es am Ende nun ja doch nicht geworden. Ich verlor die Geduld und sah, den Arm absichtlich vor das Gesicht gehoben, auf die Uhr.
Da ging er.

Der Verrat

In den Büros der Abwehr hatte man mit Ungeduld auf meinen Anruf gewartet. Das Material, das bei dem Professor und den anderen gefunden worden sei, beweise, daß vor allem militärische Spionage vorliege. Ob man nicht den Heeresminister wecken solle? Ich hatte – nicht nur, weil die Abwehr mir und nicht dem Heeresminister unterstand – meine Gründe, das abzulehnen.

Bald darauf rief der Präfekt an. Er meldete, daß kurz nachdem der Wagen des Botschafters eingefahren, ein anderer mit drei Insassen aus dem Hof der Sowjetbotschaft herausgefahren war und zwei auffallend stark gebaute Männer in der Nähe der Wohnung des Glasbläsers abgesetzt und dann in einer Parallelstraße gehalten hatte. Die ungefähr hundert Meter bis zum Haus hatten die beiden Hünen zu Fuß zurückgelegt. Sie hatten die Tür mit einem Schlüssel geöffnet und waren, offensichtlich mit der Örtlichkeit vertraut, hineingegangen. Obwohl die Abwehr im Laufe des Abends der Polizei mitgeteilt hatte, der Glasbläser würde außerhalb der Stadt festgenommen werden, waren Leute des Präfekten auf ihren versteckten Posten zwischen parkenden Wagen geblieben. Sie hatten angenommen, die Abwehr wolle ihnen den Glasbläser nur wegschnappen. Einer dieser Beamten – die natürlich alle Zivil trugen – hatte dann den soeben heimkehrenden Hausbewohner, der seinen Schlüssel nicht findet, gespielt und die beiden, als sie wieder herauskamen, gefragt, wer sie seien. Ohne Zögern hatten sie gesagt, sie suchten einen Arzt; man müsse ihnen eine falsche Adresse gegeben haben, sie hätten keinen im Hause gefunden.

Der Polizist war so klug gewesen, sich mit diesem Bescheid zu begnügen und in das Haus einzutreten. Seine Kollegen, die ja die Nummern aller Wagen der Sowjetbotschaft auswendig kannten und sofort erraten hatten, wer die Hünen waren, blieben in ihren Verstecken und ließen die Russen um so leichter zu ihrem Wagen in der Parallelstraße zurückkehren, als sie inzwischen von den anderen Kollegen erfahren hatten, daß deren Wagen den der Russen überwachte. Dieser war dann aber sofort in den Hof der Botschaft zurückgekehrt.

Der Präfekt, gegen dessen Pedanterie die meine Schlamperei war, sagte mir voll Stolz, wie gut es gewesen sei, daß er des Nachmittags, wie immer vor einer Haussuchung, die Wohnung des Glasbläsers hatte photographieren und nachher alle Gegenstände an den alten Platz zurückstellen und die Tür mit einem Nachschlüssel hatte verschließen lassen. So war jede Spur der

Durchsuchung verwischt. Den Russen konnte nichts aufgefallen sein. Er war sicher, daß sie einen Schlüssel der Wohnung besaßen, denn sie hatten auf den Tisch ein kleines Schachbrett gestellt, das nicht dort gewesen war, und die Tür wieder verschlossen. Schachbretter des gleichen Zwergformats waren bei dem Professor gefunden worden. Wie man später bei den Verhören erfuhr, dienten die Figuren, die mit feinen Zäpfchen in die Felder gesteckt wurden, als Alphabet für Nachrichten.
Der Präfekt hatte diese Mitteilung aber nur zum Vorwand genommen, um sich über die Konkurrenz der Abwehr zu beschweren, die der Polizei bei zwei Haussuchungen zuvorgekommen war und die Festgenommenen in ihre Büros statt zunächst auf die Präfektur gebracht hatte – was nicht legal war.
Ich war nun überzeugt, daß der Botschafter sich beim Essen im Quartierhaus über den haßerfüllten Blick des Glasbläsers Gedanken gemacht hatte, die den meinen sehr ähnlich waren, und deshalb die zwei hünenhaften Kerle, die nur Sowjetpolizisten sein konnten, noch des Nachts zur Wohnung des Mannes geschickt hatte. Beunruhigend war, daß er offenbar nicht gewagt hatte, seine Anordnung telefonisch durchzugeben, denn daß er den Fahrer als Boten geschickt hatte, war so gut wie sicher, und damit auch, daß man für den Glasbläser das Schlimmste befürchten mußte.
Ich rief die Abwehr an, erfuhr, daß der Glasbläser bereits unterwegs zur Hauptstadt sei und offenbar ohne Mißtrauen in den Wagen gestiegen war. Ich sagte, daß ein Attentat auf ihn möglich wäre und daß er davor geschützt werden müsse.
Kurz darauf rief mich der Präfekt aus dem Büro der Abwehr an. Er müsse mir etwas Schmerzliches eröffnen: Bruno sei der Verräter gewesen, der seinerzeit den Professor über Rysselgeerts Ernennung zu meinem Kabinettschef vorzeitig unterrichtet und dem Professor dann sogar geraten habe, die Nachricht nicht der kommunistischen, sondern der katholischen Zeitung zu telefonieren. Der Präfekt hatte dies einem Bericht über Bruno entnommen, der auf dem Schreibtisch des Professors noch unbeendet in der Schreibmaschine gefunden worden war. Ich ließ mir den ganzen Text vorlesen. In einem langen Abschnitt wurde vor Brunos Geltungssucht gewarnt und geraten, sich

seiner nur mit der größten Vorsicht zu bedienen, solange Collignon nicht begnadigt sei und ihn nicht getroffen hätte. Am Schluß hieß es, man wisse nichts Rechtes über Brunos Verhältnis zu mir. Etwas Überzeugendes gegen mich habe er nie geäußert, allerdings, in den vielen absichtsvoll geführten Gesprächen auch nie mein Bündnis mit dem Außenminister verteidigt; bei seiner Verachtung der Sozialisten sei dies zwar bemerkenswert, aber, wie aus so manchen anderen Beobachtungen an ihm, könne man daraus soviel und sowenig schließen wie aus der intellektuellen Neugier, mit der er alle ihm vorgelegte politische Literatur studiere.

Brunos noch eine halbe Stunde zuvor so heftig vorgebrachtes Verlangen, ich solle mit ihm vollkommen aufrichtig sein, weil er es mit mir sei, in welchem Licht erschien es mir auf einmal! Nun wußte ich, daß er einen politischen Verrat an mir begangen und bei seiner pathetischen Beichte gerade diese schwere, am meisten nach Bekenntnis und Vergebung schreiende Verfehlung verschwiegen hatte. Daß er dennoch gerade auf dem politischen Gebiet mir zuerst Verlogenheit vorgeworfen und zuletzt die höchste Aufrichtigkeit abverlangt hatte, bestätigte mir – vielleicht zu rasch – die so oft gemachte Erfahrung, daß man gegenüber Fanatikern der Wahrheit nicht mißtrauisch genug sein kann.

Wie oft auch immer ich in dieser langen Nacht zu Brunos Gunsten bedachte, daß er damals nur aus Eifersucht versucht haben mochte, Rysselgeerts Ernennung zu torpedieren, über das von ihm gewählte Mittel und seinen Rat, die Nachricht dem katholischen Blatt zu geben, konnte ich mich sowenig beruhigen wie über die Scheinheiligkeit, mit der er hinterher den späten Besuch beim Professor vor mir ungefragt damit begründet hatte: er hätte vergessene Bücher geholt. Auch hatte er doch öfters erwähnt, er wundere sich, daß der Professor sich nie über Politisches mit ihm unterhalte.

Später habe ich mir oft vorgeworfen: wärst du nach jenem Anruf des Präfekten doch sofort zu Bruno hinaufgegangen und hättest du mit ihm gesprochen! Aber ich wollte zuerst den Bericht über ihn in Händen haben und das Ergebnis der Verhöre des Professors abwarten. Ich fragte mich, für wen dieser das Charakterbild Brunos verfaßt hatte, ob für die Sowjetbotschaft oder für die Leitung unserer Kommunistischen Partei.

Rysselgeert, den ich glücklicherweise erreicht und ins Ministerium beordert hatte, rief mich alle halbe Stunde an. Gegen Morgen, als die Zahl der Festgenommenen bereits zweihundert überstieg, versicherte er mir, es sei noch nichts zu den Sonntagsblättern durchgesickert, nicht einmal über die ersten Haussuchungen. Auch im Ausland wisse man noch nichts. Er hatte die Presseattachés unserer Botschaften in den Nachbarländern gezwungen, sich schon nachts die noch druckfeuchten Sonntagsblätter zu verschaffen.

Zuletzt meldete Rysselgeert mir, der Präfekt habe sich bei ihm damit gebrüstet, den Professor gegen mein Verbot nicht zuletzt deshalb überwacht zu haben, weil er dessen Einfluß auf Bruno immer gefürchtet habe.

Da läutete ich trotz der unmöglichen Stunde den Ministerpräsidenten, der noch gar nichts wußte, aus dem Schlaf. Ich erklärte ihm, ungewöhnliche Maßnahmen seien geboten. Ich wolle die Spionageaffäre vorläufig allein mit meinem Kabinettschef Rysselgeert behandeln. Dann befahl ich dem Präfekten und dem Chef der Abwehr, alles Material, das sich in der Nacht in ihren Amtsgebäuden aufgehäuft hatte, ohne Verzug in meinem Ministerium abzuliefern und die Festgenommenen nicht weiter zu verhören.

Ich wußte, daß der Präfekt darauf brannte, geadelt zu werden, also versucht sein konnte, auf gefährliche Weise gegen mich zu intrigieren. Ich war ja noch im ungewissen, ob Bruno sich nicht doch mit den Leuten Moskaus schon eingelassen hatte und ob ich seinetwegen nicht gezwungen sein würde, meinen Rücktritt anzubieten.

Daß Bruno mit so viel Eifer Russisch lernte, erschien mir auf einmal in einem ganz neuen Licht. Es drängte sich mir immer stärker der Verdacht auf, er stehe vielleicht in einem geheimen Einverständnis mit dem Botschafter. Ich rief mir jede ihrer Begegnungen ins Gedächtnis, und da fiel mir bald ein, daß der Botschafter bei seinem ersten Besuch Brunos Familiennamen, also vielleicht auch Collignon persönlich gekannt hatte. Daß

Bruno sich dem Botschafter gegenüber so viel herausnahm und daß dieser ein so lebhaftes Interesse für den Jungen zeigte, auch das schien mir, wie zur Krönung dessen, was ich über Bruno seit der Nacht doch mit Gewißheit wußte, auf eine Komplicität zu deuten.
Wäre an jenem Morgen dieser Verdacht einer geheimen Verbindung der beiden nicht in mir aufgetaucht, dann hätte ich es am Schluß der Jagd vielleicht nicht zu der Lüge kommen lassen, die Brunos zwar nur bedingtes und unzuverlässiges, aber damals doch wohl noch gutes Gefühl für mich mit einem Schlag auslöschen sollte.
Aber ich war schon zu mißtrauisch geworden.
Wie um meinen Verdacht zu bekräftigen, kam er gleichzeitig mit dem Botschafter die Treppe herunter. In meinen Augen waren es zwei Feinde, die hereinkamen. Feinde, die ich mit der gebotenen Glätte begrüßte und denen ich zu ihrer perfekten Jagdkleidung etwas Schmeichelhaftes sagte.
Der Botschafter, der guter Stimmung zu sein schien, wunderte sich, daß Bruno und ich ohne Jagdwaffen in den Wagen stiegen. Als ich ihm sagte, die ließen wir immer beim Förster, damit wir nie in Versuchung gerieten, auf unzulässige Jagd zu gehen, schüttelte er lächelnd, aber offensichtlich verständnislos den Kopf.
Der Wagen fuhr gerade an, da wurde ich ans Telefon gerufen.
Es war der Außenminister. Der Kurier unserer Moskauer Botschaft war nachts eingetroffen. Neue Schwierigkeiten, die in den Besprechungen über den Handelsvertrag gemacht worden waren, seien offenbar einzig auf einen Bericht meines Gastes zurückzuführen.
Als ich ihm sagte, der warte draußen im Wagen auf mich, bat er mich, dafür zu sorgen, daß der Botschafter in bester Stimmung vom Wochenende zurückkehre. Er wolle den schwierigen Herrn für Montagnachmittag zu sich ins Ministerium bitten. Er beschwor mich zuletzt, dem Botschafter nur ja die besten und die meisten Abschüsse zuzuschanzen.
Ich versprach es ihm, verlangte noch schnell Rysselgeert und bat ihn, den Außenminister unter vier Augen von den Entdeckungen der Nacht zu unterrichten und ihm zu versichern,

daß ich den Botschafter den ganzen Tag im Revier beschäftigen würde, so daß er, bis zum Abend telefonisch unerreichbar, nichts von den vielen Verhaftungen erfahren könne und wir Zeit hätten, inzwischen über das Verhalten der Regierung zu beraten.

Die Treibjagd

Als wir endlich abfuhren, fragte mich Bruno, ob nicht er dem Umtrunk im Quartierhaus präsidieren könne. Einer von uns müsse es ja tun. Geld habe er genug bei sich.
In meinem Mißtrauen gegen ihn erschien es mir sonderbar, daß er dem Botschafter auf diesem Umweg noch einmal zu verstehen gab, ein Jagdgast müsse den Jägern vor dem Aufbruch zu den Schützenständen etwas spendieren. Ich fragte mich, ob er nur aus der Furcht, der Sowjetbotschafter mache sich unbeliebt, sprach oder ob er, während meines Telefongesprächs mit dem Außenminister, den Botschafter bereits überzeugt hatte, daß gerade der Vertreter des Sowjetreiches sich den Arbeitern gegenüber großzügig zeigen müsse und daß die beiden diese Frage verabredet hatten, damit der Botschafter, trotz seiner des Abends so heftig begründeten Einwände, den Jägern etwas stiften könnte, ohne vor mir das Gesicht zu verlieren.
Der Botschafter weigerte sich aber wiederum, allerdings mit einer neuen Begründung, die er mit schlecht beherrschtem Zorn vorbrachte: Er würde gern mit den Leuten einen Schnaps trinken, er wolle sich aber nicht der Verlegenheit aussetzen, noch einmal von dem taktlosen Glasbläser belästigt zu werden, gegen dessen Zudringlichkeit selbst meine Gegenwart ihn am vergangenen Abend nicht geschützt habe.
Ich könne keinem Menschen verbieten, ihn zu begrüßen, sagte ich, froh, nun zu wissen, daß dem Botschafter, der des Morgens schon telefoniert hatte, gemeldet worden sein mußte, der Glasbläser sei nicht zu Hause gewesen und müsse sich noch im Wochenendurlaub befinden.
Nun hatte der Botschafter selber mir zum zweiten Mal gezeigt, daß sein Zorn gegen den Glasbläser einen anderen Grund hatte

als dessen Aufdringlichkeit. Über die Rolle der beiden Männer, die nach dem Zwischenfall im Quartierhaus so unheimlich prompt in die Wohnung des Mannes beordert worden waren, gab es nun keinen Zweifel mehr. Aber daß der Botschafter so zartbesaitet sein und den Anblick seines Opfers nicht ertragen könnte, dessen Richter oder Mörder er schon bestellt hatte, stimmte mich so nachdenklich wie die Entdeckung seiner Bescheidenheit, die ich tags zuvor hatte machen müssen, als Tarlink uns das Photo im Schützenalmanach zeigte. Der Vertreter eines Regimes, das sich sogar mit dem Blut seiner treuesten Anhänger besudelt hat, sollte der zimperlicher sein als ich, der Minister einer Regierung, die sich ihre Hände so sauber hält, wie es nur möglich ist? Während ich den Wagen mit Vorsicht über den glatten Schnee durch den Wald lenkte, dachte ich an den vergangenen Abend. Da hatte ich die Festnahme des Glasbläsers angeordnet, der nun zehn Jahre Gefängnis gewärtigen mußte, und hatte mich eine Stunde später lächelnd an seinen Tisch eingeladen und des Nachts am Telefon weiter den Freundlichen gespielt, wenn auch mit dem Hintergedanken, ihn, wenn er sich benutzen ließe, vor dem Staatsanwalt zu retten. Dennoch, die Weigerung des Botschafters, noch einmal den Augen seines Opfers zu begegnen, schien mir weniger zynisch als mein Verhalten.

Wir setzten Bruno am Quartierhaus ab. Dort standen bereits die Motorräder und Wagen derer, die an der Jagd teilnehmen wollten. Ich fuhr weiter, zum Förster. Ich wußte, daß er im ersten Stock neben seinem Bett ein zweites Telefon hatte, damit die Gendarmen ihn wecken konnten, wenn verdächtige Autofahrer gesichtet worden waren, die in mondhellen Nächten wildern kamen.

Der Förster saß noch beim Frühstück. Er gab, die Revierkarte neben der Tasse ausgebreitet, Tarlink und den Hegern Anweisungen für das Treiben und für die Überwachung der Waldwege.

Ich rief im Ministerium an und ließ den Glasbläser ans Telefon kommen. Ich bat ihn um Entschuldigung, daß ich ihn die ganze Nacht hatte warten lassen; ich sei auch jetzt noch immer zurückgehalten. Dann schwieg ich, um ihn zum Sprechen zu

bringen. Ich wollte herausbekommen, ob er sich als Gefangener fühlte oder ob er töricht geschmeichelt war, daß so viel Umstände um ihn gemacht wurden.
Das Schweigen am anderen Ende des Drahtes schien mir lange zu dauern. Endlich hörte ich ihn hüsteln. Gleich darauf sagte er tonlos: »Die Herren, die mich hier empfangen und sich als Ministerialbeamte ausgegeben haben, sind Offiziere der Abwehr. Man hat mir ihre Photographien vor ein paar Monaten gezeigt. Ich bin geschnappt, ich weiß es.«
Ich sagte ihm, ich würde sehr loyal mit ihm verfahren, ihn sogar am Staatsanwalt vorbeilotsen, wenn das, was er mir entdecken wolle, wertvoll sei.
Er habe letzte Nacht eine große Vorleistung gemacht, sagte er sehr bestimmt. Wer festgenommen sei, wisse ich; so wisse ich auch, wer den Professor und den Redakteur der Abwehr in die Hände geliefert habe.
So gern ich in meiner Überraschung erfahren hätte, was ihn dazu getrieben hatte, auch diese beiden zu denunzieren, und warum er dies nicht bei mir getan, sagte ich ihm dennoch nur, er solle froh sein, mein Gefangener zu sein. Gegen meine Erwartung blieb er ruhig, als ich ihm verriet, wann das kleine Schachbrett in seine Wohnung gebracht worden war.
Die beiden Männer wären gekommen, auch wenn er den Professor nicht ›geliefert‹ hätte, sagte er. Davon hätten sie doch noch gar nichts wissen können, letzte Nacht. Nein, seine Auseinandersetzung mit dem Botschafter, nachmittags im Jeep des Försters auf der Fahrt von Belvedere zum Quartierhaus, habe das Kommen der beiden ›Kaviarbringer‹ nur beschleunigt, aber nicht verursacht. Er habe versucht, den Botschafter unter Druck zu setzen, und das sei eine Dummheit gewesen. Der Botschafter habe Angst vor ihm bekommen und rasch zuschlagen wollen. Er selber hätte an dessen Stelle nicht anders gehandelt. Er sei schon beim Abendessen im Quartierhaus entschlossen gewesen, sich unter meinen Schutz zu stellen und mir Enthüllungen zu machen, nicht über den Botschafter persönlich, sondern über das, was dieser mit der diplomatischen Immunität decken müsse. An unseren Tisch sei er nur gekommen, um zu sehen, wie der Botschafter die Belästigung aufnehmen würde.

Dessen Zorn habe ihm dann gezeigt, daß es für ihn schon zu gefährlich geworden sei, die Nacht im Quartierhaus oder in seiner Wohnung zu verbringen.
Darauf fragte ich ihn, ob der Name, unter dem er sich bei den Chemischen Werken um den Posten im Laboratorium beworben hatte, sein richtiger sei.
»Natürlich nicht«, sagte er. Er sei auch kein vor den Russen geflohener Pole, das stehe nur in seinem Paß.
Wie ich diese Treibjagd verwünschte! Die verschwendete Zeit! Ich konnte das Gespräch aber nicht fortsetzen; die Abwehr, die gewiß an der Zentrale des Ministeriums noch mithorchte, sollte zunächst nicht erfahren, wer der Glasbläser in Wirklichkeit war. Ich fragte ihn aber, ob in den Chemischen Werken außer ihm andere ähnliches gemacht hätten oder noch machten.
So sehr er die schonende Diskretion meiner Umschreibung für das häßliche Wort Spionage zu schätzen wisse, versetzte er ironisch, die Antwort auf diese Frage müsse zwischen ihm und mir ausgehandelt werden. Er wisse viel, sehr viel! Und er werde viel verlangen.
Da er doch auch wissen mußte, wie entwertet er war, weil wir ihn nicht mehr als Gegenspion einsetzen konnten, was ich noch des Abends gehofft hatte, erschreckte mich sein anmaßender Ton. Aber wegen der Mithorcher wagte ich es nicht, ihn zu fragen, ob er etwas wisse, das Bruno betreffe, und woher er meinen Enkel überhaupt kannte.
Ich sagte ihm nur, bevor ich einhing, er werde zunächst von niemand anderem verhört als von mir selber. Was mit ihm geschehen werde, hänge also in starkem Maße von seinem Verhalten ab.
Als ich wieder hinunterging, kamen mir der Förster und Tarlink auf der Treppe entgegen. Sie brachten mir meine und Brunos Büchsflinte und fragten mich, ob ich wisse, was am vergangenen Abend nach unserem Weggang im Quartierhaus vorgefallen sei.
So erfuhr ich, daß das hochmütige Verhalten des Botschafterpaares zu Auseinandersetzungen und schließlich zu einer Prügelei mit zwei Kommunisten geführt hatte, und zwar mit denen, an deren Tisch der Glasbläser bis zu seinem überstürzten Auf-

bruch gesessen hatte. Tarlink war noch immer empört, daß der Botschafter den Jagdberechtigten, die auf ihre Pürsch verzichtet hatten, nicht einmal mit ein paar Worten gedankt hatte und fortgegangen war, ohne die Leute zu grüßen. Man hatte aus Wut über den ›Hochmut des Botschafters eines Proletarierstaates‹ unser Königshaus hochleben lassen und die Nationalhymne gesungen, alles gegen die paar Kommunisten gerichtet. Tarlink erklärte, er habe keine Lust, auf den Schützenständen der Nachbar des Botschafters zu sein und nach der Jagd mit ihm sprechen zu müssen. Ich bat ihn, an Stelle des Försters ins Quartierhaus zu fahren und die Ansprache, die vor jeder Treibjagd üblich und notwendig ist, den Leuten schon dort und nicht erst draußen im Revier zu halten und dafür zu sorgen, daß sie rechtzeitig ihre Plätze erreichten. Bei der Größe des Gebietes, das abgetrieben werden sollte, mußte jeder Schütze zur vorgeschriebenen Uhrzeit seinen Stand bezogen haben. Die Aufsicht über die Schützen bei der Verkrümelung auf die Stände sollte einer der Heger übernehmen und Tarlink die über die Treiber. Etwas Verhängnisvolleres hätten wir nicht beschließen können!

Endlich fuhren wir ab ins Revier. Der Förster hinter uns in seinem Jeep. Bruno sagte, wir könnten auf eine fabelhafte Strecke rechnen, zwei der Jagdheger hätten die Ränder der besten Dickungen abgegangen und nirgendwo Spuren ausgebrochener Rotten gefunden.

Was er eine fabelhafte Strecke nenne, fragte der Botschafter.

Dreißig bis fünfzig Stück, meinte Bruno.

Ich protestierte, zwanzig würden schon viel sein.

Das also sei für westeuropäische Begriffe bereits eine große Strecke, er frage nur, versetzte der Botschafter.

Er finde es gar nicht nett, so zu fragen, sagte Bruno, das solle doch heißen, wie armselig unsere Jagden seien, gemessen an dem, was die russischen Urwälder hergäben.

»Urwälder!« wiederholte der Botschafter scharf. »Auf den Karten der Sowjetunion gibt es keine weißen Flecken wie auf denen Brasiliens und Neuguineas. Ganz Rußland ist erforscht. Was haben Sie nur für Vorstellungen! Es ist Zeit, daß Sie einen Aufenthalt bei uns nehmen. Ich werde das arrangieren.«

Er sei dankbar für eine Einladung nach Rußland, sagte Bruno überraschend heftig, aber die falschen Vorstellungen, die er dorthin mitbringe, wären gewiß nicht schlimmer als die eines gewissen Sowjetdiplomaten, der sich bei unseren Arbeitern in den Ruf gebracht habe, hochmütiger und geiziger zu sein als ein Kapitalist.

Bruno ließ sich von mir nicht zum Schweigen bringen. Er habe im Quartierhaus gefühlt, wie enttäuscht die Leute seien, der Botschafter müsse – er wiederholte das Wort – müsse unbedingt nach der Jagd den Leuten nicht nur eine gehörige Runde stiften, er müsse seinen Fehler auch gutmachen, und das könne er nur, indem er mit ihnen zusammensitze, also den Leutseligen spiele. Er sage diese unangenehmen Dinge doch nicht, um einen lieben Gast zu ärgern, im Gegenteil, er wolle, daß das ohnedies oft so hysterische Vorurteil gegen die Sowjetunion nicht neue Nahrung finde, und ausgerechnet in den Feriendörfern von Belvedere! Nach Moskau berichten zu müssen, im Schloß sei man Rußland gegenüber unbefangener als in den Arbeiterhäusern, könne doch nicht angenehm sein.

Zu meiner Verblüffung drehte der Botschafter, der neben mir saß, sich um. »Sie haben vollkommen recht, Bruno, ich muß etwas spendieren, wenn es auch gegen meine Prinzipien ist und ich es fast ehrlos finde, daß Arbeiter ein Geschenk erwarten. Sie erwarten es nun einmal.«

Bruno stieß einen Seufzer aus. »Wie ich die Botschafterin bedaure,« sagte er, »mit einem Dickkopf Ihres Kalibers verheiratet zu sein!«

Der Botschafter lachte dröhnend. Mir aber war es gar nicht zum Lachen. Daß der sonst so empfindliche Botschafter sich von Bruno geradezu schulmeistern ließ, vertiefte meinen Verdacht gegen die beiden. Hinter uns hatte der Förster zweimal kurz gehupt, das Zeichen, daß wir halten sollten. Als ich die Tür öffnete, kam er herbei. Man möge nicht mehr laut sprechen. Wir dürften auf dem Weg zu unseren Ständen kein Wild vergrämen. Man wisse nie, ob es nicht zu den Sauen hin flüchtig gehe und diese dann in einer unerwünschten Richtung mitnehme, bevor die Treiber überhaupt angefangen hätten, die Kessel zu sprengen.

Das heiße: die Sauen aufzuschrecken, übersetzte ich für den Botschafter. Ich bat den Förster, nicht zu vergessen, wie unverständlich die Jägersprache für einen Ausländer ist.

Der Förster erklärte dem Botschafter, anderes Wild könne er nicht zum Abschuß freigeben. Da dies die erste große Treibjagd des Jahres sei, käme sehr viel heraus, Hirsche vor allem, wegen des Schnees vielleicht schon in großen Rudeln; deren Abschuß müsse aber der Pürschjagd vorbehalten bleiben. Bei einer so großen Anzahl Schützen wie an diesem Morgen müsse er streng sein und könne nicht einmal den Fuchs freigeben. »Also, Bruno, beherrschen Sie sich, der Fuchs wird ja als erster erscheinen, und mehr als einer, lassen Sie jeden laufen.« Die Mahnung galt jedoch dem Botschafter. Der Förster sprach sie um so leichteren Herzens aus, als er sicher war, daß wir auf unseren so bevorzugten Ständen auch bei einem enttäuschenden Treiben zum Schuß kommen würden.

Es gab da ein Geheimnis, das wir vor unseren Gästen, überhaupt vor jedem, bewahrten: Die Firma mußte häufig große Kunden oder wichtige Persönlichkeiten einladen, die schlechte Jäger, aber sehr eitle Menschen waren. Um diesen bei Treibjagd auf Sauen Abschüsse zu sichern, hatten wir im Schußfeld der fünf fest eingerichteten Schützenstände, in einer baumlosen, sich über sechs Kilometer durch den Wald ziehenden Senke, einst das Bett eines abgeleiteten Flüßchens, das an dieser Stelle zwei bei den Sauen sehr beliebte Dickungen trennte, einen schmalen Pflanzgarten so angelegt, daß sein Zaun, der mit immer kurz gehaltenen Wacholder- und Ginsterstauden vollkommen getarnt war, sich am Hauptwechsel der Sauen entlangzog, ihnen also die Fluchtwege beschnitt, wenn aus dem besten der Schützenstände, dem, wo ich den Botschafter plaziert hatte, der erste Schuß knallte.

Die fünf Schützenstände lagen in idealer Entfernung vom Rand der jenseitigen, der größeren der beiden Dickungen entfernt und etwa fünf Meter höher als diese, so daß die Richtung des Windes kaum beachtet werden mußte; gegen die Witterung durch das Wild war der versteckte Schütze in hohem Maß geschützt. Das Jagdglück unserer bevorzugten Gäste stärker zu begünstigen, war nicht möglich. Aber auch innerhalb des jenseitigen Holzes waren, solange es an die Senke grenzte, an vielen Stellen getarnte Zäune so angelegt, daß sie die Richtung sowohl der Fraß- wie der Fluchtwechsel der Sauen, die ja nicht gut springen, mehr oder weniger zu der Senke lenkten, also auf einer Strecke von sechs Kilometern in das Schußfeld der übrigen Jäger. Natürlich war es den Jägern unter unseren Arbeitern dann und wann schon aufgefallen, daß die Schützen der fünf bevorzugten Stände nach dem Abblasen nie mit langen Gesichtern bei den Wagen erschienen.

Bruno, der Förster und ich geleiteten den Botschafter auf seinen Stand, unseren besten. Hundert Schritt von dem Zaun und etwa das Doppelte von der jenseits der Senke beginnenden Dickung, also ideal. Verhoffendes, aus der Dickung nur langsam heraustretendes oder flüchtendes Wild, jedes war wie auf einer eingetieften, sacht ansteigenden Bühne dem Schützen dargeboten.

Der Förster erklärte dem Botschafter, damit kein Wild über die nahe Landesgrenze entweiche, werde in dem gegenüberliegenden Holz zuerst eine große Strecke auf uns zu getrieben, dann aber nur noch von links nach rechts parallel zur Senke und sofort wieder zurück. Dieses erste Treiben werde gut eineinhalb Stunden dauern und in etwa zwanzig Minuten beginnen müssen. Wir verglichen unsere Uhren. Zuletzt sagte er ihm, daß Bruno und ich je zweihundert Meter links und rechts von ihm ständen, daß er unbesorgt nach vorn, weit in die Senke schießen könne, selbst dann, wenn er die Treiber am Rand der Dickung höre; der leichte Höhenunterschied schütze die Treiber; und Bruno und ich seien ja durch die Lage unserer Stände vor jedem Nachbarschützen sicher. Nur dürfe er nicht auf einen Anschuß in die Senke hinausgehen, bevor abgeblasen wäre.

Bruno begab sich auf seinen Stand, ohne dem Förster und mir mehr zu sagen als ein hingebrummtes ›Bis später‹.

Sobald wir allein waren, gestand mir der Förster, er müsse sofort zu den Treibern, sie seien ohne zuverlässige Aufsicht. Aus Zorn gegen den Botschafter sei Tarlink fähig, die Leute nicht zu überwachen.

Ich ließ den Förster, der mir wie immer viel zu besorgt schien, in seinem Jeep wegfahren und schlug, ohne mich zu eilen, den Weg zu meinem Stand ein; nach dem, was der Förster mir gesagt hatte, mußte das Treiben ja etwas später als festgelegt beginnen.

War es mir früher oft gelungen, auf der Jagd Unglück oder Sorgen für einige Stunden aus dem Bewußtsein zu verdrängen, an diesem Morgen gelang es mir nicht. Alles, was Bruno, den Glasbläser und den Spionagering, was den Botschafter und den gefährdeten Handelsvertrag betraf, meldete sich immer wieder mit unveränderter Schärfe in meinem Bewußtsein, aber nichts brachte mir so viel Verbitterung wie der Gedanke, Bruno sei mit meinem Gast heimlich verbündet. Dreimal hatte er in seiner Angst um die Beliebtheit des Botschafters bewußt gegen die elementarste Höflichkeit verstoßen, und der Botschafter hatte es sich gefallen lassen.

Siebzehn Jahre zuvor war ich gleichfalls an einem Wintermorgen auf die Jagd gegangen und dabei ähnlich verbittert gewesen. Gegen Brunos Mutter. Wie nun von Bruno, hatte ich mich damals von ihr verraten gefühlt. Wir hatten nämlich erst, als sie mit Collignon schon durchgebrannt war, erfahren, daß sie ihn kannte. Also bei Mutter und Sohn ein gleiches Heimlichtun gegen mich, wie nur ein Tyrann es verdient hätte.

Der Förster riß mich aus meinen trüben Gedanken. Ich hörte hinter mir das dünne Piepen seines Jagdpfeifchens. Dann bat er mich durch Zeichen mit der Hand, auf ihn zu warten. Er wollte meinen Wagen nehmen. Eins der Räder seines Jeeps war platt. Das sei kein Zufall!

Ich lachte ihn aus und mahnte ihn, sich zu beeilen. Er hatte ja nicht nur die sechs Kilometer Fahrweg parallel zur Senke, er hatte auch auf deren anderem Ufer noch einmal vier Kilometer in Richtung der Landesgrenze zurückzulegen und dann von der Stelle aus, wo der Weg nicht mehr befahrbar war, zu Fuß durch den Schnee zu den Treibern zu stapfen, die einen großen Vorsprung hatten. Sie mußten, dem Jagdplan nach, ja längst mit den Wagen vom Quartierhaus aufgebrochen sein und zur vorgeschriebenen Uhrzeit angefangen haben, von der Grenze fort in Richtung auf den Kern unseres Reviers bis zur eigentlichen Treibstrecke langsam vorzutreiben.

Der Förster hatte mich erst seit einigen Minuten verlassen, da hörte ich Schüsse aus dem Teil des jenseitigen Revierstücks, der an die Landesgrenze stößt und wo keine Schützen stehen sollten. Wenn ich auch hoffte, daß Wilderer von drüben die Schützen seien, so war ich dennoch beunruhigt. Einige Jahre zuvor war es nämlich vorgekommen, daß bei einer ähnlich großen Jagd mehrere unserer Treiber sich abgesondert, auf Wild geschossen und nicht nur die ganze Jagd verdorben, sondern auch einen der Ihren verwundet hatten. Der Vorgänger des Försters hatte mir am nächsten Tag gekündigt, weil die Schuldigen, alle Facharbeiter, nicht aus der Firma entlassen worden waren.
Als ich meinen Stand erreichte und freien Ausblick auf die Senke hatte, zog eben aus der jenseitigen Dickung ein kleiner Sprung Rehe. Er wechselte aber so sichtbar vertraut den Pflanzgarten entlang und stieg so gemächlich nur wenige Meter seitwärts des Standes meines Nachbarn in das diesseitige Revier, daß ich an einen Zufall glaubte und nicht an eine Vergrämung durch die Schüsse, die sie bei der Entfernung auch gar nicht beachtet haben mochten. Der letzte, ein hübscher Gabelbock, scherzte sogar mit seinem Vordermann, ehe sie im Holz verschwanden. Ich hörte sie noch lange die Zweige wenden, eine Bestätigung, daß sie sorglos zogen.
Ich stellte mir vor, wie dem Botschafter beim Anblick der Rehe die Finger gezuckt haben mußten. Daß kein anderes Wild als Sauen zum Abschuß freigegeben war, hatte ihn nicht nur geärgert, er verstand diese Schonung unseres Bestandes nicht. Und daß uns, über den waidmännischen Grund hinaus, auch deshalb an dieser Schonung lag, weil wir unseren Arbeitern eine Höchstzahl von Abschüssen für die Pürsch sichern wollten, das hatte er tags zuvor, als der Förster es ihm erklärte, ja mit derselben Verstimmung aufgenommen, die unsere ›kapitalistischen‹ Jagdgäste nie verbergen konnten, wenn wir ihnen aus demselben Grund die Zahl der Abschüsse beschränkten. Die Arbeiter zeigten sich freilich auch nicht gerade von einer schönen Seite. Sie wilderten als Raubschützen und Schlingenleger und snobten die Nichtjäger.
Ich dachte auf einmal mit Unruhe an die Möglichkeit, daß die Sauen doch noch des Nachts vor dem zweiten Schneefall, der

erst am Morgen eingesetzt hatte, dorthin gewechselt waren, wo man mit Kirrfutter nie geizte: in die riesigen Wälder jenseits der Landesgrenze. Die neuen Flocken konnten ihre Fährte verdeckt haben. Ich bedauerte es, daß der Förster kein anderes Wild freigegeben hatte, und warf mir vor, die Ängste meines Freundes und die des Handelsministers nicht genug bedacht zu haben, und schließlich verhehlte ich mir nicht länger, daß in Wirklichkeit nur meine Abneigung gegen den Botschafter mich gehindert hatte, beim Förster ein Machtwort zu sprechen und wenigstens Reh und Fuchs freigeben zu lassen.

Daß der Botschafter am Ende wirklich zu keinem Abschuß kam, das sollte er aber nicht mir, sondern sich selber zuzuschreiben haben.

Als ich zum zweiten Mal Schüsse hörte, die aus größerer Nähe als die ersten, aber wiederum aus einem Stück des Reviers kamen, wo keine Jäger zu stehen hatten, dachte ich an die bösen Ahnungen des Försters. Ich lauschte gespannt hinüber und wartete auf eine Wiederholung des Knallens, da zuckte ich unter einer Berührung meiner Schulter zusammen. Der Mann, der hinter mich auf den Stand getreten war, stellte sich mir mit leiser Stimme als Laborgehilfen der Chemischen Werke vor. Er habe in seinem Wagen vier der Treiber in die Nähe der Grenze gefahren, dorthin, wo das Vortreiben beginnen solle, und unterwegs dem Geflüster der Leute entnommen, daß sie etwas gegen den Sowjetbotschafter im Sinn hätten; ich möge achtgeben, daß ihm nichts Schlimmes widerfahre, es wäre ja nicht das erste Mal, daß eine Jagd zu einem Mord benutzt werde. Wenn die Treiber nahe der Senke in dem dichten Holz gegenüber unseren Ständen wären, könne es für den Botschafter gefährlich werden.

Laborgehilfe ist der Mann, wie der Glasbläser, und warum diese phantastische Sorge um den Sowjetbotschafter und diese Denunziation seiner Arbeitskollegen, so fuhr es mir noch verwirrend durch den Kopf, als auf der anderen Seite, aber mindestens einen Kilometer rechts von mir, ein vollkommen unwaidmännisches Schlagen an die Bäume anhob, überboten von Gebrüll und den spitzen Geräuschen vieler Trillerpfeifen, also eine Art, das Wild zu treiben, bei der jeder Jäger vor Zorn erstickt. Aber das war es nicht, wovor ich erstarrte. Ich hatte sofort begriffen, was dort drüben gespielt wurde. Kein Attentat, aber ein schlau ausgeheckter Streich, der dem Botschafter galt. Die Rache der Beleidigten. Die Kerle, so mußte ich annehmen, begannen das Durchgehen der Dickungen weit rechts von mir und trieben das Wild ihren Jägerkollegen zu, die zwar auf der gleichen Seite der Senke standen wie wir, aber eben viel weiter rechts, an den Ständen, die weniger günstig waren, wenn das Treiben dort begann, wo es vom Förster vorgeschrieben worden war.

Ich hatte mich nicht getäuscht; die zahlreichen Schüsse, die bald fielen, ließen erraten, daß dort viel Wild herausgekommen war und daß wir auf unseren Vorzugsständen höchstens abgesprengte, nach rückwärts zwischen den Treibern durchbrechende Einzelgänger vor das Rohr bekommen würden.

Ich bat den Mann, der seinen Wagen am Fahrweg gelassen hatte, mir sofort den Förster zu schicken. Ich erklärte ihm, wo er ihn zuerst suchen solle. Denn nun war ich ja sicher, daß die allerersten Schüsse, die im fernsten Teil des Reviers gefallen waren, den Förster dorthin hatten locken sollen, damit unterdessen das Gros der Treiber da, wo er sie nicht vermutete, den Streich, der wohl schon am vorangegangenen Abend beschlossen worden war, ausführen konnten. Daß der gelingen würde, daran konnte ich, als ich schließlich schon vierzig Schüsse gezählt hatte, nicht mehr zweifeln.

Durch den Lärm der Treiber war das jenseitige Holz auch in dem Abschnitt, der unseren Ständen gegenüberlag, in Bewegung geraten. Als ich rechts von mir den vierzigsten Schuß zählte, waren bereits drei Füchse, ein Rudel Hirsche und einige Sprünge Rehe durch die Senke flüchtig gekommen und zwischen Brunos, des Botschafters und meinem Stand in das Holz verschwunden, an dessen Rand wir noch immer auf die erste Sau warteten.

Dennoch war ich überzeugt, daß aus den gegenüberliegenden Dickungen, wie noch jedes Jahr bei der ersten Treibjagd, einige Rotten herauszutreiben gewesen wären. Die Sauen, die schlauesten unter dem Schalenwild, sind ja imstande, listig im Kessel zu bleiben, selbst dann noch, wenn der Treiber nur zwei Meter an ihnen vorbeikommt. Und wo wurde getrieben! Gut tausend Meter weit entfernt. Gründlich, gewiß, nur eben zu weit fort von unseren Ständen und in der falschen Richtung obendrein.

Daß der Botschafter das Abschußverbot für Hirsch und Reh respektierte und so viel vorbeiziehen ließ, fing ich an zu bewundern.

Die Senke machte, wie einst der Fluß, gleich hinter der rechten Grenze meines Schußfeldes eine Biegung, so konnte ich nicht sehen, was von den rechts benachbarten Schützenständen geschossen wurde. Schon auf dem nächsten war einer unserer Arbeiter postiert. Daß man sich strikt an Sauen hielt, konnte ich nur hoffen; und ich hoffte es vor allem wegen des Botschafters. Nach dem Abblasen durfte er keinen Hirsch und kein Reh in der Strecke der anderen finden. Ich wünschte aber, daß er als einziger sich nicht an das Verbot halten und wenigstens ein Reh oder einen Hirsch aufweisen und sich damit entschuldigen würde, er habe nicht widerstehen können.

Aber er widerstand. Sogar noch, als ein einzelner Rothirsch, ein besonders schöner Sechsender, der auffallend gut bei Leibe war, langsam von drüben herüberzog und, wie um uns drei, aber den Botschafter im besonderen, zu narren, statt auf unsere Seite des Reviers in Deckung herüberzuwechseln, sich an unseren Ständen entlang unten in der baumlosen Senke verzögerte, den Schnee ein wenig anscharrte und schließlich, unbekümmert um den sich zwar entfernenden, aber doch noch immer beträchtlichen Lärm der Treiber und das Knallen der Schüsse, mit einem Satz über den Zaun in den Pflanzgarten sprang, dort offenbar appetitlos oder wählerisch die Ästchen der Pflänzlinge beschnupperte und vom Schnee freischüttelte und dann wieder zurück über den Zaun setzte und geradewegs, als wolle er meinem Nachbarn ins Rohr gehen, gemächlich die leichte Böschung heraufwechselte und endlich, wie ich schätzte, knapp einen Meter vom Stand des Botschafters in das diesseitige Holz verschwand. Ich verfolgte das alles genau. Aber nicht wie ein Jäger, dem das Herz doch hätte klopfen müssen. Ich verwünschte diese Jagd und hoffte nur, daß der Botschafter schnell zu guten Abschüssen gelange. Unsere Stände waren mit angelegten Hecken geschickt bis in Brusthöhe getarnte, nach der Senke offene Hütten, die rechts und links des türlosen Eingangs Fenster hatten, durch die man auf die Schußfelder der Nachbarstände blicken konnte. Der Eingang war ohne Tür, damit man durch die Öffnung verfehltem oder vorbeigezogenem Wild nachschießen konnte, ein schändliches Zugeständnis für die vielen schlechten Schützen unter unseren Jagdgästen, das jedem unserer Förster neben so manchem anderen ein besonders verhaßtes Ärgernis war.

Hätte sich der Botschafter wenigstens vor diesem Hirsch über das Verbot hinweggesetzt! Dann hätte ich wenige Minuten später, als endlich eine Sau erschien, nicht die beiden Fehler gemacht, die so schwere Folgen haben sollten.

Die Sau war genau meinem Stand gegenüber aus dem jenseitigen Holz vorsichtig verhoffend erschienen und verharrte gute fünf Minuten dort, setzte sich dann aber nicht, wie ich erwartete, nach links in Bewegung in Richtung auf den am Pflanzgarten entlangführenden Wechsel, sondern unfaßlicherweise nach rechts, als wolle sie am Rand des Holzes dorthin trollen, wo getrieben wurde. Das Tier — eine Bache schien es mir zuerst — war also nicht, wie ich geglaubt hatte, rückwärts durch die Treiberkette ausgebrochen und von rechts durch das Holz bis zur Stelle an der Senke gelangt, wo sich der beliebte Wechsel zu Füßen unserer Schützenstände befand. Es mußte aber ziemlich schnell durch die Dickungen gekommen sein, denn nicht nur Wurf und Gebrech waren weiß bepudert, auch den Rücken hatte es sich beim Stoßen an den Zweigen voll Schnee geschüttet.

Trotz des Lärms, den die Treiber in der Ferne machten, näßte das Tier vollkommen ruhig am Rande des Holzes. Da sah ich, daß es ein Keiler war, ein gutes Schwein von fünf oder sechs Jahren. Es mochte ein soeben über die Landesgrenze hereingekommener Einzelgänger sein, dem die Vergrämung und Nervosität entgangen war, die noch eine Viertelstunde zuvor auch in diesem von den Treibern verschonten Teil des Reviers geherrscht hatte, denn daß dort unter unseren Augen so viel Rotwild auf einmal herausgekommen war, konnte kein Zufall gewesen sein. Freilich hatte ich es auch oft erlebt, daß Rotwild, selbst wenn es in höchster Panik flüchtig geht, die Sauen nicht immer mitnimmt. Wie oft waren ganze Rotten in den Dickungen geblieben, wenn alles andere Wild sich von drüben über die Senke, links und rechts an unseren Verstecken vorbeifegend, hinter unseren Ständen in das Holz rettete, als sei ihm bekannt, daß auf dieser Seite der Senke im Revier nur gepürscht, aber nie getrieben wurde.

Ich wünschte, ich hoffte, der Keiler würde nach links in das Schußfeld des Botschafters abtrollen.

Das Tier blieb aber in dem meinen. Nun ärgerte es mich, daß der Förster, wie üblich, meinem Gast die numerierten Pfähle gezeigt hatte, die am Rand des jenseitigen Holzes die Grenzen der Schußfelder jedes der fünf festen Stände unmißverständlich kennzeichneten.

Der Keiler zog sich zweimal in das Randgezweig des Holzes zurück. Der Lärm der Treiber, der, wie das Geknall der Schüsse, zwar immer schwächer herüberdrang, mußte das Tier beunruhigt haben, aber eben doch nicht genug, um es flüchtig gehen zu machen. Mir schien es sicher, daß es über die Senke wollte, nur eben nicht auf dem Wechsel am Zaun des Pflanzgartens entlang. Weil es diesen Wechsel offenbar nicht kannte, war ich überzeugt, daß es zum ersten Mal in unsere Wälder gekommen war. Bei der Wanderlust der Sauen tauchen ja immer wieder von weither fremde Rotten und Einzelgänger auf.

Als das Tier sich zum zweiten Mal in das Randgezweig zurückgezogen hatte, stellte ich meine Büchse ab und nahm das Fernglas. Mir war plötzlich der Verdacht gekommen, es könne angeschossen sein. Ich konnte aber keinen Schweiß entdecken. Das sehr schöne Tier bewegte Lichter und Teller nur mäßig, verhoffte also ohne besonderes Mißtrauen. Für dieses träge Horchen und Äugen des Keilers hatte ich nur zwei Erklärungen, er mußte des Nachts auf Kirrfutter gestoßen und übersättigt sein oder eine Bache bis zur Erschöpfung geliebt haben.

Ich nahm an, daß der Botschafter den sorglosen Burschen ebenso aufgeregt beobachtete wie ich; vom Nachbarstand hatte man einen recht guten Blick in die letzte, die fernste Hälfte meines Schußfelds.

Der Gedanke, der Botschafter sei im Begriff, mich für einen

schlechten Schützen zu halten, dem dieser doch wie auf dem Tablett angebotene Keiler noch zu weit stehe, um den Schuß zu wagen, durchfuhr mich auf einmal, und schon senkte ich das Fernglas und nahm die Büchse. Fast im gleichen Augenblick bewegte sich der Keiler näher in mein Schußfeld herein, das Gebrech nicht einen Augenblick auf dem Boden, ein Zeichen, daß er satt sein mußte, überhaupt nichts suchte und sich nur in einer ihm gewiß neuen Umgebung umsehen wollte. Er trollte gemächlich immer näher auf meinen Stand zu; so langsam hatte ich selten Schwarzwild sich auf ein deckungsloses Gelände hinauswagen sehen, und das bei dem Geknatter der Schüsse, die eineinhalb bis zwei Kilometer weiter noch immer fielen und trotz der vom Schnee wattierten Luft noch laut genug herüberhallten. Mitten in der Senke schüttelte der Keiler sich auf einmal den Schnee von den Federn, wälzte sich aber gleich darauf am Boden in dem nassen Puder, sei es, daß die Läuse ihn plagten, sei es, daß er sich einfach wohlfühlte und seit dem vergangenen Jahr vergessen hatte, wie wenig Grund es gab, sich über diesen ersten Schnee zu freuen, wenn dem ein so langer weißer Winter folgen würde wie der vorangegangene.
Ich hatte ungeduldig den Finger am Abzug und wartete auf den Augenblick, da das Tier sich erheben und sich mir zu einem Blattschuß bieten würde, als mich der Gedanke durchzuckte, daß man bei der so gründlich verdorbenen Jagd vielleicht den ganzen Tag keine Sau mehr zu Gesicht bekommen und daß der Botschafter in gefährlicher Weise eifersüchtig werden könne, wenn ich zu Schuß käme und er nicht. Ich dachte an die Bitte des Außenministers; schon war mein Entschluß gefaßt, das Tier mit einem zu weit nach rechts gezielten Schuß zu verfehlen in dem Augenblick, wo ich nach der Richtung seines Äugens sicher sein könnte, daß es dann nach links in das Schußfeld des Botschafters auf die Wacholder- und Ginsterbüsche zu flüchtig gehen und dem Botschafter nicht entkommen könne; denn daß diese Sträucher nur den Zaun des Pflanzgartens tarnten, also keine Deckung dahinter zu finden war, wußte dieses im Revier so offenbar fremde Tier gewiß nicht.
Ich wartete, bis es sich endlich aus der Schneesuhle erhob, aber in den wenigen Minuten dieses Wartens hatte mich Wut ge-

packt; beim Abblasen vor dem Botschafter, vor Bruno, vor dem Förster und überhaupt vor allen Jägern einen Fehlschuß gestehen zu sollen, schien mir so unerträglich, daß ich, entschlossen, lieber nicht zu schießen, als mich bloßzustellen, die Büchse niederstellte. In meinem heftigen Verdruß mußte ich dabei eine unvorsichtige, von dem Keiler wahrgenommene Bewegung gemacht haben; er fegte ab, unglücklicherweise nach rechts! Ich hörte noch den ihm geltenden Schuß, der vom nächsten Stand rechts von mir fiel, und dann fühlte ich, wie jemand mich am Rock zog. Bruno stand hinter mir und zeigte in die Senke, auf die Stelle, wo der Schnee umgewühlt war. Er trat neben mich: »Warum haben Sie nicht abgedrückt?« sagte er leise. »War der Ihnen nicht nahe genug?«

»Wer? Wo?« fragte ich zurück.

Er starrte mich einen Augenblick überrascht an, dann ging sein Blick mißtrauisch über mein Gesicht. »Da unten zu Ihren Füßen hat sich ein Keiler im Schnee gesuhlt.« Er habe das Tier lange beobachtet, und da kein Schuß von meinem Stand zu hören gewesen, habe er geglaubt, ich sei wegen des Unsinns, den die Treiber anstellten, weggegangen. Er habe das Tier in meinem Schußfeld erlegen wollen. Er drehte sich um und zeigte auf seine Büchse, die neben dem Eingang lehnte.

Bruno zu sagen, warum ich auf den Schuß verzichtet hatte, schien mir zu gefährlich. Ihm vorzulügen, der Keiler sei mir nicht nahe genug gewesen, wäre das einzig Glaubhafte gewesen, aber mich selber zum miserablen Jäger zu machen, das wollte mir nicht über die Lippen, und so verfiel ich auf die dumme Lüge, die alles spätere Unglück nach sich ziehen sollte. Der Schnee habe mich geblendet, erklärte ich, ich hätte den Keiler am Rand des Holzes mit dem Fernglas ausgemacht, aber dann, beim Anlegen, nicht mehr vor dem dunklen Hintergrund der Baumstämme gefunden und eben wieder nach dem Fernglas greifen wollen. »Gerade als du kamst«, betonte ich. Ich sah noch, daß er eine Antwort, die schon auf seinen Lippen war, unterdrückte, aber dann hatte er bereits den Kopf gesenkt und begann, ohne sich von der Stelle zu rühren, mit der Kappe seines Schuhs den hereingewehten Schnee auf dem Holzboden des Standes zu einem Häufchen vor sich zusammenzuscharren. Er sagte dabei, er hoffe, der Förster blase die Jagd ab, es würde doch nichts Gescheites mehr werden. Er wolle zum Botschafter gehen. Diesen müsse man für die Enttäuschung entschädigen und ihm als einzigem für den Rest des Tages den ganzen nicht getriebenen Teil des Reviers zur Pürsch freigeben, und zwar für jede Art Wild. Die anderen Jagdberechtigten verdienten ohnedies für ihre nicht wiedergutzumachende Infamie einen gründlichen Denkzettel.

So erfuhr ich, daß der Laborgehilfe auch bei Bruno gewesen war.

Als ich ihn fragte, ob er diesen Mann kenne, vernahmen wir schon die Hörner.

Da erst sah er mich wieder an; ich war betroffen von der Röte auf seinem Gesicht, und ich sagte mir sofort, daß er diesen Laborgehilfen kannte und daß der, wie ich vermutet hatte, Kommunist sein müsse.

»Der Förster hat die Jagd abbrechen lassen, hören Sie es nicht?« sagte er. »Wir müssen den Botschafter auf seinem Stand abholen. Der ist in schöner Stimmung.«

»Warst du denn bei ihm?« fragte ich.

»Ich weiß, daß man das auf einer Jagd nicht tun darf,« sagte er, »aber ich habe Ihnen ja letzte Nacht gesagt, daß ich Sie nie belügen will. Also ich war bei ihm, eben.«

»Mit dem Laborgehilfen,« versetzte ich, »den kanntest du ja gut.«

Da klopfte er sich auf die Brust: »Ich,« sagte er mit einer herausfordernden Betonung, »ich lüge nicht! Ja, ich kannte diesen Mann.«

Nun wußte ich, daß er meine Erklärung, ich sei vom Schnee geblendet gewesen, nicht geglaubt und wahrscheinlich meinem so langen Visieren des Keilers zugesehen hatte und meiner Lüge einen ganz kläglichen, aber doch zur Hälfte wahren Beweggrund unterschob: Angst um mein Prestige! Ich galt ja als eines der guten Gewehre des Landes.

Daß ich nach den Gesprächen, die wir des Nachts gehabt, Bruno um keinen Preis hätte belügen dürfen, daran dachte ich nicht in jenem Augenblick. Erst als ich wenige Minuten später meine Lüge in seiner Gegenwart vor dem Botschafter wiederholen

mußte, fiel mir Brunos Verfinsterung auf, aber auch dann ahnte ich noch nicht den Umfang der Verheerung, die ich angerichtet hatte.
Der Botschafter, der die Bewegungen des Keilers gleichfalls beobachtet hatte, wollte es nicht begreifen, daß ich das Tier aus der Sicht verloren hätte. Als ich ihm ein zweites Mal versicherte, ich sei durch den Schnee geblendet gewesen, sagte Bruno, nach einem ironischen Blick auf mich: »Herr Botschafter, Sie haben in den Urwäldern Rußlands so viele Monate lang Schnee! Wie schon das bißchen hier auf unsere Augen wirkt, können Sie wohl ebensowenig verstehen wie das, was die Treiber und Jäger sich gegen Sie erlaubt haben.«

Die Flucht

Der Botschafter war weniger empört gewesen, als ich befürchtet hatte, und war zur Pürsch in den Teil des Reviers aufgebrochen, wo das flüchtiggegangene Rotwild, das wir durchgelassen hatten, stehen mußte. Auch der letzte Rest seines Unmuts war verflogen, als ich ihm zusicherte, daß er dort den ganzen Tag als einziger jagen dürfe.
Von Bruno mit einer Tafel Schokolade versehen, wollte er bis zum Abend draußen bleiben. Nichts konnte mir gelegener sein.
Als er sich von Bruno und mir schon verabschiedete, war der Förster noch rechtzeitig erschienen, hatte ihm eine Karte des Reviers zugesteckt und versprochen, ihn bei Anbruch der Abenddämmerung an einem bestimmten Kreuzweg mit dem Jeep abzuholen.

Auf dem Weg zu meinem Wagen beauftragte ich den Förster, mit Bruno zusammenzubleiben und bis zum Abend etwas zu erfinden und zu organisieren, was die Arbeiter und den Botschafter versöhnen sollte, ein Bier-Essen im Quartierhaus oder was auch immer.
Ich hatte nur einen Gedanken: Bruno vom Hause fernzuhalten und sofort in die Stadt zu fahren, um beim Einbruch der Dunkelheit zurücksein zu können.

Als wir an meinen Wagen gelangt waren, sagte der Förster, Bruno und er würden um die Mittagszeit zu den Arbeitern in die Feriendörfer gehen; so könnten sie mit ihnen einzeln sprechen. Es bedrückte mich, daß Bruno, den dieser dem Botschafter so nützliche Plan doch hätte freuen müssen, stumm und finster zu Boden blickte, mir lau die Hand reichte und sich sofort an dem platten Reifen des Jeeps zu schaffen machte.
Ich kehrte nach Belvedere zurück, bat die Hausdame, der Botschafterin beim Mittagessen Gesellschaft zu leisten und zu sagen, daß der Botschafter bis zum Abend im Revier bleibe. Dann fuhr ich, ohne mich umzukleiden, zur Stadt ins Ministerium.
Da die Chefs der Polizei und der Abwehr, empört, daß sie das beschlagnahmte Material Rysselgeert hatten übergeben müssen, dort auf mich warteten, stieg ich über die Hintertreppe zu meinen Räumen hinauf.
Rysselgeert hatte mir versprochen, alle abgelieferten Papiere zunächst nur daraufhin zu prüfen, ob Bruno bloßgestellt sei. Er beruhigte mich sofort. Bruno war zwar in dem einen und anderen der gefundenen Papiere in zwielichtiger Weise erwähnt, aber doch jedesmal, ähnlich wie im Bericht des Professors, nur als jemand, von dem man, mit Vorbehalten, etwas erhoffte. Im kommunistischen Studentenklub hatte die Polizei den Durchschlag eines an Bruno gerichteten Briefes gefunden, worin ihm gedankt wurde für eine Geldspende zugunsten eines lungenkranken Studenten, der auf Brunos offenbar nachdrücklichen Wunsch nicht erfahren sollte, wer es war, der die Kur in einem Schweizer Sanatorium bezahlte.
So konnte ich beruhigt zum Ministerpräsidenten fahren, der mich, zusammen mit dem Außenminister und dem Heeresminister, zu einer Beratung empfing, die auf meine Bitte den übrigen Mitgliedern der Regierung verheimlicht wurde.
Das gefundene Material entlarvte schon bei einer ersten Prüfung nicht nur die oberen Führer unserer Kommunistischen Partei als Haupthelfer der Sowjetspionage, sondern belastete auch die Botschaft selber so stark, daß der Ministerpräsident dem Botschafter und dem ersten Botschaftsrat die Pässe zustellen wollte.
Es wunderte uns schon, wie leichtsinnig sich die Kommunistische

Partei bloßgestellt hatte, aber vollkommen unbegreiflich war uns, was die Botschaft sich geleistet hatte. Zum ersten Mal hätten wir Sowjetdiplomaten, die bei uns beglaubigt waren, der Spionage überführen können.

Der Außenminister erklärte dem Chef der Regierung, er weigere sich, dem Botschafter auch nur eine Andeutung zu machen, bevor der Handelsvertrag erneuert sei. Es sei überhaupt das beste, die Angelegenheit vor der Öffentlichkeit so gut wie nur möglich zu verharmlosen.

Mir schien dieser Vorschlag noch ungenügend. Ich war überzeugt, daß wir angesichts des Umfangs dieses Skandals nur schweigen konnten oder — auf die Gefahr des Abbruchs der Beziehungen durch Moskau — alle Mitglieder der Botschaft, die den Status eines Diplomaten hatten, ausweisen mußten. Ich hielt es für das beste, niemals zu veröffentlichen, was uns aufzudecken gelungen war, und die schuldigen Kommunisten, nachdem wir sie alle verhört hätten, ins Ausland entfliehen zu lassen.

Der Heeresminister war empört. Jeden kleinen Dieb stecke man auf Monate ins Gefängnis, und diese Verräter schicke man über die Grenze, vielleicht noch mit Reisegeld versehen!

Man müsse sich mit dieser unmoralischen Lösung abfinden, sie sei das kleinere Übel, sagte der Außenminister.

Dank dieser Zustimmung gelang es mir schnell, meinen Vorschlag beim Ministerpräsidenten durchzusetzen, und als ich nach einem hastigen Mittagessen wieder nach Belvedere fuhr, malte ich mir aus, mit welchem Unbehagen der Botschafter in den Montagsblättern die Nachricht von der Entdeckung einer geheimen Druckerei lesen würde. Zur Irreführung der öffentlichen Meinung hatte ich Haftbefehle gegen einige längst prozeßreife Devisen-Schmuggler ausgegeben, deren Namen die Presse mit der Notiz bringen sollte, sie hätten verdächtige Banknoten in Umlauf gebracht. Ich hoffte, mit dieser falschen Nachricht gleichzeitig den Botschafter auf den Verdacht zu bringen, die Druckerei, die geheimes Eigentum der Partei war, sei zu unredlichen, privaten Geschäften mitbenutzt worden, und dieser Mißbrauch habe die Zerschlagung des sowjetischen Spionagerings herbeigeführt. Für meine Ziele konnten unsere Kom-

munisten bei der Moskauer Zentrale gar nicht tief genug in Ungnade fallen.
Der Ministerpräsident hatte gemeint, meine ›Presse-Enten‹ würden der Botschaft zwar für die Öffentlichkeit willkommen sein, der Botschafter würde aber im Ministerium des Äußeren erscheinen und mit der gewohnten Unverfrorenheit protestieren, den Verhaftungen liege nichts Stichhaltiges zugrunde, sie seien ein Akt der Unfreundlichkeit gegenüber der Sowjetunion.
Der Außenminister hatte dem Chef der Regierung entgegengehalten, daß er in diesem Fall das Verheimlichen der Aufdekkung des Spionagenetzes als eine große politische Freundlichkeit hinstellen würde, für die man in Moskau dankbar sein solle.
Als ich in Belvedere eintraf, dämmerte es bereits. Da ich in meinem Jagdanzug weggefahren war und den Wagen selbst gesteuert hatte, wußte niemand im Hause, woher ich kam.
Ich wollte nur die Botschafterin begrüßen, sie glauben machen, auch ich sei auf Pürsch gewesen, und wollte dann sofort weiter zum Quartierhaus, um dort dem Botschafter, bei seiner Rückkehr aus dem Revier, gleichfalls den Eindruck zu geben, daß ich den ganzen Tag den Bereich von Belvedere nicht verlassen hatte.
Die Hausdame kam mir an der Treppe aufgeregt entgegen. Ein Todesfall in der Familie der Botschafterin habe das Paar gezwungen, Hals über Kopf abzureisen.
Dasselbe stand in einem Briefchen des Botschafters.
Schon eine Viertelstunde später wußte ich, daß die Botschaft seit zwei Tagen keine Depesche aus Moskau durch unsere Post erhalten hatte, über die eine Nachricht von solcher Harmlosigkeit doch offen durchgegeben worden wäre.
In der Zwischenzeit hatte ich vom Diener erfahren, daß die Botschafterin gegen Mittag einen Herrn empfangen hatte, der mit dem Wagen der Botschaft eingetroffen war, und daß sie kurz danach den Förster herauftelefoniert und ihn gebeten hatte, in seinem Jeep ihr und dem Besucher in den Wald vorauszufahren, um dort den Botschafter zu suchen.
Erst zwei Stunden später waren die beiden dann mit dem Botschafter aus dem Wald zurückgekommen. So etwas wie das

überstürzte Packen der Koffer habe er noch nie erlebt, sagte der Diener, aber Hilfe habe die Botschafterin abgelehnt.
Um die einzige Auskunft, an der mir lag, aus dem Mann herauszulocken, sagte ich: »Niemand wünscht Gesellschaft, wenn er soeben von einem Todesfall in der Familie benachrichtigt worden ist.«
Ja, sie habe ein wenig geweint, die Botschafterin, sagte der Diener, die Exzellenz aber nicht. Die habe geflucht, das habe er durch das Russische hindurchgehört.
Nun war ich nicht klüger als zuvor. Die Flüche des Botschafters konnten durchaus dem Zorn auf die Unterbrechung der Jagd zuzuschreiben sein. Ich wunderte mich nur, daß mir der Wagen des Botschafters nicht begegnet war.
Ich rief die Gendarmerie an, die, da ja Sonntag war, alle ihre Leute an den Straßenkreuzungen stehen hatte, und so wußte ich bald, daß der Wagen der Botschaft dreimal auf Nebenstraßen gesichtet worden war. Bei dem wegen des Schnees doch nur geringen Verkehr war dies nicht mit einer erzwungenen Umleitung zu erklären, die sonst des Sonntags manchmal nötig war, um die Autobahn zur Hauptstadt zu entlasten. Ich ordnete eine Überwachung aller Einfahrten an den Vororten an. Da wir das Tor der Botschaft Tag und Nacht beobachten ließen, war ich sicher, zu erfahren, ob bald nach der Rückkehr meines Gastes Wagen der Botschaft in die Stadt fahren würden und wohin dort.
Ich hatte danach noch mit Rysselgeert telefoniert, und so war viel Zeit verstrichen, bis ich nach Bruno fragte. Niemand vom Personal hatte ihn gesehen; ich rief im Quartierhaus an. Ich fürchtete, er bereite, ohne etwas von der Abreise des Botschafters zu wissen, das Bier-Essen vor. Man sagte mir, außer am frühen Morgen habe Bruno sich den ganzen Tag nicht gezeigt. Er sei doch auf der Pürsch. Man wisse das vom Förster selber. Auf meine Frage, ob jemand wegen des Essens vorbeigekommen sei, erfuhr ich, daß der Förster es abbestellt hatte.
Da ich keinen Grund mehr hatte, in Belvedere zu bleiben, und Brunos Rückkehr nicht abwarten wollte, schickte ich nach meinem Fahrer.
Ihm war das Tempo, zu dem ich ihn unterwegs antrieb, zu

hoch, und er sagte mir plötzlich, wenn es der Botschafter sei, dessentwegen es mir so eile, solle ich auf dem glitschigen Schnee unser Leben nicht aufs Spiel setzen. Diesen Herrn würde ich doch auf keinen Fall beschwichtigen können. Wenn ich gesehen hätte, mit welcher Wut der von Belvedere abgereist sei, würde ich es nicht versuchen, noch abends in der Botschaft vorzusprechen. Zuerst die verdorbene Treibjagd, dann der Krach mit Bruno und auf der Pürsch bis mittags nichts vor der Büchse und schließlich aus dem Revier geholt werden, so vielem Ärger seien die Nerven des Botschafters nicht gewachsen gewesen.

Der Botschafter einen Streit mit Bruno? Der Fahrer erzählte mir, einer der Jagdheger habe im Revier beobachtet, wie Bruno des Morgens, nach dem Abblasen der Treibjagd, etwas in einer fremden Sprache rufend, dem Botschafter ins Revier nachgegangen und, als er ihn gefunden, heftig von ihm angeschrien worden sei. Der zuerst weithin hörbare Wortwechsel sei dann plötzlich leise fortgesetzt worden, aber zu spät, das ganze Wild, schon vergrämt aus dem Treibgebiet über die Senke herübergeflüchtet, sei längst, von neuem vergrämt, flüchtig gewesen. Später, als der Botschafter die hoffnungslose Pürsch wieder aufgenommen hatte, habe der Jagdheger Bruno allein und stur vor sich hinstarrend auf einem schneenassen Baumstumpf sitzen sehen, offenbar sei der Junge ganz verzweifelt darüber gewesen, daß, nach den Treibern, nun auch er dem Gast die Jagd verdorben hatte. »Deswegen«, so schloß der Fahrer, »ist er ja auch, so wie er war, im Jagdanzug auf die Bahn gefahren, er wagte es nicht mehr, sich vor dem Botschafter zu zeigen.«

In wessen Wagen Bruno nach Belvedere-Dorf gebracht worden war, wußte der Fahrer nicht; alles, was er mir berichtete, stammte von dem Gärtner, der nachmittags im Quartierhaus gewesen war und dort von den Kellnerinnen gehört hatte, was ein Jagdheger erzählt hatte.

Als ich in der Stadtwohnung eintraf, war Bruno nicht dort. Ich rief den Förster an. Was ich von ihm erfuhr, entsetzte mich. Er selber war es gewesen, der Bruno zum Bahnhof gebracht hatte, aber unter ganz anderen Umständen als denen, die mir der Fahrer geschildert hatte. Um den Botschafter schneller zu finden, hatte der Förster dem aus der Stadt eingetroffenen Russen und dem Fahrer auf der Karte das Revier erklärt, und dann waren sie in drei verschiedenen Richtungen quer durch den Wald auf die Suche gegangen. Die Botschafterin, die im Wagen geblieben war, hatte gesagt, man solle mit allen Kräften nach ihrem Mann rufen, es dürfe keine Zeit verloren werden.

Als der Förster aus seinem Abschnitt an den Wagen zurückgekommen war, hatte er schon aus einer gewissen Entfernung gesehen, daß der Botschafter gefunden und mit dem anderen Russen dabei war, Bruno zu photographieren, und zwar von allen Seiten und mit und ohne Kopfbedeckung, und aus zwei Apparaten. Der Förster hatte sich gewundert, daß die beiden dafür Zeit hatten.

Man hatte ihn auf dem Schnee nicht kommen hören, und da der Wagen für die Rückfahrt nach Belvedere schon gewendet hatte, war er auch von der Botschafterin und dem Fahrer, die im Innern saßen, nicht gesehen worden. Plötzlich hatte Bruno auf ihn gezeigt, der Botschafter und der andere hätten sich sogleich umgewandt und ihm zugerufen, wenn er photographiert werden wolle, solle er schnell herbeikommen. Darauf hatten die beiden ihre Kameras auf ihn gerichtet, aber hastig und mit verdrießlichen Mienen, als hätten sie es sehr ungern getan, und waren dann nach einem flüchtigen Händedruck, ohne sich von Bruno zu verabschieden, in den Wagen gestiegen und sofort abgefahren.

Bruno hatte dann den Förster gebeten, ihn im Jeep nach Belvedere-Dorf zu fahren, und behauptet, ich sei bereits mit dem Wagen zur Stadt zurückgereist. Bruno, der unterwegs sehr nervös, aber stumm gewesen war, hatte kurz vor dem Eintreffen am Bahnhof sich plötzlich an die Brust gegriffen und gesagt, er habe seine Brieftasche im Quartierhaus liegenlassen oder bei der Pürsch verloren. Das ihm von dem Förster sofort angebotene Geld hatte er abgelehnt und gebeten, dem Stationsvorsteher vorgestellt zu werden. Von ihm hatte Bruno sich dann Geld geliehen. Wieviel, wußte der Förster nicht. Er habe es nur merkwürdig gefunden, daß Bruno seine Büchse als Pfand gelassen hatte. Alles sei Hals über Kopf vor sich gegangen, da der Zug schon gemeldet war.

Wenige Augenblicke später hatte ich den Stationsvorsteher an der Leitung. Die Summe, die Bruno sich hatte geben lassen, war so hoch, daß ich die Fahndung nach ihm und eine spezielle Überwachung der Grenzen anordnete. Dann brach ich in seinem Zimmer alle verschlossenen Schubladen auf. Zu meiner Überraschung waren sie vollkommen leer. Nirgendwo Papiere. Auch nicht in den offenen Kommoden, wo ich die Wäsche durchwühlte. Da er die Briefe seines Vaters seit langem ins Haus kommen ließ, fragte ich mich, wo er sie aufbewahrte und ob er den Schreibtisch nur zur Irreführung absperrte, damit man die Briefe dort und nicht in ihrem wahren Versteck vermuten sollte.

Daß er ins Ausland geflohen, also doch in die Spionageaffäre verwickelt sein mochte und daß ich dann meinen Rücktritt anbieten mußte, war mein nächster Gedanke.

Ich fuhr ins Ministerium, ließ die erzürnten Herren der Polizei und der Abwehr, die dort voll Ungeduld saßen, weiter auf mich warten und befahl Rysselgeert, ohne ein Wort der Erklärung, sofort die Sonderkartothek aus dem Geheimarchiv des Ministeriums in zwei von mir immer dafür bereitgehaltene Koffer zu packen, und schickte ihn damit zu meinem Fahrer an die unbewachte, in einer Tornische versteckte, nur dem Minister vorbehaltene Tür, die für politisch kompromittierende oder Damenbesuche dient. Dort, wo man weder den Wachen noch von der Straße her sichtbar ist, sollten die Koffer in meinen Wagen geladen und zu mir nach Hause gebracht werden.

Ich benutzte Rysselgeerts Abwesenheit und forderte telefonisch auf der Präfektur von dem einzigen diensttuenden Beamten der Archive die Akte ›Rysselgeert‹ aus der gelben Kartothek an, ›sofort und zu eigenen Händen gegen Quittung!‹ Ich war gar nicht sicher, ob es eine Akte ›Rysselgeert‹ gab; ich hatte es immer versäumt, dies festzustellen.

Rysselgeert war noch nicht wieder oben, da rief der Beamte zurück, die verlangte Akte werde mir sofort von einem Motorradfahrer gebracht. Unsere schnüffelige Sittenpolizei hatte also Beobachtungen über Rysselgeert deponiert.

Als Rysselgeert heraufkam, sagte ich ihm, welche Akte mir in wenigen Minuten gebracht werde. Daß er nie von einem Gericht verurteilt worden sei, wisse ich zwar; bevor ich ihn für

Bruno engagiert, hätte Eckhoud ja sein polizeiliches Leumundszeugnis gesehen, doch da Beziehungen wie seine mit Max Jans oft überwacht würden, solle er mir sagen, ob er je von der Sittenpolizei behelligt worden sei.

Er habe nie Anlaß dazu gegeben, versicherte er. Die Frau, mit der er als Student zwei Jahre ebenso diskret gelebt habe, wie er seit nun fast fünf Jahren mit Max lebe, sei eine unverheiratete Beamtin, also wegen Ehebruchs nicht belangbar und bei seiner damals mageren Kasse auch kaum der Prostitution verdächtig gewesen. Andere Verhältnisse habe er nicht gehabt und Abenteuer nie gesucht. Wieso die Sittenpolizei sich mit ihm befaßt habe, sei ihm unbegreiflich.

Ich erinnerte ihn daran, daß Beziehungen wie seine mit Max bei uns strafbar sind, auch zwischen Erwachsenen.

Außer seinen und Maxens Eltern sei ich der einzige Mensch, den er habe wissen lassen, daß seine Beziehung zu Max Jans mehr sei als Freundschaft.

Da es mir immer aufgefallen war, wie wenig die unteren Polizeibeamten in ihren Berichten lügen, war ich nun gespannt.

Zu meiner Verwunderung überflog Rysselgeert die Akte so schnell, als ginge sie ihn nichts an, bestand aber dann darauf, daß ich sie las.

Rysselgeert war beobachtet worden von dem Tag an, als ich ihn in mein Ministerium übernommen hatte. Eine Unverschämtheit des Präfekten . . . oder eine Vergeßlichkeit! Es war zwar üblich, neuernannte Beamte der wichtigen Ministerien eine Zeitlang zu beschatten, aber am Tag nach der Ernennung Rysselgeerts hatte ich der Polizei telefoniert, die politische Abteilung könne einen Mann zur Bekämpfung der Gangster und Racketeers abgeben, mein Kabinettschef lebe schon zwei Jahre bei mir im Hause, es sei überflüssig, sich mit ihm zu befassen.

Nun stand es aber da, mit genauen Daten, wann und wohin Rysselgeert in den letzten Monaten mit Max Jans gegangen und wann dieser bei ihm über Nacht geblieben war. Die Schlüsse, die man aus diesen Beobachtungen zog, fanden sich in einem unappetitlichen Sondervermerk, wo an einer Stelle unterstrichen war: Nach einem gemeinsamen Theaterbesuch hätten sich sogar die Eltern Jans und nicht nur der Sohn auf

der Straße mit Umarmungen von Rysselgeert verabschiedet. Aus einem angehefteten Zettel ging hervor, daß die politische Abteilung das Material der ›Sitte‹ zur ›Kenntnisnahme und Abschrift‹ geschickt, aber noch nicht zurückerhalten hatte und daß als dritte noch die Sonderabteilung diese Berichte erhalten müsse. So konnte ich also alle drei Dezernate um die Akte über Rysselgeert bringen.
Ich warf mir wieder einmal vor, dem Parlament nie den vom Außenminister angeregten und von mir ausgearbeiteten Entwurf zur Abschaffung all jener Gesetze unterbreitet zu haben, an deren Bestehen nur den Sittenschnüfflern und den Erpressern liegt. Aber da meine Freundin von ihrem Mann nur getrennt, doch nicht geschieden lebte, unser Verhältnis deshalb strafbar war, hatte ich die Sarkasmen der mir feindlichen Presse gefürchtet, die meinem Wunsch nach Reformen unserer Sittengesetze nur persönliche Interessen unterschoben hätte.
Wir hatten im Büro einen eigenen Aktenwolf. Erst als die Akte darin zerfetzt war und Rysselgeert nicht mehr schaden konnte, sagte ich ihm, weil ich vielleicht schon in vierundzwanzig Stunden nicht mehr Minister sei, hätte ich zuerst getan, was er gesehen, obwohl die Untersuchung der enormen Spionageaffäre dringlicher sei. Er starrte mich nur an. Aber als ich ihm schildern wollte, was mein Fahrer und der Förster über Bruno berichtet hatten, reichte er mir ein Telegramm. Es war in der ersten deutschen Stadt jenseits der Grenze von Bruno an Rysselgeert aufgegeben worden: ›Sage ihm, daß er mich nie wiedersieht. Er hat sich letzte Nacht und heute morgen selber gerichtet. Bitte sich nicht um mich zu kümmern, bin morgen bei meinem Vater.‹
Rysselgeert begriff nicht, was mich an dem Telegramm beglücken konnte.

Die Jahre in der Sowjetunion

Ich öffnete die Tür eines der Nachbarräume, wo Rysselgeert das bei den Kommunisten gefundene Material zum großen Teil bereits gesichtet hatte, und fragte ihn, wie schon mittags, ob wirklich nichts darunter sei, was Bruno eindeutig belaste. Als er mir versicherte: »Dort nicht«, erklärte ich ihm kurz, auf welch verstiegene, aber beeindruckende Weise Bruno vergangene Nacht meinen Charakter habe prüfen wollen und was für eine unglückliche Verstrickung es sei, daß wenige Stunden später meine Lüge auf der Jagd für den Jungen der Zusammenbruch der Vorstellung gewesen sein mußte, die ich versucht hatte, ihm zu geben. Wenn ich Bruno erklären könnte, warum ich ihn auf dem Schützenstand belogen hatte, käme er vielleicht zurück; das Telegramm zeige ja gerade, was ihn verletzt und von mir fortgetrieben. Durchgebrannt sei er ja auch früher jedesmal, wenn er mich besonders gehaßt habe.

Ich wisse noch nicht alles, sagte Rysselgeert. Und dann eröffnete er mir, daß während meiner Rückfahrt von Belvedere der Präfekt, aus Mißtrauen gegen Bruno und wohl auch aus Rachsucht gegen mich, die Stallungen und Scheunen des Obersten Jans hatte durchsuchen lassen, dort ein Lager von kommunistischen Broschüren, Maschinengewehren und Gummiknüppeln gefunden hatte und, unter dem für Brunos Pferde reservierten Hafer, zwei blecherne Koffer voll Papiere, die Bruno gehörten, darunter seine Mitgliedskarte der ›Gesellschaft der Freunde der Sowjetliteratur‹ und viele Briefe Collignons.

Durch den Kabinettschef des Außenministers, den dieser geschickt hatte, um mich zu warnen, wußte Rysselgeert außerdem, daß der Präfekt Brunos Koffer zum Ministerpräsidenten hatte bringen lassen, um zu zeigen, warum ich der Polizei und der Abwehr die Behandlung der Spionageaffäre weggenommen hätte.

Nur durch einen schnellen Rücktritt konnte ich die Regierung vor dem Sturz und damit meine Partei, deren Finanzen erschöpft waren, vor Neuwahlen bewahren. Der Chef der Polizei, politisch ungebunden, also keiner der Regierungsparteien angehörend, dem ich bei der Übernahme des Ministeriums aus Bequemlichkeit die Präfektur gelassen hatte, strafte mich für diese Schwäche, indem er mich gerade zu der Stunde, als ich Rysselgeerts Polizeiakte vernichtete, höchsten Orts anschwärzte, nicht ohne dies dem Ministerpräsidenten und dem Außenminister vorher angekündigt zu haben. Er war geübt in den feineren Erpressungen. Daß dann die Majestät auffällig schnell in einem vor Huld triefenden Billett meine Absicht, zurückzutreten, beklagte, zeigte mir wieder einmal, obwohl ich das Opfer war, die Vorzüge der monarchischen Staatsform, denn in welcher demokratischen Republik wäre der Chef der Polizei mit seiner Forderung meines Rücktritts gegen die Front der Ministerkumpane durchgedrungen! Mit groben, aber unbestreitbaren Argumenten hatte er im Palais seine Intrige gegen mich zugunsten hausbackener Redlichkeit durchgeführt. Ich war sicher, daß er am Geburtstag der Majestät geadelt werden würde.

Für die Öffentlichkeit war ich zur Zeit des Abendessens in meinem Büro von einem ›heftigen Unwohlsein‹ befallen worden und ›auf Drängen der Ärzte‹ zurückgetreten, um mir eine ›längst notwendige‹, lange Erholung zu gönnen.

Man glaubte es, weil eines unserer Boulevardblätter, das sonntags abends eine Spätausgabe druckte, die Namen von zwei Ärzten nannte, deren Wagen motorisierte Polizisten den Weg zu meinem Ministerium frei gemacht hatten, allerdings nicht meinetwegen.

Der Glasbläser, noch immer in einem Raum des Ministeriums eingesperrt, hatte, als man sein Abendessen brachte, leblos auf dem Teppich gelegen. Von Panik ergriffen und in der Hoffnung, man könne den Mann retten, hatte Rysselgeert die Dummheit gemacht, die Ärzte zu rufen. Es war zu spät. Der Glasbläser hatte sich vergiftet. Mit Zyankali, wie am Geruch sofort festgestellt worden war. Mehrere Ampullen steckten in seiner Jacke; auf einen Zettel hatte er geschrieben, er töte sich, weil er, um die ungerechte Hinrichtung seines Bruders zu rächen, sein Vaterland und die hiesigen Kommunisten verraten habe. Er bitte darum, daß man seine Leiche dem Sowjetbotschafter schicke; dessen Bruder trage die Schuld an der Hinrichtung des seinen.

Uns war mit dieser Tat ein böser, durch Rysselgeerts Kopflosigkeit doppelt schlimmer Streich gespielt. Obwohl der Text der amtlichen Mitteilung meines Rücktritts sich um diese Zeit bereits in der Setzerei des Staatsanzeigers befand, bat ich in ultimativer Form den Ministerpräsidenten, den Außenminister, den des Heeres und die Chefs der Polizei und der Abwehr herbei, führte die Herren vor den toten Glasbläser und schilderte ihnen, was sich am Abend zuvor im Quartierhaus zwischen dem Botschafter und dem Mann, dem wir die Sprengung des Spionagerings verdankten, zugetragen hatte und wieso er sich, statt im Gefängnis, in meinem Ministerium befand.

Der Präfekt meinte, da es beschlossen sei, die Spionageaffäre der Öffentlichkeit vorzuenthalten, solle man den Presseattaché der Sowjetbotschaft diskret ins Ministerium bitten, ihn die Leiche und den hinterlassenen Zettel photographieren lassen und der Botschaft Stillschweigen zusichern, wenn der Presseattaché seinerseits sich in meinen Räumen von uns photographieren ließe und schriftlich bestätigen würde, daß der Glasbläser Selbstmord begangen hatte. Es würde interessant sein, die Wirkung dieses Vorschlags zu beobachten. Wir sollten nicht vergessen, daß unsere Kommunisten auf Betreiben der Sowjetbotschaft mit der Leiche einen ungeheuren propagandistischen Mißbrauch treiben könnten. Natürlich rügte er, daß man nicht einmal die Taschen des Mannes untersucht hatte. Eine berechtigte Kritik. In dem Augenblick, als der Gefangene des Morgens seine Lage erkannt und mir dies am Telefon gesagt hatte, hätte ich eine Leibesuntersuchung anordnen müssen.

In diese Beratung platzte mein Nachfolger herein, der mir, trotz der späten Stunde, einen Besuch machen wollte. Das Innenministerium stand, solange das Regierungsbündnis mit den Sozialisten und Konservativen hielt, der liberalen Partei zu. Mein Nachfolger, schon zweimal Unterstaatssekretär gewesen und nun zum ersten Mal Minister geworden, fand es wenig nach seinem Geschmack, daß er beim Betreten seiner künftigen Amtsräume nicht seinen Vorgänger allein, sondern drei regierende Minister fand, die mit den Chefs der Polizei und der Abwehr vor der Leiche eines sowjetischen Spions berieten, was mit dieser geschehen solle und mit welcher Begründung man den beiden Ärzten, die in einem Nebenraum in besserem Arrest saßen, Schweigen gebieten könne. Der eine hatte es bereits seltsam gefunden, daß an einem Sonntagabend in den oberen Prachträumen des Innenministeriums ein den Kleidern nach einfacher Mensch Selbstmord begangen haben sollte, ein Zwischenfall, der ihn in einem Gefängnis oder einem Polizeikommissariat weniger befremdet hätte.

Vom Außenminister unterstützt, benutzte ich die Gelegenheit und empfahl meinem Nachfolger, nicht lange einen Kabinettschef zu suchen, sondern den so gut eingearbeiteten Rysselgeert zugleich mit meinen Geschäften zu übernehmen. Die Anwesenheit des Ministerpräsidenten erlaubte es mir, diese auf der Stelle abzugeben.
Mir lag daran, so schnell wie möglich frei zu sein.

Auf der Heimfahrt holte ich den Lieferwagen unseres großen Morgenblattes ein. Ich ließ mir von dem Chauffeur ein Exemplar herunterreichen. Meine und die Photographie meines Nachfolgers auf der ersten Seite. Auch das Billett der Majestät und eine ergreifende Beschreibung meiner Herzkrankheit. Nicht ein Wörtchen von den Haussuchungen und politischen Verhaftungen. Mein Märchen von der ausgehobenen Geheimdruckerei und den Funden des Falschgeldes war recht fett gedruckt und stand an guter Stelle.
Am nächsten Tag hatte ich zu Hause mit den leitenden Angestellten der Chemischen Werke lange Besprechungen. Ich führte diese von meinem Bett aus und ließ mich dabei für die Presse photographieren.
Überzeugt, daß Bruno nach Frankreich gereist sei, um mit seinem Vater zu sprechen, und entschlossen, ihn zurückzuholen, wollte ich nachts nach Paris fahren. Ich war sicher, daß er am Sonntag den Zug von Belvedere-Dorf nur bis zur nächsten Station genommen und dann auf der gleichen Strecke bis zur nahen deutschen Grenze zurückgefahren war, wo er unbewachte Jägerpfade kannte, die durch die Wälder von Belvedere auf deutsches Gebiet führten. Mit dem Umweg über Deutschland hinterließ er keine Spuren an unseren Grenzposten. Eckhoud hatte den Pariser Vertreter unserer Werke bereits beauftragt, sich Auskünfte jeder Art über Collignon zu verschaffen.
Doch die Reise nach Paris, die ich vergeblich gemacht hätte, wurde mir erspart. Dank der Bosheit des Präfekten und dank einer gewissen Freude, die unsere Majestät an opernhaften Auftritten findet. Am späten Nachmittag erschien ihr jüngster Ordonnanzoffizier; man befahl mich ins Palais. Auf der Stelle, im Wagen des Hofs!

Daß ich von einem Leutnant abgeholt wurde, verhieß nichts Gutes. Nach meinem Rang im Adelsbuch stand mir ein Major zu, man hatte mir aber in den letzten Jahren immer einen Oberst geschickt.

Obwohl die Majestät das Jahrhundert nicht begreift und Vorschläge zu Reformen meist übelnahm und mir meine häufig wiederholte Forderung nach radikaler Änderung oder Auflösung des Hofstaates wohl nicht verziehen hat, obwohl man also höchsten Orts der Zeit Trotz bietet, würde ich doch nie sagen, die Dummheit sitze auf unserem Thron. So war ich denn auf allerlei gefaßt, als ich zum Palais fuhr und als mich dort der Hofminister empfing, ausgerechnet die Persönlichkeit, deren im ganzen Land verhaßtes Amt ich seit Jahren abschaffen wollte. Ich erwartete, daß man mir die Demütigungen heimzahle, denen man sich zur Zeit des Ehezwistes vor mir hatte aussetzen müssen. Auch mißfiel es mir, daß mich der Hofminister nicht in die Privatgemächer führte, sondern in den Spielsaal, wo der ganze Hofstaat zwanglos um die Majestät versammelt war. Ich glaubte nicht recht zu sehen und zu hören, als man ohne jede Begrüßung oder Einleitung ein Jagdgewehr von einem Tisch nahm, auf mich zutrat und es mir überreichte: Ich würde jetzt ja wohl zu Schwiegersohn und Enkel nach Prag und von dort gewiß in die Hohe Tatra reisen, um mir endlich eine wahre Erholung zu gönnen. Nachdem ich dem Lande so viele Monate lang wieder einmal unschätzbare Dienste geleistet, sei es nur eine kleine bescheidene Anerkennung, wenn man mir dieses Gewehr für die Bärenjagd in den Karpaten schenke; bis zur vergangenen Nacht hätte ich ja mit viel Erfolg ein anderes Wild gejagt. Dann wandte man sich zum Hof um und sagte, die Staatsraison verbiete es, zu verraten, vor welcher Gefahr ich das Land bewahrt und mich dabei bis zum Zusammenbruch meiner Gesundheit überanstrengt hätte.

Und schon verabschiedete man mich. Man dürfe, man könne mich nicht zurückhalten, ich wolle ja noch diese Nacht reisen.

Da man dem Ordonnanzoffizier kein Zeichen gab, mir das Gewehr zu tragen und ich es ihm auch nicht einfach übergeben durfte, mußte ich, unter den an unserem Hof noch immer vorgeschriebenen Verbeugungen und rückwärts bis zur Tür gehend, das Gewehr vor mir hertragen, in der Stimmung, die dem entsprach, was die soviel jüngere Majestät sich mit mir erlaubt hatte!

Ich war nur froh, daß die Königin-Mutter sich in Sizilien befand und daß ich nicht befürchten mußte, ins Kleine Schloß befohlen zu werden, wo man sonst gewiß aus meinem Munde hätte hören wollen, was sich zwischen der Majestät und mir im Palais zugetragen hatte.

Zu Hause stieg ich, benommen vor Zorn, aus dem Wagen des Hofs sogleich in den meinen um und fuhr zum Außenminister, in dessen Diensträumen ich bei meiner Rückfahrt vom Palais noch Licht gesehen hatte.

Er wußte nichts. Ich rief meinen Nachfolger an und bat ihn, sofort zu kommen und den Präfekten ins Vorzimmer des Außenministers zu bestellen. Mein Freund hatte nur dann das Recht, mündlich Auskünfte von der Polizei zu verlangen, wenn der Innenminister zugegen war. Deshalb mußte mein Nachfolger herbei.

Nur vom Präfekten konnte das Palais erfahren haben, daß Brunos Vater sich in Prag befand, also in Frankreich nach der Wahl des neuen Staatspräsidenten begnadigt worden war. Mir das nicht gemeldet zu haben, war eine dienstliche und eine persönliche Schurkerei des Chefs der Polizei. Das fuchste mich. Aber daß Bruno gewußt und mir verheimlicht hatte, wo sein Vater sich bereits befand, traf mich tief. Nun erst ging mir auf, welch verhängnisvolle Bedeutung meine Lüge auf der Jagd gehabt hatte, nachdem ich schon bei dem nächtlichen Gespräch in Belvedere Bruno nicht ganz glaubwürdig erschienen sein mußte. An jenem Abend war er wahrscheinlich noch unentschlossen gewesen, ob er bei mir bleiben oder zu seinem Vater ziehen sollte.

Statt des Präfekten erschien die Nummer Zwei der Polizei. Sein Vorgesetzter sei ins Palais zum Billard und Souper befohlen worden, erklärte er meinem Nachfolger. Da man sich erst gegen Mitternacht zu Tisch setze und die Majestät ohnedies sich nicht gerne früh zur Ruhe begebe, käme der Präfekt wohl sehr spät zurück. Der mir gut bekannte Beamte, den der Innenminister sofort hatte abtreten lassen, rief mich dann aber zu Hause an und verriet mir, was er wußte. Eine Stunde bevor man mich ins Palais befohlen hatte, war der Präfektur von den deutschen Polizeibehörden, die für uns nach Bruno forschten, mitgeteilt worden, daß am Montagnachmittag ein Bruno Collignon, dessen Beschreibung zu spät von unseren Stellen durchgegeben worden war, mit einem neuen tschechoslowakischen Paß in Frankfurt das Flugzeug nach Prag genommen hatte. Es sei den Kontrollen aufgefallen, daß der Paßinhaber für sein eingetragenes Alter zu jung, jedenfalls nicht wie ein Zweiundzwanzigjähriger ausgesehen habe. Auch sei, aber gleichfalls zu spät, von den westdeutschen Stellen gemeldet worden, daß Bruno am Montagmorgen in Köln das tschechoslowakische Generalkonsulat aufgesucht habe. Durch sein langes Warten vor dem Tor, das noch geschlossen gewesen, sei er einem Polizisten aufgefallen.

Wahrscheinlich sei Bruno auf sowjetische Anordnung vom tschechoslowakischen Konsulat in Köln mit dem Paß versehen worden. Ich dachte an die Schilderung des Försters: Der Botschafter und der andere Russe hatten Bruno vor seiner Flucht im Walde von allen Seiten photographiert! Ich nahm an, daß diese Photos schon Sonntagabend mit dem Diplomatenkurier nach Köln gegangen waren, um dort Brunos Identität zu bestätigen.

Am nächsten Morgen bat ich den Außenminister, mir einen Diplomatenpaß ausstellen und die Tschechoslowakische Botschaft unterrichten zu lassen, daß ich nach Prag reisen wolle.

Mein Freund sagte mir, der Sowjetbotschafter habe ihn in der Frühe mit einem Anruf überrascht und dann sofort aufgesucht. Er sei auf heftige Proteste wegen der Verhaftungen gefaßt gewesen, es sei aber ein nicht wiederzuerkennender, mild gestimmter Botschafter erschienen, der behauptet habe, wegen eines Trauerfalls nach Moskau reisen und sich deshalb so plötzlich abmelden zu müssen. Plötzlich! Die Verhaftungen lagen schon zwei Tage zurück.

Der Minister meinte, in der Sowjetbotschaft sei man glücklich, daß wir die Spionageaffäre verschweigen wollten; der Botschafter würde wohl auch nach der Rückkehr aus Moskau, wohin er doch gewiß nur wegen dieser Affäre beordert worden, nie die

Rede darauf bringen. Nicht einmal der böse Wortwechsel, den Rysselgeert dummerweise mit dem Presseattaché der Sowjetbotschaft am Montagmorgen vor der Leiche des Glasbläsers gehabt habe, sei vom Botschafter erwähnt worden. Da die Russen den Kerl nicht kennen wollten, habe mein Nachfolger die Leiche der Polizei zum Begraben übergeben.
Ich dachte nur noch an Bruno. Vierundzwanzig Stunden später empfing mich unser Botschafter auf dem Flugplatz von Prag. Er sagte mir sofort, schon aus Angst vor ihren Moskauer Herren würden die tschechoslowakischen Behörden nie zugeben, daß ein Bruno Collignon in Prag eingetroffen sei.

Abends rief mich unser Außenminister an. Moskau habe mitgeteilt, der Botschafter kehre wegen Erkrankung nicht auf seinen Posten zurück.
Die Entdeckung des Spionagerings war dem Mann also nicht verziehen worden. Ich fragte mich, ob man in Moskau wußte, daß letzten Endes einzig die Kränkung des Glasbläsers diese Niederlage des sowjetischen Nachrichtendienstes herbeigeführt hatte.
Der Außenminister gab mir zu verstehen, man bleibe dennoch bei dem einmal gefaßten Entschluß, kein Geschrei zu erheben, der Öffentlichkeit nichts mitzuteilen und die schuldigen Landsleute zur Auswanderung zu zwingen; die Erneuerung des Handelsvertrages sei wichtiger, als Entlarvte zu strafen.
Ich wohnte bei unserem Botschafter. Nachdem er eine Woche lang ohne Erfolg versucht hatte, von den Behörden Brunos Adresse zu erhalten, meldete sich Collignon in der Kanzlei der Botschaft.
Als ich den Raum betrat, wo er wartete, sah er auf die Uhr. Er habe nur drei Minuten Zeit für mich. Warum ich die Behörden belästige? Bruno sei bereits in Moskau, als Student. Der Junge würde sich ordnungsgemäß bei unserer Botschaft melden und in vier Jahren nach Hause kommen, um seinen Militärdienst abzuleisten. Mehr habe er als Brunos Vater mir nicht zu sagen, meine Vormundschaft sei annulliert.
Er gab sich Mühe, mich durch einen trockenen, sachlichen Ton zu beeindrucken. Ich las es aber seinen Augen ab, daß er sich

den Hauptgenuß seines Triumphes für zuletzt aufgehoben hatte. Er sah wieder auf die Uhr, griff nach dem Hut und machte einen Schritt zur Tür. Dort wandte er sich um. Es sei vielleicht besser für mich, wenn ich es wisse: »Bruno ist empört, daß Sie sich mit dem klar vollzogenen Bruch offenbar nicht abfinden wollen.«

Warum Bruno mir das nicht selber sage oder schreibe, fragte ich.

Ich könne Bruno über unsere Moskauer Botschaft erreichen. So sei ich sicher, daß ihm meine Briefe nicht vorenthalten würden. Damit keine Greuellegenden über eine Verschleppung Brunos aufkämen, sei er sogar bereit, ihn alle sechs Monate zu photographieren, wenn Bruno sich, wie noch vor vierundzwanzig Stunden, weigere, mich zu sehen, oder mir zu schreiben. Einen Versuch solle ich aber niemals machen: Mich oder Rysselgeert zum Botschafter in Moskau ernennen zu lassen. Ich würde das Agreement wohl nie erhalten, aber wenn Rysselgeert oder ich es erhielten, würde Bruno sofort in eine andere Universitätsstadt ziehen. Bruno habe ihn beauftragt, mir zu sagen: Es gebe nichts mehr zu besprechen, es sei nichts mehr zu ändern, nie mehr!

Der Militärdienst

Wie lange habe ich nicht glauben wollen, daß Collignon damals wirklich in Brunos Namen gesprochen hatte! Auf keinen meiner im ersten Jahr noch zahlreichen Briefe erhielt ich eine Antwort und später auch nicht auf die Grüße, die ich ihm zum Geburtstag und zu Neujahr nach Moskau schickte.

Dennoch fuhr ich, vier Jahre nach diesem Ultimatum Collignons, zur Infanteriekaserne. Die Polizei hatte mir gemeldet, Bruno sei, begleitet von Collignon, pünktlich zum Antritt seines Militärdienstes eingetroffen. Ich war, weil die Spielregeln unserer parlamentarischen Demokratie es mit sich gebracht hatten, damals Minister der Wirtschaft, aber mein Freund, unser ›ewiger Minister des Äußeren‹, hatte auch in dieser Regierung wieder sein altes Portefeuille, und Rysselgeert leitete seit fast zwei Jahren sein Kabinett. Soweit dies in Moskau möglich war, hatte er Bruno durch unsere Botschaft beobachten lassen. Aber was wußten wir schon! Daß er sich jedes Jahr auf der Konsulatsabteilung gemeldet und den Paß, den wir ihm, wie seinem Vater, gegeben hatten, erneuern ließ. Bei dem letzten dieser Besuche hatte ich ihn durch den Generalkonsul selber fragen lassen, was er studiere. Er war nicht in die Falle gegangen und hatte gesagt, weil er nur Talent, aber kein Genie besitze, habe er die Mathematik aufgegeben; er wisse noch nicht, welchem Fach er sich zuwenden solle.

Wir wußten es besser. Allerdings erst seit kurzem. Durch einen bei uns wegen einer Liebesaffäre ›abgesprungenen‹ Sowjetagenten war uns bekannt geworden, daß Bruno überhaupt nicht mehr studierte, sondern in einem der abgeschlossensten Institute der Sowjetunion lebte, wo man Agenten ausbildete, die in anderen Ländern die verschiedensten Geheimdienste leiten sollten. So hatten wir uns endlich erklären können, warum Collignon und ihm so viel daran gelegen war, unsere Staatsangehörigkeit zu behalten. Wir wußten, daß auch Collignons französische Gefährtin, die gleichfalls nach Moskau gezogen war, jedes Jahr ihren Paß erneuern ließ. Collignon veröffentlichte häufig ›Stimmungsbilder aus der Sowjetunion‹ in einem Pariser Blatt. Eine Schweizer Wochenzeitung druckte sie nach. Der trockene, unpathetische Stil der ausgezeichneten Artikel hatte uns überzeugt, daß sie von der Frau und nicht von ihm geschrieben waren.

Der Heeresminister hatte meinen Besuch in der Kaserne vorbereitet. Ein Major erwartete mich. Durch einen Anruf befahl er den Rekruten Collignon zu sich und ließ mich dann allein im Büro. Ich hatte den Offizier, der wußte, wie ich mit Bruno verwandt war, gebeten, mir den Raum und den Rekruten für eine Stunde zu überlassen und das Telefon bei der Zentrale zu blockieren.

Als die Tür, nachdem ich mehr als eine halbe Stunde gewartet hatte, endlich aufging, kam ein Feldwebel herein und fragte, offenbar bestürzt, mich und nicht den Offizier vorzufinden, nach diesem. Ich sagte, ich sei es, zu dem der Major den Rekruten Collignon befohlen habe. Wo der bleibe?

Den bringe er sofort, rief der Feldwebel und war schon draußen.

Eine Ewigkeit später kam der Major und übergab mir einen Zettel. Ich solle ihn lesen, ehe er erkläre, was vorgefallen sei. ›Bitte, unterlassen Sie jeden weiteren Versuch, mich zu sprechen, Sie sehen, ich hatte mit diesem gerechnet. Bruno.‹ Seine Schrift hatte sich kaum verändert.

Der Major sagte mir, Brunos unerschütterliche Weigerung, zu ihm zu gehen, und seine beeindruckend inständige Bitte, er, der Major, möge zu ihm kommen, habe den Feldwebel schließlich bewogen, Bruno nach dem Grund eines so unerhörten Verhaltens zu fragen; da habe Bruno gesagt, man stelle ihm nach. Der, zu dem man ihn befehle, sei gewiß nicht der Major, man solle prüfen, ob dieser sich im Büro befinde; es sei eine Falle. Man möge ihn nur in Arrest stecken, bis der Major zu ihm komme. Diesem hatte Bruno dann offenbar sehr entschieden erklärt, es gebe kein Gesetz, das ihn zwingen könne, sich seinem Großvater vorführen zu lassen. Während der paar Wochen, die ihm noch bis zu seiner Großjährigkeit fehlten, unterstehe er außerhalb des militärischen Dienstes nur der Autorität seines Vaters, und den solle man fragen, warum wohl ich meinen Besuch in der Kaserne so listig eingefädelt hätte.

Diesen Schlag verwand ich nicht. Am Abend erzählte ich meiner Freundin zum ersten Mal alles, was ich mit Bruno seit seinem zehnten Lebensjahr erlebt hatte.

Mein Abscheu vor Kameradschaftlichkeit mit Frauen, der immer sehr lebhaft, mir aber unbewußt gewesen war, hatte es mir bis dahin unmöglich gemacht, die Sorgen und die Enttäuschungen, die ich mit Bruno gehabt, vor ihr auszubreiten. Sie hatte nur gewußt, daß ich an meinem Enkel hing, aber nicht wie sehr.

Hinterher konnte ich meine Vertraulichkeit nur bereuen. Diese bis dahin so anziehend kokette Frau hatte sich unter meinen Augen in ein mütterliches Wesen verwandelt; das war mir unerträglich. Auf der Heimfahrt hatte ich das Gefühl, nun zu dem endgültigen Verlust meines Enkels noch einen anderen, ebenso schweren erlitten zu haben.

Zu meiner Bestürzung bemerkte ich in der folgenden Zeit, daß ich Bruno, den ich bis dahin nie gehaßt hatte, anfing zu hassen, weil meine Freundin, die nun nur noch ihn zum Gegenstand unserer Gespräche machte, mir jedesmal, wenn ich ihr Mitgefühl spürte, weniger weiblich erschien. Schließlich bat ich sie, Bruno nicht mehr zu erwähnen und vor allem nie mehr die Wörter Freund und Freundin auf uns anzuwenden.

Aber es war zu spät. Nie wieder ging sie so unbefangen im Sinnlichen auf wie früher. An meinem Haß gegen Bruno maß sie meinen Schmerz um seinen Verlust, und ich wurde das Bild nicht mehr los, das sich mir einmal vor ihrer von Mitgefühl gefurchten Stirn aufgedrängt hatte: Sie erwartet dich abends mit ›seelischem Verbandszeug‹, statt mit ungeduldigen Küssen und der List und der so köstlichen Infamie der weiblichen Natur! So war es mir endlich bewußt geworden, wie wenig ich von meiner Geliebten einen Busen erwartete, um daran zu ruhen. Mir diese Frau, die meinem Geschmack so sehr entsprochen hatte, zur barmherzigen Schwester degradiert zu haben, dafür haßte ich Bruno schließlich so sehr, daß ich seinen Unteroffizier bestach, um ihn bespitzeln zu lassen, obwohl er, wie sein Vater, schon von der Abwehr überwacht wurde. Ich wollte ihn vernichten; da es der Abwehr nicht zu gelingen schien, mußte ich etwas finden, um ihn – was schließlich naheliegend war – wegen Hoch- oder Landesverrats fassen zu können.

Aber während der ersten zwei Monate seiner Dienstzeit verließ Bruno nicht ein einziges Mal die Kaserne und führte nie ein wirkliches Gespräch mit seinen Kameraden. Er war kühl, wenn auch äußerst höflich mit ihnen, betrat nie die Kantine, rauchte nicht, empfing weder Post noch Besuch und legte sich schlafen, sobald er dienstfrei war. Sein Unteroffizier, den ich einmal die Woche ins Ministerium kommen ließ, sagte mir, einen so unheimlichen Kerl habe man noch nie erlebt, dabei sei das ein Soldat, wie man ihn sich suchen müsse, körperlich gewandt wie keiner. Ich hatte den Unteroffizier beauftragt, Bruno unter vier Augen wie zufällig zu ›treffen‹ und Fragen zu stellen: Wo er die letzten Jahre vor dem Einrücken gelebt, was er studiert habe, warum sein Vater ihn nicht besuche und – weil er im Fragebogen verschwiegen hatte, daß er ritt – welchen Sport er treibe. Immer hatte Bruno zurückgegeben, solche Fragen gehörten nicht zum Dienst, und sich jeder Antwort entzogen.

Schließlich war auch die Geduld der Abwehr erschöpft. Bruno wurde eines Mittags, als er wie immer etwas hinter seinen Kameraden zum Essenfassen hinunterging, unauffällig an der Treppe von Offizieren der Abwehr aufgehalten und weggebracht.

Der Heeresminister versicherte mir, das pausenlose Verhör habe nur zweiunddreißig Stunden gedauert; ich nehme an, es waren mehr. Man hatte ihn dabei jede halbe Stunde photographiert. Obwohl ich wirklich neugierig war, wie er jetzt aussah, verzichtete ich darauf, mir diese Bilder anzusehen, ich hatte ja noch einige, freilich recht dürftige, die mir die Paß-Stelle unserer Moskauer Botschaft geschickt hatte.

Der Chef der Abwehr sagte mir besorgt, wenn das nächste Verhör ebenso ergebnislos verlaufe, könne er nicht für die Nerven der verhörenden Offiziere garantieren. Selbst nach der siebten Ohnmacht habe Bruno noch immer entschieden bestritten, in Rußland zum Agenten ausgebildet worden zu sein, und immer wieder auf seine Universitätszeugnisse verwiesen. Weil sein Vater als Korrespondent französischer und schweizerischer Zeitungen nach Moskau geschickt worden sei, habe er dort und nicht bei uns studieren müssen, und nun sei er zur Ableistung seines Militärdienstes zurückgekehrt.

Bruno wurde in eine der diskreten ›Privatpensionen‹ der Abwehr eingesperrt; er sollte einen lückenlosen Lebenslauf schreiben.

Als man diesen abholen wollte, zeigte er auf leere Blätter; er wisse ja nicht einmal, wer die Herren seien, mit denen er es zu tun habe. Nun war es klar, daß er es darauf anlegte, offiziell verklagt zu werden und die Abwehr und mich auf diese Weise in Verlegenheit zu bringen. Er mußte seiner Sache sehr sicher sein und gemerkt haben, daß wir nicht ein einziges Beweisstück gegen ihn besaßen. Unser Verdacht stützte sich ja in der Tat einzig auf die Aussagen des übergelaufenen Sowjetagenten und auf die Erfahrung, die wir nun schon seit vielen Jahren mit Kommunisten gemacht hatten. Denn selbst im Kriege hatten die Sowjetagenten, die doch die zuverlässigsten Verbündeten unserer Widerstandskommandos hätten sein müssen, diese mehr als einmal im Stich gelassen oder sogar an die Besatzung verraten, weil sie in den Deutschen nur den Feind des Augenblicks, in uns, den westlichen Verbündeten, aber den der Zukunft sahen, den es nach der Vernichtung Hitlers auszuhöhlen galt.

Als mir durch unsere Moskauer Botschaft zum ersten Mal gemeldet worden war, Bruno würde wahrscheinlich nicht allein, sondern in Begleitung Collignons die Sowjetunion verlassen, hatte ich bei meiner ersten Besprechung mit der Abwehr darauf hingewiesen, daß Bruno am Tage seines Einrückens noch einige Monate bis zu seiner Großjährigkeit fehlten und daß mir Collignon deshalb unbehaglich sei. Später war uns dann aufgefallen, daß der Tag und Nacht beschattete Collignon, nachdem er Bruno bis zum Tor der Kaserne begleitet und ihn dort theatralisch abgeküßt hatte, sofort in einem kleinen, bescheidenen Sanatorium Wohnung nahm und dieses, außer zu kurzen Spaziergängen im Garten, nie verließ. Als einzige Post erhielt er in zwei Monaten eine Geldanweisung von seiner Pariser Zeitung, er empfing nie Besuch, schrieb nie an Bruno und rief ihn auch nie an, obwohl das in der Kaserne zu bestimmten Stunden erlaubt war. Wir wußten, daß er an der Leber litt, eine strenge Diät einhielt und sich über seinen Zustand sehr beklagte.

Daß Collignon während dieser zwei ersten, also den härtesten Dienstmonaten Bruno nie besuchte und dieser nie ihn, hatte die Abwehr gleichermaßen gewundert. Am Tage, als sie Bruno aus der Kaserne weggeholt hatten, war kein verdächtiger Anruf, kein der Abwehr unbekannter Besucher in das Sanatorium gekommen, und doch hatte gerade in den Abendstunden dieses Tages Collignon durch einen Laufburschen des Sanatoriums einen Brief an Bruno in die Kaserne geschickt, in dem er ihn um seinen Besuch oder Anruf bat, es gehe mit der Gesundheit immer mehr bergab.

Wir hatten schnell festgestellt, daß Collignon in der Tat nach dem Mittagessen, also eine knappe Stunde, nachdem Bruno in der Kaserne festgenommen worden war, sich bei seinem Arzt über besondere Schmerzen beklagt und Pillen verlangt hatte. Niemand bei der Abwehr hatte in diesem Zusammentreffen einen Zufall sehen wollen, man hatte noch einmal die Gendarmerie- und Polizeiberichte, die wir über alle Stubenkameraden Brunos besaßen, durchgekämmt, aber nichts gefunden, was auf Beziehungen zur Kommunistischen Partei schließen ließ, und man wartete nun mit großer Nervosität darauf, daß Collignon am folgenden Tag sich vor der Kaserne einfinden oder dort anrufen würde. Nichts dergleichen! Er war ein wenig im Garten spazierengegangen, hatte den Krankenpflegerinnen gesagt, die Pillen hätten ihm außerordentlich gutgetan. Aber am nächsten Tag war dann das Erwartete geschehen. Er hatte in der Kaserne angerufen und seinen Sohn an die Leitung verlangt. Als man ihm, wie vorgesehen, erklärte, Brunos Einheit sei für acht Tage zu einem Manöver ausgerückt, hatte er nur ›ach so‹ gesagt und eingehängt, aber abends war ein Telegramm, das mit dem Namen des Sanatoriums unterzeichnet war, in der Kaserne eingetroffen, Bruno werde am Krankenbett seines Vaters erwartet. Daß Collignon tatsächlich wieder zu Bett lag und viel stöhnte, konnte keinen der Offiziere der Abwehr mehr überzeugen, und als dann wenige Stunden später ein Telegramm an den Kommandanten des Regiments eintraf, in dem nach dem Verbleib Brunos gefragt wurde, gab es keinen Zweifel mehr, daß Collignon und Bruno von Anfang an nicht nur mit der allerdings selbstverständlichen Überwachung und mit Verhören durch die Abwehr gerechnet, sondern sich auch etwas ausgedacht hatten, um nicht verhört und eingesperrt zu werden, ohne daß die Öffentlichkeit dies erführe.

Die rasche Verhaftung Collignons war ein Schlag ins Wasser. Er saß gefangen, aber am nächsten Morgen brachte der weitverbreitete hauptstädtische ›Generalanzeiger‹ einen Brief Collignons, in der Infanteriekaserne verweigere man ihm jede Auskunft über das Verschwinden seines noch nicht großjährigen Sohnes.

Die Redaktion zeigte der Abwehr Collignons Brief. Er war abgegeben worden. Der sogleich verhörte Laufjunge des Sanatoriums erklärte, Collignon habe ihm tags zuvor den Text des veröffentlichten Briefes gezeigt und ihn angefleht, im Wagen des Milchmanns versteckt sich aus dem Hause zu schmuggeln und den Brief der Zeitung zu bringen, man trachte seinem Sohn nach dem Leben.

Die Abwehr hatte verloren. Eine noch größere Niederlage erwartete sie.

Collignon erklärte den Offizieren der Abwehr, gegen den Namen, den er sich in vier Jahren als Moskauer Korrespondent schweizerischer und französischer Blätter gemacht habe, kämen sie nicht auf. Sie sollten auch seinen Sohn nur schleunigst freilassen, denn wenn er die an einem sicheren Ort verwahrten Briefe, die ich seinem Sohn nach Moskau geschickt hatte, veröffentlichte, würde jeder begreifen, daß bei uns ein regierender Minister den ganzen Verwaltungsapparat bis zur Abwehr hinauf mißbrauche, um einen Familienstreit zu gewinnen.

Man ließ Bruno von der Infanterie zu den Pionieren und in die kleinste und ödeste Garnison des Landes versetzen, wo er leicht zu überwachen war, obwohl die Abwehr dort keine eigenen Dienste unterhielt, sondern nur gewisse Offiziere für sie arbeiten ließ. Bruno kam in eine Einheit, deren Leutnant zu diesen gehörte.

Bald gab es eine neue Überraschung. Bruno schickte einen Brief seines Vaters mit dem Vermerk ›Annahme verweigert‹ zurück. Wenige Tage darauf stand Collignon vor der Kaserne und verlangte seinen Sohn zu sprechen. Durch einen Kameraden ließ Bruno sagen, er käme nicht ans Tor. Der Leutnant, der den Brief abgefangen und photokopiert hatte und wußte, daß Collignon darin Bruno nur angekündigt hatte, er reise in die Schweiz, besaß keine Instruktionen für den Fall eines Besuchs von Collignon und wußte erst recht nicht, wie er sich vor Brunos Weigerung, Collignon zu empfangen, verhalten sollte. Er rief bei der Abwehr an, man sagte ihm, der Rekrut Collignon müsse in Gegenwart seiner zehn Stubenkameraden schriftlich bestätigen, daß er es ablehne, seinen Vater zu empfangen, die Behörden wollten kein zweites Mal in der Presse beschuldigt werden, man ließe diesen Mann nicht zu seinem Sohn. Als Collignon das Papier, das ihm in Gegenwart der zehn Soldaten übergeben worden war, überflogen hatte, verlangte er, zu dem Leutnant geführt zu werden. Er erklärte ihm, Bruno sei noch nicht volljährig. Er pochte auf sein Vaterrecht; aber da belehrte ihn der Offizier, daß selbst ein Achtzehnjähriger, wenn er Soldat ist, als volljährig gilt, worauf Collignon erwiderte, vor kurzem sei in der Hauptstadt ein Mann wegen Verführung eines Minderjährigen sehr hart bestraft worden, dieser Minderjährige sei zwar erst zwanzig gewesen, aber ein Fallschirmjäger, der schon zwei Jahre Dienst in den Kolonien hinter sich gehabt habe, nebst allem, was man dort auf dem Gebiet der Liebe erlebe. Was das für zweierlei Maß sei! Er verlange, daß ihm sein Sohn vorgeführt werde, oder er würde die Armee verklagen. Sie könne das Gesetz zum Schutz der Minderjährigen nicht auslegen, wie es ihr passe. Man bot Collignon ironisch das Telefon an, es stehe ihm frei, mit dem Heeresminister zu sprechen. Zur Verblüffung des Leutnants verlangte Collignon den Minister, bekam ihn an die Leitung und hatte die Befriedigung, daß dieser entschied, der Leutnant müsse Bruno den militärischen Befehl geben, vor seinem Vater zu erscheinen.

Wieder wurde die Abwehr übertölpelt, diesmal durch eine Gedankenlosigkeit des militärischen Chefs, eines ihrer Offiziere. Man hatte nicht daran gedacht, daß die beiden sich auf russisch unterhalten konnten.

Als der Abwehr zugeteilter Offizier hätte der Leutnant wissen müssen, daß der Heeresminister nur sein soldatischer, der Innenminister aber sein oberster Vorgesetzter war, dem er von der Armee, zwar nur auf Zeit, aber mit der Verpflichtung zum Gehorsam geliehen war. Das Ministerium des Innern und nicht das des Heeres hätte er anrufen müssen.

Im Bericht hieß es, Collignon habe sehr erregt auf Bruno eingeredet und dieser sehr kalt geantwortet, offenbar voll Widerwillen. Schließlich habe Collignon weinend Bruno die Arme entgegengestreckt, dieser sei aber mit einer geschickten Bewegung ausgewichen und habe dann den Leutnant gefragt, ob er abtreten dürfe. Das sei ihm nur zu gern erlaubt worden. Die Unterhaltung der beiden in der ihm unverständlichen Sprache zugelassen zu haben, mußte dem Offizier ja einen Rüffel einbringen.

Ich konnte es nicht fassen, daß Bruno so unklug war und sich selber um den Schutz brachte, den ihm der Journalistenname seines Vaters doch schon einmal geboten hatte.

Die Abwehr wurde beauftragt, den Grund herauszufinden. Daran lag uns um so mehr, als Bruno vom Tag dieses Besuchs an ein ganz anderes Leben führte als das, womit er bis dahin in beiden Kasernen seine Kameraden so stark abgestoßen hatte. Er ließ in der Kantine anschlagen, er gebe Stunden in Englisch, Deutsch, Russisch, Mathematik und Soziologie, und ließ wissen, daß er für andere zu dem üblichen Tarif Wache schiebe.

Ein Spitzel der Abwehr, Brunos Bettnachbar, sprach jeden dritten Tag einen Bericht auf Band, den man für mich auf der Maschine schreiben ließ. Ich gab sie an Rysselgeert weiter.

So erfuhr ich alles. Bruno hatte nach dem Zusammenstoß mit seinem Vater die zehn Kameraden seiner Stube, die dem Auftritt beigewohnt hatten, in der Kantine auf Kredit freigehalten und ihnen gesagt, er nehme es keinem übel, ihn unausstehlich gefunden zu haben, er sei es gewesen. Sie sollten feine Kerle sein und ihm keine Fragen stellen, sie hätten es ja gesehen: Familiensachen! Jetzt könne er endlich sich geben, wie er sei, und sie sollten ihn in ihre Kameradschaft aufnehmen und ihm auch zu Wachen und zu Lehrstunden verhelfen, denn Geld würde er von seinem Vater nie bekommen.

In ein paar Wochen war er der Abgott seiner Kameraden geworden. Er ging mit ihnen trinken und mit einigen zu den Mädchen, die in dieser Garnison in einem geschlossenen Viertel zusammengepfercht waren, wo sie an den Fenstern liegend die Kunden in die kleinen Häuschen lockten, die, aus einer obendrein inkonsequenten Rücksicht auf unser Gesetz gegen ›öffentliches Ärgernis‹, immer nur eine allein bewohnte. Natürlich mußten nun rangniedrige Abwehr-Offiziere aus anderen Garnisonen gleichfalls dorthin und das Gespräch bei den Mädchen auf den ›Russen‹ bringen. Diesen Spitznamen hatte er bald bekommen, denn über Rußland und wie es dort sei, über nichts anderes sprachen seine Stubenkameraden und die, denen er Sprach- und Mathematikstunden gab, immer wieder mit ihm. Da der Spitzel das, was Bruno über Rußland erzählte, in seinem Bericht nicht anschaulich genug zusammenfaßte, aber versicherte, Bruno sage nie ein Wort zugunsten des Kommunismus und behaupte häufig, der Lebensstandard der Russen sei viel niedriger als der im Westen, wurde man in den Büros der Abwehr, wo man auf ganz andere Reden gefaßt gewesen war, so nervös, daß man während einer Felddienstübung Mikrophone in Brunos Stube einbaute und dem

Spitzel beibrachte, wie er deren gutes Funktionieren kontrollieren konnte. Aber bereits am nächsten Tag ließ der Spitzel sich von einem seiner Stubenkameraden dabei erwischen, wie er an dem Mikrophon, das über Brunos Bett versteckt war, etwas nachsah. Die ganze Stube fiel des Abends über ihn her und prügelte ihn – gewiß von Bruno aufgehetzt – derart, daß man den ohnedies unbrauchbar gewordenen Mann aus der Kompanie versetzte und Bruno mit mehr Diskretion überwachte.

Die Abwehr hielt es für unklug, seine Kameraden zu verhören; man hatte ja gesehen, wie sie zu ihm hielten und wie empört sie waren, daß man seine Gespräche mit ihnen hatte abhören wollen.

Eines Tages sagte Rysselgeert, die Abwehr sei überzeugt, daß Bruno mit seinen Reden alle Welt nur täuschen wolle und daß er nach seiner Entlassung aus der Armee gewiß von den sowjetischen Geheimdiensten als Agent im Lande eingesetzt werde. Sein Bestreben, sich bei so einfachen Menschen wie seinen Kameraden beliebt zu machen, sei zu auffällig.

Rysselgeert wollte Brunos einundzwanzigsten Geburtstag zum Vorwand eines Besuchs nehmen. Er hatte abends im Nachbarort der Garnisonstadt eine Wahlrede zu halten. Zum ersten Mal Kandidat fürs Parlament, sprach er, vom Außenminister mehr oder weniger beurlaubt, seit einem Monat jeden zweiten Abend in Versammlungen. Er hatte sich dabei als hinreißender und schlagfertiger Redner entpuppt. Er drängte mich, ihm ein Geschenk für Bruno mitzugeben, der einundzwanzigste Geburtstag sei der schönste und wichtigste.

Ich war nicht mehr bereit, einen solchen ersten Schritt zu tun, und sollte es leider auch nicht zu bereuen haben. Bruno kam nicht ans Tor der Kaserne und ließ den von Rysselgeert für diesen Fall vorbereiteten Brief durch einen Kameraden in die Wachstube zurückbringen.

Rysselgeert sagte, er habe Bruno nun endgültig abgeschrieben. Auch ich wollte ihn vergessen und öffnete nicht mehr die Berichte, die ich von der Abwehr immer noch erhielt.

Meine Freundin war empört über Rysselgeert und mich. Wir hätten zu rasch den Stab über Bruno gebrochen. Um seinem Vater Geld schicken zu können, habe der Junge seine liebsten

Sachen verkauft, und später habe er einem Studenten den Aufenthalt im Sanatorium bezahlt. Ob ich so schnell verworfen werden wolle, wie ich Bruno verwerfe?

Ob sie vergesse, wer wen zu schnell verworfen habe! Ich erinnerte sie an Brunos Flucht, nahm aber eine Visitenkarte, schrieb unter meinen Namen: ›ist immer noch Dein Großvater und bereit, Dich zu empfangen‹, schrieb Brunos Adresse und gab ihr den Umschlag. Sie solle ihn einwerfen, ich sei leider sicher, daß der Brief zurückkomme.

Immerhin ließ Bruno den Brief nicht wie den seines Vaters mit dem kränkenden Vermerk ›Annahme verweigert‹ zurückgehen. Er hatte ihn ungeöffnet in einen Umschlag gesteckt. Die Adresse war von seiner Hand.

Meine Freundin meinte, das sei schon eine erste versöhnliche Geste, ob nun Rücksicht auf meine Stellung dahinterstecke oder noch ein Rest von Gefühl.

Aber dann sagte diese sonst so kluge Frau: Sie, an meiner Stelle, würde alles tun, um Brunos Herz zurückzugewinnen, sie würde sich dafür auch demütigen!

Das unglückliche Wort! Sie spreche, sagte ich, als ob Bruno mich nie an die Kommunisten verraten und zum Rücktritt gezwungen hätte! Alles, was ich von Bruno hingenommen hatte, erschien mir in der Erinnerung auf einmal wie eine einzige kaum unterbrochene Demütigung. Ich sagte ihr, ich hätte den Jungen lange über mein Herz herrschen lassen, mit welchem Ergebnis, das sehe sie doch.

»Er hat Sie aber auch glücklich gemacht«, versetzte sie; sie habe immer bemerkt, wie sehr mein Gleichgewicht von Brunos Verhalten abhängig gewesen sei, auch wenn ich meine gute oder schlechte Stimmung mit Freude oder Ärger, die ich im Ministerium gehabt, erklärt hätte.

Es verdroß mich, mir eingestehen zu müssen, daß ich in den vielen Jahren, als ich so gut wie nie mit ihr über Bruno sprach, ihre Teilnahme an allem, was mich betraf, ebenso unterschätzt hatte wie ihr kluges Schweigen.

Daß es mich verdroß, ihren Wert verkannt zu haben und dies so spät zu erkennen, entging ihr nicht. Ich solle nicht eitel sein, sagte sie, immer sei der Mann für die Frau auch ein Kind. Deshalb verstehe sie auch Bruno, obwohl sie ihn nie gesehen, besser, als ich ihn verstünde. Sie zählte alles auf, was vorzubringen war an erklärenden Entschuldigungen für Brunos Illoyalität gegen mich. Sie betonte, er habe mit der selbstverblendeten Ungerechtigkeit der Jugend sein Ideal in mir finden wollen, aber nicht gefunden.

Ich hörte ihr nur unwillig zu. Ihr wahrhaftig doch nicht böser Fingerzeig, ich solle nicht eitel sein, sondern nachgeben, mich also vor Bruno, wenn es sein müßte, demütigen, hatte mich taub gemacht. Auch dachte ich daran, daß Bruno gerade in der Nacht vor seiner Flucht nur gar zu bereit gewesen war, mir auf eine hämische Art Schuftigkeiten nachzuweisen.

Meine Weigerung, Bruno noch einmal entgegenzukommen, war endgültig. Ihre Enttäuschung darüber erschien mir als eine jener lästigen Unbegreiflichkeiten der weiblichen Natur, die ich erst nach dem Tod meiner Frau entdeckt hatte . . . bei anderen Frauen, von denen ich nie einer den Platz der Verstorbenen hatte einräumen wollen.

Es blieb also dabei. Ich unternahm nichts mehr und warf die Berichte über Bruno ungeöffnet in eine Lade des Schreibtisches. Hätte ich gewußt, daß Bruno schon damals zum ersten Mal an Rysselgeert geschrieben und daß dieser aus guten Gründen den Brief ungelesen verschlossen hatte wie die späteren, worin Bruno ihn kalt, aber doch loyal davor warnte, eine politische Karriere einzuschlagen! Ja, hätte ich das gewußt, dann wäre Max Jans vielleicht nicht zu dem verhängnisvollen Entschluß gekommen, den er und Rysselgeert so teuer bezahlen sollten.

Die Kartotheken

Nach den Wahlen war ich aber gezwungen, die Berichte der Abwehr wieder zu lesen. Die Liberalen und die Sozialisten waren endlich die stärksten Parteien und der Außenminister und ich die Herren des Landes geworden. Ich erhielt sofort das Innenministerium. Im Palais zitterte man vor einigen auch den Hof treffenden Reformen, die von uns zu erwarten waren und die ich längst vorbereitet hatte. Und doch galt meine erste

Handlung einem ganz anderen, sehr persönlichen Interesse. Eine Viertelstunde nach der Bildung der neuen Regierung verließ ich die versammelten Minister, beorderte den Präfekten der Polizei in mein Ministerium und verlangte ihm dort unter vier Augen den Bund Schlüssel ab, den er in der Tasche trug. Schon seit drei Jahren geadelt, war er eine Zeitlang der Günstling der Majestät gewesen, aber plötzlich aus einem nie aufgeklärten Grund so tief in Ungnade gefallen, daß er in der kränkendsten Weise nicht mehr zu Hofe befohlen wurde. Ich wußte also, daß im Palais niemand sich für ihn rühren würde.

Er wußte es gleichfalls. Ohne ein Wort des Einspruchs gab er mir, noch bevor ich sie näher bezeichnen konnte, diejenigen Schlüssel aus dem Bund, die ich haben wollte. Er lächelte dabei, und als ich ihm gleich darauf seine Beförderung zum Gouverneur der Seeprovinzen, also die Verbannung aus der Hauptstadt in ein ödes Nest an der Küste, ankündigte, bat er mich zu meiner Verblüffung um Geld aus meinen Geheimfonds. Er nannte eine hohe Summe. Er müsse für die Schulden eines seiner Söhne aufkommen.

Daß er in dem Augenblick, als ich mich an ihm rächte, es wagte, mich um einen solchen, nicht korrekten, aber keineswegs ungewöhnlichen Dienst zu bitten, war mir alles andere als behaglich. Ich spielte nicht den Entrüsteten, verweigerte ihm aber das Geld und verbot ihm, die Präfektur noch einmal zu betreten. Als ich ihm zum Schluß befahl, sich von der zivilen und uniformierten Polizei bei einer Parade auf dem Hof der Präfektur zu verabschieden, und betonte, dies müsse ohne die übliche Verteilung von Orden geschehen, lächelte er wiederum auf eine Weise, die mich vollends beunruhigte.

Daß ich dazu Grund hatte, wurde mir wenige Stunden später bestätigt.

Der Tradition gehorchend, war ich gegen Abend mit Max Jans, gefolgt von meinem Unterstaatssekretär und allen Ressortleitern des Ministeriums zur Präfektur gefahren, um dort das höhere Personal dem neuen Chef vorzustellen. Er war ein Liberaler, auf dessen Ernennung der Außenminister und ich uns schon lange vor den Wahlen in gemeinsamer Abneigung gegen den nun endlich abgesetzten Präfekten geeinigt hatten.

Die Zeremonie gab mir gleichzeitig Gelegenheit, Max Jans als den neuen Leiter meines Kabinetts und Verbindungsmann zur Präfektur mit den wichtigsten Dezernenten der Polizei bekannt zu machen. Jans war Doktor der Rechte, er hatte das Schlußexamen der ›Schule für höhere Verwaltung‹ als Zweitbester bestanden. Der Außenminister hatte ihn aber mit Bedauern nicht zum Nachfolger Rysselgeerts, der nun als sozialistischer Abgeordneter im Parlament saß, ernennen können, weil der Vater von Max Jans als einer der großen Gewerkschaftsführer nicht in den Verdacht geraten durfte, seinem Sohn bei dem sozialistischen Minister die immer viel beneidete Stellung eines Kabinettschefs verschafft zu haben. Ich hatte Jans nicht zuletzt wegen seines heiteren Wesens gern zu mir genommen. Rysselgeert hatte ihn seit Brunos Flucht oft nach Belvedere mitgebracht, und ich war es, der Jans zugeredet hatte, statt Rechtsanwalt zu werden, sich für die höhere Verwaltung vorzubereiten oder aber in die juristische Abteilung der Chemischen Werke einzutreten.
Als die Zeremonie der Vorstellungen vorüber war, schickte ich meinen Unterstaatssekretär und die Ressortleiter nach Hause und fuhr mit Max Jans und dem neuen Chef der Polizei zu den Archiven im obersten Stockwerk der Präfektur. Ich wußte, daß dort Tag und Nacht ein sprachenkundiger Beamter sitzt, der auf Anrufe, die ja oft auch aus dem Ausland kommen, nach den Kartotheken die erbetenen Auskünfte über polizeilich gesuchte Personen geben können muß. Der noch junge Beamte, vorschriftsmäßig von den Etagenwachen auf unser Kommen vorbereitet, hatte offensichtlich rasch die seinem Tisch nächsten Regale der ›Verbrecherarchive‹ abgestaubt. Ich sah das gelbe Tuch schlecht verdeckt unter einer Zeitung auf dem Tisch, wo sein Telefon stand. Daß sich überhaupt ein Staublappen dort befand, beunruhigte mich schon; man mache wohl nur sauber, wenn Vorgesetzte kämen, sagte ich.
Zu meinem Verdruß erfuhr ich von dem eingeschüchterten Beamten, daß der abgegangene Präfekt am Morgen die Geheimarchive im Nebenraum überraschend inspiziert, über den Staub geschimpft und dort habe säubern lassen. Nun wußte ich, warum mein Feind mir so folgsam und mit einem Lächeln

die Schlüssel ausgehändigt und wieso er es obendrein gewagt hatte, mich um Geld aus den Geheimfonds anzugehen. Ich war zu spät gekommen.

Dennoch schickte ich den Beamten an seinen Tisch zurück, führte Jans und den neuen Chef der Polizei zu der Geheimkartothek und schloß die Tür hinter uns.

Die nur dem Innenminister, dessen Stellvertreter und dem Präfekten der Polizei zugänglichen Geheimarchive enthalten in den größten Schränken Akten über die Angehörigen des mittleren und des Bagatelladels und über Persönlichkeiten, die durch Reichtum oder politischen Einfluß wichtig sind. In einem separaten Schrank befinden sich Akten, die alle Personen betreffen, die von der Majestät oder von der Königin-Mutter in offiziellen Audienzen oder privat empfangen worden sind, und in einem Panzerschrank liegen die Akten über die zwei herzoglichen und über das Dutzend gefürsteter und gräflicher Familien.

Die Einführung des neuen Polizeichefs in sein Amt sollte mir Gelegenheit geben, unauffällig das herauszunehmen, was über mich und vor allem über meine Freundin in den viereinhalb Jahren der Herrschaft anderer Innenminister in die Geheimarchive gekommen war. Deshalb hatte ich meine Aktentasche mitgenommen. Unter dem Vorwand, dem neuen Präfekten und dem neuen Leiter meines Kabinetts den Aufbewahrungsort dieser Geheimakten zeigen zu müssen, suchte ich darin herum.

Wie ich es befürchtet hatte, waren die Akten über meine Freundin und mich entfernt worden. An den beiden Stellen, wo sie gelegen haben mußten, waren die Halteklammern zu weit gespannt. Die Lücken an den beiden Stellen verrieten, daß Akten fehlten. Das hatte ich mir sofort gedacht, als der Beamte uns gesagt hatte, der abgegangene Chef habe des Morgens noch inspiziert und abstauben lassen.

Ich ließ Stühle bringen, und als der Präfekt und Max Jans saßen, zog ich die Akte unseres soeben verstorbenen Präsidenten der Finanzverwaltung heraus und las den beiden mit einer Empörung, deren Echtheit ich um einige Grade aufplusterte, alles vor, was in zwanzig Jahren von dem Sittendezernat über den immer wieder als unmoralisch bezeichneten Lebenswandel dieses hohen Beamten gesammelt worden war. Der unmoralische Lebenswandel des braven Mannes hatte darin bestanden, daß er – offenbar mit dem Einverständnis seiner Frau, also zu niemandes Kummer oder Schaden – häufig, sogar sehr häufig, gewisse lyrische Künstlerinnen nachts und manchmal, wie es voll Empörung hieß, ›sogar am hellen Tag zum Vollzug der Unzucht‹ besuchte.

Ohne meinen neuen Polizeichef zu Wort kommen zu lassen, erklärte ich ihm: Wo nicht vergewaltigt werde, habe die Polizei sich nicht in das Intime einzumischen, auch wenn gewisse Gesetze dies noch immer vorschrieben. In Zukunft dürfe die Sittenpolizei nur noch gegen die Zuhälter und zum Schutz der Minderjährigen eingesetzt werden, und er müsse zwei Drittel der Beamten an die Einheiten abtreten, die ich für die Offensive gegen die Racketeers und Gangster aufstellen würde.

Dann schloß ich die Kartotheken ab und steckte vor den Augen des sprachlosen Präfekten die Schlüssel in die Tasche. Ich erklärte ihm, bis zu einer Neuordnung des ganzen Polizeiwesens blieben der Präfektur nur die Akten über Verbrecher zugänglich, und forderte ihn auf, mit mir in seinem Büro die an diesem, seinem ersten Amtstag eingelaufenen Berichte der Kommissariate durchzugehen.

Ich ließ die Leiter aller Dezernate kommen und nahm zwischen dem Polizeichef und Max Jans vor dem Haufen Berichte Platz. Ich las jeden nur an. Nach einer Viertelstunde hatte ich bereits zwanzig beiseite gelegt, in denen Beamte der Sittenpolizei auf widerliche Weise beschrieben, in welchen Situationen sie Liebespaare nachts in den Parks auf versteckten Bänken oder im Stadtwald ›kurz vor‹ und ›mitten im Vollzug der Unzucht‹ aufgestöbert hatten. Die Nummer, unter der die Anzeige wegen öffentlichen Ärgernisses an die dafür zuständigen Schnellgerichte gegangen war, stand unter jedem dieser Berichte.

Es war mir bekannt gewesen, daß unter dem abgesetzten Präfekten trotz unseres Mangels an Polizisten jede Nacht ein Heer von Beamten gegen harmlose Liebespaare eingesetzt worden war, statt gegen die Verbrecherbanden, die unsere Hauptstadt in einen immer übler gewordenen Ruf gebracht hatten.

Ich schickte die Leiter der anderen Dezernate weg, nur den der

Sittenpolizei hielt ich zurück. Ich fragte ihn, ob er als junger Mensch denn nie des Nachts in einem Park gewesen sei oder ob er sich schon damals eine geschlossene Wohnung leisten und dorthin seine Mädchen habe führen können. Tausende gutherzige Zimmervermieter stünden jährlich, der Kuppelei angeklagt, vor unseren Gerichten; deshalb seien die jungen Pärchen gezwungen, nachts in den Stadtwald hinauszufahren, und den lasse er von seinen Beamten mit Scheinwerfern ableuchten.
Kein Staat könne die Unzucht an öffentlichen Orten dulden, erwiderte man mir giftig.
Ich sagte ihm, nur der lüsterne Neid seiner Beamten auf die Liebespaare mache die umliegenden Wälder und die Parks der Stadt des Nachts zu öffentlichen Orten. Und wie er es denn aufnähme, wenn man die Intimitäten, die er doch wohl mit seiner Frau habe, als Unzucht bezeichne. Ich wolle dieses selbst aus dem Munde eines Predigers noch überhebliche Wort, mit dem jeder, der es gebrauche, seine eigene Mutter beschmutze, in keinem Bericht mehr finden.
Dann möge ich den, der vor zwei Tagen über meinen Enkel Bruno Collignon eingetroffen sei, nicht lesen, sagte er spitz und zeigte auf eine rote Mappe. Aus diesem Bericht könnte ich aber, wenn ich die Lektüre nicht verschmähen würde, ersehen, daß die immer wieder angeschwärzte Sittenpolizei auch politisch nützlich sei.
Da der Bericht ihm schon seit zwei Tagen bekannt war, nahm ich an, daß der abgesetzte Präfekt die Mappe absichtlich auf dem Schreibtisch hatte liegenlassen, damit sie seinem Nachfolger in die Augen falle. Mir blieb nichts übrig, als sie zu öffnen:
Bruno hatte ein neueingestelltes Schankmädchen der Kantine, das einen Nachturlaub mit ihm in einem Gehölz verbracht, ihm aber dann seine Brieftasche gestohlen hatte und nicht mehr in der Kantine erschienen war, schließlich angezeigt, worauf er wegen der Liebesstunden im Freien zunächst einmal von dem Schnellgericht zu der Geldbuße verurteilt worden war, die auf ›öffentlichem Ärgernis‹ steht. Brunos Kameraden hatten darauf vor dem Gericht und vor dem Polizeigebäude randaliert und abends in der Bordellstraße mit Rufen um Hilfe eine Po-

lizeipatrouille in einen Hinterhalt gelockt, den drei Polizisten die Hosen abgeschnitten und ihnen den Unterleib mit Teer beschmiert. Bruno und seine Stubenkameraden mußten zwei Wochen Arrest absitzen. Das Mädchen, erst seit kurzem in den roten Akten der Prostituierten mit einem Fragezeichen hinter dem Namen eingetragen, also auch politisch verdächtig, hatte, von der Polizei endlich gefunden, zuerst nur ausgesagt, daß es, von zwei Männern dafür bezahlt, Bruno in jener Nacht in ein abgelegenes Haus hatte führen sollen, daß es aber plötzlich eine heftige Neigung zu ihm empfunden habe und für Brunos Leben fürchtend mit ihm in dem Gehölz geblieben, gegen Morgen aber aus Angst vor den beiden Männern geflohen sei. Mit Brunos Brieftasche! Nach einigen brutalen Verhören hatte das Mädchen der Polizei erzählt, es sei von den Männern, die sie nicht zu kennen behauptete, dafür bezahlt worden, die Arbeit in der Kantine anzunehmen und sich dort Bruno bemerkbar zu machen; die Männer hätten gewußt, daß sie der Typ sei, auf den Bruno fliege.
Zu Hause fand ich unter den seit Wochen ungeöffneten Berichten der Abwehr ein Dutzend Seiten über diese Angelegenheit. Die Abwehr zog aus den Verhören des Mädchens den Schluß, daß es noch lange nicht die ganze Wahrheit gestanden und Brunos Brieftasche nicht für sich, sondern im Auftrag der Männer gestohlen habe. Es sei so gut wie sicher, daß man Bruno habe ermorden wollen, weil er über den sowjetischen Nachrichtendienst zuviel wisse und wegen seiner Kritik an den Zuständen in der Sowjetunion als abtrünnig angesehen werde.
Vier Jahre hatte ich das Innenministerium nicht mehr geleitet und mußte nun mit dieser trüben Angelegenheit meine neue Amtszeit beginnen, die durch Reformen glänzen sollte.

Die Agentin

Wiederum war nun der Bericht über Bruno der erste, nach dem ich morgens griff. Wochenlang wurde er täglich in einem Büro der Kaserne verhört, wochenlang gab er die gleiche Antwort: Es gebe in seinem Leben keinen politischen Hintergrund, er sei ein gewöhnlicher Student in Moskau gewesen, ein Ausländer, und habe nie der Kommunistischen Partei angehört. Daß man ihn habe ermorden wollen, sei eine Erfindung des Mädchens. Sie sei eine richtige Hure, und nur Huren zögen ihn an. Nach einer der vielen ergebnislosen Gegenüberstellungen der beiden wurde das Mädchen von einem besonders zähen Verhörer zum nicht mehr zu zählenden Mal gefragt, warum es bei jenem ersten Ausgang mit Bruno plötzlich eine Zuneigung für ihn empfunden habe. Endlich sagte sie es: Auf dem Weg zu dem Haus, in das sie ihn hatte führen sollen, habe er sie im Gehölz an sich gerissen, und da habe sie sein wildes Temperament gespürt, und was er als Mann aufzuweisen habe. Die Abwehr fand durch dieses Geständnis ihren Verdacht bestätigt, das Mädchen sei eine Agentin, die Hure spiele sie nur. Das sei nicht neu. Man hatte es ja oft erlebt, daß solche Frauen wegen eines Mannes ihren Auftrag verrieten. Um diese Auffassung unter Beweis zu stellen, kündigte man ihr durch den Zellenwärter die Entlassung aus dem Gefängnis an. Sie schien entsetzt. Man beobachtete sie durch das Guckloch und wunderte sich nicht, als sie am nächsten Morgen wünschte, verhört zu werden. Sie habe Aussagen zu machen.

Sie schlug einen Handel vor: Wenn man ihr einen Paß auf einen neuen Namen gebe und sie heimlich auf ein Schiff oder in ein Flugzeug bringe, mit dem sie zu ihrer in Mexiko verheirateten Schwester fliehen könne, würde sie verraten, wohin und unter welchem Namen Collignon nach Brunos Abfall von der Partei gereist sei.

Nach Brunos Abfall von der Partei! Dieses Wort sollte sie teuer zu stehen kommen. Man lachte über ihren Vorschlag, sie sage nichts Neues und wisse offenbar nichts von den Verhaftungen in Brunos Garnison, sie sei eine mißbrauchte Amateurin und stehle den Sicherheitsdiensten nur die Zeit. Man ließ sie ihre Sachen packen und führte sie zum Büro des Gefängnisses. Das Komödienspiel hatte den erwarteten Erfolg. Sie brach zusammen, als man ihr die Entlassungspapiere gab. Sie flehte die Beamten an, man möge sie im Gefängnis beschäftigen, als Putzfrau, als Näherin oder in der Küche. Denn ›draußen‹ würde sie noch vor der Nacht ›erledigt‹ werden.

Damit hatte sie nun endgültig bestätigt, daß sie sehr viel wissen mußte, aber sie hatte zugleich die Abwehr gezwungen, sie zu neuen Verhören zu behalten und auf diese Weise zu schützen.

Doch es war nichts mehr aus ihr herauszubringen. Wohl wenige Gefangene sind von unserer Abwehr so entsetzlich mißhandelt worden wie diese unselige Person. Man brachte aber nicht einmal heraus, wer sie in Wirklichkeit war. Ihre Papiere waren alle gefälscht. Durch eine Frau, die als Spitzel in ihre Zelle gelegt worden war, erfuhr man nach mehr als drei Monaten ungeduldigen Wartens nur eines: daß sie, in der Tat von einer heftigen Leidenschaft für Bruno gepackt, besessen war von dem Gedanken, er könne in ähnlicher Weise verhört und mißhandelt werden wie sie. Aus dieser Furcht schloß man, daß sie keine geheime Verbindung zur Außenwelt hatte. Sie schien ja fest zu glauben, auch Bruno sei im Gefängnis.

Er war in seinem Regiment, und es geschah ihm nichts. Er zählte wohl schon die Monate, die ihn noch vom Ende seiner Dienstzeit trennten. Der Leiter der Abwehr erklärte mir einmal, bei den Verhören, zu denen Bruno immer wieder, aber so unauffällig wie möglich, in ein Büro der Kaserne gerufen wurde, spürten die Offiziere, daß er sich vor Mißhandlungen sicher fühle.

Die Andeutung war plump. Freie Hand, das war es, was die Abwehr offenbar von mir erwartete. Sie wagte es meinetwegen nicht, ihn zu foltern. Max Jans berichtete mir, einer der Sicherheitsoffiziere habe ihm gesagt, als Politiker würde ich es noch zu bereuen haben, daß Bruno nicht entlarvt werde, solange er noch der Armee unterstehe. Nach der Entlassung aus dem Heer könne man gegen ihn nur auf dem Weg eines regulären Prozesses vorgehen, und dann sei der Skandal nicht zu vermeiden.

Ich war dagegen überzeugt, daß Bruno, solange er der Armee angehörte, nicht die kleinste Unvorsichtigkeit begehen, also nie zu belangen sein würde. Das, was ihm mit dem falschen Schankmädchen widerfahren war, mußte sein Mißtrauen obendrein sehr geschärft haben.

Man kam nicht vorwärts. Als die Person bereits acht Monate

im Zentralgefängnis saß, ließ ich sie mir schließlich eines Abends in einem der Häuser vorführen, wo die Abwehr ihre Agenten abfertigt. Natürlich hatte man ihr nicht gesagt, zu wem man sie brachte.

Als sie hereinkam, konnte sie ihre Überraschung nicht verbergen, sagte aber dann sehr ruhig: »Exzellenz, ich werde Woche für Woche gefoltert! Das ist ungesetzlich!«

Sie sei zu klug, um nicht zu wissen, daß Spionage zu den schwersten Verbrechen gehöre und daß man ihr nach den Teilgeständnissen die ganze Wahrheit entreißen müsse.

»Ja, mit solchen Mitteln, Exzellenz«, sagte sie und zeigte mir ihre Finger, wo statt der Nägel blutunterlaufene oder beschorfte Haut war. »Billigen Sie diese Mittel, Exzellenz?«

Ob ein starkes Köpfchen wie sie allen Ernstes glaube, einem Mann meines Alters mit dem mir nicht zukommenden Titel ›Exzellenz‹ schmeicheln zu können, fragte ich. Aus Verlegenheit vor ihren geschundenen Fingern war mir nichts Besseres eingefallen.

»Sie sind Brunos Großvater, der Minister, und Sie sind der oberste Vorgesetzte dieser Unmenschen, die mich quälen.«

Woher sie mich kennen wolle?

Aus Bildern in den Zeitungen.

Dann habe sie ein schlechtes Gedächtnis oder nicht genau gesehen. Ich erklärte ihr, nur ein vollständiges Geständnis könne ihre Lage bessern. Wer sie überhaupt sei, was sie über den Soldaten Collignon wisse und über diejenigen, die sein Verschwinden wünschten, das alles müsse sie endlich sagen oder sie bliebe ewig im Gefängnis. Niemand habe sich in den vielen Monaten ihrer Haft nach ihr erkundigt oder ihr wenigstens einen Anwalt geschickt. Wir müßten ihr also nicht einmal einen Prozeß machen, wir könnten sie umbringen, ihre Auftraggeber würden sich nicht rühren, sowenig wie ihre Verwandten oder Freunde. Bei der Polizei sei keine Vermißtenanzeige eingelaufen. Sie könne noch so gut unsere Sprache beherrschen, sie sei eine Ausländerin, wir wüßten es.

Sie schwieg vor sich hin. Ich sah bald auf die Uhr und griff zu einer Zeitung, ohne sie zu beachten.

Plötzlich sagte sie in einem Ton, der nichts Theatralisches hatte:

Es freue sie, wenigstens mich, Brunos Großvater, gesehen zu haben. Sie müsse bald sterben, ob im Gefängnis an Erschöpfung oder draußen, von ihren früheren Gesinnungsgenossen abgeschossen. Ihr Leben sei verwirkt, es liege ihr auch nichts mehr daran. Der einzige Wunsch, den sie habe, sei unerfüllbar, deshalb sei es für sie sinnlos, zum Schluß noch einmal Verrat zu begehen und sich selbst verachten zu müssen.
Bemüht, so gefühllos zu scheinen, wie ich nur konnte, sagte ich, da auch ich überzeugt sei, daß sie ihr Leben verwirkt habe, solle sie mir ihren unerfüllbaren Wunsch nur nennen.
Zu meiner Bestürzung sagte sie mir, keine Frau habe Bruno je das bedeutet, was sie ihm in jener einzigen Nacht gewesen sei. Das wisse sie, er verzehre sich nach ihr. Nur um sie wiederzufinden, nur aus Leidenschaft habe Bruno die Dummheit gemacht, sie wegen des Diebstahls der Brieftasche anzuzeigen. Sie brenne danach, ihn wenigstens noch ein einziges Mal unter vier Augen zu sehen. Aber das würde eben niemals möglich sein.
Es sei gut, daß sie das einsehe, versetzte ich, so trocken ich es nur herauszubringen vermochte, und ließ sie sofort ins Gefängnis zurückbringen.
Ich war überzeugt, daß sie schon bald darum bitten würde, mir wieder vorgeführt zu werden, und daß sie, weil sie mit mir über Bruno sprechen konnte, sich am Ende doch noch ›zu Tisch setzen würde‹, wie meine Polizisten sagen. Ich wußte jetzt, wo sie schwach war, und nahm an, daß sie nichts als Illusionen über Bruno hatte. Zu erfahren, wer sie war, daran lag mir nur noch wenig. Aber Brunos Abfall von der Partei, das war es, worüber ich etwas wissen wollte.
Rysselgeert warnte mich davor, noch einmal die Hoffnung auf eine Aussöhnung mit Bruno in mir aufkommen zu lassen. Die Photos, die von der Abwehr bei den Verhören nach Brunos Festnahme in der Infanteriekaserne, und auch die vielen, die in den letzten acht Monaten immer wieder im Büro der Pionierkaserne gemacht worden waren, all diese Photos habe er sich kürzlich genau angesehen: Brunos Gesicht sei durch einen harten Zug, den es früher nicht gehabt, erschreckend verändert. Meinen Einwand, wer von den Sicherheitsoffizieren photogra-

phiert werde, könne nur ein böses Gesicht machen, ließ er nicht gelten.
Ich wollte diese Photos sehen. Der Chef der Abwehr selber brachte sie mir. Der Fall und die Person Brunos würden ihn noch um den Verstand bringen, sagte er. Nie hätten seine Offiziere einem so undurchdringlichen Menschen gegenübergestanden.
Die Überzeugung, nur durch Folterung könne man Bruno Geständnisse entreißen, war so unüberhörbar wie sein Wunsch, sich die Erlaubnis dafür zu erbitten.
Der Offizier war sehr gereizt gegen mich und ich gegen ihn. Er hatte mir ja zu verstehen gegeben, für Bruno werde eine Ausnahme gemacht. Wie hätte ich das bestreiten können! Ich sagte ihm, Bruno solle zunächst überhaupt nicht mehr verhört werden. Ich erinnerte ihn daran, daß es bei uns erlaubt ist, der Kommunistischen Partei anzugehören, und daß diese in unserem Parlament zwei Abgeordnete hatte. Bis zum Tage habe man keinen Anlaß gehabt, den Soldaten Collignon des Verkehrs mit Spionen oder der Spionage zu verdächtigen. Schließlich sei die Entlarvung der Agentin nicht der Abwehr, sondern Bruno zu verdanken. Bruno habe sie naiverweise für eine gewöhnliche Diebin gehalten und deshalb angezeigt, aber die Abwehr habe ihre Aufsichtspflicht vernachlässigt, als eine fremde Person in der Kantine einer Kaserne eingestellt worden war.
»Und was fangen wir mit der an?« fragte er, unfähig, länger seinen Zorn zu beherrschen.
Man solle sie im Gefängnis lassen, sagte ich, ich würde sie bald noch einmal abends selber verhören.
Die Abwehr bitte mich zu bedenken, daß Brunos Verhalten seit der Verhaftung dieser Agentin den schweren Verdacht, der auf ihm laste, bestätige und daß er offenbar seine Liquidierung ebenso fürchte wie die eingesperrte Person. Seit Monaten habe er die Kaserne nicht verlassen.
Das wußte ich. Und ich war davon ebenso betroffen wie die Offiziere der Abwehr. Ohne deren Wissen hatte ich längst den Hauptmann der Gendarmerie, der wegen der nahen Küste in der Garnisonstadt einen Detektivdienst zur Überwachung der Schmuggler unterhielt, beauftragt, täglich in den Straßen auf

fremde Gesichter achten und vor allem vom Dienstschluß bis zum Zapfenstreich die Umgebung der Pionierkaserne beobachten zu lassen. Aber nie waren verdächtige Wagen oder Fußgänger gesehen worden. Es schien also niemand daran zu denken, Bruno aufzulauern. Und ich war überzeugt, daß er, auch wenn er sich in Gefahr gefühlt, aber Lust gehabt hätte, die Damen in den kleinen Häuschen zu besuchen, ausgegangen wäre. Bei seiner Beliebtheit in der Kompanie konnte Bruno sich von Kameraden wie von einer Leibgarde schützen lassen, zumindest von denen, die mit ihm in der gleichen Stube schliefen. Diese hatten schließlich den Spitzel verprügelt, hielten also zuverlässig zu ihm und wußten, daß er oder wenigstens sein Vater in Politisches verwickelt war.

Daß er, der nach dem Bruch mit seinem Vater ein so regelmäßiger Besucher der Bordelle geworden war, seit jener Nacht, die er mit dem falschen Schankmädchen verbracht hatte, in der Kaserne blieb, also seit Monaten, das erklärte ich mir ganz anders als der Chef der Abwehr. Ich sagte mir, an der Behauptung der Agentin, sie habe Bruno etwas bedeutet, könne doch etwas Wahres sein. Ich war entschlossen, ihr so bald wie möglich einige genaue Fragen zu stellen und sie fliehen zu lassen, wenn ihre Auskünfte glaubwürdig wären. Mir war es mit meinem Plan so eilig, weil der neue Präfekt sich beim Besuch eines Kinderspitals mit Scharlach angesteckt und ich seinem Stellvertreter nur sehr beschränkte Vollmachten übertragen hatte. Die Präfektur konnte mir gerade damals nicht zu genau in die Karten sehen.

Ich zog Rysselgeert und Max Jans ins Vertrauen, sie sollten auch meine Zeugen bei der Unterredung mit der Agentin sein und das Protokoll, das ich darüber anfertigen lassen wollte, gegenzeichnen.

Aber an dem Abend, als man sie mir vorführen sollte, wurde ich ins Palais befohlen und mußte den Gefängniswagen, der schon unterwegs war, umbeordern.

Überzeugt, daß man höchsten Orts wieder einmal meine Vorschläge zur Reform des Hofs durchdiskutieren wolle, hatte ich zahlreiche schriftliche Unterlagen mitgenommen. Von dem mir gut bekannten Oberst, der mich, wie noch immer üblich, in einem Coupé des Hofs holen gekommen war, erfuhr ich, daß die Majestät mich in ›unguten Dispositionen‹ erwarte.

Daran hatte ich mich in den letzten Monaten gewöhnen müssen, ich fragte mich nur, an welchem Punkt meiner Vorschläge zur Reform des Hofstaates man diesmal mäkeln wolle; man hatte zwar verstanden, daß unsere liberal-sozialistische Regierung den Hofstaat durch einen Parlamentsbeschluß auch abschaffen konnte, aber statt ihn nun der Nation annehmbarer zu machen, suchte das Königshaus noch immer solche Prärogative zu retten, auf die es im eigenen Interesse so schnell wie möglich hätte verzichten sollen.

Der Hofmarschall, der mich im Vorzimmer der Majestät empfing, nahm mir die, wie immer, wenn ich zum Palais fuhr, vorher verschlossene Aktentasche ab, übergab sie aber nicht einem der Diener, der sie sonst hinter mir her zu tragen hatte. »Die brauchen Sie nicht, Herr Minister«, sagte er. Nun wußte ich, daß der Gegenstand der Unterhaltung, die ich mit der Majestät haben sollte, bereits bekannt war. Ein besonders schlechtes Zeichen!

Was folgte, überbot meine schlimmen Erwartungen. Statt der Majestät empfing mich der Hofminister, mein erbittertster Feind. Die Majestät habe sich soeben ins Krankenzimmer zu einer der Prinzessinnen begeben müssen. Er sei beauftragt, mich zu fragen, ob es stimme, daß ich den Bestand des Personals der Sittenpolizei auf ein Drittel des früheren herabgesetzt hätte.

Dies sei eine Angelegenheit der Regierung, für die ich einzig dem Ministerpräsidenten Rechenschaft schulde, sagte ich.

Ob er diese Antwort der Majestät weitergeben solle?

Solange ich nicht wisse, aus welchem Grund man mich frage, würde ich nur der Majestät selber Auskunft geben; ein Recht darauf habe, der Verfassung nach, der Thron aber nicht.

Wenn ich die Dinge mit solcher Schärfe sähe, möge ich mir wenigstens sagen lassen, worum es sich handele. Zu meiner Unterrichtung schicke er mir den Chef der Königlichen Garagen, sagte er und ließ mich stehen.

Eine Viertelstunde später war ich in meinem Ministerium und beauftragte Max Jans, die Angelegenheit zu klären, hinter der ja nur der Dezernent der Sittenpolizei stecken konnte. Der Mann stand kurz vor der Pensionierung, konnte also keine Angst mehr vor Versetzung oder anderen strafähnlichen Maßnahmen haben.

Jans ging hinaus, kam aber gleich wieder und legte mir schmunzelnd unser böses ›Abendblatt‹ auf den Tisch. Darin war eine Notiz angestrichen: Ein Wagen des Hofs sei in der vorvergangenen Nacht auf der einzigen, den Stadtwald durchquerenden Chaussee einem der Reporter des Blattes deshalb aufgefallen, weil das vornehme, mit der aufgemalten Krone versehene Coupé offen und verlassen an der Kreuzung einer Schneise gestanden habe. Nach vergeblichen Rufen und langem Warten habe der Reporter vermutet, den Benutzern des Wagens sei ein Unglück zugestoßen. Er habe deshalb seinen eigenen Wagen im Wald gelassen und den gefundenen zur Polizei gefahren. Diese verweigere seit vierundzwanzig Stunden jede Auskunft über das Ergebnis der Nachforschungen, die doch gewiß schon deshalb gemacht worden seien, weil in zwei ähnlichen Wagen nur wenige Stunden vor der Entdeckung des Reporters der siebzehnjährige Erbprinz und die beiden älteren Prinzessinnen, ›auch erst achtzehn und sechzehn alt‹, zu einem Ball auf dem Landsitz des amerikanischen Botschafters durch den Stadtwald gefahren seien.

»Mit anderen Worten, eines der königlichen Kinder ist dem Hofadjutanten durchgebrannt und hat sich nachts auf dem Rückweg mit jemandem abseits der Chaussee im Wald verlustiert«, sagte Max Jans.

»Lachhaft«, sagte ich, man kenne doch die Feindschaft des ›Abendblatts‹ gegen die königliche Familie. Ein Chauffeur des Hofs werde eine Schwarzfahrt mit einem Mädchen gemacht haben.

Ich vermutete aber ganz im Gegenteil, daß eine der jungen Hoheiten leichtsinnig gewesen und daß mir auf Druck des Hofs von der Präfektur etwas verheimlicht worden war.
Ich bat den Vertreter des Präfekten und den Dezernenten der Sittenpolizei zu mir ins Ministerium und erinnerte sie zuerst wie Schulbuben daran, daß unserer Verfassung nach die Majestät nur in Gemeinschaft mit der aus dem Parlament hervorgegangenen Regierung der Souverän des Landes ist, daß also das Palais sich niemals ohne meine Zustimmung in eine Angelegenheit zu mischen hatte, die einzig dem Innenminister unterstand, wozu in erster Linie alles, was mit der Polizei zusammenhängt, gehöre. Dann überspielte ich meine Unkenntnis und sagte vorwurfsvoll: »Wie konnte die Präfektur mir nur verheimlichen, daß sie vom Hof unter Druck gesetzt worden ist, und wie konnte man nur eine solche Gelegenheit benutzen, sich über die Verminderung des Bestandes der Sittenpolizei zu beklagen!«
Er sei im Palais getadelt worden, sagte der Dezernent, weil ›die Sitte‹ den Stadtwald nicht mehr überwache. Daß der Reporter den Wagen in die Stadt gefahren habe, sei eine wohlüberlegte, vielleicht sogar von der Zeitung geplante Infamie gewesen, nur möglich, weil man wisse, daß die Polizei den Stadtwald nachts nicht mehr mit Scheinwerfern durchkämme.
Ich wolle nicht wissen, wer von der königlichen Familie leichtsinnig gewesen sei, wissen müsse ich aber, ob man ihnen im Palais befohlen habe, mir die Angelegenheit zu verschweigen.
»Ja«, sagte der Dezernent.
Darauf befahl ich ihm, sofort mein Büro zu verlassen und seine Pensionierung zu erbitten. Er habe gegen mich, seinen obersten Vorgesetzten, im Palais intrigiert und dem Königshaus gegenüber soeben sein gegebenes Wort vor mir gebrochen und geschwatzt.
Den Vertreter des Präfekten, der die ganze Zeit geschwiegen hatte, hielt ich zurück. Er fürchtete offensichtlich, ich würde ihm, nun unter vier Augen, Fragen stellen.
Ich beglückwünschte ihn zu seiner Diskretion, kündigte ihm aber seine Versetzung an, weil er durch sein Schweigen die Dienstpflicht mir gegenüber verletzt hatte. Die Regierung stehe

über dem Königshaus, dieser Vorrang müsse jedem höheren Beamten bewußt sein, besonders, wenn er ins Palais vor die Majestät befohlen werde. Meine Worte waren ernst gemeint, ich hoffte allerdings auch, ihn damit zu provozieren und zu erfahren, ob es der Hofminister gewesen war, der die beiden gebeten hatte, mir den vertuschten Skandal zu verschweigen, oder ob sich die Majestät so viel vergeben hätte. Einen Akt von solcher Unwürde wollte ich ihr nicht zutrauen.

Er sagte mir, er nehme seine Strafversetzung an, das Gespräch über diese Angelegenheit müsse also zu Ende sein.

Ich begleitete ihn bis zum Aufzug und sagte ihm dort, daß seine Versetzung mit einer Beförderung verbunden werde. Ich hatte ihm meine Achtung ausdrücken wollen. Bald sollte es sich zeigen, daß er mir dafür dankbar war.

Am nächsten Morgen war, das kommunistische Blatt ausgenommen, in der ganzen Presse an wenig auffälliger Stelle zu lesen, ein Chauffeur des Königshauses habe die Wagen des Hofs zu nächtlichen Schwarzfahrten in den Stadtwald benutzt und sei entlassen worden. Seitdem die Polizei die Razzien in den Parks und den umliegenden Wäldern eingestellt habe, gehe es dort schändlich zu, die Behörden sollten endlich eingreifen.

Ich rief den Ministerpräsidenten an. Ich hatte ihn in der Nacht über das, was ich wußte, bereits unterrichtet. Ob es Neues gebe? Er sagte mir, der Hofminister habe ihn in aller Frühe aufgesucht. Er wisse nun alles. Man stehe vor einem Skandal. Die jüngere der Prinzessinnen habe sich, gewiß in der Absicht, heimlich zurückzukommen, von dem Fest auf dem Landschloß des amerikanischen Botschafters unbemerkt im Hofwagen entfernt, aber nicht daran gedacht, daß ihr Chauffeur ihn auch schon vor dem allgemeinen Aufbruch vermissen könnte. Dem Reporter des Abendblatts, der mit vielen Journalisten im Schloßhof herumgewartet hatte, um Aufnahmen von der Ballgesellschaft zu machen, seien die nervösen Fragen des Chauffeurs nach dem Wagen der Prinzessinnen aufgefallen. Unglücklicherweise habe der Reporter das Coupé dann später bei der Rückkehr zur Stadt an der Schneise entdeckt und aus Infamie zur Polizei gefahren. Leider wisse man nicht, ob der Reporter den Wagen sofort in die Stadt gebracht oder zuerst nur von der Schneise entfernt und festgestellt habe, mit wem die Prinzessin im Walde gewesen war. Die Prinzessin sei, als man angefangen habe nach ihr zu suchen, immerhin geistesgegenwärtig genug gewesen, den Rufen nicht zu antworten, sich zu verstecken und allein zu Fuß bis zum Stadtrand zu gehen, dort ein Taxi zu nehmen und sich vorsorglich nur in die Nähe des Palais fahren zu lassen.

Die Erpressung

Als ich darauf dem Ministerpräsidenten die Notiz über die Schwarzfahrten des entlassenen Hof-Chauffeurs vorlas, war er entsetzt. Diesen törichten Text habe gewiß der Hofminister den Zeitungen gegeben. Er könne dem Erscheinen der nächsten Nummer des Abendblatts nur mit Schrecken entgegensehen. Die Prinzessin habe nämlich im Walde, vor dem Verlassen des Wagens, die Schuhe gewechselt, sie sei in sehr beschmutzten Stiefeletten zurückgekehrt, ihre Ballschuhe seien aber nicht mehr im Wagen gewesen. Wenn das Abendblatt diese in der nächsten Nummer abbilde und erst dann der Prinzessin wiedergebe, der Skandal sei nicht auszudenken! Den Klagen des Hofministers habe er übrigens entnommen, daß es niemandem der königlichen Familie, auch nicht dem Erbprinzen, gelungen sei, der Prinzessin den Namen des Mannes zu entreißen, mit dem sie im Walde verabredet gewesen war. Man habe die Prinzessin im Krankenzimmer des Palais eingeschlossen und dem Hof erklärt, sie sei mondsüchtig und müsse behandelt werden.

Ich beschwor den Ministerpräsidenten, sofort ins Palais zu fahren und die Majestät zu überreden, mir noch vor Mittag eine Audienz unter vier Augen zu gewähren. Ich erklärte ihm den Plan, den ich vorschlagen wollte, um den Skandal zu verhüten.

Er fand ihn sehr bedenklich, sah aber schließlich ein, daß es keine andere Lösung gab, die man noch hätte versuchen können. Allerdings machte er mir zur Bedingung, daß außer den Führern der Mehrheitspartei, also ihm und dem Außenmini-

ster, niemand etwas wissen dürfe und daß mein Vorhaben voll geglückt sein müsse, ehe er im Palais die Audienz für mich erbitte.
Deshalb schickte ich nicht Max Jans in den Raum, wo jene Geheimakten verschlossen waren, die ich, nachdem ich wieder Innenminister geworden war, aus meinem Haus hatte zurückschaffen lassen und die Max Jans, nach den vorgefundenen Polizeiberichten, schon vor Monaten auf den Stand des Tages gebracht hatte. Ich sah selber nach, was für Auskünfte über den Reporter des Abendblatts vorlagen.

Es war vermerkt, daß er unter einem Pseudonym schrieb, mit seinem wahren Namen Tarlink hieß, sich vom Setzer zum Journalisten heraufgearbeitet hatte und, obwohl erst fünfundzwanzig Jahre alt, durch den Verkauf eines geerbten Bauernhofs Mitinhaber der Zeitung war und eine kleine Druckerei jenseits der Grenze besaß. Ich rief sofort meinen Tarlink im Belvederer Quartierhaus an. Er sagte mir, der andere, sein Neffe, gelte zwar als Taugenichts, weil verheiratete Frauen zu verführen sein Lieblingssport sei, er und seine Frau fänden den Jungen aber recht nett. Auch die Moralberichte der Polizei betonten, daß der Reporter gutmütig und freigebig, aber ein unentwegter Schürzenjäger sei, abends nur selten ohne weibliche Begleitung heimkehre und regelmäßig bis zum Mittag schlafe.
Um eine Hoffnung reicher, schickte ich sofort vier Polizeibeamte, die ich nur für heikle Aufgaben benutzte, mit der Anweisung aus, jede weibliche Person, die Tarlinks Wohnung durch die Vorder- oder Hintertür verließe, diskret festzunehmen und in einer unserer guten Limousinen zum Ministerium zu bringen und dann von dort die Nummer Tarlinks anzurufen, ich würde mich bei ihm befinden.
Mit einem Haft- und Haussuchungsmandat versehen, schellte ich eine Viertelstunde später den jungen Tarlink aus dem Bett. Er hatte mir die Tür im Pyjama geöffnet und schien mich nicht zu erkennen. Ich mußte mir den Eintritt mit einer Polizeikarte erzwingen. Als ich klingelte, hatte ich schon gehört, daß man im hinteren Teil der Wohnung ein Bad einlaufen ließ, und war nun gespannt, ob der Wasserhahn geschlossen werde oder nicht.

Das erste, was ich in seinem Studio sah, waren ein Paar hellblaue Satinschuhe, die Ballschuhe der Prinzessin. Sie standen auf einem Tisch. Die Trophäe! Der Ministerpräsident hatte also gut erraten, warum diese aus dem Wagen verschwunden waren.

Ich überhörte Tarlinks immer heftiger gewordene Proteste gegen mein ›Eindringen‹, zeigte ihm, als er mich erkannte, das Haftmandat und packte, so langsam ich nur konnte, ein Schriftstück aus meiner dickgefüllten Aktenmappe. Ich erklärte ihm, ich würde von meinem Recht, seine Wohnung zu durchsuchen, keinen Gebrauch machen, wenn er das Manuskript, das ich ihm gleichzeitig reichte, in meiner Gegenwart lese.

Er weigerte sich, es entgegenzunehmen. Das beunruhigte mich. Im Badezimmer war es nämlich still geworden. Es war also noch jemand in der Wohnung, aber ich mußte nun befürchten, es sei irgendein junges unverheiratetes Ding oder gar nur die Putzfrau. Ehebruch, in seiner Wohnung begangen, war aber das, was ich brauchte.

Bei meinem Telefongespräch mit dem Ministerpräsidenten hatte ich noch nicht gewußt, daß der Reporter gern verheiratete Frauen verführte und daß ich meinen Versuch, ihn umzustimmen, auf ein für ihn gefährliches und für mich günstigeres Argument würde stützen können als den Appell an seine intellektuelle Redlichkeit, das einzige Druckmittel, auf dessen Wirkung ich ursprünglich gerechnet hatte.

Zuerst mußte ich aber durch meine Beamten erfahren, ob der Besuch, der mit ihm die Nacht verbracht hatte und der sich wohl noch in der Wohnung befand, eine verheiratete Frau war.

Ich zeigte noch einmal auf das Schriftstück. Es sei ein noch nicht veröffentlichter Zeitungsartikel, der auch ihn betreffe und von einem Mann geschrieben sei, dessen Meinung ihm nicht gleichgültig sein könne.

»Von wem ist das«, entfuhr es ihm.

»Von van Lonard.« Als ich den Namen des angesehenen Journalisten nannte, sah er mich mißtrauisch an. Damit hatte ich gerechnet. Aber er nahm das Schriftstück immer noch nicht. Selbstachtung oder Eitelkeit mußten es ihm ja verbieten, seiner

Neugier nachzugeben. »Soll ich Ihnen verraten, was van Lonard gegen Sie schreibt?« fragte ich.
Er könne den Minister der Polizei nicht daran hindern, in seiner Wohnung zu sprechen.
Auch nicht, diese zu durchsuchen, gab ich auf diese läppische und so unwahrhaftige Antwort zurück, fragte ihn aber gleich darauf, ob er sich nicht anziehen oder einen Hausrock über den Pyjama werfen wolle.
Er sollte Gelegenheit haben, seine Besucherin fortzuschicken, damit meine Beamten mir so schnell wie möglich telefonieren konnten, wer es war.
Als er zurückkam, waren über seinem Mund Spuren von rotem Lippenstift zu sehen. Also war es wenigstens nicht die Putzfrau, von der er sich verabschiedet hat, dachte ich und sagte ihm, was van Lonard ihm vorwerfe, hätte auch ich gegen ihn auf dem Herzen.
»Auf dem Herzen! Aber Herr Minister«, versetzte er spöttisch.
»Sie halten sich für einen fortschrittlichen Moralisten und stellen jeden Tag in Ihrem Blatt auf anklägerische Weise Menschen bloß, die der Öffentlichkeit durch gesellschaftliche oder politische Bedeutung bekannt sind«, begann ich. »Aber womit stellen Sie Ihre Opfer bloß! Mit Enthüllungen über das Intime, wie Sie es ja auch in diesem neuen Fall vorhaben.« Ich zeigte auf die Ballschuhe der Prinzessin. Er mache seinen Opfern etwas zum Vorwurf, das wie das Bedürfnis des Essens allen Menschen gemeinsam sei: das Verlangen nach Liebe oder den nackten Trieb der Natur, beides, unabhängig von innerem Rang oder äußerer Geltung, beherrsche doch jeden Menschen. Aber wie die bigotteste Betschwester, wie der giftigste Spießer greife er seine Opfer immer gerade auf diesem Gebiet an. Darin ähnele er so vielen Romanschreibern, die sich zur intellektuellen Linken zählten. Bei denen falle es mir immer wieder auf, daß sie ihre Romanfiguren in den Liebesszenen so hämisch behandelten, daß man diese Autoren alle für neidische Eunuchen oder für abgefeimte Scheinheilige halten müsse, im besten Falle vielleicht für unbewußte Primitive, die sich selber nicht kennten oder nicht wüßten, wie tief die Begriffe von Sünde und

Laster sie geprägt hätten, womit der von ihnen sonst doch so höhnisch abgelehnte Christenglaube unserer westlichen Welt die Unbefangenheit vor dem Natürlich-Sinnlichen genommen habe.

Er hatte die ganze Zeit stumm und feindlich auf ein Bild gestarrt, endlich wandte er sich mir zu. »Mit solchen Reden kann man mich nicht fangen,« sagte er, »es geht Ihnen ja nur darum, daß ich die königliche Familie nicht kompromittiere.« Er zeigte mit dem Kopf auf die Schuhe der Prinzessin.

»Vor wem wollen Sie sie denn kompromittieren, vor wem, und mit welchen Argumenten?« fragte ich.

Die königliche Familie sei für ihn der Inbegriff aller Scheinheiligkeit, ihr Erscheinen in der Kathedrale sonntags widere ihn an.

Diese Antwort sei nichts als eine Ausflucht, aber ich wolle sie gelten lassen, nur solle er so konsequent sein und in der nächsten Nummer seines Blattes sagen, alle Besucher der christlichen Gotteshäuser widerten ihn an, alle! Freilich müsse er gleichfalls sagen, daß auch jedes ungetraute Liebespaar ihn anwidere, dann habe endlich der moralische Abscheu, den er offenbar vor dieser, der Unkeuschheit verdächtigten Prinzessin empfinde, eine Logik, über die sich reden lasse, vorausgesetzt natürlich, daß er selber ein strenggläubiger Christ und noch reiner Jüngling sei.

Nun hatte er verstanden. »Sie sind schlau, sehr schlau, Herr Minister, zu schlau!« sagte er. Aber klug sei ich nicht. Wenn ich klug wäre, hätte ich seinen Charakter sofort besser erfaßt und ihm beim Hereinkommen ohne Umschweife gesagt, was ich eigentlich wolle. Ich hätte verloren, was auch immer ich von ihm zu erreichen suche.

Das Klingeln des Telefons unterbrach ihn. Es war der Anruf aus dem Ministerium. Tarlink reichte mir spöttisch lächelnd den Hörer. Ich sagte, man möge in zwei Minuten wieder anrufen. Dann forderte ich Tarlink auf, mich seine Telefonanlage prüfen zu lassen, er könne mich dabei begleiten.

Wie ich vermutet hatte, befand sich neben seinem zerwühlten Bett ein zweiter Apparat. Ich erklärte ihm, ich müsse ihn, solange ich telefonierte, in der Küche einsperren.

Das alles käme ins Abendblatt, sagte er, ließ sich aber ohne Widerstand einschließen. Ich konnte ungestört mit meinen Beamten sprechen.
Die Frau, die sie an der Hintertür von Tarlinks Wohnung in Empfang genommen hatten, war die verheiratete Redakteurin eines Modeblattes. Also Ehebruch, strafbar!
Die nun mögliche Erpressung sollte Tarlink aber zunächst erspart bleiben. Ich holte ihn aus der Küche ins Studio zurück. Er habe mich gefragt, was ich eigentlich von ihm wolle, fing ich an. Ich wolle, daß er, statt alle Tage neue Sittenskandale aufzudekken, in seinem Blatt für die Reform unserer Strafgesetze eintrete. Der Justizminister lege den längst fertigen Plan demnächst der Kammer vor, mir liege daran, daß der Plan auch höchsten Orts eine öffentliche Unterstützung finde. Wenn er aber mit einer Abbildung der Ballschuhe unserer leichtsinnigen Prinzessin einen Skandal um das Königshaus entfessele, mache er es dem Palais unmöglich, der Nation zu empfehlen, die Reform gerade in den wichtigsten Punkten anzunehmen, nämlich da, wo wir mit dem nie überprüften Begriff des ›Unsittlichen‹ aufräumen wollten. Er könne sich doch denken, daß selbst viele Sozialisten und Liberale, ohne sich dessen bewußt zu sein, in den gleichen Vorurteilen wie die Katholiken befangen seien und an den Reformen schweren Anstoß nehmen würden.
Tarlink hörte mir plötzlich mit offensichtlich gesteigerter Feindschaft zu.
Ich erklärte ihm, daß der Außenminister und ich zwei Jahre lang mit Ärzten, Psychiatern, Pädagogen, Soziologen und Juristen alle Gesetze überprüft hatten, die sich auf das sexuelle Verhalten des einzelnen beziehen, und daß diese Männer uns empfohlen hatten, die Mehrzahl jener Gesetze durch das Parlament abschaffen zu lassen, weil sie mit den natürlichen und den in der Verfassung gesicherten Grundrechten des Staatsbürgers unvereinbar seien.
Warum ich dann meine kostbare Zeit bei ihm versitze, fragte Tarlink voll Hohn, meine und des Außenministers Partei hätten doch die Mehrheit, ob damit die Gesetze nicht schon so gut wie abgeschafft seien.
Er scheine unsere Verfassung nicht zu kennen, sagte ich. Wenn

über diese Gesetze abgestimmt werde, müsse jeder Abgeordnete sein Nein oder Ja laut zur Bank der Regierung hinüberrufen. Und die Sitzungen des Parlaments würden in Rundfunk oder Fernsehen von der ganzen Nation beobachtet!
»Ja und?!« fragte er in einem scharfen Ton.
Ich versuchte ruhig zu bleiben. Wenn er Abgeordneter wäre, sagte ich, und nun laut vor dem Parlament sagen müsse, ob er zum Beispiel für oder gegen die Bestrafung des Verkehrs mit dem gleichen Geschlecht wäre, ob er dann den Mut hätte, ein Nein gegen die Bestrafung auszusprechen?
Er lachte. Das fiele ihm nicht schwer; niemand würde ihn je verdächtigen, etwas mit einem Mann zu haben.
Ich ließ nicht locker. Wenn er aber ein Abgeordneter wäre, sagte ich, der mit Recht und vielleicht durch Indiskretionen der Presse gerade in diesem Verdacht stehe und der während der Abstimmung davor zittern müsse, daß man schon beim Aufruf seines Namens im ganzen Parlament schmunzeln und ihn vielleicht sogar mit unerträglichen Zurufen kränken würde, ob er an der Stelle dieses Abgeordneten dann nicht wahrscheinlich, aus begreiflicher Furcht, imstande wäre, gegen statt für die Reform zu stimmen?
Als alte Parlamentarier wüßten der Außenminister und ich, wie schmählich feige die meisten Abgeordneten, besonders die verheirateten, noch jedesmal gewesen seien, wenn über Gesetze, die gewisse Tabus berührten, abgestimmt worden war.
»Und an dieser Furcht tragen Zeitungen wie Ihre die größte Schuld«, schloß ich und erinnerte ihn daran, daß sein Blatt zwei Jahre zuvor einen verheirateten Abgeordneten in Fettdruck ›Kenner und Beschützer der Freudenhäuser‹ genannt hatte, als dieser das Bestehen der Bordelle mit guten Gründen freimütig verteidigt hatte.
Es fehle nur, daß ich seine Zeitung ein Erpresserblatt nenne, versetzte er heftig. Alles, was er bringe, sei wahr!
Dennoch sei ich gekommen, um ihm vorzuschlagen, dieser Art von Wahrheiten keine Zeile mehr in seinem Blatt einzuräumen und statt dessen für die Reform unserer Gesetzgebung einzutreten, damit es dem Staat und damit allmählich auch der Öffentlichkeit gleichgültig werde, auf welche Weise der ein-

zelne seiner Natur Genüge tue, soweit es sich nicht um Verbrecherisches, durch andere Gesetze ohnedies Verbotenes handele.

»Sie versäumen Ihre Zeit bei mir«, sagte er.

Noch wollte ich ihn schonen; ich machte einen letzten Versuch. Die bestehenden Gesetze träfen immer nur die Kleinen, die keine Protektion genössen, sagte ich. Es sei seiner Spürnase entgangen, daß im letzten Jahr mehr als zweihundert Parlamentarier und andere bekannte Persönlichkeiten von Rechts wegen vor den Richter hätten geschickt werden müssen. Alle bei Ehebruch im Wagen erwischt, also bei einem zweifachen Delikt! Er wisse doch, daß bei uns selbst ein Wagen, dessen Fenster verhängt und dessen Türen verschlossen sind, als öffentlicher Ort gilt, auch wenn kilometerweit kein Haus steht.

»Sie bescheinigen mir, daß unsere Behörden korrupt sind, das ist alles«, sagte er.

Auch noch etwas anderes sei ihm bescheinigt worden, versetzte ich: die Kläglichkeit seiner Informationen. Die ungerechte Diskretion der Polizei habe innerhalb eines Jahres die erste Seite seines Blattes um zweihundert fette Überschriften gebracht. Durch die gleiche Diskretion sei ihm auch entgangen, daß mehr als vierzig hochgestellte Persönlichkeiten, darunter fünfzehn Abgeordnete, beim Umgang mit Männern ertappt, aber nicht dem Staatsanwalt angezeigt worden seien! Dagegen habe er gewußt, doch nicht darüber geschrieben, daß wegen des gleichen Delikts einige tausend kleine Leute vor Gericht stehen und sieben bis zwölf Monate im Gefängnis hatten sitzen müssen, weil zu ihrem Unglück der Polizei nichts daran gelegen war, die unterschriebenen Schuldgeständnisse dem Staatsanwalt vorzuenthalten und in den Archiven der Präfektur als Druckmittel aufzubewahren. Er wisse doch, daß nur solche Persönlichkeiten diese erpresserische Vergünstigung genössen, die eines Tages politisch unbequem werden könnten.

Er schwieg. Ich fragte mich, was in ihm vorging. Es mußte ihn beeindruckt haben, daß der Minister des Innern mit ihm in diesem Ton von der Polizei sprach.

Schließlich fragte ich ihn, ob er an meiner Stelle ähnlich freimütig gesprochen hätte.

Keine Antwort. Ich sah auf die Uhr. Warum er in seinem Blatt, das sich doch zur Linken rechne, auf Gebieten, die zwar unpolitisch seien, aber einen jeden etwas angingen, nicht wirkungsvoller für mehr Gerechtigkeit eintrete. Noch nie hätte ich im Abendblatt ein Wort gegen die empörend strengen Urteile gefunden, die in Sittenprozessen gefällt würden. Vergangene Woche noch sei eine Marktfrau zu drei Monaten Gefängnis verurteilt worden, wegen Verführung ihres Gehilfen, einem Schrank von einem Kerl, der aber noch nicht großjährig gewesen, weil ihn sieben Tage von seinem einundzwanzigsten Geburtstag getrennt hatten. Auch der Paragraph über Mißbrauch des Abhängigkeitsverhältnisses sei der armen Frau zum Verhängnis geworden, als sie dem erpresserischen Gehilfen schließlich kein Geld mehr hatte geben wollen.
»Sie haben mir gegenüber eine gewisse Redlichkeit gezeigt«, sagte er plötzlich, er werde mir diese mit gleich guter Münze zurückzahlen und mir freimütig erklären, er wolle und könne den Stil seiner Zeitung nicht ändern, sie lebe von Enthüllungen, und Selbstmord begehe er eben nicht. Die Prinzessin sei die nächste, der er ihren Skandal beschere. Er würde auch die Photographie des Mannes bringen, mit dem sie im Stadtwald verabredet gewesen, sobald er diesen unbestreitbar identifiziert hätte. Unsere Unterhaltung würde ich gleichfalls in dem Artikel finden. Es sei ihm mit der Niederschrift nicht eilig gewesen, als ob er geahnt hätte, daß er den Artikel um ein Kapitel, nämlich die Beschreibung meines Besuchs, erweitern könne.
Ich fragte ihn, ob er sich je an die Stelle seiner Opfer versetzt habe. Wenn die Prinzessin seine Schwester wäre! Oder wenn er einmal den eigenen und den Namen seiner Geliebten in der Zeitung fände im Zusammenhang mit Beschreibungen, noch unappetitlicher als die Berichte der Sittenpolizei . . .
Er habe sich diese Frage nicht zu stellen.
»O doch,« sagte ich, »diesmal doch . . !«

Eine halbe Stunde später ließ ich den vor Wut verstummten Tarlink in das Büro meines Kabinettschefs führen. Ich hatte Max Jans die Angelegenheit übergeben, er sollte der Redakteurin und Tarlink die Berichte der Beamten, von denen die

Redakteurin an Tarlinks Tür gestellt worden war, zur Unterschrift vorlegen.
Es war nicht das erste Mal, daß ich einen Gegner mehr oder weniger unter Druck zu setzen hatte, aber bis dahin war es mir erspart geblieben, jemanden auf solch tiefem Niveau erpressen zu müssen wie diesen Neffen meines Deportationsgenossen Tarlink, der im Lager von Dachau mein bester Kamerad gewesen war.
Nachdem ich mit dem Ministerpräsidenten gesprochen hatte, rief ich van Lonard an und sagte ihm, daß ich ihn vielleicht noch vor dem Abend bitten würde, seinen Artikel zu veröffentlichen. Den, aus dem ich Tarlink einige Stellen zitiert hatte. Van Lonard hatte ihn einige Wochen zuvor auf meine Anregung verfaßt, und ich trug – mit den Schuhen der Prinzessin – den Durchschlag wieder in meiner Aktenmappe, als ich gegen Mittag vom Hofminister zur Sonderaudienz bei der Majestät gemeldet wurde.
Ungnädiger war ich noch nie empfangen worden. Man ließ mich sogar stehen. Ich war immerhin siebzehn Jahre älter, zudem ist es in der Verfassung dem Oberhaupt des Staates vorgeschrieben, dem Präsidenten des Parlaments, dem des obersten Gerichtshofs und allen Ministern bei Audienzen sofort nach der Begrüßung einen Sessel bringen zu lassen. Der mir mit der Aktenmappe gefolgte Diener war, als er mir einen Sessel zuschieben wollte, weggeschickt worden.
Wer es der Polizei verboten habe, nachts den Stadtwald mit Scheinwerfern zu kontrollieren? Daß man mich mit dieser Frage überfiel, bestätigte mir die Befürchtung, im Königshaus mache man letzten Endes mich und nicht die Prinzessin für die Ängste verantwortlich, die das Verschwinden der Ballschuhe dort hervorgerufen hatte.
Als ich diese aus der Aktenmappe zog und versicherte, das Abendblatt sei mundtot gemacht, dankte man mir nicht einmal mit einem Blick und wollte mich entlassen. Ich mußte darum bitten, daß man die Audienz verlängere, ich hätte staatspolitisch Wichtiges vorzutragen.
Man wisse schon. Die Reform der Strafgesetze!
Nur der Arzt der königlichen Familie konnte davon im Palais

gesprochen haben. Er gehörte zu denen, die den Außenminister und mich beraten hatten.
Daß ich der mißgestimmten Majestät nun nicht erklären mußte, worin unsere Reform bestehen sollte, war ein Lichtblick, obwohl es mich ärgerte, daß der Arzt geredet hatte. Wie alle unsere Berater, war er zum Schweigen angehalten worden.
Ich überreichte den Text der Reformvorschläge und den der Rede, die der Justizminister in der Kammer halten sollte.
Ob die Sache denn so eile, daß diese Rede bereits fertig sei? Und warum ich sie überhaupt mitgebracht hätte, der Verfassung nach stehe es dem Oberhaupt des Staates doch nicht mehr zu, das, was die Minister im Parlament sagen wollten, früher zu erfahren als die Abgeordneten.
Nun mußte ich mit der Sprache heraus, ich hätte es lieber verschoben, die Stunde schien mir nicht günstig, aber ich dachte an das haßverzerrte Gesicht des jungen Tarlink, als ich ihm erklärt hatte, wenn er nicht nachgebe, würde ich ihn und seine Freundin erbarmungslos in der Presse bloßstellen. Ich konnte auch nicht vergessen, daß er mir darauf gesagt hatte, er habe die erste Runde mit mir verloren, würde aber die zweite gewinnen und noch viele andere und mir in alle Zukunft das ›Minister sein‹ verleiden.
Ich erklärte der Majestät, es gebe gewichtige Gründe, über die Reform schon in den allernächsten Tagen im Parlament abstimmen zu lassen, und da man darauf bestand, diese Gründe zu kennen, mußte ich der Majestät eröffnen, wie groß der Skandal geworden wäre, der dem Königshaus gedroht hatte, und daß er nur mit den schmutzigsten Mitteln hatte abgewendet werden können.
Es berührte mich seltsam, daß ich zum zweiten Mal an diesem Tag, nun aber im Palais, zu begründen hatte, warum die Reform der Gesetze für die Allgemeinheit eine Wohltat und nur für die Skandaljournalisten und die Erpresser ein Unglück sein würde. Als ich zur Illustration die Geschichte der Marktfrau erwähnte, die von ihrem Gehilfen erpreßt worden war, sagte man mir: »Sehen Sie, mein lieber Minister, in einer absoluten Monarchie hätte ich ein so skandalöses Urteil sofort aufgehoben, auch das Gesetz, das die unglückliche Frau vor Gericht

gebracht hat, und den Erpresser hätte ich eingesperrt«; aber seit der letzten Entrechtung durch das Parlament seien Thron und Marktschemel gleich schlecht daran.
Bei diesem Umschwung der Stimmung konnte ich es wagen zu sagen, vor solchen Ketzereien gegen die Verfassung wankten einem Staatsminister die Knie.
Endlich entdeckte man, daß ich noch immer stand. Man zeigte bestürzt auf einen Sessel und fragte mich sogar, ob man Erfrischungen bringen solle. Nun schien es mir sicher, daß ich gewinnen würde. Ich hatte mich nicht getäuscht. Man ließ sich die Pläne der Reform in den Einzelheiten erklären und war bereit, der Nation zu empfehlen, sie anzunehmen. »Aber nur im Rundfunk, nicht im Fernsehen«, sagte man entschieden. Von den Leuten gesehen zu werden, wenn man ihnen erkläre, sie sollten ›das Bett nicht dämonisieren‹, wäre doch ein wenig peinlich.
Das war der Ton der guten Tage. Aber als ich das Datum festlegen wollte, sagte man mir, man wolle warten, bis die Feiern zum goldenen Priesterjubiläum des Kardinalprimas vorüber wären. Der Ehrwürdige habe den Erbprinzen und alle Prinzessinnen getauft, da wolle man der alten Eminenz nicht vor ihrem Festtag ankündigen, daß alle Gesetze abgeschafft werden sollten, die ihren Ursprung in dem christlichen Begriff der Sünden des Fleisches haben.
Zu meiner Überraschung fragte man darauf unvermittelt, ob es wahr sei, daß ich mich nur aus Abscheu vor der Chemie in den letzten Jahren so gut wie ausschließlich der Politik verschrieben hätte. Jemand habe gesagt, ich hielte gewisse Erfindungen der modernen Pharmazeutik für verbrecherischer als die Erfindung der Atombombe.
Das hatte ich in der Tat van Lonard, der meine Ansicht teilte, und dem Leibarzt der Majestät bei einer unserer Beratungen über die Reform der Strafgesetze gesagt. Der Arzt mußte geplaudert haben, denn man fragte, ohne meine Antwort auf die erste Frage abzuwarten, ob in den Laboratorien der Chemischen Werke Drogen erfunden worden seien, die den Charakter eines Menschen ändern könnten.
Ich erklärte, daß man für gewisse Zeitspannen Empfinden und

Verhalten eines Menschen ändern könne. Was einst die Kräuterhexen mit gewissen Pflanzen erreicht hätten, werde heute von der Chemie geleistet, leider nur zu gut, und es sei wohl schon bald möglich, selbst den Charakter eines Menschen endgültig und in gefährlicher Richtung zu ändern.
Man war sehr huldvoll, ersparte mir das Hinausgehen mit dem Rücken zur Tür und begleitete mich sogar durch den Vorsalon in den Saal, wo der Hofminister, die Adjutanten, Ordonnanzoffiziere und Sekretäre während der Audienzen, die unter vier Augen stattfinden, zu warten haben.

Auf dem Rückweg wollten mir die Fragen, die man mir über die Wirkungen jener chemischen Mittel gestellt hatte, nicht aus dem Kopf, und plötzlich dachte ich mit Unbehagen an die Möglichkeit, daß die Majestät gewisse Drogen genommen haben könnte. Der Leibarzt hatte schon öfter mit meinem Einverständnis die Tabletten aus unseren Laboratorien durch Eckhoud erhalten. Es waren immer die gleichen gewesen, von denen zwei genügten, um aus einem strengen Pessimisten in zehn Minuten für einige Stunden einen nachsichtigen Optimisten zu machen. Und höchsten Orts neigte man zur Strenge!
Ich konnte nur hoffen, daß es nicht unter dem Einfluß dieser Drogen geschehen war, als man mir so überraschend bereitwillig versprochen hatte, die Reform der Gesetze zu unterstützen. Um das Palais an das gegebene Versprechen zu binden, ließen der Justizminister und ich noch des Nachmittags die Presse kommen. Wir kündigten zum ersten Mal offiziell an, daß im Parlament über die Reform abgestimmt und daß deren Annahme vom Palais durch eine Ansprache im Rundfunk empfohlen werde.
Wenige Stunden später brachte Tarlinks Abendblatt einen unerhört scharfen Artikel gegen die Reform. Auf Angriffe von den Katholiken war die Regierung gefaßt gewesen, aber daß dieser, von einem populären Prediger gezeichnet, einem Blatt gegeben worden war, in dem Journalisten von Rang nie schrieben, das beunruhigte mich.
Wieviel Grund ich dazu hatte, sah ich vierundzwanzig Stunden später. In einem Artikel Tarlinks, der schon am Nachmittag

durch Werbeplakate angekündigt worden war, hieß es: Wegen der Gesetzesreform werde das Land ›bald in Flammen stehen‹. Sie schlage dem gesunden Empfinden der Bevölkerung ins Gesicht und sei unannehmbar für jeden, der nur ein Fünkchen religiöses Empfinden besitze. Die Nation müsse wissen, daß einigen hoch-, ja höchstgestellten Persönlichkeiten einzig und allein daran liege, in Zukunft gewisse Paragraphen des Gesetzbuchs nicht mehr fürchten zu müssen. Dabei genössen diese Herrschaften schon eine jeder Gerechtigkeit spottende Protektion. Über zweihundert auf der Präfektur protokollierte Fälle von Ehebruch und vierzig von ›widernatürlicher Unzucht‹ seien letztes Jahr dem Staatsanwalt nicht mitgeteilt worden.

So schnell hatte er das, was er von mir erfahren, zu nutzen gewußt. Und es fehlte auch nicht die erprobte, intellektuell so unredliche Gleichstellung von ›religiös‹ und ›christlich‹, als ob es außerhalb des Christentums keine Religiosität und keine Moral geben könne.

Daß der Artikel am Schluß Enthüllungen über die dem Staatsanwalt vorenthaltenen Fälle ankündigte, hatte für mich persönlich die glücklichsten Folgen. Der Mann der Frau, die ich längst wieder meine Freundin nannte, ließ mir mitteilen, daß er in die Scheidung, die er seit Jahren immer abgelehnt hatte, endlich einwillige.

Wie ich erfuhr, fürchtete er, seinen Namen im Zusammenhang mit dem seiner Frau und dem meinen im Abendblatt zu finden. Auf persönliche Anpöbelungen war ich gefaßt. Aber Tarlink erwähnte in den ersten acht Tagen seiner Kampagne nie meinen Namen, weder in den täglichen Angriffen auf die Gesetzesreform noch in dem Register der unbestraften Ehebrecher, das er begonnen hatte zu enthüllen. Er brachte damals noch nicht mehrere Namen auf einmal, sondern immer nur einen. Den aber jedesmal von der fettgedruckten ›Frage an den Justizminister‹ begleitet: wie es komme, daß der Genannte, obwohl straffällig, nicht vor Gericht habe stehen müssen, da doch so viele andere wegen des gleichen Delikts verurteilt worden seien.

In meinem Ministerium glaubte man, Tarlink wolle mit dieser Hetze nur die Auflage seiner Zeitung steigern. Er hatte an allen

Kirchen eigene Verkaufsstände aufgemacht und unter den Katholiken eine neue Kundschaft gefunden. Der Kampf gegen die Reform des Strafgesetzes war, vielleicht gegen sein Erwarten, ein gutes Geschäft geworden, ein noch besseres als die Enthüllung von Skandalen, womit er zwar fortfuhr, aber so, als geschehe es nur am Rande der Empörung über die geplante Reform.

Der Justizminister glaubte, er allein sei es, den Tarlink mit den Angriffen abschießen wolle. Ich war anderer Ansicht. Die Abwehr hatte mir telefonisch berichtet, Tarlink habe Bruno in der Garnisonstadt einen Besuch gemacht und sei lange mit ihm auf dem Hof der Kaserne hin und her gegangen, obwohl es regnete, ein Zeichen, daß er Grund gehabt, die Unterhaltung nicht in der Kantine zu führen. Daß dieser Besuch für Bruno eine Überraschung gewesen war und daß die beiden sich nicht gekannt, aber mit wiederholtem Händedruck verabschiedet hatten, war die einzige genaue Auskunft, die man mir hatte geben können. Sie hatte genügt, um meinem Mißtrauen gegen Tarlink eine neue Richtung zu geben. Ich war überzeugt, daß hinter diesem Besuch eine Absicht steckte, die nicht mit seiner Kampagne gegen die Reform zusammenhängen, sondern einzig gegen mich gerichtet sein mußte.

Außer mit meiner Freundin sprach ich mit niemandem über meine Befürchtungen, weil ich schon damals daran zweifelte, daß es gelänge, Tarlink das Handwerk zu legen. Dazu sei er aber entschlossen, erklärte mir der Ministerpräsident. Er sagte, der Hofminister habe sich ihm als Todfeind Tarlinks und als unser Verbündeter entdeckt. Ich solle mich nur gedulden. Der Hofminister sei im Begriff, etwas zu arrangieren, um die königliche Familie von einer Feier fernzuhalten, die uns Gelegenheit geben würde, sowohl Tarlink als auch seinen Hauptinformatoren mundtot zu machen. Wer dieser sein konnte, darüber hatte ich sehr bestimmte Gedanken. Aber ich wollte – weil ich noch keine Beweise besaß – dem empfindlichen Ministerpräsidenten nicht vorgreifen, nannte ihm nicht den Mann, an den ich dachte, und wartete.

Inzwischen aber hatte Tarlink Bruno noch dreimal besucht. Das Gefühl, daß die beiden etwas Ernsthaftes gegen mich vor-

bereiteten, wollte mich nicht mehr verlassen, zumal Bruno kurz vor seiner Entlassung aus der Armee stand.
Schließlich sagte ich dem Ministerpräsidenten, wen ich verdächtigte, Tarlink Informationen zu geben. Wie ich es vermutet hatte, lag sein, des Hofministers und mein Verdacht auf dem gleichen Mann, dem früheren Präfekten. Zu meinem Ärger hatte ich ihn nach seiner Verbannung in die kleine Hauptstadt unserer Seeprovinzen zu spät und nicht schon vom Tag seiner Ernennung an in seinem Gouverneurspalast beschatten lassen. Den Aufpassern, die ich unter seinen Beamten hatte, war es aber nicht gelungen, eine Verbindung Tarlinks mit ihm festzustellen. Als ich diesen Mißerfolg dem Ministerpräsidenten gestand, sagte er, der Hofminister, der viel über Tarlink und den Gouverneur wisse, habe die Entlarvung der Verbindung dieser beiden schon vorbereitet und wolle ihm und mir in Kürze einen fertigen Plan unterbreiten. Ich blieb skeptisch.
Damals bat ich den Justizminister, die Scheidung meiner Freundin voranzutreiben. Wir wollten heiraten. Der Minister mißverstand, warum ich zur Eile trieb. Er meinte, ich hätte Illusionen über die Rücksichtslosigkeit dieses intellektuellen ›Halbstarken‹, wie er Tarlink nannte. Er sagte, bei einem Angriff auf mich im Abendblatt würde meine Freundin von Tarlink durch den Schmutz gezogen werden, ob sie dann schon meine Frau wäre oder nicht.
Er, nicht ich unterschätzte Tarlinks Haß gegen mich. Daß ich Tarlink erpreßt und ihm Grund gegeben hatte, mich zu hassen wie niemand anderen, wußte ja nur der Ministerpräsident. Ich hatte keine Illusionen. Ich erinnerte mich an die infamen Andeutungen, die das Abendblatt schon früher gegen meine Freundin veröffentlicht hatte, bevor Tarlink Mitinhaber der Zeitung geworden war. Seinerzeit hatten sogar Brunos Klassenkameraden darüber geredet und ihm beigebracht, daß ich mir eine ›Freundin hielte‹, als sei sie eine Frau ohne moralischen und intellektuellen Rang, die man nicht vorzeigen könne. Diese falsche Einschätzung meiner Freundin hatte mich damals zwar tief getroffen, aber nicht genug. Ich selber hatte ihren Wert zu jener Zeit ja gleichfalls noch unterschätzt.
Wie hatte mein Verhältnis zu ihr sich seitdem verändert! Ich

zog sie immer mehr ins Vertrauen, ließ sie häufiger wissen, was ich in Wirklichkeit über Menschen und Dinge dachte, und ich blieb ruhig, wenn sie voll Nachsicht für Bruno versuchte, mir einzureden, ich müsse noch einmal einen Schritt tun zur Versöhnung mit ihm. Dazu war ich jedoch nicht nur nicht mehr bereit, ich hätte Bruno sogar nicht einmal empfangen, wäre er zu mir gekommen, ohne mir zuvor seinen Bruch mit Tarlink angekündigt zu haben. Aber dieser fuhr ja zwei-, dreimal die Woche in das Garnisonstädtchen und führte – entweder auf dem Hof der Kaserne oder vor dem Tor in seinem Wagen – Gespräche mit Bruno, die oft bis zum Zapfenstreich dauerten. Da ich der Abwehr verboten hatte, Bruno noch einmal ohne ausdrücklichen Befehl zu verhören, wurde mir über diese Besuche schadenfroh mit einer unüberbietbaren Kürze berichtet. Ich fragte mich nicht mehr, warum Bruno immer im Schutz des Wachtpostens blieb, auch ich war allmählich zu der Meinung gelangt, Bruno fürchte einen Anschlag, habe also in Rußland doch der Partei angehört und sei von ihr abgefallen. Um so rätselhafter erschien mir seine Feindschaft gegen mich.

Bereits vierzehn Tage vor den Feiern für den Kardinal hatten wir im Ministerium gewußt, daß Tarlink eine Sondernummer herausbringen würde, deren erste Seite auf purpurrotem Papier gedruckt nur die Worte enthalten sollte ›Der wahre Liebling der Nation‹. Ein plumper Affront für das Königshaus. Tarlink hatte Bruno mit der Post einen Probeabzug dieser Titelseite geschickt.

Der Kardinal, der erst nach dem Krieg den Purpur erhalten hatte, war – seinerzeit noch ein wenig bekannter Bischof – von den Deutschen deportiert worden und genoß wegen seiner Kritik am Kapitalismus selbst bei denen, die von Christentum und Kirche nichts wissen wollten, eine große Beliebtheit. Es schien mir ein schlimmes Vorzeichen, daß sein Sekretariat Tarlink empfangen und dem Abendblatt mehr und interessantere Photos aus seiner ganzen Priesterzeit zur Veröffentlichung überlassen hatte als dem offiziellen Organ der Katholischen Liga.

Wieder wurde diese Nummer des Abendblatts durch Werbeplakate, die diesmal sogar illustriert waren, angekündigt. Deren Umfang allein verriet, daß Tarlink zu einem großen Schlag ausholen wollte, und in dieser Meinung wurde ich noch durch das Gerücht bestärkt, er sei im Begriff, die Zeitung der Katholischen Liga mit allen ihren Nebenblättchen aufzukaufen. Tarlinks Schlag sollte meine Befürchtungen noch übertreffen.

Die Verhaftung des Gouverneurs

An dem Tag, als ich erfuhr, daß Tarlink Bruno den Probeabzug des roten Titelblatts geschickt hatte, empfing ich den von mir abgesetzten Vertreter des Präfekten. Durch gute Beziehungen zum Rathaus hatte ich dem ausgezeichneten Beamten die Leitung der städtischen Verkehrsbetriebe verschafft.
Am Ende seines Dankbesuchs sagte er mir auf eine seltsam eindringliche Weise, wenn ich für die kurze Zeit, die der Präfekt noch im Krankenhaus bleiben müsse, einen Vertreter ernenne, dürfe es nur jemand sein, der politisch vollkommen zuverlässig sei. Da seine Warnung sich auf Vermutungen gründe, könne er keine Namen nennen. Tarlink habe Verbündete in der Präfektur, gekaufte oder Gesinnungsfreunde; anders seien die Enthüllungen im Abendblatt nicht zu erklären.
Ich ernannte Max Jans. Es handele sich nur um zwei Wochen, dann sei der Präfekt wiederhergestellt. Dieser Interimsposten biete ihm Gelegenheit, zu zeigen, was er könne. Wenn Tarlink in der Präfektur Informatoren habe, könnten diese nur zur politischen Abteilung oder zur ›Sitte‹ gehören, sagte ich.
Ich verschwieg ihm, was ich, gedrängt vom Ministerpräsidenten und vom Hofminister, im Begriff war, mit diesen beiden gegen den früheren Präfekten zu unternehmen.
Es war der Samstag vor dem, an welchem die Jubelfeiern für den Kardinal beginnen sollten. Der Hofminister, der Ministerpräsident und ich fuhren zur Hauptstadt der Seeprovinzen. Die Taufe eines Schiffes hatte uns einen guten Vorwand für die Reise geliefert und eine Bestimmung des Protokolls es erlaubt, zwei Wagen voll Polizeibeamten mitzunehmen. Ohne deren Schutz durfte der Ministerpräsident sich nicht vor eine große Volksmenge begeben.

Ich sah den früheren Präfekten zum ersten Mal in der pompösen Uniform des Gouverneurs und bemerkte sogleich, daß ihm die Anwesenheit des Hofministers unangenehmer war als meine. Aber mißtrauisch gegen uns war er offenbar nicht.
Um unser Vorhaben unauffällig durchzuführen, mußten die Gäste und vor allem die Beamten den Gouvernementspalast verlassen haben. Deswegen hatten wir ja auch die Taufe des Schiffs auf einen Samstag legen lassen.
Nach dem offiziellen Essen, das der Feier an den Docks gefolgt war, baten wir den Gouverneur, uns bei dem schönen Wetter auf der Jacht des Königshauses einen Ausflug zu den nächsten Inseln zu arrangieren und uns abends vor der Rückfahrt zur Hauptstadt auf der Terrasse des Gouverneurspalasts ohne andere Gäste einen kleinen Imbiß servieren zu lassen.
Alles verlief, wie wir es wünschten. Bei dem Imbiß forderte der Ministerpräsident den Gouverneur plötzlich auf, sofort die Geheimakten herauszugeben und überhaupt alles, was er aus den Archiven der Präfektur mitgenommen habe, sonst würde er verhaftet und jeder Raum des Palastes durchsucht werden. Unsere so zahlreiche Schutzbegleitung verfüge über die ganze Nacht, den ganzen Sonntag und noch die Nacht zum Montag, um dies gründlich und unauffällig zu tun.
Nach einigem Fackeln gestand der Mensch, daß er die Akten für eine hohe Summe an Tarlink verkauft hatte. Er habe die Schulden seines Sohnes damit bezahlt. Ich hätte ihm ja jede Hilfe aus meinen Geheimfonds verweigert.
»Also immer Geld und Geld!« sagte der Hofminister.
Auf der Rückfahrt fragte der Ministerpräsident den Hofminister, ob er an etwas Bestimmtes bei diesen Worten gedacht habe. So erfuhren wir, warum der Gouverneur, als er noch Präfekt gewesen, plötzlich bei der Majestät in Ungnade gefallen war. Er hatte, nachdem er zur Belohnung meines Abschusses geadelt worden war und sich im Palais eingeschmeichelt hatte, dort die Dreistigkeit gehabt, über die damals schon hohen Schulden seines Sohnes zu weinen und die Majestät um Geld aus der königlichen Schatulle anzugehen und dabei daran zu erinnern, nur ihm sei es zu verdanken, daß mein Enkel als Kommunist entlarvt worden sei und dem Lande nicht mehr schaden könne.

Der Ministerpräsident lachte. »Er muß nicht gewußt haben, daß Jammern über Finanznöte im Palais als Beleidigung empfunden wird«, sagte er und stieß mich dabei heimlich an.
Ich wunderte mich, daß der Chef der Regierung noch scherzen konnte. Er hatte vor unserem Aufbruch, in einem Zimmer des Gouverneurspalasts, bei einer erregten Besprechung gegen meinen Rat ein Unternehmen beschlossen, dessen Ausgang mich immer stärker beunruhigte, je mehr wir uns der Hauptstadt näherten. Der Hofminister wunderte sich wohl obendrein darüber, daß man in seiner Gegenwart über das Königshaus lästerte. »Was sollen wir nur mit diesem Unglücksmenschen machen!« sagte er. Er wandte sich dabei nach dem Wagen um, der uns folgte. Der Gouverneur saß, bewacht von unseren Beamten, darin.
Obwohl ich noch einmal dringend davon abgeraten hatte, waren wir auf dem Weg zu Tarlink. Wir hatten den Gouverneur gezwungen, Tarlink in unserem Beisein telefonisch anzukündigen, er bringe ihm etwas Interessantes, und hatten dabei die bittere Befriedigung gehabt, Tarlink antworten zu hören, es müsse aber eine Superbombe sein, das Abendblatt habe für die nächsten Wochen Stoff genug.
Tarlink, bei dem uns von einem ungewöhnlich hübschen und noch sehr jungen Ding geöffnet wurde, saß im Bad, als wir eindrangen.
Er lachte uns ins Gesicht. Wir sollten ihm einen Prozeß machen, eine bessere und billigere Reklame könne das Abendblatt gar nicht finden.
Als er endlich aus der Wanne stieg, blieb er nackt; den Bademantel trug er offenbar mit Absicht über dem Arm. Der Hofminister fuhr ihn an, er solle sich wenigstens den Mantel überwerfen. Da lächelte Tarlink. »Es geschah nur aus Gefälligkeit gegen Sie, Exzellenz«, sagte er anzüglich. Nun wurde mir endlich klar, warum der Hofminister seine Feindschaft gegen den Ministerpräsidenten und mich vergessen, bei unserem Plan zur Eile getrieben und vorgeschlagen hatte, Tarlink eine enorme Summe anzubieten, wenn unser Versuch, die Dokumente durch Einschüchterung wiederzubekommen, scheitern würde . . . wie es dann auch geschah.

Tarlink hatte nicht nur keine Angst vor uns, er genoß die Situation. Um uns vorzuführen, wie überzeugt er war, daß wir es nicht wagen würden, ihn und den Gouverneur zu verklagen, öffnete er eine Truhe. Photokopien von Archivakten und von langen Polizeiberichten lagen haufenweise darin. Die Originale befänden sich im Ausland und würden dort in einem Blatt, dessen Mitbesitzer er sei, sofort in Faksimile veröffentlicht, wenn wir gegen ihn und den Gouverneur das Geringste unternähmen.

»Erpresser! Pfui, Sie Erpresser«, rief der Hofminister.

Ohne auf ihn zu achten, zeigte Tarlink auf mich und sagte zum Ministerpräsidenten: »Dieser treue Diener des Königshauses ist der einzige, dessen Akte ich nicht veröffentlichen werde; Erpresser hacken, wie die Krähen, einander nicht die Augen aus.«

Ehe der Ministerpräsident und ich es verhindern konnten, hatte der Hofminister einen Pack Banknoten auf den Tisch geworfen: »Nennen Sie Ihren Preis!«

Im nächsten Augenblick hatte Tarlink ihm das Geld ins Gesicht geschleudert und nach dem Telefon gegriffen. Wenn wir nicht sofort verschwänden, würde er das Überfallkommando rufen und im Abendblatt die ganze Unterhaltung veröffentlichen. Er hob mit der freien Hand eine Vase von einem Tischchen und hielt sie uns spöttisch vor die Augen.

Natürlich befand sich ein Mikrophon darin. Ich hätte es mir denken können, auch wenn nicht eine Schnur zum Vorschein gekommen wäre, die offenbar zu einem versteckten Aufnahmegerät führte. Tarlink hatte also mit Belästigungen durch die Behörden gerechnet und vorgesorgt. Unser Unternehmen war fehlgegangen, ich nahm den Ministerpräsidenten am Arm und drängte ihn hinaus. Der Hofminister folgte uns, die Tür wurde hinter ihm zugeschlagen. Erst unten vor dem Wagen bemerkten wir, daß der Gouverneur bei Tarlink geblieben war.

Obwohl wir auf der Straße standen und die Chauffeure unserer Wagen uns hören konnten, beschwor der Hofminister erregt und laut den Ministerpräsidenten, Tarlink und den Gouverneur einzusperren und das Erscheinen des Abendblatts bis auf weiteres zu verbieten. Der Ministerpräsident empfahl ihm sarkastisch, die Verfassung zu studieren.

»Was soll denn aus mir werden!« rief der Hofminister.

»Sie sind nicht der einzige, dem Unannehmlichkeiten bevorstehen«, versetzte der Ministerpräsident, ließ ihn stehen und zog mich zu seinem Wagen.

Wieder einmal mußte ich unwillkürlich an das Wort Brunos denken: Niemand ist so würdig, wie er aussieht. Er hatte es mir wenige Stunden vor seiner Flucht bei der Aussprache, die unsere letzte geworden war, ins Gesicht geschleudert. Das war nun mehr als fünf Jahre her. Wie oft hatte ich mir dieses Wort ins Gedächtnis gerufen, wenn die Wahl zwischen größerem oder kleinerem Übel mir beim Geschäft des Regierens Handlungen aufzwang, die nicht sauber waren.

Bevor er in den Wagen stieg, befahl mir der Ministerpräsident, die Verhaftung des Gouverneurs zu veranlassen und im Ministerrat, den er für den nächsten Morgen einberufen wollte, die Angelegenheit vorzutragen.

Ich fuhr zur Präfektur und ließ von dort aus das Untersuchungsgefängnis benachrichtigen.

Die Polizei darf bei uns ja nur am Tage in ein Haus eindringen. So mußte das Tarlinks bis zum Morgengrauen überwacht werden.

Gegen fünf Uhr wurde ich durch das Läuten des Telefons geweckt. Der Inspektor, der Tarlinks Haus mit einigen Leuten bewachen und den Gouverneur verhaften sollte, meldete mir, Tarlink selber habe ihm voll Schadenfreude die flachen Dächer der beiden Nachbarhäuser gezeigt, über die der Gouverneur geflohen sei. Ich tobte, damit der arme Inspektor es in den Büros und Kantinen der Präfektur erzähle. In Wirklichkeit atmete ich auf. Bei einem Prozeß gegen den Gouverneur wäre nur schmutzige Wäsche gewaschen, Tarlink aber nicht zum Schweigen gebracht worden, dachte ich.

Der Ministerpräsident, den ich aus dem Schlaf läutete, teilte mein Gefühl der Erleichterung. Nun sei er neugierig auf die nächste Ausgabe des Abendblatts.

Wir verfaßten per Telefon ein schönes Kommuniqué für die Presse, das sogar fast der Wahrheit entsprach. Der frühere Präfekt sei, der Korruption überführt, geflohen! In diesem Ton.

Später sollte ich mit Scham daran denken, daß der Ministerpräsident und ich uns in jener Nacht am Telefon über die Sorgen des Hofministers lustig gemacht und darauf geeinigt hatten, daß der außerordentliche Ministerrat erst am späten Nachmittag stattfinden solle, nach dem Erscheinen des Abendblatts. Sonntags setzte es wegen der Nachrichten über den Sport allein in der Hauptstadt hunderttausend Exemplare mehr ab als an den Wochentagen; für Tarlink war dies immer ein Grund gewesen, in der Sonntagsausgabe besonders infame Enthüllungen zu bringen.

Der Ministerrat hatte bereits meine Darlegung der Angelegenheit des geflohenen Gouverneurs angehört, als man uns das Abendblatt in den Sitzungssaal brachte. Wir trauten unseren Augen nicht, als wir an versteckter Stelle lasen: Unkontrollierbaren Gerüchten nach sei der Gouverneur in Frankreich bei einer Wochenendreise mit dem Wagen verunglückt. An einer anderen, aber in die Augen fallenden Stelle hieß es: Die Veröffentlichung der Namen jener Persönlichkeiten, die gesetzwidrig von der Polizei geschont worden seien, werde vorläufig unterbrochen. Die Zeitung weihe ihre Seiten während der ganzen Woche bis zum Festtag des Kardinals ausschließlich dem Kampf gegen die Reform; diese bedeute nichts anderes als die Entchristlichung unseres öffentlichen Lebens! Und das sei kein Wunder, unsere Minister seien ja alle Sozialisten oder Liberale, also Atheisten.

Der Außenminister sah schwarz. Was Tarlink zu Beginn seiner Kampagne angekündigt habe, treffe sicher ein. In wenigen Wochen werde das ganze Land in Flammen stehen. Wir hätten bei unserem Plan nicht genug bedacht, in welchem Maß der Bibelglaube den Begriff des Unmoralischen geprägt und damit die Menschen verprägt habe. Heiße es von einer unverheirateten Frau, sie sei unmoralisch, so wolle man damit immer nur sagen, sie lebe nicht keusch, nie sei etwas anderes mit dem Wort gemeint; Mord und Betrug, überhaupt alle Verbrechen würden anders, ja milder benannt. So verrate die Sprache, wie tief die Vorurteile gegen das Natürliche sich eingewurzelt hätten; der einzige dauernde Erfolg des Christentums, in zweitausend Jahren!

Es begann uns schon zu langweilen. Zu oft hatte er in unseren Kreisen gesagt, daß von allen hochmütigen Religionen das Christentum bei größtem äußeren Erfolg den schlimmsten Bankrott erlitten habe, weil es ihm nicht gelungen sei, den Menschen zu bessern, sowenig, wie der gleich hochmütige Marxismus den russischen Menschen habe ändern können. Aber dann horchten wir doch auf, als er sagte, an den beiden letzten Sonntagen seien bei Versammlungen lokaler Sektionen seiner Partei einige hundert Mitgliedskarten zurückgegeben worden und man habe erschreckend heftig gegen die Reform der Gesetze protestiert. Bei der Abstimmung im Parlament würde die Regierung nicht nur von den Abgeordneten der katholischen und der konservativen Opposition desavouiert werden, sondern auch auf den Bänken unserer beiden Parteien. Er prophezeie den Sturz der Regierung. Tarlink, den er, wie wir alle, unterschätzt habe, werde dafür sorgen, daß dies sogar sehr schnell eintrete.

Zu meiner Überraschung holten mich Max Jans und Rysselgeert nach dem Ministerrat ab. Ich schlug ihnen vor, mit mir in einem Restaurant zu essen. Der sonst immer so heitere Jans bat aber mit finsterem Gesicht, daß wir zuerst in mein Ministerium führen. Dort eröffnete er mir, Tarlink habe ihn des Nachmittags in Rysselgeerts Wohnung an die Leitung gebeten, gefragt, ob es wahr sei, daß er den kranken Präfekten vertrete, und dann ironisch erklärt, er wolle der Polizei die Beschattung seiner Person erleichtern und in Zukunft der Präfektur jeden seiner Ausgänge mitteilen, er fahre also in wenigen Minuten mit einem Herrn zu Bruno Collignon.

Mehr hatte Max Jans nicht angehört. Ich sagte mir, Tarlink verzeiht ihm nicht, daß er Zeuge war, wie er, Tarlink, hier im Ministerium mir nachgeben und mit der Modejournalistin den Feststellungsbericht der Beamten hat unterzeichnen müssen.

Ich rief sofort die Kaserne an. Man sagte mir, Tarlink sei am frühen Nachmittag mit einem Schneider gekommen. Der habe auf der Veranda des Gasthofs, der dem Tor gegenüberliege, unter den Augen des Wachtpostens Brunos Maße genommen und ihm Stoffe gezeigt. Dann habe er in der Telefonzelle ein Taxi bestellt und sei mit seiner Ware verschwunden. Bruno aber habe fast zwei Stunden in Tarlinks Wagen gesessen und ihm dort Texte in eine Schreibmaschine diktiert. Trotz der Hitze seien die Fenster des Wagens dabei geschlossen gewesen.

Die Reportage Brunos

Wenn ich heute zurückdenke, scheinen mir die Ereignisse sich von jenem Tag an überstürzt, ohne Folge in der Zeit abgespielt zu haben, ähnlich unseren sich immer überschneidenden Gedanken. Und doch hatten sich die Ereignisse, wie alles, was uns zustößt, hintereinander zugetragen und sind auf die chronologische, die um Höflichkeit bemühte Weise erzählbar, wie ein Bericht es verlangt.

Aber damals, als mir diese Stimme aus der Kaserne mitteilte, Tarlink besorge Bruno Anzüge für den nahen Tag der Entlassung und Bruno habe Tarlink einen Text diktiert, da überkam mich schon das Gefühl, daß auch Rysselgeert und Max Jans nichts Gutes von den beiden zu erwarten hätten. Tarlink hatte Max Jans unter Rysselgeerts Nummer angerufen, das schien mir ein besonders böses Zeichen. Mir fiel ein, daß ich, in dem gleichen Raum, wo wir saßen, Rysselgeerts Akte vernichtet hatte. Aber das war fünf Jahre her!

Der Schrecken hatte mich nur für Sekunden gelähmt. Ich gab Max die Schlüssel zu den Schränken der Geheimkartothek, er solle sofort zur Präfektur und unter den Buchstaben J. und R. alles, was sie beide betreffe, herausnehmen.

»Aber doch nicht heute! Am Sonntag, und so spät! Das fällt auf«, sagte Rysselgeert. Sie waren beide erschreckt.

Ich rief in den Archiven an und bat den Beamten vom Dienst, mir alles, was wir über den Sohn des ›Geflohenen‹ besäßen, telefonisch durchzugeben. Es eile. Ich hatte mit Absicht die Frage so undeutlich gestellt. Als der Beamte endlich verstand, daß ich den Sohn des früheren Präfekten meinte, ließ ich mich von ihm daran erinnern, daß dessen Akte in den Geheimkartotheken liege. So hatte ich endlich einen Vorwand provoziert, um meinen Kabinettschef, der obendrein den Präfekten vertrat, mit den Schlüsseln und einer großen Aktentasche ins Archiv zu schicken.

Als Max draußen war, sagte Rysselgeert: »Er ahnt nicht, daß schon morgen im Abendblatt etwas über ihn stehen kann.« Er selber habe angenommen, sie brauchten sich nicht zu beunruhigen.

»Hätten Sie mich doch nur daran erinnert!« sagte ich und gestand ihm, daß ich am Tag, als ich dem Präfekten und Max in den Archiven die Geheimkartotheken gezeigt hatte, aus Empörung über das Verschwinden mich betreffender Akten vergessen hatte, das wegzunehmen, was sich in den vier Jahren der Herrschaft anderer Innenminister dort über ihn und Max wieder angesammelt haben mußte.

Rysselgeert sagte mir, er und Max hätten einmal darüber gesprochen, aber er habe Max beruhigt.

Daß Rysselgeert so fest davon überzeugt gewesen war, ich hätte meine Hand über seine und seines Freundes Akten gehalten, traf mich tief. Ich machte mir Vorwürfe. Und als Max mit einer leeren Aktentasche zurückkam und nur sagte: »Stijn, du wirst nicht mehr lange Mitglied der Kammer sein«, ging ich hinaus, wie ich einige Wochen später die Wohnung, in der man mich vor Rysselgeerts Leiche führen wollte, verließ, ohne den Toten angeschaut zu haben.

Ich fuhr zu Tarlinks Onkel und Tante in den Belvederer Wald hinaus, aber ich erreichte nichts. Sie sagten, der Neffe lasse sich weder beeinflussen noch kaufen. Ich suchte den Oberst Jans auf. Tarlink ritt bei ihm. Max war der Sohn seines Bruders. Die Söhne des Obersten hatten Rysselgeert einst vergöttert. Ich sprach offen mit dem Oberst, sein Gesicht verschloß sich zusehends. Als ich ihn daran erinnerte, wie sehr er Rysselgeert immer geschätzt habe, und ihn schließlich nicht mehr bat, sondern anflehte, Tarlink nahezulegen, Rysselgeert nicht bloßzustellen, warf er mir in einem schneidenden Ton hin, er habe nicht gewußt, daß Rysselgeert zu der Sorte von Männern gehöre, die man vierteilen solle, wie man es im Mittelalter getan. Mit dem Reiten bei ihm sei es aus für den!

Vierundzwanzig Stunden später schrieb mir die Frau des Obersten, da ich so unverantwortlich gewesen sei, Rysselgeerts schmutziges Verhältnis mit Max Jans zu dulden, solle ich wenigstens dafür sorgen, daß der Name Jans nicht in die Presse komme; ich müsse Rysselgeert, bevor es zu spät wäre, ins Ausland versetzen, auf einen Strafposten, die gebe es ja für unmöglich gewordene Diplomaten. Sie hatte vollkommen vergessen, daß sie einst geglaubt hatte, die geheimnisvolle Liebe Rysselgeerts sei ein Mädchen, das er nicht zeigen wolle, weil es aus zu kleinen Verhältnissen stamme, und daß sie mir damals gesagt hatte: Jede, auch die unbegreiflichste Leidenschaft, wenn nur echte und tiefe Liebe dabei sei, verdiene Respekt.

Mein Zorn gegen diese elende Minderwertigkeit ging so weit, daß ich ihr zurückschreiben ließ, dem Minister des Innern sei es nicht möglich, einen Abgeordneten zum Diplomaten zu ernennen.

Am gleichen Tag kündigten überall in der Stadt Plakate des Abendblatts eine große Reportage an; sie hatte den Titel ›Ich sollte ein Sowjetspion werden‹. Der Name des Verfassers war nicht angegeben.

Rysselgeert beruhigte sich sogleich, für ihn waren mit dieser Ankündigung die Besuche Tarlinks bei Bruno hinreichend erklärt. Daß nur Bruno der Autor sein konnte, war auch die Meinung der Abwehr. Man verhörte ihn mehrere Male, sogar noch am Vorabend seiner Entlassung. Immer hatte Bruno mit einer Ruhe, die seine Verhörer zum Kochen brachte, auf die Frage, ob er der Verfasser sei, geantwortet, er habe seinen einundzwanzigsten Geburtstag unter ihrer wahrhaftig scharfen Kontrolle in der Kaserne gefeiert, wann er seit seiner Großjährigkeit zum Sowjetspion hätte ausgebildet werden können!?

Seit seiner Großjährigkeit! Er verwies sie an Collignon. Wenn sie ihn fänden, seinen Vater, irgendwo in Europa!

Rysselgeert meinte, Bruno wolle mit dieser Reportage nur Geld machen. Wenn ich ihn an Brunos maßlosen Ehrgeiz erinnerte, sagte er, mit Sechzehn träume mancher Junge davon, ein neuer Napoleon zu werden, mit fast Zweiundzwanzig sei man über solche Kindereien hinaus.

Ich beruhigte mich nicht bei solchen Gedanken, und die Sorge, Bruno bereite mit Tarlink etwas gegen Rysselgeert und Jans vor, verließ mich selbst dann noch nicht ganz, als ein Zollbeamter und ein Paßkontrolleur, die, ohne daß der eine dies vom anderen wußte, für die Abwehr arbeiteten, am Tag der Entlassung seines Jahrgangs hintereinander meldeten, Bruno wolle mit Tarlink, der ihn mit dem Wagen an der Kaserne abgeholt habe, die Grenze überschreiten und nach Deutschland reisen. Ob man ihn durchlassen solle? Sein Paß sei in Ordnung.

Da in Prozessen wie dem gegen die Agentin, dessen Eröffnung immer wieder verschoben worden war, die Zeugen nicht vor dem Gericht auftreten dürfen und Brunos Aussagen längst protokolliert waren, bestand kein Grund, ihm die Ausreise zu verbieten.

»Sehen Sie, er macht sich davon«, sagte Rysselgeert. Er meinte, die zahllosen Verhöre durch die Abwehr hätten Bruno das Land verleidet. Er wollte Max die gute Nachricht selber bringen.

Das war an dem Tag, als man die Kathedrale für ein feierliches Tedeum schmückte, das gegen Mitternacht im Beisein der ganzen königlichen Familie und der Regierung mit größtem geistlichen und weltlichen Pomp die Feiern zum Priesterjubiläum des Kardinals einleiten sollte.

Am frühen Nachmittag teilte mir Max Jans aufgeregt mit, soeben erfahre er von dem Buchhalter Tarlinks, den die Präfektur kürzlich als Informator habe gewinnen können, Bruno trete als Redakteur ins Abendblatt ein, Bruno sei es gewesen, der die Idee gehabt habe, ein Extrablatt zum Jubiläum des Kardinals herauszubringen, und Tarlink habe vergangene Nacht, als die Setzer und Drucker nach Hause gegangen waren, allein und heimlich einen großen Text gesetzt. Der Buchhalter war zufällig auf dem Heimweg vom Theater an der Druckerei vorbeigekommen und, erstaunt, daß dort Licht brannte, eingetreten. Da habe Tarlink, der, obwohl ohne weibliche Gesellschaft, in überschäumend guter Stimmung gewesen sei, ihn zusehen und sich bewundern lassen, wie gut er noch immer setze, und dabei erzählt: Das Abendblatt werde bald eine große politische Zeitung sein, der neue Redakteur, der habe kein Talent, der sei ein Genie, dem falle immer etwas ein.

Wir sahen es, als das Abendblatt erschien. Es war ganz dem Kardinal gewidmet. Kein Sport, keine Nachrichten. Das Titel-

blatt enthielt zwar nicht, wie es doch ursprünglich geplant gewesen sein mußte, auf rotem Untergrund den Satz ›Der wahre Liebling der Nation‹, dafür stand dort ›Was unser Kardinal denkt‹; was er dachte, das erfuhr man aus einem vierseitigen Interview, das der Koadjutor des Kardinals Tarlink gewährt hatte. Um Mitternacht sollte das Tedeum stattfinden! Zwischen sechs und acht Uhr abends las jeder fünfte Einwohner der Hauptstadt dieses Interview. Es war ein heftiger, an keiner Stelle durch die Form gemilderter Ausfall gegen die Regierung, gespickt mit kaum verschleierten Spitzen gegen die Majestät, die der Nation die Annahme der Gesetzesreform empfehlen wolle, und gegen die Königin-Mutter, die in ein Land gereist sei, wo der aggressivste Atheismus vom Staat gefördert werde. Waren diese beiden auch nicht genannt, so konnte doch jeder begreifen, wen der Koadjutor meinte.
Der Ministerpräsident ließ sich vom erzbischöflichen Sekretariat bestätigen, daß dieses Interview, dessen schärfste Stellen er am Telefon zitierte, die Meinung des Kardinals unverfälscht wiedergab. Dann fuhr er mit mir zum Palais. Das Interview war eine Kriegserklärung. Die königliche Familie durfte dem Tedeum nicht beiwohnen, sowenig wie die Regierung.
Zum Glück war die Prinzessin, deren Leichtsinn uns als letzte Folge die Feindschaft des Abendblatts eingebracht hatte, auf Befehl der Majestät, unter dem Vorwand der ihr schon in einem Kommuniqué zugeschriebenen Krankheit, für den Rest des Sommers auf die kleinste unserer Inseln verbannt worden, wo die königliche Familie eine Villa besitzt, außer der es dort kein Haus gibt. Auch war es ein guter Zufall, daß die Königin-Mutter sich bei der Prinzessin befand, sowohl um sie zu trösten als auch, um auf diese Weise die Majestät zu tadeln. Man ließ im Rundfunk sagen, im Begriff, zur Hauptstadt zurückzukehren, habe die Königin-Mutter die Eltern und Geschwister der Prinzessin gerufen; der Zustand der Kranken sei ernst geworden.
So fuhren bei Einbruch der Dunkelheit die königliche Familie und der Leibarzt zur Küste. Es war dafür gesorgt, daß die nächtliche Einschiffung auf die Jacht photographiert, aber kein Reporter auf das Schiff mitgenommen wurde.

Diese Abreise mißfiel. Die Masse läßt sich nur noch von Diktatoren ihres eigenen Niveaus täuschen, nicht mehr von Monarchen.

Es kam bereits in der Kathedrale zu Demonstrationen; als die reservierten Sessel im Chor leer blieben, rief man aufsässig nach der königlichen Familie und den Ministern, obwohl auf dem Altar schon die Kerzen brannten, und als die Menge nach der Feier aus der Kathedrale strömte, war draußen der große Platz bereits schwarz von Menschen. Man brachte dem Kardinal hysterische Ovationen dar, und als sein Wagen und die der fremden Prälaten sich endlich langsam einen Weg durch die Massen gebahnt hatten, formten sich Gruppen, die vor die Ministerien zogen und in Sprechchören ›Abdankung‹ brüllten. Bald flogen Steine, Schutzzäune der Straßenbäume und Kanalisationsgitter gegen die Fenster, und um zwei Uhr morgens zählte man, da die Polizei schließlich hatte eingreifen müssen, einige hundert Verletzte. Der Außenminister hatte rechtbehalten, es war Tarlink schnell gelungen, die ersten Feuer zu legen.

Eine Woche später stand das Land, wie Tarlink es angekündigt hatte, ›in Flammen‹. Unser Plan der Reform hatte die Nation gespalten, überall wurden ebenso törichte wie haßerfüllte Diskussionen geführt und Versammlungen einberufen, die fast immer, besonders auf dem Land, in Schlägereien ausarteten, denn die Sozialisten und Liberalen, vor allem die jungen, wehrten sich natürlich.

Aber wir machten uns keine Illusionen, die Reform mißfiel, und wir hatten das Gefühl, daß man im Palais nur den guten Augenblick abwartete, um uns in den Rücken zu fallen.

Wann denn endlich die Abstimmung in der Kammer stattfinde, fragte man dort immer wieder den Justizminister und mich. Wir hüteten uns, damit zu schnell vor die Abgeordneten zu treten, wir dachten, die Zeit arbeite zuletzt doch zu unseren Gunsten.

Der Kardinal und das Königshaus versuchten nicht, sich zu versöhnen; die königliche Familie erschien nicht mehr in der Kathedrale, sie wohnte der Messe reihum in allen Kirchen der Hauptstadt bei, selbst in denen der Vororte, wo dies einen großen Eindruck machte.

In dieser politisch bewegten Zeit begann Brunos phantastisch rascher Aufstieg. Tarlinks Buchhalter, der Max Jans täglich informierte, versicherte, Tarlink sei Bruno geistig hörig und geradezu vernarrt in ihn. Er fuhr zwei-, dreimal die Woche zu Bruno, der in einem kleinen Städtchen jenseits der Grenze wohnte, wo Tarlink am Besitz eines lokalen Blattes beteiligt war und neben seiner kleinen Druckerei eine Werkstatt zur Herstellung von Presseklischees besaß.
Warum Tarlink Bruno außer Landes gebracht hatte, begriffen wir, als das Abendblatt mit der Veröffentlichung der Reportage ›Ich sollte ein Sowjetspion werden‹ begann. In einem Beiwort zur ersten Lieferung wurde Bruno vorgestellt als der Enkel ›unseres Innenministers‹. Es stimmte alles, was sonst noch gesagt wurde, nur Brunos Flucht hatte man verschwiegen; er sei als Sechzehnjähriger von seinem in Moskau lebenden Vater gezwungen worden, dorthin zu ziehen, und habe sich, sobald er seiner Autorität juristisch entwachsen war, von ihm und der kommunistischen Ideologie losgelöst.
Die Abwehr triumphierte und fluchte. Bruno erzählte den eineinhalb Millionen Käufern des Abendblatts all das, was den Offizieren nicht gelungen war, ihm in entnervenden Verhören zu entreißen. Zwei Wochen lang hielt er die Leser in Atem mit der Schilderung seiner Ausbildung zum Agenten. Jedes Wort schien mir wahr zu sein; schließlich war ich – jedenfalls auf eine allgemeine Art – nicht ganz unerfahren in solchen Dingen.
Merkwürdigerweise lief neben dieser Reportage eine andere, worin er chronologisch beschrieb, was er von dem Tag seiner Ankunft in Moskau bis zum Eintritt in die Agentenschule erlebt und beobachtet hatte. Was ihm gefallen, was ihm mißfallen, war mit eisiger Objektivität gesagt. Collignon wurde anfangs immer nur wie ein lästiger Vater erwähnt, der ihn mit Taschengeld knapp hielt und strikten Gehorsam verlangte.
Diese Betonung der Abhängigkeit von Collignon war so häufig eingeflochten, daß wir uns über den letzten Artikel der Serie nicht mehr wunderten. Darin beschrieb er eine furchtbare Szene, an deren Ende er sich geopfert hätte: Entweder trete er als Schüler in die Agentenschule ein, oder sein Vater werde erschossen! Welche Wahl einem Sohn in solcher Lage bleibe!

Außer mir hielt nur Rysselgeert dieses pathetische Wort Collignons für möglich. Die Herren der Abwehr meinten, Bruno bereite seine Rückkehr vor, er stelle sich als mißbrauchten Jungen hin. Im Justizministerium sagte man mir, Bruno müsse juristisch beschlagen oder gut beraten sein. Die Schilderung des Drucks, unter den sein Vater ihn gestellt habe, mache ihn unangreifbar.

Rysselgeert und ich waren krank vor Ekel. Ich hatte den Eindruck, daß Bruno einen Grund haben mußte, seinen Vater wiederum lieber tot als lebend zu sehen. Dessen Tod hatte er doch schon einmal herbeigewünscht!

Hätten wir eine Bandaufnahme von Brunos letzter Unterhaltung mit ihm gehabt, jener, die Collignon sich in der Kaserne erzwungen und auf russisch geführt hatte, dann wären wir vielleicht besser auf das vorbereitet gewesen, womit er Max Jans so tief empören und erschrecken sollte, daß dieser sich zu einer Handlung hinreißen ließ, über deren Folgen ich heute noch untröstlich bin.

Der Selbstmord

Endlich war der Präfekt vom Scharlach geheilt. An dem Morgen, als Max Jans die Arbeit im Ministerium wieder aufnahm, schlug ich ihm vor, das, woran mir am meisten lag, erst beim Mittagessen in meiner Wohnung zu besprechen.

Er hatte mir alle Berichte, die es über Tarlink und Bruno bei der Polizei gab, mitgebracht. Ich fragte ihn, ehe ich sie zur Hand nahm, wie man Tarlinks Buchhalter dahin gebracht hatte, das Abendblatt für die Präfektur zu bespitzeln. Über und über rot gestand er mir, den habe die ›Sitte‹ der politischen Abteilung zum Geschenk gemacht. Der junge Mann sei bei irgend etwas Verbotenem erwischt worden, und da Tarlink der Polizei so böse mitspiele, habe man den Buchhalter gegen Unterzeichnung der üblichen Anerkennung seiner Schuld laufenlassen und dafür verpflichtet, im Abendblatt die Augen aufzumachen. Das tue er aber offenbar sehr gern, Tarlink habe dem Pechvogel einmal ein Mädchen ausgespannt und es ein

paar Wochen später in der kränkendsten Weise wieder an ihn loswerden wollen.
Es ärgerte mich, daß Jans uns ausgerechnet von der ›Sitte‹ einen Informatoren hatte schenken lassen; ich fürchtete, daß dem Präfekten, also letzten Endes mir, von dieser Abteilung, die mir so verhaßt war wie ich ihr, eine Rechnung dafür präsentiert werden könnte, zumal der Buchhalter offenbar ein guter Zuwachs für den immer zu schwachen Bestand unserer unbezahlten Spitzel war. Er hatte von Tarlinks Schreibtisch einen ›Programmentwurf‹ weggenommen und photographiert. Die politische Abteilung, sagte Jans, habe diesen Text, der, von dem Wort ›Programmentwurf‹ abgesehen, in einer unbekannten Stenographie geschrieben sei, nicht entziffern können.
Ich ließ am gleichen Tag den Präfekten kommen und erklärte ihm, die politische Abteilung müsse sich mit allem, was Tarlink und meinen Enkel betreffe, energischer als bisher befassen. Brunos Tätigkeit in dem deutschen Grenzort müsse genau beobachtet werden. Ich setzte ein eigenes Budget dafür aus. Er solle gut zahlen, dann bekomme er auch drüben gute Informatoren.
Ehe er ging, sagte er sichtlich verlegen, ein Beamter der Archive habe ihm auf eine etwas schleimige Weise gemeldet, Max Jans habe an einem Sonntagabend die Geheimkartotheken geöffnet. Ob mir das bekannt sei?
Ich bat ihn, sofort festzustellen, ob dieser Beamte im Dienst gewesen war, als ich dort Dokumente über den Sohn seines Vorgängers habe holen lassen. Max hatte sich nämlich darüber gewundert, an einem Sonntag dort zwei Beamte zu finden, aber in der Aufregung über das Fehlen seiner und Rysselgeerts Akten keine Fragen gestellt.
Deshalb spreche er ja von der Sache. Der Beamte habe so auffällig betont, der Kollege vom Nachtdienst sei, weil er die Uhr falsch gestellt habe, an jenem Abend eine Stunde zu früh erschienen, um den anderen abzulösen.
Er wolle diesen sonderbaren Zufall klären, sagte der Präfekt. Trotz der Entlarvung seines Vorgängers bleibe er bei seinem alten Verdacht, Tarlink habe auch unter den Beamten der Archive einen Informatoren.
Ich sagte ihm, er solle so schnell wie möglich die Photogra-

phien aller Beamten der Archive dem Buchhalter zeigen lassen, und wenn dieser einen als Besucher Tarlinks erkenne, mich anrufen.

Der Präfekt war noch bei mir, da wurde er unter ›Dringend‹ von der politischen Abteilung an mein Telefon gebeten. Die Stenographie des Textes, den Tarlinks Buchhalter für uns photographiert hatte, war im Dolmetscherbüro identifiziert und sogar schon entziffert worden. Es könne sich um etwas sehr Wichtiges handeln.

Ich bestellte den Leiter der politischen Abteilung unverzüglich zu mir ins Ministerium. Der Präfekt und ich wunderten uns, wie lange wir auf ihn warten mußten.

Als der Dezernent endlich kam, brachte er mit den Papieren einige Züricher Zeitungen, die er sich unterwegs auf der Schweizer Gesandtschaft ausgeliehen hatte. In diese sollten wir als erstes einen Blick werfen.

In allen zeigte er uns die immer gleiche Photographie einer schon stark verwesten männlichen Leiche, deren Kopf, wie es im Text unter den Bildern hieß, durch Schläge mit einem breiten Instrument bei oder nach dem wohl schon ein Jahr zurückliegenden Mord unkenntlich gemacht worden war.

»Und nun das Stenogramm,« sagte der Dezernent, »es zählt, mit den Daten, die Namen der Schweizer Zeitungen auf, die vergangene Woche Photos der Grube veröffentlicht hatten, die durch Zufall bei Zürich entdeckt worden war. Und dann hier die kapitale Notiz: Ermordung C.'s geheimhalten. Wir haben immerhin einigen Grund, anzunehmen, daß es sich um Ihren Schwiegersohn handeln könnte«, schloß er. Von der Abwehr sei ihm schon bestätigt worden, daß Collignon seit der erzwungenen Unterredung in der Kaserne seinem Sohn nie mehr ein Lebenszeichen gegeben habe.

Ich ließ die deutschen Behörden bitten, Bruno zu verhören.

Sie telefonierten uns bald zurück, Bruno sei zwei Tage verreist gewesen, wohin, das weigere er sich zu sagen. Er habe ihnen erklärt, daß sein Vater ermordet worden sei, wisse er erst seit kurzem, gedacht habe er es sich aber schon seit fast einem Jahr. Gefragt, wen er für den Mörder halte, habe er arrogant er-

widert, er sei Journalist, sie sollten sich das Abendblatt herüberkommen lassen; dessen Lesern, nicht ihnen, würde er sagen, wen er verdächtige.
Bruno bleibe überwacht, versicherte man. Es stand also fest, daß er von dem Verbrechen gewußt und geschwiegen hatte.
Unser Konsul in Zürich meldete am gleichen Tag, daß Bruno dort die Polizei aufgesucht und an dem, was an der Leiche noch erkennbar war, nur einen Zahn des zerbrochenen Gebisses mit Sicherheit wiedererkannt hatte.
Ich ließ mir ein Telefongespräch mit dem Polizeihauptmann vermitteln, der Bruno empfangen hatte. Er sagte mir, Bruno habe bei der Rekognition im Leichenkeller keine Bewegung gezeigt und in einem überheblichen Ton erklärt, die Schweizer Polizei tauge nicht viel: Obwohl zur kleinen, aber immerhin doch zur Prominenz des kommunistischen Journalismus gehörend, sei es Collignon gelungen, mit einem falschen Paß in die Schweiz einzureisen. Auf alle Fragen habe Bruno nur geantwortet, eine französische Kommunistin habe Collignons Ermordung wahrscheinlich erleichtert, in jedem Fall nicht verhindert; sie habe ihre eigene Haut retten wollen. Bruno habe nicht ein einziges Mal erwähnt, daß er der Enkel des Innenministers sei, dagegen sehr betont, er sei Redakteur des Abendblatts, es liege in seinem Interesse, alles, was er wisse, zuerst den Lesern seines Blattes zu erzählen; deren Zahl sei größer als die der Einwohner der Schweiz, denn auf jeden der eineinhalb Millionen Käufer des Abendblatts kämen mindestens fünf Leser. Bruno habe der Züricher Polizei Geld für die entstandenen Unkosten angeboten, im städtischen Krematorium die Verbrennung der Reste Collignons vorausbezahlt und gebeten, die Asche in den Wind zu streuen.
Ich wagte es nicht mehr, den Hauptmann zu fragen, ob Bruno bei der Leichenschau wirklich nicht bedrückt gewesen war.
Als ich einhängte, kam Max Jans mit dem neuesten Abendblatt herein. Dort stand schon alles, was mir eben der Polizeihauptmann gesagt hatte. Bruno erzählte, sein Vater, der ihn, wie man sich wohl erinnere, in Rußland gezwungen habe, die Agentenschule zu absolvieren, sei einmal krank vor Angst in der Pionierkaserne erschienen, habe sich eine Unterredung mit

ihm erzwungen und ihn starrköpfig beschworen, dem sowjetischen Nachrichtendienst wenigstens von Zeit zu Zeit einen kleinen Bericht zu geben: Beobachtungen über unsere Armee zum Beispiel, nur damit Moskau hingehalten werde. Dieser Besuch liege ungefähr ein Jahr zurück. Collignon habe ihm im Beisein eines Offiziers und einiger Kameraden auf russisch gesagt, er, Bruno, gelte in Moskau bereits als unzuverlässig und bringe ihn, Collignon, damit in Gefahr. Sein Vater sei nach der ergebnislosen Unterredung in die Schweiz geflohen und dort von dem Schicksal ereilt worden, das alle die zu erwarten hätten, die sich mit Moskau einließen, ohne zu wissen, mit wem sie es da zu tun hätten. Sein Vater sei ein naiver Idealist gewesen, es gebe deren viele, bis in die allerhöchsten Kreise hinauf, ja, ein gekröntes Haupt habe sich ködern lassen.
Max Jans sagte, er hoffe, diese Andeutung auf die Königin-Mutter werde Rysselgeert endlich die Augen darüber öffnen, wie nachtragend, wie gefährlich Bruno sei. Rysselgeert glaube immer, Bruno wolle nur eine Karriere als Journalist machen. Ich beschwichtigte Jans, dachte aber dasselbe wie er.
Da zeigte Jans mir an einer anderen Stelle der gleichen Nummer des Abendblatts eine fettgedruckte Notiz der Redaktion, in der es hieß: Bruno Collignon leite in Zukunft die Rubrik ›Innenpolitik‹. Wenn ihm etwas Ähnliches zustieße wie seinem Vater, müßten die Täter nicht unbedingt Sowjetagenten sein. Bruno Collignon werde demnächst eine Serie ›Unsere grauen Eminenzen‹ veröffentlichen, mit der er tief in den Schmutz unserer Innenpolitik stechen werde.
»Er hält Sie für fähig, ihn umbringen zu lassen, nichts anderes heißt das«, sagte Jans. Er beschwor mich, ich solle es auf mich nehmen, mit Bruno zu sprechen.

Ich war dazu allein schon deshalb nicht bereit, weil ich mich am nächsten Tag in Belvedere-Dorf mit meiner endlich frei gewordenen Freundin trauen ließ. Meine Zeugen waren der Außenminister und Rysselgeert; der Justizminister und der Ministerpräsident die meiner Frau. Es war niemand geladen, nicht einmal Jans. Das Geheimnis war von dem Bürgermeister des Dorfs gewahrt worden; er hatte das Aufgebot so gehängt, daß es übersehen worden war. Wir hatten vor, eine Woche still in Belvedere zu verbringen, wo die Königin-Mutter uns schon am ersten Tag einen abgesprochenen Überraschungsbesuch machte. Nach den Hausgesetzen der Dynastie, die von der Regierung respektiert wurden, konnte meine Frau, weil sie von ihrem ersten Mann geschieden war, am Hof und im Kleinen Schloß nicht mehr empfangen werden.

Es war mit Jans ausgemacht, daß man mich nur in wirklich dringenden Fällen anrufen durfte. Der erste, der störte, war der Heeresminister. Zwei der Offiziere, die er der Abwehr geliehen hatte, wünschten ihre Rückversetzung in die reguläre Armee. Es waren die beiden, denen ich auf die Nachricht von Collignons Ermordung hin befohlen hatte, die Verhöre der Agentin wiederaufzunehmen. Sie hätten bald einsehen müssen, daß die Person im Gefängnis wahnsinnig geworden sei. Werde der Name Collignon vor ihr ausgesprochen, dann stoße sie furchtbare Schreie aus. Es sei nicht festzustellen, ob ihr umnachteter Geist sich dabei an Bruno oder an Collignon erinnere. Dessen Ermordung könne ja durchaus auch mit dem Verrat zusammenhängen, den sie an ihren nie entlarvten Auftraggebern begangen habe. Da das Abendblatt zur Zeit das ganze Land mit Hetzartikeln gegen die führenden Schichten in Aufruhr bringe, möge ich für den Wunsch der Offiziere Verständnis haben. In Tarlinks Blatt für den Zustand dieser Person verantwortlich gemacht zu werden, wäre ihnen zu unangenehm.

Ich hatte beim Anhören dieses Berichts das Gefühl, daß der Heeresminister mich aus einem ganz anderen Grund gestört hatte, und wunderte mich nicht, als er mich endlich wie beiläufig fragte, ob ich von dem Autounfall des Staatssekretärs gehört hätte, dessen Tod könne jeden Augenblick gemeldet werden. Ich solle dann an seinen Sohn denken. Die Ernennung des Nachfolgers hänge doch einzig von mir ab. Oder ob der Außenminister ihm bereits zuvorgekommen sei und schon wieder vorsorglich sein Veto ausgesprochen habe?

Nun verstand ich endlich, daß der Verunglückte nur der Staatssekretär des Außenministers sein konnte. Ich könne ihm nicht sofort antworten, sagte ich ausweichend.

Am frühen Morgen teilte Jans mir mit, daß der Staatssekretär

seinen Verletzungen erlegen und daß der Außenminister schon auf dem Weg nach Belvedere war.
Da der Posten des Staatssekretärs den Liberalen zustand, wenn der Minister Sozialist war, fand ich es natürlich, daß mein Freund zu mir herauskam, und ich überlegte sofort, wen unter den jüngeren Kandidaten meiner Partei ich zur Exzellenz machen könnte.
Aber da überraschte mich der Außenminister mit der Bitte, ich solle ihn Rysselgeert als seinen Staatssekretär nehmen lassen. Den Schrecken, der mich bei diesem Vorschlag überfiel, mußte mein Freund mißverstehen. Er konnte ja nur denken, ich sei gekränkt, daß er meiner Partei ein Opfer abverlangte. Ich fragte ihn, ob er mit Rysselgeert schon gesprochen habe. Der freue sich wie ein Aspirant auf die Offiziersepauletten, sagte er und erklärte mir, seitdem Rysselgeert als Abgeordneter in der Kammer sitze und nicht mehr in seinem Vorzimmer, fehle ihm jemand. An seinen neuen Kabinettschef habe er sich nie gewöhnen können. Rysselgeert nun sogar als Staatssekretär zu haben, der Gedanke allein verdoppele die gute Wirkung der Entschlackungskur, die er gerade absolviert habe.
Er werde Minister sein, wenn Rysselgeert noch in den Vorzimmern hocke! Die Erinnerung an dieses Wort Brunos hatte mich so heftig überfallen, daß ich, nur um Zeit zu gewinnen, den dümmsten aller Einwände vorbrachte: Rysselgeert sei noch zu jung und überhaupt noch nicht lange genug Abgeordneter, die Ernennung zum Staatssekretär sei doch obendrein mit dem Recht auf die Anrede ›Minister‹ verbunden; ein so bedeutender und rascher Aufstieg innerhalb seiner Partei bringe unserem Freund zu viel Neid ein, selbst wenn es mit der Vize-Ministerwürde sehr bald schon zu Ende wäre. Bei der Abstimmung über die Reform werde die Opposition in unseren eigenen Reihen so viele Verbündete finden, daß wir uns doch schon jetzt als gestürzt ansehen müßten.
Der Minister hatte mich nur angestarrt. Plötzlich sagte er, das seien nicht meine wahren Gründe. Ich wisse zu gut, daß Rysselgeert, einmal – und wäre es nur während eines Monats – Staatssekretär gewesen, nie mehr zu den unbekannten Abgeordneten der Kammer zählen werde. Auch Max Jans sei selt-

samerweise gegen diese Ernennung, habe ihm aber gleichfalls nicht gesagt, was er in Wahrheit für Rysselgeert fürchte.
So groß unsere Intimität im Politischen war, so wenig Vertraulichkeit gab es zwischen uns im Persönlichen. Obwohl ich in keinen Mann so viel Vertrauen setzte wie in ihn und obwohl keiner unserer Politiker in meinen Augen einen so hohen moralischen Rang besaß wie er, hatte ich es nie zu übersehen vermocht, wie tollpatschig er sein konnte, wenn berechtigte Empfindlichkeiten anderer zu schonen waren. Ich hatte ihn zu oft gutmütig, aber takt- und geschmacklos scherzen hören. Deshalb hatte ich ihm nie die Wahrheit gesagt, wenn er zuweilen Rysselgeerts Junggesellentum beklagte. Seiner Meinung nach waren nur verheiratete Männer ausgeglichene Naturen, die ihre Arbeit mit Ruhe verrichteten.
Ich sagte ihm auch diesmal nicht die Wahrheit, stimmte Rysselgeerts Ernennung zu und erklärte ihm, Max Jans teile meine Befürchtung, Rysselgeert werde nicht genug Zeit haben, sich durch Leistungen auszuzeichnen, er würde sich mit einer kurzen Amtszeit mehr schaden als nützen.
Sobald der Minister Belvedere verlassen hatte, bat ich Tarlink aus dem Quartierhaus zu mir herauf und ließ Bruno durch ihn in dem Grenzort anrufen. Ob er bereit sei, eine Mitteilung seines Großvaters anzuhören, die keiner Antwort bedürfe.
Bruno erklärte, Tarlinks Neffe sei gerade bei ihm, der würde alles mithören.
Dann nahm ich selber das Telefon. »Was wünschen Sie mir zu sagen?« In seiner Stimme war eine so abstoßende Arroganz, daß ich jede Rücksicht fallen ließ und froh war, Tarlinks Neffen erfahren zu lassen, was ich Bruno sagen wollte. Ich erklärte ihm, in wenigen Stunden werde Rysselgeert als Staatssekretär der Auswärtigen Angelegenheiten vereidigt. Im Zusammenhang mit dieser Ernennung wolle ich ihn an einiges erinnern, was er bei der Niederschrift der Reportagen für das Abendblatt offenbar aus seinem Gedächtnis verdrängt habe, und dann zählte ich so trocken, wie ich es bei meiner ungeheuren Erregung vermochte, auf, daß sowohl seinem Vater wie seiner Mutter das Erziehungsrecht über ihn entzogen worden und daß ich sein Vormund gewesen war, als er am Tag der Treibjagd mit dem

Sowjetbotschafter seine Flucht nach Prag vereinbart hatte, daß sein Vater ihn also nie gezwungen haben konnte, nach Moskau zu ziehen. Die Reportagen, mit denen er sich einen Namen gemacht, erhielten aber alle gerade von der immer wiederholten Lüge, er sei von seinem Vater politisch mißbraucht worden, die Beleuchtung, in der er zur Vorbereitung seines Aufstiegs in die Politik gesehen werden wolle. Ich hätte am Tag der Treibjagd schon gewußt, wieweit er sich mit den Kommunisten eingelassen hatte, schloß ich, deshalb hätte ich ihm auf dem Schützenstand nicht sagen können, daß ich nur aus Rücksicht auf den empfindlichen Sowjetbotschafter darauf verzichtet hatte, die Sau zu schießen.

Ich hatte nicht gehofft, daß diese Aufklärung über ein Ereignis, das fast sechs Jahre zurücklag, den geringsten Eindruck auf ihn machen würde. Dennoch ließ ich ihm einige Sekunden Zeit zur Antwort. Als er schwieg, sprach ich meine Drohung aus: Ich hätte ihn bis jetzt geschont und nicht bloßgestellt. Er solle dies aber nicht als zu selbstverständlich ansehen. Das sei es, was ich ihm sagen wolle.

Dann gab ich Tarlink das Telefon und bat ihn, den beiden, ohne ein Wort hinzuzufügen, zu sagen, daß er alles mitgehört hatte, und sofort einzuhängen.

Tarlink sagte mir, er wolle seinen Neffen aufsuchen. Was das Abendblatt bringe, stoße ihn wegen der scheinheiligen Kampagne gegen die Gesetzesreform mehr und mehr ab. Ein Hurer wie sein Neffe dürfe sich nicht als Moralprediger aufspielen.

Als ich ihn meiner Frau vorgestellt hatte, sagte er in seiner trockenen Art, er werde dafür sorgen, daß sie und ich von den beiden Bengeln nicht mehr geärgert werden würden; und als wir uns, wieder unter vier Augen, verabschiedeten, sagte er mir draußen, wenn das Abendblatt etwas gegen Rysselgeert und Jans veröffentliche, würde er seinem Neffen das Haus verbieten. Da er also verstanden hatte, worum es mir ging, bat ich ihn, wenn er zu seinem Neffen fahre, dann möge er es sofort tun.

Sofort! Ich rief auch sofort den Präfekten an, er müsse, koste es, was es wolle, durch Tarlinks Buchhalter in den nächsten Tagen die wichtigsten Artikel des Abendblatts kennen, bevor dort die Rotationsmaschinen liefen. Ich verlangte ebenfalls so-

fort Max Jans. Aber er war, wie die Sekretärin sagte, in einem Dienstwagen weggefahren, ohne zu hinterlassen, wohin, und wann er zurückkehre.
Schließlich versuchte ich, Rysselgeert zu erreichen. Er war mit dem Außenminister im Palais zur Vorstellung und dabei zur königlichen Mittagstafel behalten worden. Man aß dort sehr spät. Von der Post in Belvedere-Dorf wurde ein Telegramm von ihm heraufteIefoniert, worin er dafür dankte, daß ich seine Ernennung ermöglicht hatte. Ich rief seine Haushälterin Louise an, nach seiner Rückkehr aus dem Palais möge er sofort Belvedere verlangen, gleich, wie spät es wäre. Ich wollte von ihm wissen, wohin Jans gefahren war. Es beunruhigte mich, daß mein Kabinettschef, der es mit seinem Dienst so genau nahm, sich entfernt hatte, ohne mich, den er für die laufenden Angelegenheiten ja obendrein vertreten mußte, zu benachrichtigen.
Nachmittags meldete mir der Sekretär des Präfekten, das Abendblatt enthalte noch nichts über Rysselgeerts Ernennung, nur den üblichen Hetzartikel gegen die Reform. Jeden Tag nahm die Redaktion sich einen der Paragraphen, die wir abschaffen wollten, vor und bewies, wie notwendig es im Interesse der Moral sei, diesen eher zu verschärfen als aus dem Gesetzbuch zu entfernen.
Meine Frau zwang mich, mit ihr einen Spaziergang zu machen. Im Wald gestand sie mir, sie verwünsche jetzt die Existenz Brunos; von den armen acht Tagen, die wir uns in Belvedere gönnen könnten, habe er ihr schon einen ganzen verdorben.
Ohne recht daran zu glauben, versprach ich ihr, der nächste Tag werde ungestört uns gehören, wir würden frühmorgens mit Proviant versorgt aufbrechen und eine Wanderung durch den Wald bis zur deutschen Grenze machen.
Spät nach dem Abendessen rief mich der Chef des Autoparks der Präfektur an, der Präfekt sei unterwegs nach Belvedere.
Die Gewißheit, daß etwas Schlimmes vorgefallen war, lähmte mich so, daß ich nicht einmal mehr versuchte, Max Jans, Rysselgeert oder den Außenminister zu erreichen.
Ich ließ mich von meiner Frau zu Tarlinks Quartierhaus fahren. Wie ich befürchtet hatte, war er zu Hause und gegen sein Versprechen nicht bei mir vorbeigekommen. Als seine Frau die

meine unten in dem Stübchen neben dem Schankraum zurückhielt, er mich aber hinauf in seine kleine Wohnung führte, dachte ich noch, es sei Rysselgeert, über den er etwas zu berichten hätte. Er umarmte mich und bat mich um Verzeihung, daß sein Neffe so große Mitschuld an dem Unglück trage, das mich getroffen habe.

Max Jans war tot! Der Brief, den er dem Fahrer des Ministeriums anvertraut hatte, war von der Gendarmerie des deutschen Grenzstädtchens beschlagnahmt worden, die Deutschen hatten aber dem ihnen von den Schützenfesten her gut bekannten Tarlink erlaubt, dabeizusein, als man den Brief telefonisch unserem Präfekten vorlas. Gewiß war, daß Max Jans am Morgen durch den Buchhalter des Abendblatts erfahren hatte, daß dieses nicht nur die aus den Archiven verschwundenen Akten über ihn und Rysselgeert, illustriert mit Photokopien, veröffentlichen, sondern auch die Beziehungen zwischen Rysselgeert und Max Jans in einem großen Artikel anprangern und Rysselgeert als moralisch ›untragbar‹ erklären wollte. Max Jans hatte den Bürstenabzug des Artikels gesehen, war daraufhin sofort über die Grenze zu Tarlinks Zweigdruckerei gefahren und hatte, als er Bruno dort nicht antraf, dessen Mitarbeiter, den ehemaligen Präfekten, in einer möblierten Wohnung aufgesucht und mit einer – was man erst viel später entdeckte – Zyankalipistole getötet, war nach den Aussagen des Fahrers äußerlich ruhig wieder in den Wagen gestiegen, hatte darin den Brief geschrieben, war dann zu dem inzwischen in der Druckerei erschienenen Bruno gefahren, bald wieder aus dem Hause gekommen und hatte sich vor dem Tor auf der Straße getötet, gleichfalls mit Zyankali, das er sich in den Mund schoß.

Meine Frau, die mir hundertemal vorgeworfen hatte, ich sei spröde wie ein Bimsstein, und mehr als einmal gesagt hatte: Wenn ich dich doch einmal weinen sähe, diesmal sah sie es.

Der Präfekt brachte mir den Text des Briefes. Jans hatte sich vor dem Haus, in dem die giftigen Artikel geschrieben und die Klischees der Reproduktionen von Photos hergestellt wurden, getötet, in der Hoffnung, auf diese Weise und mit Hilfe des hinterlassenen Briefes Bruno zu bewegen, auf die Veröffentlichung zu verzichten. Es war ein vergebliches Opfer.

Schon in den ersten Morgenstunden wurde, obwohl die Abendblätter nicht vor Mittag erscheinen durften, Tarlinks Blatt überall ausgerufen; es war eine Sondernummer, die fast nichts anderes enthielt als Artikel gegen Rysselgeert, gegen seine Ernennung zum Staatssekretär und ein besonders infames Kapitel gegen Max Jans, von dem es hieß, er habe den Freitod der Gefängnisstrafe vorgezogen, die er wegen seiner sträflichen Beziehung zu Rysselgeert schon längst verdient gehabt, bevor er schließlich auch zum Mörder geworden sei.
Gegen Mittag meldete man mir, Mitglieder der Gewerkschaft, deren Präsident der Vater von Max Jans war, hätten die Räume des Abendblatts gestürmt und dort alles kurz und klein geschlagen, aber weder Tarlink noch Bruno dabei gefunden.
Diese Nachricht wurde mir gebracht, als ich mit meiner Frau in Rysselgeerts kleiner Wohnung auf dem Flur saß, vor der Tür, hinter der er tot lag, Rysselgeert, auch er!
Die Haushälterin sagte mir, im Glauben, Max sei bei mir in Belvedere, habe Rysselgeert nichtsahnend bei ihr in der Küche die Zeitung überflogen, sei weiß geworden, hinausgegangen und sei bald darauf mit einem Briefumschlag zurückgekommen. Aber bevor sie nur begriffen, daß der einzige Satz: ›Alles, was mir gehört hat, soll meine brave Louise bekommen‹ sein Testament gewesen sei, habe sie schon den Schuß gehört.
Als dann nachmittags das Abendblatt, obwohl seine Maschinen zerstört waren, dennoch erschien – es war jenseits der Grenze gedruckt worden –, erwachte ich aus meiner Versteinerung. Der Leitartikel, gemeinsam von Bruno und Tarlink gezeichnet, verlangte, daß die Abstimmung über die Reform sofort stattfinde.
Ich fuhr zum Justizminister. Er hatte soeben seinen Rücktritt dem Ministerpräsidenten mitgeteilt. Er zeigte mir einen anderen, von mir übersehenen Artikel des Abendblatts, wo man ihm vorwarf, er habe die Polizei gehindert, einen straffälligen Verwandten dem Staatsanwalt zu übergeben. Das stimme, sagte der Minister, wie er sich rechtfertigen solle? Ich verließ ihn, verstummt vor Wut, und dachte nur noch an die Rache, die

ich an all denen nehmen wollte, die mich bei der Abstimmung im Parlament im Stich lassen würden.
Ich wurde in meinem Vorsatz auf unerwartete Weise bestärkt. Die Königin-Mutter schickte mir ein Billett ›Rächen Sie Max und Stijn‹. Daß sie die beiden mit den Vornamen nannte, rührte meine Frau zu Tränen.
Rysselgeerts Mutter und die Eltern seines Freundes hatten ein stilles, nicht angekündigtes Begräbnis gewünscht. Die beiden erhielten ein gemeinsames Grab in dem Selbstmörderwinkel des weiten Friedhofs, den nie ein Geistlicher betritt.
Wir mußten den Außenminister forttragen lassen, er war bei der Trostrede, die van Lonard hielt, zusammengebrochen. Als wir uns von den Verwandten trennten, sah ich eine schwarzgekleidete, tief verschleierte Dame, die an einem anderen Grab gestanden hatte, auf Rysselgeerts Mutter zugehen. Als ich dann draußen vor dem Friedhof Leisemund in einem kleinen Wagen sitzen sah, wußte ich, wer die Dame gewesen war. Meine Frau sagte mir, sie hätte die Königin-Mutter schon während der Zeremonie erkannt. Ich bat in meinem Herzen der Fürstin alles ab, was ich je gegen ihre oft so unbequeme Spontaneität empfunden hatte.

Die Abstimmung war auf den nächsten Tag angesetzt. Morgens früh fuhr ich ins Palais. Dort begann ich mit meiner Rache. Unter dem Vorwand, man dürfe die schon genügend aufgewühlte Nation nicht noch tiefer spalten, als sie es schon sei, hatte die Majestät sich geweigert, die Reform mit der versprochenen Ansprache im Rundfunk zu empfehlen. Ich erklärte der Majestät, da offenbar auch keine der Reformen des Hofstaats, die ich vorgeschlagen hatte, gefielen, würde die Kammer in wenigen Stunden über den Hofstaat beschließen. Die Mehrheit des Parlaments wolle ihn abschaffen. Die Umgebung der königlichen Familie müsse dann in Zukunft aus der Apanage unterhalten werden.
»Das ist ja Erpressung!« rief man.
Erpressung sei nichts anderes als das Erzwingen von Eintracht, sagte ich. Die Theologen und Philosophen, die in Ekstasen der Bewunderung von der Harmonie der Natur redeten, könnten

diese Harmonie genausogut eine ununterbrochene Erpressung nennen, das Wort erschrecke mich nicht. Ob nicht das ganze Dasein auf einer einzigen Erpressung beruhe. Lebe, damit ich dich fressen kann! Die Welt der Pflanzen und die der Tiere stehe unter diesem Gesetz. Arbeite für mich, oder ich lasse dich verhungern, so gehe es doch zwischen den Menschen zu. Man reformiere also den Hofstaat, oder er werde von uns abgeschafft!

»Und wenn wir abdanken?!« kam es zurück.

Diese Erpressung habe das Königshaus ja längst gemacht, sagte ich. Ich sei es seinerzeit gewesen, der unter dem Druck der Überzeugung, daß eine gut gefesselte Monarchie die beste Staatsform sei, die Monarchie gerettet habe. Ob Einsicht in die Notwendigkeit oder den Nutzen einer Maßnahme denn etwas anderes sei als ein Sich-erpressen-Lassen. Ich erinnerte an die Unruhen, die nach dem Kriege um ein Haar zur Ausrufung der Republik geführt hatten.

»Wann beginnt die Sitzung in der Kammer?« fragte man und war bereit, die Ansprache zu halten.

Ich zog den Text aus der Tasche und bat darum, ihn zu lesen und dann in meiner Gegenwart auf Band zu sprechen. Ich wollte sicher sein, daß kein anderer gesendet werde.

Der Haß, den ich in dem prunkvollen Raum gegen mich spürte, tat mir wohl, ich wußte zu gut, daß die Regierung den Tag nicht überleben und daß ich und nicht die Opposition ihren Sturz provozieren würde. Zu viele Jahre hatte ich mich beherrscht, tausendmal Wut und Abneigungen in mir aus Vernunft überwunden, aber das, was mit Rysselgeert und Max Jans geschehen war, weil diese Nation ein Haufen vielleicht mitleids-, aber vor allem verabscheuungswürdiger Kleinbürger war, dafür wollte ich mich jetzt rächen. Jedem, der sich nicht ausdrücklich von dem Denken und Empfinden distanzierte, das Gesetze wie die, an denen diese beiden Menschen gescheitert waren, überhaupt möglich machte, jedem solchen wünschte ich, während die Majestät meinen Text in das Band sprach, daß er so gevierteilt werde, wie Oberst Jans es Rysselgeert gewünscht hatte.

Ich verließ das Palais, gehoben von dem Gefühl, daß die Verwünschungen der Majestät mir folgten, und als ich einige Stun-

den später die Regierungsbank betrat, glaubten der Ministerpräsident und der Außenminister, ich sei betrunken. Sie wußten wie ich, daß wir trotz der freilich viel zu spät gekommenen Rede der Majestät von einem großen Teil der Abgeordneten unserer Parteien verraten werden würden. Der Einfluß des Kardinals und des Abendblatts war viel zu stark geworden.
Ich hatte mir vom Ministerpräsidenten die Vertretung des abgedankten Justizministers übertragen lassen und konnte nun für sein und mein Ministerium sprechen. In dem Augenblick, als ich vom Präsidenten der Kammer das Wort erhielt, entdeckte ich endlich Bruno und Tarlink, die ich vergebens auf der Pressetribüne gesucht hatte. Sie saßen neben dem Koadjutor des Kardinals in einem der Balkone, wo die Prominenz des Landes reservierte Plätze hat.
Meine Rede war ein einziger, immer wieder von der Opposition unterbrochener Angriff auf das Abendblatt und auf den Kardinal. Ich gab zu, der Justizminister habe in unsozialer und rechtswidriger Weise straffällige Persönlichkeiten nicht dem Staatsanwalt überliefert, so auch den Herausgeber des Abendblatts, Tarlink, der als Hehler von gestohlenen Polizeidokumenten längst im Gefängnis sitzen müsse.
Am Schluß schlug ich dem Hause vor, die Abstimmung über die Paragraphen, die wir aus dem Gesetzbuch entfernen lassen wollten, ›paketweise‹ vorzunehmen. Durch die Verfassung war ja jeder Abgeordnete verpflichtet, von seinem Platz zur Regierungsbank sein Ja oder Nein deutlich hinüberzurufen. Ich fieberte, als ich vorschlug, zuerst über die Paragraphen abzustimmen, die Ehebruch, Verkehr mit dem gleichen Geschlecht und öffentliches Ärgernis betrafen.
Die Angst vor der vom Abendblatt und vom Kardinal aufgepeitschten öffentlichen Meinung war noch größer, als ich es erwartet hatte. Das ›Nein‹ gegen die Abschaffung der Paragraphen tönte über eine Stunde durch den weiten Saal zur Regierungsbank herüber. Ich hatte die Liste, die ich aus meinen persönlichen Archiven zusammengestellt hatte, vor mir liegen und machte mir neben die Namen der Abgeordneten meine Zeichen. Im Saal mochte man denken, daß ich die Notierungen der Parlamentsstenographen schriftlich kontrollierte.

Endlich zählte man die Stimmen, der Augenblick, auf den ich gewartet hatte! Es steht dem Innenminister zu, so oft das Wort zu ergreifen, wie er will.
Ich bat den Präsidenten der Kammer, anzukündigen, daß ich eine wichtige Mitteilung zu machen hätte und daß er von dem in der Verfassung verbrieften Recht Gebrauch mache, die Türen auf meinen Antrag hin schließen zu lassen. Die Spannung stieg.
Als der galonierte Chef der Saalwärter meldete, alle Ausgänge seien gesperrt, sagte ich, daß ich die Auflösung des Parlaments und Neuwahlen vorschlagen und erklären wolle, warum ich von der Notwendigkeit dieser für die Parteien so kostspieligen Maßnahme überzeugt sei. »Wegen der nichtswürdigen Verlogenheit von einhundertundfünfunddreißig Abgeordneten,« rief ich, »die nie wieder das Volk vertreten dürfen, weil sie für die Beibehaltung von Gesetzen gestimmt haben«, gegen die diese Herren sich vergangen, aber dann auf der Polizei und in den Ministerien um Niederschlagung der Angelegenheiten gebeten hätten! Und dann begann ich unter dem Tosen des Hauses, aber immer wartend, bis die Stille wiederhergestellt war, die Namen dieser Abgeordneten zu nennen und ihre Delikte schonungslos mit den peinlichsten Details zu beschreiben. Sie sollten es einmal fühlen, wie es den armen Delinquenten bei Verhören auf den Kommissariaten und vor Gericht zumute ist.
Vier Stunden hielt ich den Saal eingesperrt, ich wußte nicht mehr, wie ich überhaupt noch stehen konnte, als ich zum Schlußwort ausholte und ein Plädoyer gegen die Verlogenheit unseres öffentlichen Lebens hielt, das einem zwanzigjährigen Studenten angestanden hätte, der noch nicht weiß, daß jede Religion und jede Form des Zusammenlebens Verlogenheiten gebiert. Ich wollte Rysselgeert und Max rächen.
Als die Sitzung am nächsten Tag fortgesetzt wurde, war ein von Tarlink und Bruno gezeichneter Artikel in der Hand aller Abgeordneten. Ich hätte vergessen, meine eigenen, jahrelang begangenen Delikte des Ehebruchs zu nennen, und ich hätte in einer früheren Amtsperiode von mir angeforderte, Rysselgeert betreffende Berichte der Sittenpolizei nicht zurückgeschickt, sie wahrscheinlich vernichtet und jüngst wieder versucht, Akten

über denselben Rysselgeert und seinen Freund aus den Archiven der Präfektur entfernen zu lassen. Der Präfekt hatte also recht gehabt, Tarlink hatte in der Präfektur einen Spitzel. Die Opposition fragte, ob es stimme, was man mir vorwerfe. Ich gab es zu, sagte dem Hause, es solle sich schämen, und trat zurück.

So hatte ich Bruno jenen ersten Sieg verschafft, auf den er sich später als jüngster Abgeordneter des Parlaments so viel zugute tat und von dem er auch an dem Tag sprach, an dem seine neueste Hetze gegen die monarchische Verfassung zum ersten Mal eine für das Königshaus wirklich gefährliche Wendung nahm. Ich kann nur hoffen, daß seine Kampagne uns nicht den Bürgerkrieg bringt und ihn damit näher seinem Ziel, sich die Macht Schritt für Schritt mit demagogischen Reden zu erlisten und an seinem dreißigsten Geburtstag der Diktator des Landes zu sein, also viel jünger, als es bei dem Griff nach der Macht jener Mann war, der unser Nachbarland und ganz Europa in so großes Elend gestürzt hat.

In den Stunden nach Rysselgeerts Tod hatte ich geglaubt, am Haß gegen Bruno zu ersticken. Erst später erfuhr ich von den vier Briefen, die Rysselgeerts Mutter ungeöffnet in den nachgelassenen Papieren gefunden hatte, und ich fragte mich, ob wir, Rysselgeert und ich, Bruno nach seiner Rückkehr aus Rußland nicht zu schnell aufgegeben hatten.

Rysselgeert hatte diese Briefe offenbar nicht mehr lesen wollen. Bruno hatte den ersten an seinem einundzwanzigsten Geburtstag geschrieben, sofort nach Rysselgeerts vergeblichem Versuch, an diesem Tag eine Versöhnung oder wenigstens eine Aussprache herbeizuführen. Bruno bat in dem Schreiben zwar um Verzeihung, weil er nicht an das Tor der Kaserne gekommen war und Rysselgeerts Brief in die Wachstube hatte zurückbringen lassen. Aber er fragte auch, warum Rysselgeert nicht schon früher den Weg zur Garnisonstadt gefunden; den Besuch nur der Reise zu einer Wahlversammlung zu verdanken, sei um so weniger schmeichelhaft, als Rysselgeerts politischer Ehrgeiz schon immer störend zwischen ihnen gestanden habe. Es sei besser, hieß es zum Schluß, sie sähen sich nicht ›fürs erste‹. Fürs erste!

Aus dem nächsten Brief geht nicht klar hervor, wie dieses ›fürs erste‹ gemeint gewesen war. Er beglückwünschte Rysselgeert in einem sarkastischen Ton zur Wahl ins Parlament und warf ihm heftig vor, ihm auf den ersten Brief nicht geantwortet zu haben. In den beiden letzten Briefen kündigte er ihm in einem unbeherrschten, drohenden Ton an, aus der Armee entlassen, werde er in die Politik gehen und ihn und die Radieschenpartei rücksichtslos bekämpfen, ›mit allen Mitteln‹.

Ich frage mich heute, ob er damals schon an die infamen Mittel gedacht hatte, mit denen das Abendblatt Rysselgeert und Jans in den Tod gehetzt hat.

Meiner Frau bleibt es ein Gram, daß Rysselgeert Brunos ersten Brief nicht geöffnet hat. Brunos dreiste Klage, der Besuch sei zu spät erfolgt, verrate immerhin, daß er sich danach gesehnt hatte, Rysselgeert wiederzusehen, vielleicht in der Hoffnung, durch seine Vermittlung sich auch mit mir zu versöhnen. Daß er dann ohne Antwort geblieben war, habe ihn sofort gegen uns verbittert.

Manchmal denke ich, meine Frau sehe das alles richtig und es habe ein Verhängnis gewaltet. Oft aber denke ich, sie habe eine vollkommen falsche Vorstellung von Brunos Charakter, weil sie nicht wissen kann, was Ehrgeiz für einen Mann bedeutet und wohin er ihn treibt, wenn Eifersucht hinzukommt. Es ist auch müßig, sich hinterher zu fragen, ob Bruno in der Wärme eines Elternhauses ein anderer geworden wäre. Wie geltungssüchtig und nachtragend er war, hatte sich ja gerade in der Zeit gezeigt, als er mich so gern sein bestes Stück nannte.

Zu van Lonard, der, entsetzt über Brunos Bündnis mit Tarlink, kurz vor der Katastrophe ohne mein Wissen in das deutsche Grenzstädtchen gereist war, um zu versuchen, Bruno für mich zurückzugewinnen, hat er gesagt, er meide mich weder aus Haß noch aus Feigheit, er meide mich, weil eine Versöhnung mit mir ihn politisch kompromittiere. Von diesen abscheulichen Worten darf meine Frau nie etwas erfahren.

Als Bruno sie aussprach, war es schon zu spät für eine Umkehr, gewiß. Aus der Kenntnis seines Charakters muß ich es aber leider auch für möglich halten, daß Bruno bereits seit Rysselgeerts Wahl in die Kammer besessen war von dem Ge-

danken, ihn niemals Minister werden zu lassen. Dann hatte er damals auch in Kauf genommen, daß eine Kampagne gegen Rysselgeert jede Versöhnung mit mir ausschloß. Hatte er auch mit Rysselgeerts Tod gerechnet?
Meine Frau beharrt auf ihrer Überzeugung, er habe Rysselgeert noch immer geliebt, als er sich zu seinem Mörder machte. Und mich? Wenn er mir in der Kammer begegnet, was mag er empfinden? Es ist doch nicht so, daß man an den Gott der Christen glauben muß, um ein Gewissen zu haben.

Ursprünglich wollte Joseph Breitbach nur eine Jagdepisode schildern, in der die Hauptperson, der Jagdherr, zugleich auch Großvater eines Enkels ist, den er in einer bestimmten Situation belügen muß, obwohl sie vorher einen Pakt geschlossen hatten, einander niemals die Unwahrheit zu sagen. Zum Auslöser für die ganze Geschichte wurde für den Autor dann die überhitzte Reaktion des Enkels bei der Entdeckung dieser Lüge: »*Der Gedanke an die Erfahrung des Großvaters, die mir erst beim Schreiben gegenwärtig wurde, war es, die mich hinriß, die Erzählung zum Roman zu erweitern. Den schrieb ich wie in Trance in sechs Monaten nieder*«, erklärte Breitbach Manfred Durzak in einem Interview im Jahr 1975.
Das Ergebnis ist ein politischer Roman, den Literaturwissenschaftler neben die großen politischen Nachkriegsromane wie »*Die Deutschstunde*« von Siegfried Lenz oder »*Die Blechtrommel*« des Günter Grass stellen. Aber, so schreibt der Literaturhistoriker Klaus Günther Just, in einer Hinsicht habe »*Bericht über Bruno*« überhaupt keine Parallele, nämlich darin, daß es sich um einen politischen Roman im Medium rücksichtsloser Psychologie handele. Das gebe es nur in der französischen Literatur, etwa bei Stendhal. Das zweite, was den Roman einzigartig mache, sei, daß seine Kritik der Macht auf Augenhöhe der Mächtigen erfolge und nicht, wie beispielsweise in Bölls »*Billard um halbzehn*«, aus kleinbürgerlicher Optik geschrieben sei.
Die Franzosen, in deren literarischer Tradition Breitbach ebenso wie in der deutschen aufgewachsen war, thematisieren das politische Element viel stärker in ihrer Literatur als die Deutschen. Sie neigen zu pragmatischer Betrachtungsweise des Lebens und binden von daher das Politische als wichtigen Ordnungsfaktor der menschlichen Beziehungen mit ein. In Frankreich wird Breitbach in der Nachfolge von Balzac, Stendhal und Flaubert angesiedelt. Sein »*Bruno*« wird auch verglichen mit der literarischen Kultfigur Lafcadio aus »*Die Verliese des Vatikans*« von André Gide.

»Bericht über Bruno« erschien in Deutschland im Jahr 1962. Das Buch hatte großen Erfolg und erhielt eine wahre Flut von Stellungnahmen, blieb aber bis heute eine Art Geheimtip.
Die Mehrzahl der deutschen Rezensenten konnte offenbar mit der Höhe der Machtebene ebensowenig etwas anfangen wie mit dem strengen Stil des *»Berichts«*. Beides kannten viele Besprecher nicht und wußten es nicht einzuordnen. Emotional gefärbte Verdikte wie »Kolportage« oder »Kitsch« ließen auf tiefe Verunsicherung schließen. Es war dagegen zu beobachten, daß Kritiker, die sich in der europäischen Literatur auskannten, gar keine Schwierigkeiten mit dem Zugang zum Roman hatten.
Nachdem die französische Version des Buches, die Breitbach selbst verfertigt hatte, 1964 im Nachbarland erschienen war, sprach die dortige Kritik von einem *»roman complet«*. Die Besprechungen fielen durchwegs anerkennend aus. *»Rapport sur Bruno«* wurde 1965 mit dem Prix Combat ausgezeichnet.
Vermutlich würde ein Politiker, der eine solche Geschichte erlebt hätte wie der Großvater im *»Bericht über Bruno«*, darüber sein schmerzliches Bekenntnis in Form von Tagebüchern oder Erinnerungen ablegen. Warum wählte Breitbach, der sich deutlich spürbar mit den Schmerzen und Enttäuschungen »seines Großvaters« identifiziert, die strenge Form des Berichts? Ein Grund dafür läßt sich insofern erahnen, als Breitbach immer der Ansicht war, ein Schriftsteller müsse seine Erfahrungen mit dem Leben als aufklärerischen Beitrag den Lesern und denkenden Menschen zur Verfügung stellen.
Aufklärerisch wirkt ein Beitrag jedoch nur, wenn er den tätigen Verstand des Lesenden oder Hörenden und nicht die Emotionen anspricht. Die subjektive Form des Tagebuches aber appelliert zunächst immer an die Emotion des Lesenden und löst Erstaunen, Entrüstung, Empörung, Wohlwollen oder Zustimmung aus. Breitbach sprach immer vom mündigen Bürger, an dessen Vernunft er sich wende, an dessen Interesse für die Welt und deren machthabende Verwalter, schließlich bestimmten sie sein Leben, seine Freiheit und deren Qualität für sein Leben.
»Meinen ›Bericht über Bruno‹ schrieb ich vor allem für ein politisch versiertes oder wenigstens interessiertes Publikum;

mit dem Volksstück ›Die Jubilarin‹ und einigen Erzählungen aus dem Band ›Die Rabenschlacht‹ habe ich mich an bestimmte Sozialgruppen, an die Angestellten der Warenhäuser gewandt, mit der Komödie ›Genosse Veygond‹ an die Marxisten und mit dem Melodrama ›Requiem für die Kirche‹ an die Katholiken. Immer kam es mir dabei darauf an, eine ›Zielgruppe‹ anzusprechen. Mit Ausnahme der ›Jubilarin‹, die ich vor allem mit dem Ziel, meine ehemaligen Berufsgenossen zu erheitern, schrieb, lag mir in der Mehrzahl meiner andern Werke daran, die Angesprochenen innerhalb der ihnen eigenen Gefühls- und Gedankenwelt mit einem bestimmten Problem zu konfrontieren auf die Gefahr hin, das Mißfallen dieser Angesprochenen zu erregen und ohne Rücksicht auf den eventuellen ›Beifall von der falschen Seite‹.«

Das Hauptthema des Schriftstellers Breitbach war, die verborgenen Motive des Handelns politischer Protagonisten zu zeigen. Insofern liegt mit dem »*Bruno*« nicht nur ein Roman mit politischem Inhalt vor, sondern ein politischer Roman, der jeden, der sich für die Zusammenhänge zwischen Politik und Gesellschaft mitverantwortlich fühlt, aufrütteln müßte. Um der Perspektive »von ganz oben« und dem Charakter des Minister-Industriellen-Großvaters gerecht zu werden, geht Breitbachs Raffinesse so weit, daß er für seinen Roman die denkbar objektivste Form wählt: den Bericht. Die indirekte Rede hält er von Anfang bis Ende durch. Die berichtende Erzählweise entspricht ganz dem hohen ethischen Selbstanspruch des Großvaters, sich seinen Gefühlen gegenüber distanziert zu verhalten, sich selbst Rechenschaft abzulegen über den wahren Verlauf des Geschehens und nur der Aufrichtigkeit verpflichtet zu sein. Dem Leser bietet Breitbach die Geschichte realistisch, chronologisch und vor allem kommentarlos, so daß der sich über die Personen, Handlungen und Ereignisse ein eigenes Urteil bilden kann.

Breitbach erfüllt in diesem Roman sein Selbstverständnis vom Schriftsteller in höchstem Maße, nämlich sein Publikum nicht durch Larmoyanz oder unbewältigte persönliche Probleme zu belästigen, sondern dessen Kenntnis über die Menschen und ihre Welt zu bereichern, indem er aufdeckt, wie es hinter den Masken und Machtsystemen aussieht.

Über die Aufgabe des Schriftstellers äußerte sich Breitbach 1977: »*Ein Schriftsteller kann nur bewußtseinserhellend wirken. In der Politik glaube ich so gut wie nie an ein Ideal. Ich glaube allerdings, daß ein Ideal immer im Ansatz vorhanden war und durch das Ausüben der Macht pervertiert wurde. Jede Macht braucht ein Korrektiv. Dieses Korrektiv ist die Opposition. Ein Staat, der diese nicht duldet, verstößt gegen den Geist der Dialektik. Die Freiheit ist immer die Freiheit der anderen, wie Rosa Luxemburg es warnend Lenin gegenüber formuliert hat ... Die Strukturen jeder Gesellschaft sind reformfähig. Nur der Mensch ist es nicht.*«

Daß ein Schriftsteller, um sich über die Welt zu informieren, in ihr leben und arbeiten muß, setzte Breitbach als selbstverständlich voraus. Gerade in diesem Punkt aber wurde der Autor beim Erscheinen des Buches am meisten attackiert. Der detailgetreue Handlungsrahmen ließ immer wieder die Frage aufkommen, ob es sich beim »*Bericht über Bruno*« um einen Schlüsselroman handele. Dahinter stand die Neugier, wer Breitbach denn sei, um die hohen Regierungsebenen so genau zu kennen. Die Frage stand in den ersten Reaktionen auf den Roman so sehr im Vordergrund – jedenfalls in Deutschland –, daß viele die Qualität des Buches von seiner Entschlüsselung abhängig machen wollten. Mit dem Argument, die derart vorzügliche Figur des Großvaters erscheine einfach als unglaubwürdig, versuchte man die Preisgabe seiner Identität zu erzwingen.

Durch die Beantwortung der Frage nach der Authentizität ändert sich natürlich nichts an der Qualität des Buches. Wer unbedingt auf die Entschlüsselung des Romans dringt, hat seinen Wert gar nicht erkannt. Das parlamentarische System mit der auf repräsentative Aufgaben beschränkten Monarchie, die Struktur der Marktwirtschaft, die Rolle der Diplomatie, die Systematik der Spionage, sogar die Treibjagd auf Schwarzwild, sind bis ins Letzte stimmig und nachvollziehbar dargestellt. Das überschaubare Territorium, die Nachbarschaft zu Frankreich und einige andere Hinweise ließen vielleicht die Vermutung zu, daß es sich um einen Staat wie Belgien, etwa in der Zeit der sechziger Jahre, handeln könnte.

Aber eine eindeutige Identifizierung will Breitbach ja gerade vermeiden, weil es ihm nicht darum geht, eine aktuelle historische Situation zu beleuchten, sondern Mechanismen und Handlungsmotive zu beschreiben, die sich grundsätzlich zu allen Zeiten so oder ähnlich abspielen. »*Bericht über Bruno*« ist kein Schlüsselroman, hinter dem sich bestimmte reale Ereignisse verbergen, sondern die konkrete Darstellung von typischen Personen und Vorgängen, die sein Autor nach langen Jahren intensiven Lebens und Beobachtens immer wieder als wirksam erkannte.

Die Biographie des deutsch-französischen Schriftstellers Joseph Breitbach, der, 1903 in Koblenz geboren, ohne Abitur früh das Elternhaus verließ und sich autodidaktisch geistig wie politisch bildete und ohne Rat oder Beistand seinen beruflichen Ausbildungsweg verfolgte, enthält, von der Zugehörigkeit zur kommunistischen Partei über vielseitige Berufserfahrungen bis hin zu Freundschaften mit bedeutenden Persönlichkeiten, alle Elemente, die ihn befähigen, kompetent über die komplizierten Gefüge politischer und menschlicher Beziehungen zu erzählen. »*Die Grundlage meines Schaffens ist immer die eigene Erfahrung. Diese muß nicht eine realistisch-wahrscheinliche, sondern kann auch die einer Vision sein*«, antwortet Breitbach auf die Frage, woher er seine Stoffe beziehe.

In verschiedenen Zusammenhängen wies Breitbach auf seine Gabe hin, sich in Personen und Probleme solcher Menschen hineinversetzen zu können, ja zu wollen, die ihn interessieren. Nicht seine eigene Person oder persönliche äußere Entwicklung machte er zum Gegenstand seiner Bücher, sondern nur allgemein Interessantes, also Politisches im weitesten Sinn. »*Wenn ich jemanden gegenüber habe, frage ich mich fast unwillkürlich, ist dieser Mann verwaltungs- und regierungsfähig ... Kann er regieren, kann er verwalten ... ein Geschäft oder einen Staat oder ein Land. Das ist beinahe die erste Frage, die ich mir bei jedem Menschen stelle, mit dem ich es zu tun habe ...*« Breitbach sagte auch, von frühester Jugend an habe er Männer vom Kaliber des Großvaters im »*Bruno*« aus nächster Nähe miterlebt.

Joseph Breitbach lebte seit seinem fünfundzwanzigsten Le-

bensjahr in Paris und war mit dem sechsundzwanzig Jahre älteren Schriftsteller und Sohn aus einer bekannten elsässischen Industriellenfamilie, Jean Schlumberger, befreundet, seinem zweiten Vater, wie er ihn auch in der Widmung zum »*Bericht über Bruno*« bezeichnet. Mit ihm lebte er von Anfang an in den sich wie Tropfenringe in einer Pfütze überschneidenden Kreisen aus Politikern, Literaten, Diplomaten, Industriellen, Publizisten und Wissenschaftlern. Gemeinsamer Berührungspunkt dieser Kreise war allseitiges intensives politisches Engagement; dafür, oder für neue Kunstrichtungen, gründete man Zeitschriften oder gab seinen Namen in politischen Affären, wie beispielsweise im Fall Dreyfus. Breitbach traf dort André Gide, François Mauriac oder Claudel, ebenso den luxemburgischen Industriellen Emile Mayrisch, der 1911 die ARBED gründete, aus der später die »Internationale Stahlvereinigung« hervorging. Zum Freundeskreis auf Schloß Colpach, wo nicht nur deutsch-französische Freundschaft gepflegt, sondern auch französische und deutsche Kunst gesammelt wurde, gehörten neben Breitbach auch Karl Jaspers, Friedrich Gundolf, Hermann Graf Keyserling und Ernst Robert Curtius.
Einen anderen Salon in Paris besuchte Joseph Breitbach sehr häufig, den der Malerin und Dichterin Vicomtesse Marie Laure de Noailles, die »tout Paris« um sich sammelte. Im Hause des Schriftstellers Julien Green lernte der Autor des »*Bruno*« Salvador Dali kennen. Er traf die Minister Léon Blum, Pierre Viénot, Robert Schuman oder später auch den russischen Botschafter Vinogradow, der in der Tat als Vorbild für den sowjetischen Botschafter im »*Bruno*« diente, wie er später zugab. In einem Brief berichtet er über diese Begegnung am 30./31.5.57 sehr ausführlich, gibt den Gesprächsinhalt an und die Beschreibung der Botschaftersgattin, sehr ähnlich wie im Buch.
Aus den verschiedenen Persönlichkeiten, die er selbst erlebt, oder deren Freundeskreis er gekannt hatte (wie Robert Bosch, Walther Rathenau und Emile Mayrisch), setzt sich vermutlich der »Großvater« des Bruno zusammen. Unbezweifelbar ist nur, daß es sich um keine deutsche Karriere gehandelt haben kann, weil es in Deutschland nicht üblich ist, Minister zu werden ohne politische Laufbahn. Breitbach äußerte Manfred

Durzak gegenüber, daß der Großvater in vieler Hinsicht er selbst sei, was er sage, das seien seine eigenen Gedanken, *»insofern ist dieses Buch sehr autobiographisch, aber nicht in der äußeren Biographie«* – was übrigens auch für den letzten Roman *»Das blaue Bidet«* gilt. Demnach der inneren Geschichte zufolge Joseph Breitbach im Kleid von Emile Mayrisch oder Walther Rathenau?

Daß der Autor des *»Bericht über Bruno«* sich mit dem Denken des 68jährigen Großvaters im Buch identifiziert, ist eine erstaunliche Entwicklung, weil Breitbach in seiner eigenen Jugend ein höchst schwieriges Verhältnis zu seinem Vater und Großvater hatte, wie auch der Kirche gegenüber. In seinem zweiten großen Roman *»Clemens«*, der 1940 bei der Plünderung seiner Pariser Wohnung durch die Nazis verlorenging, hatte der Autor den Generationenkonflikt noch umgekehrt gestaltet: Clemens, der Sohn des Küsters, litt so sehr unter seinem Vater und der von ihm repräsentierten kirchlichen Autorität, daß er seinen Scheintod inszenierte.

Über seinen leiblichen Großvater äußerte sich Breitbach einmal dem Chemiker und Nobelpreisträger Otto Hahn gegenüber, mit dem er zur Zeit der Niederschrift des *»Bruno«* zufällig im selben Hotel in Kreuth wohnte. Sie seien beide relativ rasch auf das zentrale Thema im Buch gekommen: das komplizierte Spannungsverhältnis zwischen Großvater und Enkel, das gleichzeitig auch ein Liebesverhältnis war. Hahn habe das über die Maßen interessiert und ihn gefragt, *»›wie können Sie denn, da Sie nicht Großvater sind, diese Gefühle haben?‹ Als ich sagte, ich bin von meinem Großvater erzogen worden und ihm erzählte, mit welcher Strenge ich erzogen worden bin, wurde er immer aufmerksamer ... ich habe ihn entsetzt, als ich über den Zynismus meines Großvaters sprach.«*

Solche Bekenntnisse über sein privates Leben findet man unter Breitbachs Äußerungen sehr selten. Vielleicht lag es ihm in diesem Fall am Herzen, da der Fragende Dietrich Hahn war – der das Gespräch mit Breitbach in sein Buch über Otto Hahn aufnahm, der offensichtlich ebenfalls ein vielschichtiges Verhältnis zu seinem Großvater gehabt hatte.

Bemerkenswert dazu ist, daß die Kindheit des väterlichen

Freundes Jean Schlumberger deutliche Parallelen zur Jugend Joseph Breitbachs enthält. Auch er hatte unter den Spannungen zwischen Großvater und Vater, Großvater und Enkel und unter der eisernen Strenge seines Vaters zu leiden gehabt. Wie Breitbach hatte Schlumberger auch schon früh, mit sechzehn Jahren, sein Elternhaus verlassen – beide hauptsächlich wegen der unüberwindlichen Disharmonien mit den Vätern.
Auch hatten beide in ihren Schulen Aufsehen erregt, weil sie in Aufsätzen Stellung bezogen gegen die Absolutheit väterlicher beziehungsweise staatlicher Autorität. Im ganzen späteren Werk Jean Schlumbergers bestimmt der Vater-Sohn-Konflikt die Themen. Angefangen bei den ersten Romanen »*Inquiète Paternité*« (1911) oder »*Un homme heureux*« (1921) bis hin zu Abhandlungen in Essayform, wie etwa eine Studie über den väterlichen Instinkt im »*Bulletin du 1er mai 1909*« der Gesellschaft »*Union pour l'action morale*«. Die Vorwürfe an die Väter lauten immer wieder: mangelnde Zuwendung – sie hätten sich nicht genügend gekümmert, weder um die moralische noch um die geistige Bildung ihrer Söhne. Vielleicht entwarf Breitbach später in seinem Großvater im »*Bruno*« auch aus dem Grund einen so idealen Sokrates, den Erzieher schlechthin, weil er einmal zeigen wollte, wie sie sein sollten, die Väter.
Einundzwanzig Jahre lagen zwischen dem Raub des »*Clemens*« und der Entstehung des »*Bericht über Bruno*«. Dazwischen hatte die Trauer über diesen Verlust die Schaffenskraft des Schriftstellers Joseph Breitbach gelähmt. Seine ganze Kraft stellte er gleich nach Kriegsende in den Dienst deutsch-französischen Ausgleichs. Er versuchte bei den zuständigen Pariser Dienststellen, deutsche Kriegsgefangene freizubekommen, deren Namen ihm von Bonn aus auf langen Listen zugesandt wurden. Über die Ereignisse und Ergebnisse unterhielt er persönlichen Kontakt zu Adenauer. Manchen Kriegsverbrecher wollten ihm die Franzosen nicht ausliefern, weil sie nicht einsehen mochten, Mörder zu entlassen (die in Deutschland dann frei herumliefen), während die Gerichte in Deutschland andere Leute wegen homoerotischer Beziehungen bereits wieder schwer bestraften.
Joseph Breitbach verfolgte sein Ziel der deutsch-französischen

Aussöhnung auch auf kulturellem Gebiet, ebenso durch regelmäßige Berichte in deutschen Zeitungen über Frankreich und französische Politik.
Breitbach war 59 Jahre alt, als er den »*Bruno*« schrieb und blickte auf ein Leben voller Menschen- und Welterfahrung zurück. Der Großvater im Roman ist zur Zeit seines Berichtens 68 Jahre alt. Er besitzt alle Tugenden, die man sich von Alter und Weisheit erhoffen kann. Der Hausherr auf Belvedere ist ein Mann, bei dem Fähigkeiten, Anspruch und Möglichkeiten auf ideale Weise verknüpft sind, der ein Gegenbeispiel zu denen darstellt, die er entlarven will, denjenigen, die aus unredlichen Motiven Macht mißbrauchen. Der Erziehung des Jungen widmet er sich mit gezügeltem Temperament, Schläue, Geduld und Einfühlungsvermögen. Er will einen besseren Menschen aus ihm machen, ihm die Voraussetzungen bieten, um ein Leben nicht nur in materieller, sondern auch in ideeller Beziehung zu bestehen.
Jedoch: alles kommt anders.
Nicht ein Quentchen Moral verwurzelt sich in Brunos Wesen. Der Enkel führt eiskalt und gewissenlos die Vernichtung seines Vormundes und Gönners durch, mit strategischem Geschick, Raffinesse und den Kenntnissen, die er erst durch die Erziehung seines Großvaters erlangt hatte. Und der Großvater? Der zeigt sich nach außen so weise und abgeklärt, daß er sich noch nicht einmal wehrt. Im Gegenteil, er hat sogar auch noch Verständnis für den Enkel. Seiner Freundin, die er, parallel zur großen letzten Eskalation der Beziehung zwischen ihm und dem Enkel, verabredungsgemäß heiratet, erklärt er, sie habe eine vollkommen falsche Vorstellung von Brunos Charakter, weil sie nicht wissen könne, was Ehrgeiz für einen Mann bedeutet und wohin der ihn treibt, wenn Eifersucht hinzukommt.
Breitbach zeigt hier eine seiner eigenen Überzeugungen im Großvater: nur dem eigenen Begriff von Wahrheit verpflichtet zu sein, was soviel bedeutet wie, keine ehrgeizigen Ziele in der Welt zu verfolgen. So formulierte es der Schriftsteller Joseph Breitbach, als er nach seinen Intentionen beim Schreiben befragt wurde, und beschrieb damit bestimmt eine der höchsten Tugenden, die ein Mensch überhaupt erreichen kann: »*Nichts mehr zu*

wollen, weder von den Menschen noch von Gott«, wie es der rumänische Philosoph E. M. Cioran einmal ausdrückte.
Noch ein anderes Mal, am Ende seines Lebens, machte Breitbach dieses Postulat zum zentralen Thema eines Werkes: seines nachgelassenen Theaterstücks »*Zweierlei Helden*«. Dort gibt er der Tugend auch den Namen, der sie einzig bezeichnen kann: Heldentum.
Daß Breitbach keinen Vater, sondern einen Großvater in die Rolle des Erziehers und Vorbildes steckte, zeigt einmal mehr, wieviel Abstand und Klugheit er seinen Figuren gegenüber besitzt. Er weiß, daß die emotionalen Bindungen durch den Generationensprung bewußter, freiwilliger, offener und durchschaubarer darstellbar sind; wohingegen zwischen Vater und Sohn viele, nur schwer zu erkennende unbewußte Bindungen bestehen, die als Motive des Handelns und Reagierens nicht eindeutig zu analysieren sind. Um die Aufdeckung von Handlungsmotiven geht es Breitbach aber in erster Linie. Zwischen Vater und Sohn gibt es naheliegende Abhängigkeiten. Während zwischen Großvater und Enkel Emotionen, Rechte und Pflichten freiwillig entstehen, oder auch nicht. Der Verlauf solcher Entwicklungen ist jedenfalls beobachtbar und ohne psychoanalytische Spezialkenntnisse zu deuten.
Ein Augenmerk sei noch auf eine besondere Qualität von Joseph Breitbach gerichtet, auf seine Gabe des Sich-hineindenken-Könnens in fremde Personen und seine antizipatorischen Fähigkeiten. Nicht nur im Tagebuch von Julien Green werden immer wieder bewundernd Breitbachs visionäre Kräfte, vor allem in politischer Hinsicht, erwähnt, auch Freunde schreiben darüber mit großem Erstaunen in vielen Briefen. Wie wirksam er in beidem war – vorausgesetzt, es ergab sich die Möglichkeit, Identitäten von Romanfiguren und lebenden Personen zu entdecken oder tatsächlich Realität gewordene Fälle zu beobachten –, beweist eine Reaktion auf die Gestaltung der Königin-Mutter im »*Bruno*«. In der Tat hatte der Autor die im November 1965 im 89. Lebensjahr verstorbene bayerische Prinzessin Elisabeth zum Vorbild genommen, die Frau Albert I. von Belgien, der 1934 bei einem Bergunglück ums Leben kam. Obwohl Breitbach die Dame persönlich nie gekannt hatte, ist seine Beschrei-

bung so realistisch und im Detail treffend, daß der Regisseur Alain Denis vom belgischen Fernsehen im Jahr 1966, anläßlich der Recherchen zu einer Sendung über »S. M. la reine Elisabeth«, dem Autor des *»Bruno«* mitteilte, er habe sein Buch gelesen und sei außerordentlich betroffen durch die Charakterisierung der Königin-Mutter, weil sie bis in Einzelheiten mit Elisabeth von Belgien übereinstimme. In dem Schreiben kündigt er seinen Besuch in Breitbachs Pariser Wohnung an, um mehr darüber zu erfahren, wann und wie er sie getroffen habe. Fast unheimlich ist in diesem Zusammenhang die Tatsache, daß die Reise nach Rußland, die die Königin-Mutter im ersten Drittel des Buches macht, von der echten belgischen Königin-Mutter im Mai 1962 angetreten worden war, zu einem Zeitpunkt, wo das abgeschlossene Manuskript des Romans bereits dem Verlag vorlag. Selbst die Umstände und diversen politischen Reaktionen auf diese Reise stimmen mit der Episode im Buch überein. Den Bericht des Brüsseler Korrespondenten der »Neuen Zürcher Zeitung« vom 16. Mai 1962 hob Breitbach in seinen Unterlagen sorgfältig auf.

Die prophetische Begabung Breitbachs zeigt sich auch im Komplex Gesetzesreform, die der Innenminister und Großvater im Roman durchzubringen versucht. In der Zeit der Entstehung des Romans hatte es nicht einmal eine Entwicklung in Richtung auf eine Änderung der öffentlichen Meinung zu diesem Bereich gegeben, geschweige denn eine Gesetzesinitiative. Erst 1968 setzte die deutsche Staatsanwältin Barbara Just-Dahlmann auf dem Deutschen Juristentag mit überwältigender Zustimmung einen Reformvorschlag zur Gesetzgebung im Strafrecht (Sittlichkeitsdelikte) durch. Über ihre Erfahrungen auf dem Weg bis dorthin schrieb sie ein Buch, das hauptsächlich ihre Erlebnisse mit den zahllosen Menschen schildert, die unter der veralteten Gesetzgebung zu leiden hatten. Mit welcher Vehemenz läßt Breitbach den Innenminister im Roman die Notwendigkeit solcher Reformen vertreten, so als hätte der Autor mindestens den Erfahrungsschatz einer Barbara Just-Dahlmann gehabt.

Nicht im politisch direkten Sinn engagiert er sich, sondern im ethischen, für die Würde des Menschen, die er durch die antiquierte Gesetzesregelung erheblich beeinträchtigt sah. Er vertrat die Meinung, der Mensch müsse sich seine persönlichen Bindungen selbst aussuchen können, das sei ein wichtiger Bestandteil seiner Freiheit. Nur jemand, der ideologisch so unabhängig ist wie Breitbach, kann politische Konstellationen und ihre Entwicklungen realistisch analysieren und erkennen. Breitbach war ein ständig Warnender und versuchte, mißliche Umstände zu reformieren. Im *»Bericht über Bruno«* gibt es eine Fülle von Themen (Spionage, das Verhältnis Kommunismus zu Kapitalismus, die Entwicklung europäischer kommunistischer Parteien), die nach 1962 Realitäten geworden sind. Er hatte sich sicher erhofft, daß sein Roman dazu beitrage, die politische Aufmerksamkeit oder Mündigkeit des einzelnen zu erhöhen: daß die Wechselwirkung von Privatem und Öffentlichem untrennbar ist und daß politische Vorgänge nicht von unsichtbaren Schicksalsmächten kreiert, sondern von fehlerhaften Menschen gemacht werden.

München, im Herbst 1984

ALEXANDRA GRÄFIN PLETTENBERG

Dieter Forte

Das Muster

Roman

Band 12373

Zwei Familien durchleben Höhen und Tiefen der Geschichte: Die Fontanas stammen aus Italien, wo sie seit der Renaissance die Kunst des Seidenwebens betreiben. Geschätzt wegen ihrer wertvollen Arbeit, aber auch verfolgt wegen Unbeugsamkeit und Freiheitsliebe, wandern sie von Lucca über Florenz und Lyon bis ins Rheinland, wo sie sich in Düsseldorf niederlassen. Dort treffen sie auf die polnische Bergarbeiterfamilie Lukacz, die Elend und Hunger gegen Ende des 19. Jahrhunderts den Rücken zugewandt hat, um im industriell aufblühenden Ruhrgebiet ein besseres Leben zu finden. Als sich im Jahr 1933 die beiden Familien schließlich durch Hochzeit verbünden, repräsentieren sie eine fürs Rheinland typische Verflechtung aus südlicher Lebensfreude und östlicher Melancholie, aus Wissen und Frömmigkeit, Unabhängigkeit und Pflichtbewußtsein. *Das Muster* ist ein Buch der großen Historie und der kleinen Geschichten – sowie der Toleranz. Denn indem es die Identität Europas als ein Netzwerk von Völkern und Sprachen, Religionen und Eigenheiten charakterisiert, ist es ein Buch voller Weisheit und Wissen, aber auch voller Witz, Menschlichkeit und Vitalität.

Fischer Taschenbuch Verlag

fi 2058 / 3

Wolfgang Hilbig

»ICH«

Roman

Band 12669

Der Schriftsteller und Stasi-Spitzel »Cambert« soll einen mysteriösen Autor beschatten, der »feindlich-negativer« Ziele verdächtigt wird. Da dieser Autor nie den Versuch macht, seine Texte zu veröffentlichen, ist der Verdacht jedoch schwer zu erhärten. »Camberts« Zweifel an der Notwendigkeit seiner Aufgabe, die ihn zu unheimlichen Expeditionen durch Berliner Kellergewölbe zwingt, wachsen mit der Unsicherheit, ob sich das Ministerium für Staatssicherheit für seine Berichte überhaupt interessiert. Immer öfter plagt ihn die Ahnung, nicht einmal seine Person werde ernst genommen. In dem muffigen Zimmer zur Untermiete bei Frau Falbe, die ihm keineswegs nur Kaffee kocht, verschwimmen ihm Dichtung und Spitzelbericht so sehr, daß er bald nichts mehr zu Papier bringen kann. Tief sitzt die Angst, unter dem Deckmantel »Cambert« könnte der lebendige Mensch längst verschwunden sein. Wolfgang Hilbigs Thema in diesem Roman ist die Verwicklung von Geist und Macht. Er untersucht sie am Beispiel eines Literaten, der zu einem Spitzel der Staatsgewalt geworden ist.

Fischer Taschenbuch Verlag

fi 691 / 6

Monika Maron

Animal triste

Roman

Band 13933

Die Erzählerin in Monika Marons neuem Roman erinnert sich zum letzten Mal an ihre Liebe, die ihr im Sommer 1990 begegnete, als sie nicht mehr jung war und noch nicht alt. Nachdem ihr Geliebter sie verlassen hat, zieht sie sich aus der Welt zurück und wiederholt seitdem die Zeit mit ihm als eine nicht endende Liebesgeschichte. Nur, was in bezug auf ihre Liebe sinnvoll erscheint, nimmt sie auf in ihr Erinnerungswerk, das ebenso ein Vergessenswerk ist. Das Ende der Diktatur offenbart die Ordnung ihres Lebens als absurd, die gewonnene Freiheit fügt sich nicht mehr dem Ganzen, sondern stellt die früheren Lebensentscheidungen infrage. Alle Versäumnisse münden in den Satz: Man kann im Leben nichts versäumen als die Liebe. Die Liebe zu Franz, der jenseits der Mauer aufgewachsen ist und dessen Lebensordnung darum ihren Sinn behalten hat, wird zur obsessiven Leidenschaft, die keinen Verzicht zuläßt und keine Rücksicht. In den Wirren der deutschen Vereinigung, im Chaos der Stadt Berlin, inmitten erschütterter Lebensläufe und Glaubensbekenntnisse beschwört Monika Marons Heldin die Liebe als letzte anarchische Sinngebung, die sich über jede Ordnung hinwegsetzt und ihre eigene errichtet.

Fischer Taschenbuch Verlag

fi 2030 / 7

Günter de Bruyn

Zwischenbilanz

Eine Jugend in Berlin

Band 11967

Günter de Bruyn erzählt von seiner Jugend in Berlin zwischen dem Ende der zwanziger und dem Beginn der fünfziger Jahre. Die Stationen sind: seine Kindheitserfahrungen während des Niedergangs der Weimarer Republik, die erste Liebe im Schatten der nationalsozialistischen Machtwillkür, seine Leiden und Lehren als Flakhelfer, Arbeitsdienstmann und Soldat, schließlich die Nachkriegszeit mit ihrem kurzen Rausch anarchischer Freiheit und die Anfänge der DDR. Der Autor beherrscht die seltene Kunst, mit wenigen Worten Charaktere zu skizzieren, Szenen zu entwerfen und die Atmosphäre der Zeit spürbar zu machen. Er ist ein Meister des Aussparens und Andeutens. Das Buch spiegelt den Lebenslauf eines skeptischen Deutschen wider, der sich nie einverstanden erklärte mit den totalitären Ideologien, die sein Leben prägten. Günter de Bruyn macht allerdings auch kein Hehl daraus, daß er nie ein Umstürzler war, der sich lautstark gegen die Machthaber erhob. Schutz vor der oft genug schwer erträglichen Gegenwart fand er in der Familie, der Literatur und schwärmerischen Jugendlieben. So ist dieses Buch, allem Ernst zum Trotz, auf wunderbare Weise gelassen und heiter.

fi 2028 / 7

Gerhard Roth

Der See

Roman

Band 14049

Paul Eck ist Vertreter für pharmazeutische Produkte. Überraschend erhält er einen Brief von seinem Vater, den er seit der Scheidung seiner Eltern nicht gesehen, den er nie wirklich kennengelernt hat. Der Vater lädt ihn ein zu einem Besuch am Neusiedler See. Trotz großer Vorbehalte macht sich der Sohn auf die Reise. Doch am Tag seines Eintreffens verschwindet der Vater spurlos, bevor die beiden sich begegnen. Es wird ein Bootsunfall auf dem See vermutet, dessen eigentümliche meterologische und geographische Gegebenheiten berüchtigt sind. Der Sohn spürt seinem Vater nach und versucht, ihn – oder wenigstens seinen Leichnam – ausfindig zu machen. Er muß erkennen, daß sein Vater in allerlei dunkle Geschäfte und windige Vorhaben rund um den See verstrickt war. Bei den Anwohnern des Sees macht der Sohn sich mit den falschen Fragen zum falschen Zeitpunkt rasch unbeliebt, seine Suche wird keineswegs unterstützt, sondern nachdrücklich behindert. Gerhard Roths handlungsreicher und suggestiv erzählter Roman nimmt Elemente der klassischen Detektivgeschichte auf.

Fischer Taschenbuch Verlag

fi 2100 / 4

Ulrich Woelk

Freigang

Roman

Band 11092

Freigang erzählt die Geschichte des jungen Physikers Zweig, der allein mit sich, einem Kassettenrecorder und einem Zettelkasten versucht, seine Vergangenheit zu rekonstruieren. Die zögernde Rückschau entwickelt sich zu einer Reise durch seine Erinnerungen: Zwischenstationen auf dieser Fahrt sind ein baufälliger Palast in Italien und ein mindestens ebenso geheimnisvoller Turm in Deutschland, bierselige Gespräche in einer Kneipe und ein Vatermord, der Besuch in einem fingierten Spielcasino und der Abstecher in ein reales Rotlicht-Kino. Ulrich Woelk erzählt mit Witz, großem Einfühlungsvermögen und zugleich außerordentlich spannend: Er entfaltet behutsam die Lebens-, Liebes- und Leidensgeschichte eines naturwissenschaftlich geschulten Menschen, der mit kühler Präzision so lange gegen die eigene Natur handelt, bis die Katastrophe nicht mehr aufzuhalten ist. Woelk beschreibt aber nicht nur Krankheit und Zusammenbruch seines Helden, sondern auch dessen erste vorsichtige Schritte auf einem neuen Weg.

Fischer Taschenbuch Verlag

fi 756 / 7

Ludwig Harig

Weh dem, der aus der Reihe tanzt

Roman

Band 10997

Roman genannt, weil romanhaft erzählt, ist dieses Buch gleichwohl eine sehr genaue autobiographische Darstellung. Nach *Ordnung ist das ganze Leben*, der Geschichte seines Vaters, hat Ludwig Harig hier seine eigene Geschichte als Junge und junger Mann im Dritten Reich geschrieben. Aufgewachsen in einem kleinbürgerlichen, dörflich engen Zusammenhang mit seinen nationalen Klischees und schlagwortartigen Gewißheiten und spätestens vom ersten Schultag an auf das Bedürfnis dazuzugehören geeicht, wird der Handwerkersohn Ludwig wie selbstverständlich zum begeisterten Hitlerjungen. Gerade weil Harigs Erinnerung nichts beschönigt, kommt er zu den eigentlichen Fragen, zum Beispiel, wie war es möglich, daß aus harmlosen Kindern kleine Verbrecher wurden, stumpfsinnige Herdentiere, zu unmenschlichstem Haß fähig?

Fischer Taschenbuch Verlag

fi 845 / 5

Thomas Brussig

Helden wie wir

Roman

Band 13331

Die deutsche Geschichte muß umgeschrieben werden: Klaus Uhltzscht war es, der die Berliner Mauer zum Einsturz gebracht hat! Dabei ist Klaus, der Sachenverlierer und Multi-Perverse, eigentlich ein Versager par exellence. Als Sohn eines Stasi-Spitzels und einer Hygieneinspektorin wächst er zwischen Jogginghosen und Dr. Schnabels Aufklärungsbuch auf, bleibt im Sportunterricht auf ewig ein Flachschwimmer und hofft vergeblich, in der Arbeitsgemeinschaft Junge Naturforscher berühmt zu werden. Auch sein großer Traum, als Topagent bei der Stasi zu arbeiten, erfüllt sich leider nicht. Dafür aber wird er, der inzwischen eine Perversionskartei erfunden hat, zum persönlichen Blutspender Erich Honeckers. Jetzt, da auch noch die Mauer durch – man höre und staune – seinen Penis fiel, packt Klaus aus und erzählt von seinem ruhmreichen Leben. Keiner hat bislang frecher und unverkrampfter den kleinbürgerlichen Mief des Ostens gelüftet als Thomas Brussig.

Ein Lesevergnügen allererster Ordnung!

Fischer Taschenbuch Verlag

fi 2223 / 1

Irina Liebmann

Berliner Mietshaus

Band 11287

Für ihre erste Buchveröffentlichung besuchte Irina Liebmann über ein Jahr hinweg drei Dutzend Mietparteien eines Gründerzeithauses im Bezirk Prenzlauer Berg und befragte sie. Des ganzen Lebens Fülle findet sich in diesem Mikrokosmos wieder. Die ältesten Bewohner stammen noch aus der Vorkriegszeit, die jüngsten waren aus der südlichen DDR zugezogen. Irina Liebmann gelingt es, für jedes Mieter-Porträt die angemessene Farbe und Tonlage zu finden. Auffällig übrigens, daß etliche der gezeichneten Personen zwar hier und da Mißmut und Unbehagen äußern und nörgeln, sich im Grunde aber mit ihrem damaligen Staat abgefunden, sich in ihm eingerichtet haben. Das Viertel Prenzlauer Berg gibt es schon jetzt nicht mehr in der Form, wie es Irina Liebmann festgehalten hat. Neben ihrem literarischen Reiz zeichnen sich diese Porträts durch ihren Zeugniswert aus.

Fischer Taschenbuch Verlag

fi 1223 / 5

Michael Wildenhain

Die kalte Haut der Stadt

Roman

Band 12358

Berlin als Schauplatz politischer Kämpfe: Im September 1981 werden acht besetzte Häuser geräumt, ein Demonstrant stirbt auf der Straße, der Schweigemarsch eskaliert. Kai, Kämpfer und Artist, Corinna, Tochter aus gutem Hause, Jochen, Skeptiker, der ein Auge verliert und Manuela, die ihr Kind abtreibt, agieren in den Straßen unter der Hochbahn, diesem »Baldachin aus Stahl«. Hinter den Mauern noch besetzter Häuser nimmt die Kälte zu, die Bewohner sind dem Druck kaum mehr gewachsen. Bis Jahre später, am 1. Mai 1987, die Stadt noch einmal explodiert... Aus der Perspektive eines ehemals Beteiligten erzählt Michael Wildenhain vom Zusammenbruch linker Hoffnungen und Utopien, schildert er die allmähliche Ritualisierung der Aktionen, die Verselbständigung der Gewalt. Er zeigt, wie Liebe und Solidarität zerbröckeln, so daß Angst und Rückzug, selbst Tod beinahe das einzige sind, was bleibt. Indem er seine Geschichte am Werdegang einer losen politischen Gruppe entlang erzählt, mit seinen Figuren liebt und leidet und ihren Spuren bis nach Frankreich folgt, entsteht in der Zusammenschau der Ereignisse und Charaktere ein farbiges, facettenreiches und nicht zuletzt fesselndes Panorama.

Fischer Taschenbuch Verlag

fi 1928 / 4